INK INK INK INK INK INK
INK INK INK INK INK
INK INK INK INK INK INK
INK INK INK INK INK
INK INK INK INK INK INK
INK INK INK INK INK
INK INK INK INK INK INK
INK INK INK INK INK
INK INK INK INK INK INK
INK INK INK INK INK
INK INK INK INK INK INK
INK INK INK INK INK
INK INK INK INK INK INK
INK INK INK INK INK
INK INK INK INK INK INK
INK INK INK INK INK
INK INK INK INK INK INK
INK INK INK INK INK
INK INK INK INK INK INK
INK INK INK INK INK
INK INK INK INK INK INK
INK INK INK INK INK
INK INK INK INK INK INK
INK INK INK INK INK

K INK INK INK INK INK IN
INK INK INK INK INK INK
K INK INK INK INK INK IN
INK INK INK INK INK INK
K INK INK INK INK INK IN
INK INK INK INK INK INK
K INK INK INK INK INK IN
INK INK INK INK INK INK
K INK INK INK INK INK IN
INK INK INK INK INK INK
K INK INK INK INK INK IN
INK INK INK INK INK INK
K INK INK INK INK INK IN
INK INK INK INK INK INK
K INK INK INK INK INK IN
INK INK INK INK INK INK
K INK INK INK INK INK IN
INK INK INK INK INK INK
K INK INK INK INK INK IN
INK INK INK INK INK INK
K INK INK INK INK INK IN
INK INK INK INK INK INK
K INK INK INK INK INK IN
INK INK INK INK INK INK

INK INK INK INK INK INK
K INK INK INK INK INK IN
INK INK INK INK INK INK
K INK INK INK INK INK IN
INK INK INK INK INK INK
K INK INK INK INK INK IN
INK INK INK INK INK INK
K INK INK INK INK INK IN
INK INK INK INK INK INK
K INK INK INK INK INK IN
INK INK INK INK INK INK
K INK INK INK INK INK IN
INK INK INK INK INK INK
K INK INK INK INK INK IN
INK INK INK INK INK INK
K INK INK INK INK INK IN
INK INK INK INK INK INK
K INK INK INK INK INK IN
INK INK INK INK INK INK
K INK INK INK INK INK IN
INK INK INK INK INK INK
K INK INK INK INK INK IN
INK INK INK INK INK INK

INK

文學叢書

124

餘生猶懷一寸心

葉芸芸◎著

上 陳文彬的夫人何灼華。
下 楊逵與旅美友人合影，右起倪慧如、蕭素梅、楊逵、王渝、鄭村棋，一九八二年攝於美東巴爾的摩機場。

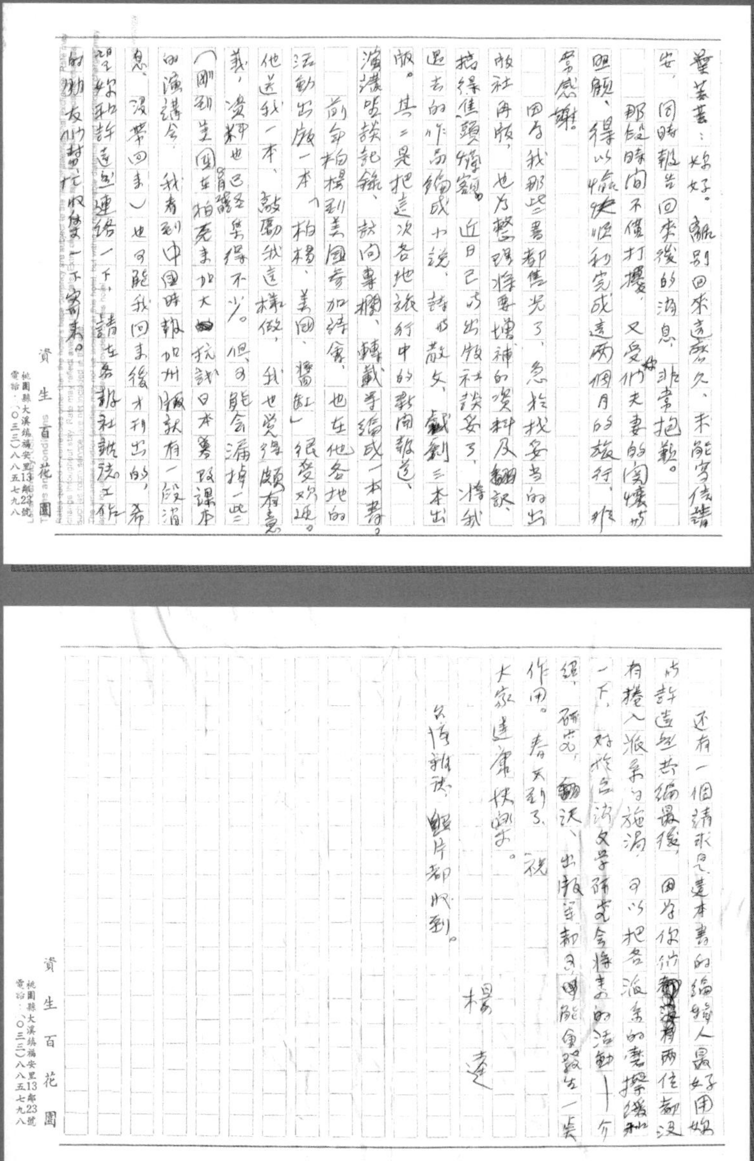

[illegible]蓁蓁：妳好。離別回來這麼久，未能寫信請安，同時報告回來後的消息，非常抱歉。

那段時間不僅打擾，又受你們夫妻的關懷與照顧，得以愉快順利完成這兩個月的旅行，非常感謝。

因為我那些書都售光了，急於找要出的出版社再版，也為整理將要增補的資料及翻訳，搞得焦頭爛額，近日已與出版社談妥了，將我過去的作品編成小說、詩與散文，戲劇三本出版。其二是把這次各地旅行中的新聞報道、演講與座談記錄、訪問專欄、轉載等編成一本書。

前年柏楊到美國參加詩會，也在他各地的活動出版一本「柏楊、美國、醬缸」很受歡迎。他送我一本，鼓勵我這樣做，我也覺得頗有意義，資料也已經集得不少。但可能會漏掉一些（剛到美國在柏克萊加大講抗議日本篡改課本的演講會，我看到中國時報加州版就有一段消息，沒帶回來）也可能我回來後才刊出的，希望妳和許達然連絡一下，請在各報社雜誌工作的朋友們幫忙收集一下寄來。

資生百花園
桃園縣大溪鎮福安里13鄰23號
電話：（〇三）八八五七九八

還有一個請求是這本書的編輯人最好用妳與許達然共編最後，因為你們兩位都沒有捲入派系的漩渦，可以把各派系的意見綜合一下，對於台灣文學研究會將來的活動——分組、研究、翻訳、出版等都可能會發生一些作用。春天到了，祝

大家進步快樂。

[illegible]僑雜誌、照片都收到。

楊逵

資生百花園
桃園縣大溪鎮福安里13鄰23號
電話：（〇三）八八五七九八

楊逵寫給作者的信。

上 日據下台共中央委員林田烈，一九八五年八月攝於上海。
中 台共中央委員詹以昌（曾明如），一九八五年八月攝於北京。
下 張克輝，一九九七年九月攝於北京。

一九二九年的蘇新。（蘇慶黎／提供）

右 一九四三年蘇新與蕭不纏攝於彰化。（藍博洲／提供）
左 蘇新手跡。

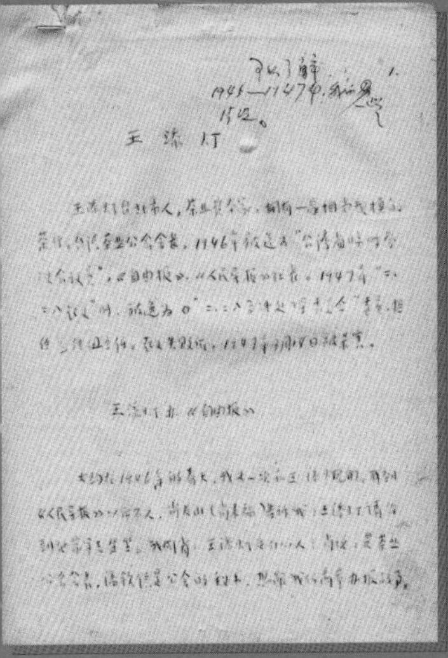
王添灯

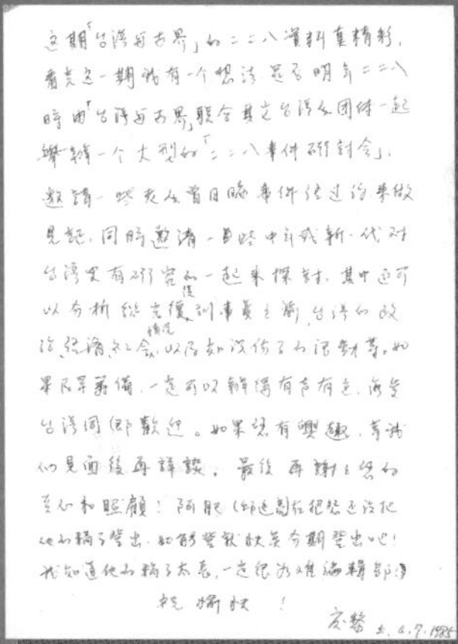

這期「台灣與世界」的二二八資料真精彩，
看完這一期我有一個想法，是否明年二二八
時由「台灣與世界」聯合其它台灣人團體一起
舉辦一個大型的「二二八事件研討會」，
邀請一些老人曾目睹事件經過的來做
見証，同時邀請一些旅中或新一代對
台灣史有研究的一起來探討，其中還可
以分析從光復到事變之前，台灣的政
治、經濟、社會情況，以及[illegible]等。如
果及早籌備，一定可以辦得有聲有色，為全
台灣同胞歡迎。如果您有興趣，等我
們見面後再詳談。最後再謝謝您的
關心和照顧！阿肥（[illegible]）[illegible]
他的稿子登出，如能登就放在今期登出吧！
我知道他的稿子太長，一定給你們編輯部增
加麻煩！
慶黎 [illegible].6.7.1985

右上 左起戴國煇、蘇慶黎、莫那能，一九八七年攝於華盛頓中國城。 右下 蘇慶黎寫給作者的信。
左上 蘇新與北京的家人。 左下 一九八五年夏，北京八寶山革命公墓，作者與蘇新的骨灰。

右上 謝慧君與父親謝廉清、母親陳鳳合影。
左上 謝慧君，一九八八年十一月攝於內蒙呼和浩特。
下 陳正統（左二）與家人，一九八八年十一月攝於漳州。

右上 陳正統，一九八八年十一月攝於漳州。 左上 蔡大堂，一九八八年十一月攝於泉州。
右下 王添燈。 左下 一九四六年任台灣省編譯館館長時的許壽裳。（藍博洲／提供）

上 藍運登，一九九一年十月攝於舊金山藍氏畫室。
下 葉紀東（右二）與孫女、夫人合影，右一為作者母親葉施纖纖，一九八八年十一月攝於北京。

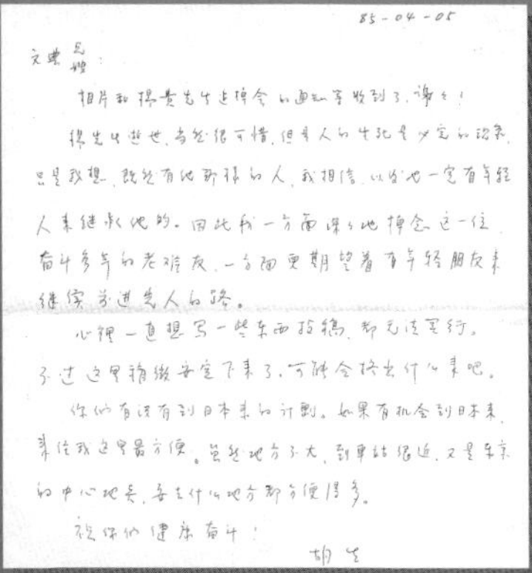

85-04-05

文建兄嫂：

相片和楊貴先生追悼会的通知等收到了，谢谢！

楊先生逝世，当然很可惜，但是人的生死是必定的现象，只是我想，既然有他那样的人，我相信，以后也一定有年轻人来继承他的。因此我一方面深深地悼念这一位奋斗多年的老难友，一方面更期望着有年轻朋友来继续并进先人的路。

心裡一直想写一些东西投稿，都无法实行。不过这里稍微安定下来了，可能会投出什么来吧。

你们有没有到日本来的计划。如果有机会到日本来，来住我这里最方便。虽然地方不大，到车站很近，又是东京的中心地点，要去什么地方都方便得多。

祝你们健康奋斗！

胡生

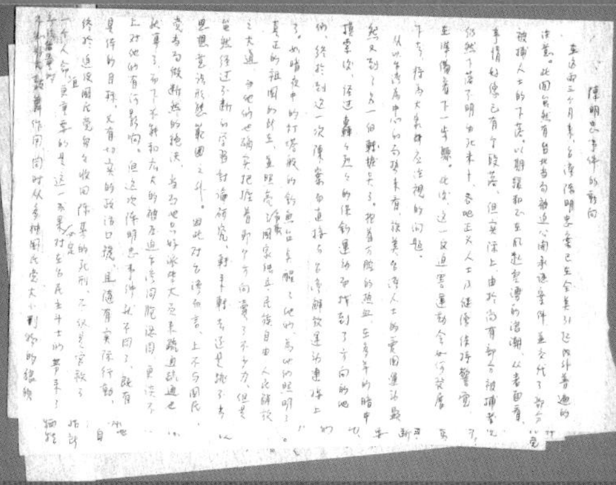

陳明忠事件的影响

上 胡鑫麟手跡。

下 一九八六年十二月，作者（右二）在美國波士頓訪問李碧珠（左一）與胡鑫麟（左二）。

上 謝娥寫給作者的信。

下 吳克泰，一九八五年八月攝於北京。

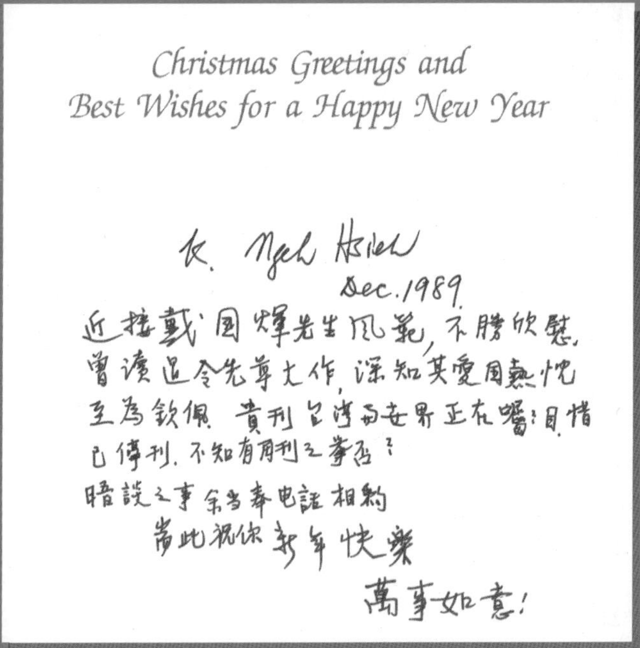

Christmas Greetings and
Best Wishes for a Happy New Year

K. Ngeh Hsieh
Dec. 1989.

近接戴国煇先生风範，不勝欣慰。
曾讀过令先尊大作，深知其愛国熱忱
至為欽佩。貴刊台湾西岳界正在囑目，惜
已停刊，不知有再刊之希望否？
晤談之事，余当奉电話相約
專此祝你新年快樂
萬事如意！

上 蔡子民，一九八五年八月攝於北京。 右下 周青，一九八五年八月攝於北京。
左下 一九二五年考入岡山第六高等學校時的陳逸松。

右上 張光直，一九八九年攝於北京。

左上 戴國煇。

下 吳克泰（左）與周明（中），一九八七年三月攝於華府。

上 六〇年代在北京的楊克煌與謝雪紅。（謝慧君／提供）
下 謝雪紅。（藍博洲／提供）

上 伏案於半壁書齋的葉榮鐘，一九七〇年攝於台中。
右下 作者與父親葉榮鐘，一九四九年攝於台中。
左下 題有少奇詩〈悔書應織君拂暑〉的紙扇。

目次

放生與翻身／施淑・021

採集篇

餘生猶懷一寸心・028
試論戰後初期的台灣知識分子及其文學活動・038
風流雲散悲今日——記戰後初期台灣左翼人士・064
蘇新與日據下的台灣共產主義運動・072
二・二八前後的蘇新・092
悼蔣渭水逝世一甲子・118
歷史遺忘的人——悼王萬得・125
二・二八事變中的王添燈・131
魯迅的朋友許壽裳先生——一九四八年在台北遇害的學者・152

採風篇

遠道不可思——追懷蘇新・166
一個局外人的故事・169
既來之則安之・188
城裡城外・195
站錯隊伍上錯車・204
故鄉的孩子・213
文化的風景——懷念藍運登先生・220
春天的搖籃——追懷胡鑫麟先生・225
尋訪謝娥・230

採音篇

蘇新回憶錄・240
歷史的播弄——訪林朝權・258

「山水亭」舊事——訪陳逸松・272
三位台灣新聞工作者的回憶——訪吳克泰、蔡子民、周青・283
二・二八事件和台北學生——訪葉紀東・300
L氏的回憶——二月事件中的台中市・306
二・二八事變中的謝雪紅——訪周明・314
我所認識的謝雪紅——訪葉紀東・323

附錄

洗滌的靈魂——悼念張光直與戴國煇先生・332
悼蘇慶黎以及我們共同的時代・341
似真半假・349
兩個偶然指派的命運和一個異鄉人・356
黃榮燦版畫《收穫》・363
後記・366
大事年表・369

代序

放生與翻身

施淑

雖然二・二八事件即將居滿六十周年，但它依舊像幽靈一樣，在受難者遺族的心底，在事件倖存者的記憶，在台灣社會生活的方方面面，徘徊遊蕩不去。長久以來，隨著權力結構的更迭，二・二八事件不論是以政治禁忌的肅殺影形存在，或作爲台灣人的歷史創傷和悲情訴求的根源，相關的記敘和論述，大約都會有意無意地迴避，事變之中以社會異端出現的左翼知識分子，在台灣現代思想史上的意義，自覺或不自覺地略去事變之後，漫長的白色恐怖歲月裡，這些由台灣大地上流亡及消失的知識分子們的下落。對於這由二次大戰後世界性的冷戰體系造成的歷史失憶和思想史空白，本書作者葉芸芸女士無疑是少數的而且最早的探索者之一。

收輯在本書裡的文章，它們的探索對象，除了日據時期台灣抗日前輩，光復前後移居大陸各地的台籍人士及其後代，其他都集中在戰後初期台灣左翼知識分子的文化活動，二・二八事件的殉難者，以及事變後，或被迫在島內噤聲默息、與社會疏離，或逃離台灣、奔赴海峽彼岸，或流亡美國、日本的二・二八親歷者的回憶與見證。在這些由訪談、報導和記述交織起來的篇章中，作者以從容樸素而又不失個人感情識見的筆致，一一追尋台灣近百年來政治社會運動史中，站在時代思想的前沿，爲台灣人的尊嚴和權益發聲，先後與日本殖民統治及國民黨暴政抗爭的知識分子的生平事蹟。透過作者辛勤的查訪和梳理，我們可以看到台灣現代史上，那些以「問題人物」的身分出現在官方文獻的知識人的畫像和他們的思想素描，如日據時代政治運動的先行者蔣渭水、王萬得，台共核心人物蘇新、謝雪紅，在福建組織「台灣義勇隊」參加抗日戰爭的李友邦，二・二八處委會的主事者王添燈，還有事變後逃亡到大陸的青年學生葉紀東、吳克泰，等等。這些大都發表或寫作於一九八〇年代的作品，除了是歷史與人民記憶的珍貴的第一手對話資料，更讓那些因爲政治禁忌而被遺忘，或被刻意湮滅於歷史的荒煙蔓草的人物和事件，得以重現人間，爲台灣的思想和心理解嚴起著前導作用。

在上述人物紀傳的同時，本書還爲因兩岸的政治陰霾，長期以來被迫成爲「局外人」的時代受難者留下不少特寫和故事，其中包括有作者的尊翁葉榮鐘先生在內的台灣老文化人陳逸松、洪炎秋、藍運登、胡鑫麟、楊逵和大陸來台的徐復觀等。在海峽彼岸，則有因爲是「台灣人」的緣故，成爲歷次政治運動的箭靶，處境類同今日台灣所謂的「外省第二代」，他們的行列中有流轉於內蒙縣城間的謝慧君，她是二〇年代就學於北京的無政府主義者謝廉清的女兒，另有居住漳州、福州等地，曾背負「來歷、出身、歷史背景三不清」的罪名，受盡苦楚，文革後卻因兩岸經濟關係而備受倚重的陳正統、蔡大堂等人。對於這些被歷史播弄，或作者戲稱爲「站錯隊伍上錯車」的故鄉人的遭遇，作者都以哀矜勿喜，感同身受的態度加以描述。另一方面，對於島內的文化前輩，則因家學和世交的關係，經由幼年時的耳濡目染和往後的接觸，作者得以近距離地爲那些直接間接受政治迫害，心理上流亡於島內外，精神上始終抱持「餘生猶存一片心」的知識分子們的抑鬱情懷和人格襟抱，留下生動的、難以取代的特寫，更爲白色恐怖下，瘖瘂肅殺的台灣知識界留下溫暖的、令人景仰的文化風景。就這一點而言，葉芸芸女士可說承傳了其尊翁葉榮鐘先生在《台灣人物群像》中，爲時代人物造像，爲歷史留下紀錄的衣缽和理想。作爲歷史與人民記憶的對話，本書最值得重視的首先是，誕生於光復那年，小名就叫「光復」的作者，在白色恐怖的劫難下，被家人、被自己，自願與非自願地「放生」到海外之後，在清理個人生命和台灣歷史記憶的篇章裡，呈現出來的開闊視野和前瞻性思考，這表現於本集中的多篇綜論性文章中。如〈試論戰後初期的台灣知識分子及其文學活動〉，這篇發表於一九八五年的文章，對光復後五年間的報刊雜誌、文學人物、文學活動、作品內容及創作傾向等的分析整理，對轉變時期的知識分子和作家思想意識變化的論斷，都屬當前台灣文學研究的開創之作。相同的情形又見於〈蘇新與日據下的台灣共產主義運動〉、〈二・二八前後的蘇新〉，這兩篇文章雖以蘇新爲探討和報導對象，實際上卻涵蓋了戰前戰後台灣共產黨活動的重要歷程。這些文章即便是在台灣研究已成顯學的今日，其中的資料和論斷，相信仍具有嚴肅的學術研究的參考價值和意義。

此外，同樣值得重視的是作者在評論台灣共產黨運動，二・二八事件後逃亡大陸的左翼人士的行事風格時，所表現的不受意識形態操控，不昧於事實的客觀批判態度。如〈風流雲散悲今日——記戰後初期台灣左翼人士〉、〈二・二八前後的蘇新〉等文，論台灣共產黨成立後，因領導人物觀念分歧，內鬥不斷，加上黨員人數過少，以致組織脆弱。一九四九年後，近百名二・二八事件參與者到大陸，卻於不同時空重複台共時代的分裂的歷史。又如〈王萬得——被歷史遺忘的人〉，記敘這位日據時代歷經牢獄磨難，回歸「血緣與思想的祖國」之後，同樣難逃一次又一次政治批鬥。改革開放後，雖得平反，但他的餘生能有的是：不允許「對台政策」獻計，只被要求扮演和談政策的擁護者。凡此秉筆直書的氣概，閃爍著的正是人性的、理想主義者的風采。

相對於上述的前瞻開闊視野，放生之後的作者在論斷台灣左翼人士的生命歷程，重建那些長期以來與台灣人民的記憶及生活失聯的左翼人物的精神面貌時，經常傳達著足以讓冷戰思維體系下成長起來的人，更新視野，在意識上、思想上，在自我生命的內裡生發著革命性的、翻身的力量。它們常出現在對個別人物的回憶和素描之中，如〈文化的風景〉之憶念藍運登先生及周邊不同省籍的異議文化人風範；〈春天的搖籃〉之記述胡鑫麟醫師，歷經投獄監視而不曾止熄的社會關懷與熱情；〈遠道不可思〉中，對一生坎坷而鬥志不失，認眞地生活的蘇新先生的「不接受扭曲的靈魂」的追思和崇敬；〈王萬得——被歷史遺忘的人〉中，對這前半生創造歷史，後半生被歷史遺忘的老共產黨員的無盡悼念。這類感人的文字，除了是一篇篇優秀的散文，更是充滿啓示性的有關人的意義、人的價值的證言。

在〈風流雲散悲今日——記戰後初期台灣左翼人士〉一文的末了，葉芸芸女士針對二．二八事件對台灣左翼滅絕性的撲殺及左翼人士在台灣歷史上的意義，語重心長地指出：

台灣共產黨的出現雖然早在二〇年代，台灣左翼人士卻一直是極少數的一批異數的知識分子。他們在思想與政治上的選擇，長期不曾受台灣社會之認可，或許只是個人的悲劇。但是沒有將他們包括在內的台灣近代史，是絕不完整的，也不可能具備歷史的反省與自我完善的條件。因為二・二八事件的影響，不只是多少家庭經歷血淚的生死別離，也不只是損失了一個世代的社會菁英，或長期的社會不和諧。二・二八事件帶給台灣人的更大傷害，實在是造成歷史傳承的中斷。我們的父祖輩埋藏自己的歷史，而我們成為沒有歷史的一代人。

這個文集的寫作和面世，對糾葛於意識形態網羅的讀者，無疑是翻越二・二八的歷史斷層，克服於冷戰思維及教條主義掏空歷史，扼殺思辨批判能力的精神危機，反思和重續自我及台灣歷史進程的有力憑藉與指引。

採集篇

餘生猶懷一寸心

戰前的絶望及無力感

日本全面發動侵華戰爭之後，殖民地的台灣的民族抵抗運動已經銷聲匿跡。議會路線的領導人林獻堂，在「祖國事件」後避難東京；民眾黨領導人蔣渭水業已去世；左翼的共產黨人則仍在獄中。一九三〇年代以來，民族運動幹部就陸續返回大陸，投奔祖國，期在抗日戰事中，盡一己之力。其中有李友邦氏，在福建一帶組織「台灣義勇隊」，直接參加抗日戰爭。

另一方面，囿於現實的壓力，而在日本占領區討生活的人也不在少數。其中有如謝介石者，登上滿洲國外交部長的高位；楊克培則任汪精衛政府河北定縣縣長，也有廈門的「十八大哥」充當日本軍部爪牙者。但是，絕大部分只是普通的技術人員、商人與知識分子。他們是吳濁流筆下的「胡太明」，鍾理和筆下的「白薯」，身不由主地介在交戰中的中國與日本，在民族血緣情懷與國籍之間，掙扎求生。一九三七年九月二十五日，葉榮鐘有一首詩〈生涯〉，吐露當時知識分子的困境：

生涯如此何堪戀。妄想登仙豈盡愚。無地可容人痛哭。有時須忍淚歡呼。
河山興廢誰能料。身世安危未可圖。萬事唯憑天派遣。得糊塗處且糊塗。①

到了太平洋戰爭爆發，日本漸失優勢，乃在殖民地發動「皇民化運動」，以「大東亞共榮圈」的美夢哄騙台灣青年充當「志願兵」，搜刮物資。歷時二十載的非武裝民族抵抗運動中僅有的兩個有形成果——《台灣民報》與「大東信託」，都逃不過被合併的命運。即使純文學的《台灣文學》也難以存在。素來有「文化仙」之稱的民族運動人士，在這段苦悶的歲月裡，堪稱意志消沉，在「江山樓」、「山水亭」聚飲，暢吟牢騷詩。而擁有土地者多半回到鄉下，過著避難歸隱的生活。但也有如陳炘先生爲盛名所累，無法全身而退，確是出山容易潔身難。又有台中市名醫陳新彬者，因平時支持民族運動，竟以四十餘之年受海軍徵調軍醫，終於死在海上。又《台灣新民報》編輯葉榮鐘，受日本軍隊徵調赴馬尼拉，爲《大阪每日新聞》負責當地中文版。亂世狂流之中，個人力量之渺小無助，莫此爲甚。一九四三年葉榮鐘致友人莊遂性的詩中有兩句爲「餘生只合三緘口，去死猶懷一寸心」②。意想不到的是，這兩句詩中表達的絕望及無力感，實在也是他們這代知識分子後半生的眞實寫照。

戰後兩岸的文化交流

儘管大戰末期，日軍敗跡頻露，光復的降臨仍屬突然，台灣人似乎並無心理準備，「文化仙」們也無例外。一九四五年八月十五日那個沉悶昏熱的下午，收音機傳出日本無條件投降的那一個瞬間，天地之間的變化多麼神奇。狂喜之餘，似乎也就沒有人認眞思辨「光復」的深層意義與內涵，以及即將面臨的新情勢。寧可相信回到祖國懷抱，一切苦難逢刃而解，台灣本是美麗淨土。無論是「文化仙」或「御用仔」都熱中地學起「國語」，讀起「三民主義」來，但其心境或有不同？

陳炘發起「歡迎國民政府籌備會」，創立「大公企業」，得到熱烈的響應，特別是地主階層與知識分子。百廢待舉，亟待重建中，民族運動人士活躍多在政壇、文化界。其中也有不少忙著接收、發光復財的。臨時選出的民意代表們，有板有眼地，要執行他們在日據下所爭取不到的質詢權。報刊雜誌有如雨後春筍，台北市有《新生報》、《民報》、《人民導報》、《中外日報》等多份日報；中部地區的「文化仙」莊遂性、陳虛谷、葉榮鐘等，在林獻堂等地主支助下，籌辦《中報》，似有意延續《台灣民報》，在輿論與文化上創一番事業，又在他們任職的台中市圖書館定期舉辦中國歷史文化以及近代民主政治、經濟的講座，還有各種文化活動——馬思聰演奏會、楊逵《送報伕》出版，曹愚話劇《雷雨》演出等，成爲當時台灣與大陸文化界的交流中心。很可能文化上的「回歸」與「交流」正是此時他們自我期許的擔當。楊逵、藍更興（藍運登）與王思翔籌辦《文化交流》，或也是同樣的用心。

活下去又有什麼意義？

對祖國的滿懷期待，只維持很短暫的時間。隨著經濟的惡化，政治的不平，社會的不安以及歷史背景而產生的文化差異，台灣人對接收政府的不滿，在一九四七年初，二‧二八事件前夕已經到了沸點。因此，一個緝煙的意外事件，一夕間演成全島蜂起，此時距離台灣光復不過十八個月而已。

數以萬計的社會菁英與熱情學生青年在這場動亂中遭遇軍隊的報復性濫殺。事件後被捕的（台中處理委員會主任委員）莊遂性，對前去探監的藍運登說過這麼一句話：「這款的社會，活下去又有什麼意義？」言詞之間透露悲痛絕望的訊息。對莊先生以及他同輩的台灣知識分子而言，日據時代，他們抵抗日本殖民統治，精神上，依恃的是對中國傳統文化的肯定，特別是儒家思想；政治上，追求的是西方近代議會民主政治。他們滿心以爲「光復」可以實現前半生的理想，固然是過分天真，但是祖國政府處理二‧二八事件的蠻橫粗暴，無異全盤否定了他們前半生的執著與付出。這是他們情感上萬難接受，現實中又不能不屈服的困境。

事件當中，台中市的武裝隊伍因攻下干城營區，將全市駐軍繳械，而被全省各地寄與厚望。但後來鎮壓軍隊進駐台中市的表現，比較其他地方還算是比較有所節制的，推測可能與當時財政處長嚴家淦在霧峰林家受到保護有關。而且謝雪紅與二七部隊已經撤到埔里，地方上的士紳大可以將責任一概推給謝氏。莊遂性與楊逵等人當時被捕，均自認必死，卻能保全一命。但是他們的幸運是絕少的。當時一片無政府狀態，顯然屬國民黨政學系的陳儀對局勢也失去了控制。各派特務四出，隨意逮捕濫殺，多少社會菁英死得不明不白，絕大部分未經審判就處決，甚至有很多是並未涉及事件活動者。陳炘的死，可能就是創「大公企業」遭忌，而非涉及事件。這位同輩中罕見的財經人才，曾與林獻堂等人同受蔣介石之邀赴南京參加受降典禮（一九四五年九月），返台以後，積極籌備「大公企業」，據說他認爲台灣若無本土企業，將難以抗衡即將蒞臨的浙江財閥。一九四六年二月，葉榮鐘寫過一篇題爲〈台灣經濟建設的原則〉的文章，爲大公企業催生。此文相信是集陳炘、莊遂性及葉榮鐘本人意見而成，強調糾集本土零碎資金，集合各界人才，盈利要薄酬股息，厚遇職員，並要回饋社會。

生死難忘唯一事

死者不能復生，生者不能尊嚴地活。軍隊武裝鎮壓之後，以「清鄉」和「自新」運動在全省各地持續追究參與事件者。無辜者受牽連，生活無時不在驚駭之中，還有很多人受迫拋棄親友出走逃亡。此時台灣海峽仍能通航，涉事而走投無路者，或對政局變化感到不安的大陸籍人士，仍可藉台灣與香港、廈門、上海間的定期航輪或漁船走私船，甚至是兼而營私的軍艦，離開台灣。

到了一九四九年國民政府中樞遷台以後，台灣與大陸間來往漸趨困難。韓戰爆發後，美國海軍第七艦隊進駐台灣海峽，兩岸完全斷絕，孤懸東海的小島，突然竟成西方反共世界的最前哨。舉世皆緘口、噤聲的社會表象之下仍有暗流。許多人正痛苦地再探尋台灣的出路。台灣獨立的分離意識應係萌芽此時，而內戰中漸居優勢的中共，無論由民族主義之層次，或馬克思主義所提示的社會正義理想，都對當時有良知的台灣知識分子具有相當的吸引力。風聲鶴唳的五〇年代，有多少本省的與大陸籍的左翼理想主義者，死不得其所？又有多少人在綠島上度過他們的青春年華？以本省籍的範圍，當時處決的不僅是舊台共林日高、張志忠、簡吉、廖煙（瑞發）等，更有台北市議員徐淵琛，基隆中學校長鍾浩東，台灣義勇隊長李友邦，台大醫學院的許強和郭琇琮等無法逐一列舉的社會菁英。而且在「寧可錯殺一百，不可放過一人」的肅匪政策下，可以想像其中有很多無辜者。

白色恐怖籠罩下，天地間無所逃遁，土地改革順利無阻地展開了。對二・二八事件餘悸猶存的農村地主們，面對著逐步逼進的「大戶餘糧徵收」、「三七五減租」、「耕者有其田」而束手無策，宛若任人宰制的綿羊，毫無抵抗之力。構成日據下民族抵抗運動主要力量的農村地主與城市知識階層，經過二・二八事件後的大規模捕殺，已經被削弱了大半。土地改革更進一步剷除其倖存的經濟力量。中部大地主也是議會路線主要領導人林獻堂，此時託稱養病再度避居東京，正是象徵這股政治社會力量的瓦解。林氏終於客死東京，生前未再回到台灣。

此後，仍在政壇上出現的民族運動幹部，就只有戰後才自大陸返台的黃朝琴、吳三連、楊肇嘉、蔡培火、劉啓光等幾位了。大多數劫後餘生，灰心餒志，不再涉政治活動，甚至絕口不再談昔日歷史，也不鼓勵子女參與政治。當年台中市文化協會有著名的「三隻烏鴉」——莊遂性、葉榮鐘與何集璧，以演說精采知名，光復初期仍活躍一時。迨二・二八事件之後，幾乎都過著半退隱的生活。莊氏回到萬斗六山上種植果園；葉氏即未就任省參議員（國民政府遴選，一九四七年十二月），又辭丘念台氏推薦之監察委員，沉默地在彰化銀行祕書室，撰寫彰化銀行史。

雖然如此，他們並非眞能忘情。因而，吾輩才能讀到吳濁流的《無花果》、《台灣連翹》；吳新榮的《日記》；葉榮鐘的《台灣民族運動史》以及其他許多人的作品。還有王詩琅、廖漢臣、連溫卿、葉石濤等幾位前輩長年專心一意在整理台灣歷史文獻。而在他們寄情感事的漢詩中，「留將老眼看殘局。萬一黃河忽地清」，「生死難忘唯一事。同胞何日網羅除」③這樣的辭句也俯拾可得。

遠走他鄉，自我流放

遠走異鄉者，關懷故鄉底事也依然殷切。客死北京的蘇新、王萬得等無一不是遺言要歸葬台灣。在北美洲漂泊四十載的謝娥女士說：「如果人生可以重新再活一遍，我還是會選擇參與政治的。」這位曾因抗日活動而坐牢的女醫，在二・二八事件中成爲最富爭議的人物。事件後她仍然當選爲國大代表，但終於選擇自我流放。對當年的抉擇，她有隱約的說明，如果留在台灣，肯定是繼續參與政治，而她自己思量，本性「硬氣」，多半不可能有什麼好的結局。她表示渴望看到世界的變化，特別是台灣與大陸的結局。國家人民是長久的，政府政權是可以改換的，她說：「中國人這麼善良刻苦，我們有權要求較好的政府！」

海外台灣獨立運動，最早要數廖文毅在香港倡言的「國際託管論」。廖氏於光復初時曾任台北市工程局長。一九四六年八月間競選國民參政員落選。據同時競選而當選的陳逸松言，廖氏彼時觀點傾向美國聯邦制度，政治上主張台灣與大陸各省維持高度自治，這或許也是他落選的主要原因。無論如何，競選中的紛爭以及二・二八事件的打擊，導致他走向台灣獨立運動。一九四七年下半年到香港，廖文毅與謝雪紅、蘇新等曾有過合作，終因政治立場上差異，以及組織名位上與謝雪紅爭持不下而告破裂。其後謝等組成「台灣民主自治同盟」直接受中共華東局的領導，廖則另成立「台灣民眾聯盟」，與潘欽信、石煥長、蕭來福等左翼人士合作，與島內蔡孝乾領導的地下黨有聯繫。其後廖氏轉到日本，繼續發展台灣獨立活動。廖文毅氏素來因美國的支持，或晚年與國民政府妥協返台而受爭議。就個人而言，廖氏爲其政治理念與行爲付出極大的代價，其家族財產被沒收，族中親人受盡連累，廖氏晚年向國民政府屈服，或許只是換取幾位親人的自由，減輕對其家族的歉疚。

另一場無奈的政治悲劇

一九四九年中共建國之初，召開「全國政治協商會議」，流亡香港的「台灣民主自治同盟」此時也作爲民主黨派之一遷到北京。謝雪紅、楊克煌、蘇新、林良材、李喬松等也陸續進入大陸。此時「台盟」同志一片團結，劫後北京相逢，氣氛熱烈。而主席謝雪紅口才極佳，反應靈活，能力也強，一時間似頗孚眾望，地位高，頭銜也多。

到了一九五〇年，中共將台籍兵集中到第七十軍團，調到華東、福建沿海，準備解放台灣。大陸各地台灣幹部，包括第二代台胞也都集中到上海受訓待命，「台盟」也自北京遷到上海。一些大陸台胞回憶這段時期時說，當時台胞都很興奮，全國解放對他們而言，最重要的是可以回台灣老家了。不料，次年朝鮮戰爭（韓戰）爆發，形勢逆轉成「抗美援朝」，回老家的夢支離破碎，而「台盟」的歷史角色也到了落幕的時候。

「台盟」在香港成立之初，因應時勢的需要，中共即將謝雪紅塑造成台灣人民反抗國民黨的樣板英雄。擴大宣傳之下，她的事蹟，包括她在二・二八事件當中的作爲，不免有所放大。日後，中共台灣省地下黨的領導人蔡前（蔡孝乾）被捕叛變，導致全省地下黨員的被捕殺。謝雪紅與蔡氏素來之不睦，可溯自舊台共時代。蘇新遺稿〈關於二・二八事件處理委員會〉一文中，有下面這麼一段：「不要因爲蔡前後來（一九五一年以後）叛變了，就不敢提他的名字。以前正確的就是正確的，以後叛變是以後的事情。對於歷史事件必須保存原來的眞面目，不能按照自己的利益、愛好、恩怨來加以竄改。至於因爲嫉妒，故意抹殺別人，歪曲歷史，那就更加惡劣了。」蘇新這段文字當非無的放矢。由此可以推想，在大陸的二・二八事件參與者，面對自己親身經歷的這段歷史事件，可能還會考慮政策方針的指導以及複雜的派系，如今又增加了海外言論的干擾。這些因素也都成爲後人探討這段歷史所必須面對的問題。

經過近兩年的整黨整風運動，「台盟」在一九五二年改組改選，轉折之後，新的悲劇上演。謝雪紅雖仍居主席名位，但已實權不握。當年向中共推薦她的李純青，被指派來處理她下台的問題。據說，中共領導人中有對「台盟」內爭下結論爲「無原則的派系糾紛」。長年追隨謝氏的周明認爲，原因在謝氏提出「台灣高度自治」的主張，不能見容於當時的中共，乃利用台胞間的矛盾而打擊謝氏。曾被謝氏誣陷爲國民黨特務的葉紀東說，爭論是嚴肅的，涉及「政治路線」及「組織」兩方面。他承認「台灣高度自治」的提法，當時確實未能得到大家支持，這是當時歷史的情勢下大多數人的認識。另一方面，對謝氏領導組織的不滿，是她重用楊克培及林鏗生、王碧光等曾依附日本的台灣人，影響「台盟」的形象甚鉅。無論是非曲直如何，謝氏確爲紛爭的中心。許多人在歷次政治運動中的命運都與她有關。失勢時，她的追隨者也挨整固不待言；得意時，她所提供的材料，鬥爭中所檢舉他人的文件，也使得許多人吃盡苦頭。

二・二八事件改變了眾多台灣人的命運，特別是出生於日本領台前後的這一代知識分子。他們早年反抗日本殖民統治，壯年之時回歸祖國，二・二八事件若果未奪去他們的生命，也摧毀了他們前半生的凌雲壯志。此後，無論是留守故土，浪跡海外或投奔另一個祖國政府，都只是身不由己的選擇。無論是緘口以度餘生，冷眼旁觀人生；或高談英雄事跡，永遠活在歷史當中；或放言革命，否定父祖之國，不論是何者，他們心中應該都會有一種對生命無法掌握的共同無奈吧。

《中國時報》人間副刊一九九一年二月二十八日

注釋

①葉榮鐘，《少奇吟草》，頁二八，一九七九年九月出版。

②〈夜得負人讓友空便感作〉，《少奇吟草》，頁五三，負人爲莊遂性，讓友爲張賴玉廉。

③〈六十感懷〉，《少奇吟草》，頁八五。

試論戰後初期的台灣知識分子及其文學活動

一九四五年八月十五日，日本昭和天皇詔告臣民無條件投降，並接受〈波茨坦宣言〉。至此，日本帝國才結束在台灣五十一年的殖民統治。

回顧日據下，六百萬的台灣人民，其為殖民地子民之辛酸苦楚，罄竹難書。尤其在九一八事變、七七事變，及太平洋戰爭相繼爆發後，日本軍國主義氣燄更盛，台灣子弟被徵召入伍，派往大陸南洋各地。及至盟軍反攻，台灣各地遂飽嘗轟炸，生產陷於停頓，經濟已然崩潰。第二次世界大戰之最後幾年間，台灣人民的生活，無論精神上或物質上，均承受著很大的壓迫和恐懼。

直到大戰結束，台灣人民方得由日本殖民統治的桎梏解脫出來，在世界大局的重整下，回歸祖國懷抱。大劫過後，台灣人民莫不滿腔熱望重整家園。這就是台灣歷史上的一個轉變時代。

戰後初期的台灣

1

首先最值得一提的是，台灣出現過一段政治上的眞空時期，從日本宣布投降之日，至十月五日，台灣行政長官公署的先行人員葛敬恩中將（祕書長兼警備總司令部前進指揮所主任）率領幕僚八十餘人飛抵台北之間，整整有五十日，台灣如同處於無政府狀態。

各地士紳所組成的「歡迎國民政府籌備會」和「三民主義青年團」，雖然組織成員頗爲複雜，包括抗日分子和皇民化的順民，基本上，構成了政治上的穩定力。地方青年知識分子就地組織的「青年服務隊」則擔當起維持地方治安的責任。此外，還有「台灣省海外僑胞救援會」、「人民協會」、「農民協會」、「人民自由保障會」、「學生聯盟」等等人民團體頻頻成立，其中更包括一個「大公企業」的籌備。

這眾多組織，均無實際政治力量爲後盾；然在此無政府狀態之下，台灣人民或籌備歡迎祖國政府之工作，或營救身陷海外之同胞，或策畫企業，或學習漢文、北京官話，都暫時發揮了穩定時局的功用①。其結果是，台灣人民意外地得到實驗初步地方民主自治的機會。有論者，喻之爲台灣史上的「桃花源記」，雖爲誇大之辭，但是二次世界大戰結束之際，台灣人民政治上的這段體驗，即使是短暫的，卻是獨特而令人難忘懷的。

台灣光復之際，社會所面臨的秩序重整問題，雖也具有戰後世界普遍存在問題的一面。但是，台灣經清朝割讓，而與大陸分離，受日本帝國強奪殖民統治的歷史遭遇，又具備一種與大陸其他淪陷區相異的特殊經驗。這個歷史因素，爲戰後台灣這段交替轉移的關鍵時刻添加更複雜的內容，更多必須克服的歷史的和文化的問題。

曾經在日本殖民體制下生活五十年的台灣人民，「光復」對他們的意義，當無法由「國籍改變」這個法律概念中去簡單地理解。

五十年來，日本政治、經濟、文化力量的影響，造成了台灣一定程度的社會分化，尤其是最後那場瘋狂的軍國主義侵華戰爭，台灣人民承受著難以負荷的心靈摧殘和扭曲。也導致光復之際，社會組成複雜的嚴重性。稍遠一點有參與民族運動的文化鬥士，有依附統治者的御用紳士，近的則有順從皇民化的「國語家庭」與非國語家庭。而戰後由海外返台者，有從大陸日軍占領區、抗日敵後區、日本本土以及南洋戰場等地歸來。他們之中，個人在戰爭中的經歷大不相同，因此對台灣之光復自然也有不完全相似的感受與期待。當年，任國民黨台灣省黨部主委的丘念台氏，曾向南京國民政府力主「台灣無漢奸論」，其用心不可謂不深遠。

當時來台的外省籍人士，自然也非「國民政府遣台人員」一辭可籠統概括之。比之其他收復地區，台灣確是比較乾淨之地，當時確有不少有志之士隨陳儀來參加台灣的重建工作。雖然如此，來台接管的官員中明顯的是良莠不齊，何況，還有許多以台灣爲金銀島，來發光復財的投機者，和一批缺乏法紀秩序的軍隊。

台灣承受日本文化影響雖有五十年，對祖國仍然有強韌的向心力，戰後，「台灣祖國化」的口號即刻風行各地，學習國語（北京話）也在各地熱烈地展開。但是，異族的大和文化之揚棄，與中國傳統文化之批判的再繼承，畢竟也不是短暫時間得以順利轉換成功的。況且，戰後世界形勢呈現美國與蘇俄在東西方的勢力範圍爭奪戰，大陸本土更陷於國共長期對峙的戰亂，如此動盪的大形勢衝擊之下，台灣的文化和社會的整合，自是更加複雜而困難重重。

2

政治層面上，行政長官陳儀代表國民政府的接管工作，首先使得本省知識分子大失所望。接管政策沿襲日人殖民政策頗多，以不諳台灣工作環境之外省人士接替原日人之主管職位，本省人士則留置早先日人所派之低職位，甚而還在政府機關執行著本省、外省差別對待的薪給制度。這種異族殖民統治的歧視措施，竟由祖國政府沿襲用之，加諸於身；對於當時沉醉在歡慶光復回歸祖國的台灣同胞，何異當頭潑下一盆冷水？而大陸官場的各種封建官僚習性，更令大部分憨厚守法的台灣人民無所適從。政治之現實，何其殘酷。

收復工作以接收日人財產最爲積極；官產之外，爲數龐大的民間私有企業也一併由官方接收了。然而，很多時候並未合法處理，而落入私人手中，報紙上揭露了各式各樣的貪污舞弊或官商勾結囤貨抬價等等不法行爲。另一方面，集台灣本地資本而組成的「大公企業」，原擬協助國民政府接收部分民間日人企業而經營，也未能見容於當局[2]。再者，大陸之內戰，嚴重影響著彼時台灣之經濟；砂糖、米、煤各種物資不斷地運往上海，加以官商勾結、囤積而引起通貨膨脹，與民爭利的專賣制度，導致戰後台灣的經濟生產，落入較戰前更混亂、困頓的景況。

3

相對於大陸本土情境而言，戰後初期的台灣，經濟層面，只有少數能經營管理的資本家與中下級技術人才；政治層面，缺乏集結的民間力量對統治政權產生制衡的作用，確實難以在變遷中爭取到人民自主的高度自治。唯民憤民怨日增，甫慶光復未久，實已危機暗伏，人們感憤於政治之無出路和經濟之惡化，而文化價值體系更是瀕臨崩潰。就在這樣的時代背景中，發生了二・二八事件，時距「台灣光復」尚未滿兩年。

這場民變當中，台灣人民受到極野蠻的對待，社會菁英知識分子與資產階級，可說被殺害殆盡；這不幸的事件，對台灣人的心靈傷害既深且遠。

緊接著，大陸國共內戰轉入對決的時刻，一九四九年底，國民政府中樞遷往台灣。旋踵間，台灣遂由邊陲之島，進入國共繼續隔海對峙的國府方面的中心舞台。時局轉變如此急遽，絕非光復伊始，欣慶回歸祖國懷抱，信心勃勃要重建家園的台灣人民始料所及，而短短四年間，更宛如連場噩夢。國民政府中樞遷台後，隨即展開對共產主義思想和左翼組織的全面肅清，台灣再度籠罩在長期的黑暗沉寂之下。

戰後最初數年，台灣這塊土地與生活其間的人民，不僅未得絲毫調養機會，卻是身不由己地，經歷了一波又一波的風暴。這也就是一九四五年至一九四九年間，台灣知識分子及他們的文學活動所置身的時代。

轉變時代的知識分子

日據下，由一九二〇年代開展的文化層面的運動，是以留學生和島內知識分子爲主體的非武力抗議運動。這個抗議運動涉及民族主義、民主政治和社會主義三個意識形態的範疇。前者是受異族統治的必然反應，後兩者顯然是受到當時世界潮流的外來影響所趨。當時爲飽受壓迫的台灣人民指引一條理論出路的「社會主義」，尤其吸引了很多理想主義的知識分子。

運動之發展，由議會設置請願而文化啓蒙而農民勞工經濟鬥爭而組織政黨，內容觸及文化、社會與政治三個層面。知識分子的角色可粗略劃分爲文化啓蒙者、社會改革者與政治抗議者；然而，很多時候是一個人同時扮演了三個角色，「政治抗議者」往往又是其中最爲突出的。這顯然導自日本人的殖民統治，嚴酷地控制台灣人生活上每一層面，知識分子因而特別關注「異族殖民統治」這政治問題，視之爲台灣社會一切不合理的根源。

1

台灣光復之際，儘管「異族殖民統治」已自政治舞台退場，高度政治取向的特質卻承續下來，甚至有更熾熱的趨向。吳濁流和葉榮鐘兩位前輩的回憶性作品，均曾一再提到，當時台灣人的「政治大頭病症」，以及隨著時局改變，而焦急尋找新出路的御用紳士和「皇民奉公會」的前進人士。

長久被置於受藐視、受壓榨的殖民地子民的地位，一旦得到解脫，知識分子的理想與浪漫情懷，難免誤以爲從此可以大有發展，因而爭相擠向政治的窄門。當時之知識分子幾乎人手一冊《三民主義》，滿懷抱負與熱情，努力要建設「三民主義的新台灣」，比之日據時期，知識分子更形活躍。

知識分子的昂揚自信與文化界之生氣勃勃，是戰後初期台灣予人深刻印象的景觀，也是台灣歷史上，文化界難得一現的黃金時代。全省各地紛有刊物出版，辦國語講習班，舉行文化座談會，美術展、音樂會、戲劇演出等等各式各樣的文化活動，蓬勃地展開，其中又以期刊雜誌最爲豐富，百花齊放，頗令人應接不暇。彼時之知識分子，立足於瘡痍滿目的家園，而活躍於文化事業之開拓，無非也是對歷史與社會的使命感使然吧？期望能藉著個人文章對建設新台灣之事業，表達些微見地，這是歷來中國知識分子「諍言」的傳統。

何況，當時台灣急切地要掙脫日本殖民者的文化體系，重新入承中國文化之脈絡，而建立新的、自主的台灣文化，這也是知識分子「捨我其誰」的歷史任務。

經歷過皇民化運動的台灣知識分子，戰後在文化知識的領域方得以紓解，而與大陸文化界的自由往來交流，接觸到大量五四運動以來的三〇年代的作家作品，以及蘇俄等世界文學，都大大地拓展了他們的視野。

2

一九四六年夏天，台灣已有八十種左右的報紙雜誌，其中有正在出刊的，少數出刊後又停刊的，也有辦妥登記尚未出刊的，更有出刊而未得合法登記的③。

光復後短短一年間，文化事業發展出這麼活潑的景況，確實極爲令人驚奇。其中，官方、軍方和黨方背景所經營的，雖在數量規模均占有相當大的比例，但民間的期刊雜誌絲毫不顯得遜色。事實上，予後人印象深刻的大都是民間所辦的，例如創刊最早的《政經報》半月刊和《新新月刊》，以及舊《台灣民報》爲班底的《民報》，以報導國共重慶談判而轟動一時的《台灣評論》，集結本省、外省進步新聞人士的《人民導報》和以承擔台灣文化重建爲職志的《台灣文化》等等，還有出刊較遲的《公論報》和戰後第一份文學刊物《台灣文學》。

筆者三年多來，從史坦福、耶魯、哈佛、普林斯頓、芝加哥等幾家大學和美國國會圖書館，以及數位前輩的私人收藏中發現，一九四五年至一九四九年間，台灣出版的期刊雜誌有四十三種（日報十五種，週刊和月刊二十八種），但是，除了《台灣文化》和《台灣月刊》而外，其餘均殘缺不全，甚至如隸屬行政長官公署的《新生報》也缺一九四七年三月份。其中以加州史坦福大學的胡佛研究中心和日本立教大學史學系戴國煇教授的收藏最多。

此外，還有二十餘份未能找到原版，只能由同時期報刊上的廣告、報導文字，間接證明其存在④。

以下依出刊前後，試列舉之：

1.《一陽週報》：一九四五年九月間在台中市創刊。每週六出版。同年十一月十七日出版第九期後停刊。楊逵主編。

2.《政經報》：半月刊。一九四五年十月二十五日在台北市創刊，一九四六年八月停刊。

「政治經濟研究會」機關雜誌。發行人陳逸松，主編蘇新，編輯委員：陳逸松、蘇新、王白淵、顏永賢、胡錦榮。

3. 《新生報》：原日據下《台灣日日新報》，一九四五年十月二十五日由台灣行政長官公署接管，改名新生報。李萬居爲第一任社長，日文總編輯吳金鍊，中文總編輯黎烈文，編譯主任王白淵。

4. 《新新月刊》：一九四五年十一月十五日在新竹市創刊，一九四七年一月後停刊，共出版八期。發行人：台中市長黃克正，編輯人黃金穗。

5. 《台灣青年》：半月刊。一九四五年十一月十二日創刊，一九四六年七月出版第十期後停刊。發行人李友邦，三民主義青年團中央直屬台灣區團部刊物。

6. 《台灣月刊》：一九四五年十一月二十五日在上海創刊。發行人王麗明，編輯王鐘麟。台灣革新協會（發起人廖文奎）刊物。

7. 《現代週刊》：一九四五年十二月十日在台北市創刊。主編吳克剛，重要作者：夏濤聲、陳兼善、范壽康、鄭士鎔、沈雲龍等。

8. 《新青年》：日文，半月刊。一九四五年十月前後在台北市創刊。發行人郭啓賢，主編方慶清。

9. 《台灣通訊》：一九四五年年底創刊。台灣省行政長官公署宣傳委員會發行。

10. 《人民導報》：日報，一九四六年一月一日在台北市創刊。發行人宋斐如（教育處副處長），後由王添燈、王井泉分別接任。副社長鄗爽秋、總編輯蘇新，同仁有陳文彬、白克、馬銳籌、夏邦俊、徐瓊二、呂赫若等。

11. 《中華日報》：一九四六年二月一日在台南市創刊。發行人梁寒操，社長盧冠祥。

12. 《台灣之聲》：一九四六年六月一日創刊。發行人林忠，中央廣播事業管理處，台灣之聲出版社。

13. 《民報》：日報，一九四六年七月在台北市創刊。社長林茂生，總編輯許乃昌，主筆陳旺成，文藝編輯楊雲萍、吳濁流，記者蔣時欽。

14. 《台灣評論》：月刊，一九四六年七月一日在台北市創刊，一九四六年十月停刊，共出版四期，其中第一期被禁。發行人林忠，主編李純青，編輯王白淵、蘇新。

15. 《自強報》：日報。一九四六年七月中旬在基隆創刊。發行人周莊伯。

16. 《台灣文化》：月刊。一九四六年十月在台北市創刊，一九五〇年五月停刊。游彌堅（台北市長）主持「台灣文化協進會」機關刊物。編輯有楊雲萍、許乃昌、蘇新、王白淵、陳紹馨。曾出版許壽裳著《魯迅的思想與生活》。

17. 《正氣月刊》：一九四六年十月一日在台北市創刊。發行人柯遠芬，主編曾今可。

18. 《前鋒》：週刊。一九四六年十月十二日在台北市創刊。一九四七年二月二十一日出版第十五期後停刊。廖文毅主編。

19. 《台灣月刊》：一九四六年十月二十五日在台北市創刊。發行人張皋，編輯沈雲龍，行政長官公署宣傳委員會刊物。

20. 《內外要聞》：週刊。一九四六年十一月十日創刊，一九四七年二月以後停刊，共出版八期。台灣文化協進會發行，中日文對照新聞摘要。

21.《自由日報》：一九四六年十二月一日在台中市創刊。社長黃悟塵，副社長徐德倫，董事長陳茂林。

22.《新聲》：日文月刊。一九四六年創刊。發行人兼編輯植田富士太郎。

23.《新台灣》：半月刊。一九四六年春在台北市創刊。發行人梁永祿，主編曹哲隱，聯絡人洪楢。

24.《和平日報》：一九四六年在台中市創刊。發行人韋佩弦、賈鑑心，社長李上根中將，主編樓憲，翻譯科長楊克煌。

25.《台灣公論》：週刊。一九四六年在高雄縣鳳山鎮創刊。發行人曾國雄。

26.《大明報》：晚報。一九四六年在台北市創刊。發行人艾璐生，社長林子畏。

27.《台灣英文雜誌 *The Formosan*》：一九四六年九月在台北創刊。發行人陳國政。

28.《國是日報》：一九四六年在台北市創刊。發行人林紫貴。

29.《台灣雜誌》：月刊。一九四七年一月創刊，台北市。

30.《文化交流》：一九四七年一月十五日創刊，僅出版一期。發行者台中市文化交流服務社。主辦人藍更興（藍運登），編輯張禹、楊逵。

31.《中外日報》：一九四七年二月一日創刊，台北市。發行人林宗賢，社長鄭文蔚，主筆寇冰華。

32.《台灣學報》：一九四七年二月。台灣省編譯館出版，許季茀（壽裳）爲館長。

33. 《台灣日報》：一九四七年創刊。台北市。發行人張兆煥。
34. 《經濟觀測》：一九四七年三月一日出版第一集。幣慌專號。台北市。發行人林佛樹。編輯台灣經濟研究所。
35. 《民聲報》：一九四七年創刊。台中市。發行人徐成。同年十月改名《台灣民聲日報》。
36. 《光復新報》：一九四七年創刊。高雄市。發行人黃光軍。
37. 《公論報》：一九四七年十月二十五日創刊。發行人李萬居，總編輯倪師譠、鈕先鐘。編輯戴英浪。
38. 《建國月刊》：一九四七年十月創刊。台北市。發行人柳劍鳴，社長鈕先銘，主編曾今可。
39. 《台灣新社會》：一九四八年二月十五日創刊。台北市。發行、編輯者台灣新社會月刊社。
40. 《全民日報》：一九四八年四月創刊。台北市。
41. 《台灣文學》：一九四八年八月十日創刊，同年十二月十五日出版第三輯後停刊。發行人張歐坤，編輯台灣文學編輯部楊逵負責。
42. 《公理報》：週刊。一九四八年創刊。發行人兼社長蔣齊平。
43. 《台灣人報》：半月刊。一九四八年十月創刊。台北市。發行人盧啓予，編輯呂正之。

3

一九四六年十月，政府藉著「光復一周年」而廢止報刊雜誌的日文版。這個政策對中年以上的知識分子影響或許並不大，因爲他們多半能同時運用中日文。但是皇民化運動中，接受完整的「國語」（日文）教育成長的青年作家，日文不僅是閱讀和寫作的工具，而且是他們思維的方式。

除文字問題外，就目前所能掌握的資料，筆者嘗試以期刊雜誌之內容主題，並以一九四七年的二・二八事件分界前後兩期，略加探討。

前期帶著濃厚的本土「政治取向」，內容主題傾向反映台灣之政治經濟社會，或致力於祖國地理歷史文物的介紹，或建設台灣，或地方自治，或三民主義，或推行國語等各種問題之探討。至於，對大陸的國共談判或之後擴展的內戰，以及世界局勢的報導則較缺失，除官方、軍方、黨方報紙一面「剿匪」的戰果報導外，則僅有《人民導報》和《台灣評論》，有較突破的報導和深入的分析。這些事實，反映著戰後初期的台灣，對世界大勢了解的局限性。

二・二八事件之後，泰半民間報刊雜誌受到查封，或不得不自動停刊。很多文化界活躍的知識分子，在事件中遇害、被捕或逃亡海外，不少自此封筆退出文化界。少數倖存的知識分子與刊物則都緘默於政治，而轉向學術或文學，最明顯的，莫如《台灣文化》之改向學術研究。

到了一九四八年，楊逵辦《台灣文學叢刊》，出版【中國文藝叢書】，把魯迅、巴金、茅盾、沈從文等三〇年代的作家作品譯成日文，介紹給台灣人。《新生報》副刊橋，《中華日報》副刊海風，《公論報》副刊文藝和日月潭，以及詩刊《海潮》的相繼出現，似乎意味著大變過後，本省與外省知識分子痛定思痛之餘，有限度的再出發，以及攜手共同耕耘的願望。台灣新文學遂呈現了極短暫的萌芽階段，湧現了不少的短篇小說、散文與詩的創作。吳濁流的〈黎明前的台灣〉（一九四七年六月出版日文單行本），無疑的是悲劇過後，縈繞知識分子心頭的問題——「台灣往何處去?」的一個探討。吳氏針對時弊，觀察敏銳，全篇筆觸嚴謹而沉重，卻又驚人的樂觀向前，而且勇於自省；其寬厚胸懷，更表現出無限堅韌的力量。

4

戰後初期活躍於文化界的知識分子數量頗爲可觀，他們的背景、經歷、意識形態各不相同，日後遭遇亦各有異。

許多日據時期推動民族運動的幹部，也是戰後初期文化界，居於主導地位的組成幹部，後人所較熟知的有楊逵、王白淵、陳逸松、吳新榮、張文環、呂赫若、許乃昌、龍瑛宗、王添燈、蘇新、徐瓊二、葉榮鐘、莊垂勝、張我軍、張冬芳等人。其他由日本返台的留學生陳文彬、王育德、詹世平、蔡慶榮、林曙光等也在文化界活躍。

省參議員王添燈辦的《自由報》，是官方、民間都極注意的一份週刊。自一九四六年九月創刊至次年二月終刊，短短半年間，因批評時政而數度遭警備總部停刊處分，先後改名稱爲《台灣自由報》和《青年自由報》。該刊總編輯蔡慶榮，作者蔣時欽、潘欽信、王白淵、孫萬枝、蘇新、詹世平等。⑤

中部的文化界人士莊垂勝、葉榮鐘和北京歸來的張我軍，曾與地方士紳張煥圭等集結資金擬辦日刊《中報》，但申請未獲准。後來再籌辦《聯合月刊》，創刊號甫在印刷中，又逢二・二八事件而未得面世⑥。

重慶返台的幾位本省人士，也在當時台灣的文化界頗具影響力。李萬居首先掌行政長官公署的《新生報》，事件後改辦《公論報》。《新生報》則由另一位大陸回來的本省人李友邦接任發行人，李氏也是「三民主義青年團」的主持者。當時的台北市長游彌堅則組成「台灣文化協進會」，創辦執當時文化界牛耳的《台灣文化》和《內外要聞》（新聞摘要半月刊）。省教育處副處長宋斐如（宋文瑞）則網羅本省、外省進步人士辦了《人民導報》。

積極參與的大陸來台人士，也不在少數，大部分是在學術界和新聞界服務的。學術界者多在大學執教，或在許壽裳所主持的國立編譯館工作，較為後人所知的有何容、夏濤聲、臺靜農、范壽康、李霽野、陳兼善、李季谷、雷石榆……等等。新聞界者有黎烈文、黃榮燦、張禹（王思翔）、歌雷、揚風、歐陽明……等等。這些外省人士中，有些在一九四九年之後去向不明，其中如李霽野、雷石榆、李何林、張禹等返大陸定居，提倡木刻的畫家黃榮燦因匪諜罪名被處死，與魯迅同鄉摯友的許壽裳，則於一九四八年在其任教的台灣大學宿舍遭暗殺身亡。

還有一群日本知識分子，對戰後台灣文化重建工作，亦曾力圖有所貢獻，他們是以台灣大學金關丈夫教授為中心的原《民俗台灣》同仁。其中，池田敏雄曾與黃榮燦合編一份藝術科學刊物《新創造》⑦。

文學活動

第二次世界大戰的末期，日本全面推動皇民化運動，在召開「台灣決戰文學會議」的聲浪中，台灣本土新文學的代表刊物《台灣文學》終於在一九四三年被迫停刊。二十年來以民族運動爲職志的台灣新文學運動，遂告了一個時代性的段落。

接下來的兩年歲月，新文學運動幾乎處於冬眠的狀態，雖有少數作家附和「皇民奉公會」，報效日本帝國主義的戰時文學，但是大多數的台灣作家還是以沉默的反抗，度過終戰的黑暗時代。

1

戰爭結束之後，短短數月間，報紙雜誌的創刊雖如雨後春筍，唯因紙張缺乏，篇幅受了限制。加上知識分子主觀上傾向政治和對時局的使命感，都使他們無法爲「文學創作」開闢太多的園地。

再者，光復一周年後，日文版即遭廢止，創作語言遽然受到限制，頓時使得一向以日文創作的作家，陷於困頓之境。

若是由創作的推動力細加審察，除去知識分子在「光復」之後偏向政治而外，文學創作媒介與動機的喪失，或許才是當時台灣文學之所以處於「睡眠狀態」[8]的內在因素吧？

作爲民族運動的一環，隨著抗日運動一起成長的日據下台灣新文學，其本質是反帝反封建的，精神上，則反映著漢族文化與大和民族文化的抗爭。緣此，日據下的台灣新文學帶有一種以反抗爲創作原動力的特質與傳統。換言之，日據下台灣新文學具有民族主義的歷史任務。光復回歸祖國，原有的創作動機與歷史任務遂不再適用，從而失去了原先引導文學創作的動力。

2

光復至一九四七年二月，短短一年多，文學園地並不多，固定的版面只有《中華日報》日文版文藝欄，以及《新新月刊》、《台灣文化》、《政經報》和《台灣月刊》。《中華日報》的文藝欄由龍瑛宗主編，自一九四六年三月至同年十月，隨著光復一周年取消日文版而告結束。內容似以文藝論述占較多篇幅，其他包括有小說、詩、散文、隨筆、劇評等。可能是地理上的限制，這個園地的作者大部分住在南部。較常發表作品的有吳濁流、葉石濤、吳瀛濤、王碧蕉、詹冰、王育德和龍瑛宗本人[9]。

這期間所發表的作品，尤其是小說創作，泰半以日本殖民地經驗爲主題，與後來以祖國經驗爲題材的創作，有明顯的差異。像最早發表的《賴和獄中日記》（《政經報》一九四五、十、二十五）、王白淵的《我的回憶》（《政經報》一九四五、十、二十五）、以單行本出版的《賴和小說選》、《善訟人的故事》（賴和）、《送報伕》中日文合版（楊逵）和吳濁流的《胡志明》（即《亞細亞的孤兒》日文版）、《陳大人》、《先生媽》等等，皆以日本經驗爲主題，其中更不乏自傳體之作，部分作品在光復之前已發表或寫成。

特別值得一提，一九四七年一月，《台灣文化》推出「魯迅逝世二十周年紀念輯」，堪稱創舉，並得好評，而為當局禁止再版。不久，《台灣文化》再出版許壽裳著《魯迅的思想與生活》。

呂赫若可能是當時以中文創作最豐富的一位作家，短短的一年間，已經發現的，就有四篇短篇小說：一、〈戰爭的故事——改姓名〉《政經報》、一九四六、二）；二、〈戰爭的故事——一個獎〉（《政經報》、一九四六、三）；三、〈光復以前〉（《新新月刊》、一九四七、一）；四、〈冬夜〉（《台灣文化》、一九四七、二）。前三篇都是以日本據台末期，皇民化運動與戰爭中為題材的。第四篇〈冬夜〉，才增加了戰後的祖國經驗；全篇貫穿戰爭前後，以一個台灣女性在大時代夾縫間的遭遇為經緯。女主角彩鳳原是個小店員，新婚的丈夫被徵召到南洋充軍，從此不再有音訊。光復，工作的單位隨著接收而被取消，失業的彩鳳淪為酒女；其後，嫁給一位來台接收的浙江小官僚，不期，並未能脫離苦海，反而更加悲慘不堪。這篇作品展現的是，在日本殖民統治、戰爭、光復的三個階段，純良的老百姓在政治、經濟不斷惡化的變動中，隨波逐流，任人擺布的無告與心酸。相對於狡黠跋扈的浙江官僚，也深省挖掘了老百姓自身的卑微與宿命性格。

呂赫若早在日據時代即享有盛名，一九四四年台北清水書店出版他的日文短篇小說集《清秋》，被認為是日據下台灣新文學作品中，剖析台灣封建社會最為深刻，技巧最為圓熟的作品。戰後，呂赫若在文藝界相當活躍，經常參加「文化協進會」主辦的文藝活動，並曾在台北市中山堂開過音樂演唱會。當時，他在北一女（或建國中學）任音樂教師，同時兼任《人民導報》的記者，據蘇新說，他所以能夠很快地改用中文創作，即得力於每日必須用中文撰寫新聞報導的磨練。但是，他的四篇中文小說創作，比較其日文作品，顯得頗為粗糙，人物刻畫或情節經營，均缺乏他一貫冷酷而熟練的「解剖」技巧。這當然是由於初學中文，駕馭文字尚未能運用自如，另一方面，或也是他全心全力投注社會運動，緊張忙碌的生活狀況，實無充分時間去經營細構。

二．二八事件之前，台灣作家所發表的作品，雖數量有限，又多以日據下經驗爲題材。但是，後人由數量不多而文字不甚流暢的作品間，卻能夠體會出那個時代脈搏的跳動。龍瑛宗的散文〈台北的表情〉（《新新月刊》、一九四七、一），有一段這麼的描寫：「……日本的表情已經逐漸從台北消散了其姿態，然而祖國的表情濃厚的來代替這些表情，但是日本的表情是還沒有完全失掉，我感著，日本的表情還留下在著有簾的光景，日本格樣的房子，這都是暫時不能從台北被撤消的，但是，現在的台北的表情怎樣，到底是憂鬱的還是歡呼的？……」短小的篇幅間，將那個時代的氣氛完全展現出來，而留給讀者無窮的回味。當時最典型的日式中文，運用之間卻也貼切，有助於烘托出那個時代的色調，更帶有他的日文作品一貫柔情的風格。

同時期的另一作品〈農村自衛隊〉（邱平田⑩，《台灣文化》一九四七、三、一），則明白透露了事件前夕，島上緊張的氣氛，人民普遍憤懣而且了無憧憬的絕望情緒，跳躍在字裡行間，是一篇延續殖民時代反抗精神的「控訴」之作。

3

事件過後，灼熱狂情已逐漸褪逝，取而代之的卻是令人窒息的沉悶。此時，也只有寄寓文學，才能得到暫時的宣洩或紓解吧？此後數年間，政治、經濟、社會秩序不斷惡化，人們不僅面臨物質生活的窘困，精神上也難以自處。物質與精神的雙重煎熬，反而提供了創作的動力和素材，使得激浪中消沉的知識分子再度奮起，在文學領域嘗試調整腳步再出發。總括而言，事件後至一九四九年國民政府中樞遷台，短短的兩年間，文學園地確是較光復後的前期增加，收穫亦較豐富。

同時期中，最重要的園地要數《新生報》的副刊橋。其大陸籍的主編歌雷（原名史習枚），在創刊號（一九四七、八、一）的〈刊前序言〉中說：「橋象徵著新舊交替，橋象徵從陌生到友情，橋象徵一個新天地，橋象徵一個展開的新世紀。」回顧橋刊的意義，至少有兩方面，其一是，爲過去以日文創作的台籍作家提供園地。廢止日文版後，很多作者必須依靠翻譯才有發展的可能，橋刊即是承擔了翻譯與發表的任務，並且提攜他們漸漸過渡到以中文創作。其二是，大災變之後，台籍與大陸籍的知識分子爲重建新文學在台灣的發展，而並肩共同耕耘的願望。他們並且透過文章，或在各地召開座談，認眞探討新文學理論的建設問題。

對新文學在台灣的特殊性，台籍與大陸籍的作家當然尚有看法上的差距，但是，卻都確認台灣新文學既往的成就，以及其現實主義的風格。惋惜的是，日後大形勢的轉變，使他們共同的努力，並不能在創作上開出燦爛的花朵，而成爲台灣文學發展史上的斷簡殘篇，少爲人知。

一九四八年以叢刊形式出版了三輯的《台灣文學》，是目前所知，戰後台灣第一份文學刊物，內容以小說較有收穫。主持其事的楊逵，是戰後台灣文壇上衝勁十足的人物，一九四九年春天，他因發表〈和平宣言〉而下獄十二年。

然而，對當時知識分子最有震撼力的，可能是《台灣の現實き語る》和《波茨坦科長》這兩本以日文出版的書了。前書於一九四六年十月面世，後書出版於一九四七年十月。前書因作者徐瓊二⑪死於二·二八事件中而成絕版，相形下，吳濁流和他的著作可謂極其幸運。

吳濁流和他的小說世界，正如其人的經歷，跨越了兩個時代。寫於戰爭末期，而發表於光復初期的《胡志明》、《陳大夫》和《先生媽》是寫他日本經驗的感受。《胡志明》後來改名為《亞細亞的孤兒》，以日本帝國殖民統治下，台灣人民挫折的生涯為全書經緯，《陳大人》和《先生媽》則寫日據下的御用紳士和參與皇民化運動的中上層台灣人，依仗日人勢力而作威作福的醜態。這三部作品，反映出吳氏個人強烈的民族意識與社會批判的銳力。事件過後，他以日文寫《黎明前的台灣》（一九四七、五）和小說《波茨坦科長》，這兩部著作是他最早以祖國經驗取材的產物。小說的名字取自「波茨坦宣言」，無異是對時代的沉痛嘲諷，吳氏樸素的筆觸，非常形象化地表達了台灣人對國民政府官僚文化的認知過程，以及過程中難以接納的齟齬。循規蹈矩而憨厚的台灣人和腐敗的接收官僚，兩者極不協調的對照，予人印象至為深刻。

官僚文化為題材的作品，至少還有章仕開的〈X區長〉」（同時刊在《台灣文學》和《創作》）和陳濤的〈簽呈〉（同時刊在《台灣文學》和《公論報》副刊日月潭），但是深度及分量均遠遜於《波茨坦科長》。

探討女性問題，也是當時頗為普遍的小說創作題材，前面提到呂赫若的〈冬夜〉即是一例。大陸籍作者揚風的〈小東西〉（《台灣文學》一九四八、八），描寫一位可憐的台灣養女，雖秉性善良，並且掙扎向上，最後仍逃脫不了淪為妓女的厄運。張冬芳的〈阿猜女〉（《台灣文化》一九四七、一），透過一個女性的婚姻遭遇，來展現交替的時代。阿猜女是小地主家庭的大姑娘，受過新式教育的她，曾力求生活自立，婚姻的問題，卻免不了受到光復當時熱熾氣氛的引導，而與一位來自祖國的軍官，有一場徒具外表的自由戀愛婚姻。

俞若欽的〈裁員〉（同時刊在《新生報》橋刊和《台灣文學》），對失落在時代變動中，挫折而無力的知識分子，有相當深入的刻畫。全篇以一個備受生活困窘折磨的知識分子，強迫其妻墮胎爲情節焦點。面對著失業和一籌莫展的生活前景，手無縛雞之力的知識分子，要求懷孕的妻接受墮胎，以保持她的工作並免增加生活開銷。當然，墮胎是違反知識分子的人道主義和道德觀的。於是，作者用近乎冷酷的筆觸處理主角的心理掙扎，文中主角有如下一段自白：「……你的什麼人道和道德觀念最好暫時收藏起來，等到上帝通知你的時候，你再出來，因爲這個社會早厭它們太頑舊了。……我們做父母的罪孽，當由社會來替我們負責，因爲我們的痛苦已無法向社會控訴了，……」這段話或可爲當時知識分子的心聲做注腳，野蠻而黑暗的環境下，悲憤過後的心灰意懶之情，不正是哀莫大於心死？

從筆者涉獵的資料來看，戰後初期以小說、散文爲主的台灣新文學中文作品，除少數例外，大部分在文字技巧上呈現著缺乏修飾的粗糙外貌；作者對語文（中文）的掌握，普遍地顯得不夠流暢，有時甚至於辭不達意。創作語言的局限，不可避免地影響小說人物刻畫的深度和情節經營的圓熟。雖然如此，卻無礙於展示寫實主義的風格，許多作品，確實是灌注於表達知識分子尋求心靈歸宿的苦悶，但是取材命題仍然充滿了對社會的關懷，緊扣著時代脈搏的跳動。無論是寫日本經驗或祖國經驗，寫日本殖民者與風骨不屈的台灣人民，寫戰後接收官僚與憨厚的島上小民，寫轉變時代的投機者與命運多乖的養女，總是脫不開台灣島上血淚交織的土地與人民。

結語

抗日民族解放運動中，知識分子所領導的政治抗議運動，並不能夠改變台灣的政治命運。從來，統治者總是在緊要的時刻訴諸原始的暴力，手無寸鐵的知識分子就顯得太單薄了。戰後初期，台灣知識分子在本土政治取向的努力，並不曾改善當時的政治體系或社會發展，更無法改變台灣人民長久以來的從屬地位。

相反地，他們努力所換得的報償，卻是造成了將近一個世代的菁英斷層。這樣重大的挫折，其所以無法紓解；客觀上，受制於戰後美蘇勢力競賽的影響和國共內戰的局限。主觀上，則是台灣知識分子對祖國認知上的癥結。

過去，台灣知識分子依靠著文字記載的歷史文化和延襲的風俗習慣，維持與祖國的聯繫。縱然，血濃於水的民族向心力是眞摯之情，他們對近代祖國的實情，又確實是那麼地隔閡而無知。這種欠缺實感的概念認知，使得他們在戰後必須面對祖國政治環境的當時，茫然而無法適應。

整個世代的挫折，所造成的歷史傷痕，因缺乏細心護呵而難以癒合，遂成延綿的暗流；心靈之無所歸宿，甚而藉著否定自己的根源，賤視父祖之國，以尋求暫時的逃避。然而，莫大的損失，更在於喪失了一次徹底掙脫日本殖民文化體系的支配，而進一步通過批判地繼承漢文化，以建立具有自主性格的台灣文化的機運。這個問題所需要克服的困難，當時序邁入五〇年代，台灣海峽處於長期割裂，寶島成爲反攻復國基地之後，就更爲複雜了。

無論如何，當時知識分子在文字上嘗試的努力，非僅顯示在那個激盪的時代，他們可貴的熱情和毅力；也為他們所經歷的時代留下了見證。記錄了戰前與戰後，台灣在日本和祖國統治下的兩種經驗，尤其突出地展現了兩種生活經驗交替變遷之間，人們所承受的巨大衝擊。

透過這些文字，能否捕捉到多少沉默大眾的所思所言所行？能否勾畫出幾分神似的時代面貌？仍然是本文此時無法解答的疑問。因為資料的有限，以及單單依據文字的記載，去追溯當時知識分子的心靈世界，本是一項冒險的探索。雖然如此，這些有限的文字，仍然能夠引導我們在對那個時代進行探索的過程中，體會到它的多面性，而不至於武斷地下簡單的結論。

這些有限的文字，記載著台灣一個特定歷史時期的片段，讓我們從而知曉，父祖之輩對他們所經歷的時代情境所做出的反響；以及，他們的憧憬、苦悶、智慧與局限。

歷史不必然要重演，即使吾輩重涉相似的時代境況，也不必然會採取相同的反應吧？但是，我們仍然能夠得到啓示，檢視吾輩身上的歷史烙印。理解我們在歷史的時光隧道中的定位，從而冷靜地面對吾輩的時代，或也可以嘗試超越許多必須超越的歷史階層。

後記

本文曾得洪銘水、許文雄、戴國煇及陳文典等教授提供意見，特此致謝。

一九八五年一月十二日完稿

《文季》一九八五年六月二卷五期

注釋

①參見葉榮鐘，〈台灣省光復前後的回憶〉，收於《小屋大車集》。中央書局，一九六七年初版。吳濁流，〈無花果〉，連載於《台灣文藝》一九六八年四月、七月、十月出版的第十九至二十一期。

②同注①。

③參見《新新月刊》第六期「卷頭語」，一九四六年。《人民導報》一九四六年八月二十四日。

④未發現原版者，知道較多的有㈠《自由報》。參見蘇新〈王添燈先生事略〉，《台灣與世界》第九期，一九八四。《文化交流》一九四七、一、十五。同時期的《內外要聞》曾數度引用《自由報》之新聞短評。㈡《新創造》。池田敏雄《戰敗日記》（《台灣近現代史研究》第四號，一九八二）提及此刊籌備和人事。一九四六年三月創刊號有重要文章〈創造宣言〉陶行知，〈和平、民主、建設階段的文藝〉茅盾，〈文學的批判向針〉雷石榆譯，〈關於台灣美術運動之建立〉。㈢《新知識》。王思翔、周夢江、樓憲等主編，台中中央書局發行。一九四六年八月創刊，作者有張禹之、楊清華、樓憲、施復亮、許新之、尚之遠和赫生。㈣《聯合月刊》。參見《台灣文化》一九四六、十二，「台中文化界人士莊垂勝、張煥珪、葉榮鐘、張文環、洪炎秋諸氏，爲介紹祖國文化及便利本省青年勉學……籌設『聯合出版社』……」

⑤未發現原版，參見注④㈠。

⑥未發現原版，參見注④㈣。

⑦《新創造》尚未發現原版，參見注④㈡。黃榮燦氏係陶行知弟子，木刻藝術家，時任《前線日報》

駐台特派員，後以匪諜罪被處死。

⑧參見「談台灣文化前途」座談會記錄（蘇新主持），《新新月刊》第六期，一九四六年。

⑨參見葉石濤，〈光復初期台灣日文文學〉，《文學界》第九集，一九八四年一一月。

⑩邱平田係蘇新之筆名。

⑪本名徐淵琛（一九一二～一九四八）。台北市人。《台灣新民報》記者，曾參與三〇年代之新文學運動。前台灣內政部長徐慶鐘之姪。

風流雲散悲今日
——記戰後初期台灣左翼人士

一九四五年的台灣，處在歷史的轉折點。隨著第二次世界大戰的結束，而邁入一個複雜的轉換時代。不僅是國籍或姓名這種法律形式上的改變，內部各層面，包括語言、文化在內，都同時在經驗一個極特殊的過程，掙脫日本殖民統治體制架構，而被納入抗戰方結束、而內戰又興的祖國大陸。

這個時代的台灣，經濟上亟待復原，社會秩序亟待重建。整合中的社會潛在組成也很複雜，包括有日據時代民族抵抗運動中的各派人士；自大陸抗日歸來的「半山」新貴；接收軍隊及官員；隨陳儀集團來台的大陸籍各界人士；唱和過「大東亞共榮圈」的皇民，海外復員回來的原皇軍「志願兵」以及受日軍徵用人員，和等待遣送回國的日本國民，還有大多數的沉默大眾。

大多數的台灣人，以淳樸的民族情懷迎接了變局。「歡迎國民政府，建設新台灣」的熱情籠罩著全島。各種人物都有參與政治的高昂熱情，但是對戰後世局的變化，美蘇霸權冷戰的逐漸形成，對大陸的國共內戰發展，對台灣以及個人在新情勢下的位置，卻無明確的評估。只是簡單而模糊地把「戰爭結束」與「光復」等同起來，並且認同國民政府為祖國唯一的代表。為數極少的台灣左翼人士可能對時局有不同的認知與視野，但是他們的影響力非常有限。不僅這些台灣左翼人士沒有影響力，基本上當時台灣並不存在任何能掌握或領導的政治勢力。台灣人雖有為數可觀的中小地主階層，擁有一定財力，但因日據下極端嚴厲控制台灣本土資本的發展，故而也沒有財閥資本家。

台灣第一代知識分子

日據下，長達二十餘年的非武裝民族抵抗運動，是以地主階層與第一代台灣知識分子為中堅力量的。所謂第一代台灣知識分子，是指出生於日本領台前後的一代。他們身受亡國之痛，民族意識比之完全受日本殖民教育長大的下一代要濃厚，肯定中國傳統文化是他們從事民族抵抗運動的精神依據。但他們成長在第一次大戰前後，比起上一代傳統知識分子，他們有機會接受近代教育，領受世界新思潮的洗禮。特別是日本大正年代的民本主義及開放的思想風氣；發生在中國大陸的反帝反封建的五四運動，甚而俄國十月革命所帶動的社會主義潮流。因而，日據下的民族抵抗運動，既有議會設置請願、民眾黨及地方自治聯盟這一脈，安於在日帝既有體制下爭取現代議會政治的權利；同時，也有主張無產階級意識的台灣共產黨的存在。

一九二八年四月十五日在上海成立的台灣共產黨，黨員多為留學日本或大陸的台灣知識分子，總數不超過一百人。蘇新在〈台共黨史前言〉①中稱它是「三不像的怪物」，因爲台共成立當時是日共下的一個「民族支部」，第二次黨代表大會以後，則成爲第三國際的一個獨立支部。但是思想上、政治上卻受到並無組織關係的中共影響最大。台共存在的短暫三年，外有殖民政權的巨大壓力，內有派系與路線之分歧衝突，從未有過穩定的領導層。一九三一年台共受日本殖民政權無情的迫害，組織完全崩潰，黨員悉數被捕判刑，無一倖免。

比較保守的「台灣地方自治聯盟」是民族運動最後殘存的一個政治組織，到了日本發動侵華戰爭前夕，七七事變爆發後，也被強迫解散。

歷史的傳承

一九四五年，日本戰敗投降，民族運動向來所反抗的異族殖民統治即將退場，回歸祖國的心願即將成眞。此時民族運動的各派人士是以何種心境與作爲，去回應歷史的轉折巨變，自是引人好奇的課題。

當時台灣地方士紳菁英階層所關切者以具體現實的議題爲主。重點多半在過渡時期治安之維持、如何歡迎祖國政府，以及如何與新政府合作，接收日產和發展經濟諸問題。

飽受牢獄之苦的舊台共成員，大多在一九四〇年代初刑滿出獄。他們沉寂地度過了戰爭的最後幾年，至此時也很快地在各地重新活動。蕭來福、蘇新、潘欽信以及林日高等在台北新聞界頗爲活躍②。他們以長官公署教育處副處長宋斐如主持的《人民導報》及省參議員王添燈主持的《自由報》爲中心，一方面藉報刊反映民間疾苦，揭露國民黨極力封鎖的消息——國共談判及內戰局勢，並表達他們對台灣政局的見解——全面地方自治。另一方面，他們又作爲王添燈和林日高的幕僚，協助這兩位臨時省參議員批判時政，特別是對接收官僚的貪污違法，加以撻伐。另一方面，謝雪紅、楊克煌、林兌、謝富、李喬松等則在台中組成「人民協會」，並結合大陸籍文化人士王思翔、周夢江、樓憲等藉《和平日報》爲言論據點，展開批判和宣傳的工作。而過去農民運動的健將簡吉，則仍然在台灣南部從事農民運動[3]。

沒有重建的黨

雖然舊台共成員分別在各地積極活動發展，但是黨的組織並沒有重建。甚至在一九四六年初蔡前（蔡孝乾）受中共指派回台灣發展組織工作時，也不曾積極地以舊同志爲發展組織的對象。筆者先後訪問了蘇新（一九八一年夏，北京）和李純青（一九八五年夏，北京）兩位老前輩，都證實了這一點。蘇新本人及多位舊台共均是二・二八事件之後，逃到香港時才加入中共的。李純青是戰後第一個訪台記者團的《大公報》代表記者，他同時還負有周恩來交付的任務——調查台灣的進步力量。李氏走遍全省各地，見過各界人士。當他了解到，存在於舊台共成員之間的深刻歷史矛盾，曾建議他們暫勿恢復組織關係，待與中共取得聯繫後才做定奪。李純青同時也建議左翼人士退出「三民主義青年團」這個在戰後初期台灣各地士紳和青年不分左右派均積極參加的組織。這很可以反映當時台灣政治現實之錯綜複雜。根據李純青的看法，「三青團」是國民黨的特務組織。依蘇新所言，「三青團」後來的團長，出身台北縣的黃埔校友李友邦其實是共產黨人，抗戰中在福建領導「台灣義勇隊」而知名並廣受敬重。李友邦先是在二・二八事件後被逮捕押送南京，繼而在一九五一年在台灣死於「通匪」的罪名。歷史眞相之複雜，實有待更嚴謹之探討與研究。

處理委員會與武裝部隊

一九四七年二・二八事件爆發，到國民黨派援軍鎭壓之前的短短一週間，全省各地均有「事件處理委員會」和武裝隊伍的出現。前者由事件的協調處理發展成要求政治改革的運動；後者是無政府狀態下，民眾自動組織起來的。

左翼人士的參與，以台北市的「處理委員會」、台中市的「二七部隊」和嘉義「自治聯軍」爲最重要。事件過後三十年（一九七七），蘇新在北京寫〈關於二・二八事件處理委員會〉一文中，談到中共地下黨組織與「處委會」間的聯繫，有很清楚的交代。「處委會」存在的一週間，沒有組織關係的蘇新、蕭來福、潘欽信等人，事實上是王添燈與林日高的參謀部，爲他們準備發言、提案與廣播稿。另一方面，他們透過當時已加入中共的舊台共廖煙，向中共台灣省工委蔡前請示，由王添燈起草的〈處理大綱三十二條〉據說是在這樣的情況下產生的。蘇新認爲「貫串三十二條的基本精神是地方自治」。一九四七年三月八日，延安《解放日報》曾發表一篇題爲〈支持台灣人民的地方自治運動〉的社論，明示當時中共給予二・二八事件的定位，是從全國一盤棋的考處出發。一九四六年國共重慶談判的〈會談紀要〉和〈雙十協定〉裡面也有關於地方自治的條款。基本上，當時中共是以「蔣管區自治」的策略來削弱國民黨的統治力量。但是，「地方自治」的原則也確實能被「二・二八事件處委會」中倡議政治改革的眾多本土菁英所接受。

事件當中，台中市以林獻堂保護嚴家淦，與謝雪紅之領導二七部隊為最重要。二七部隊被左、右翼人士均認爲是一支「赤色隊伍」。如今已可證實，其中許多重要幹部確實是中共黨員[4]。但是二七部隊原則上與當時其他地方的武裝隊伍並無二致，都是憤怒的民眾自動組織起來的。他們大部分是曾被徵召當過日軍，戰後復員返鄉的失業青年，還有當時各校在校學生。簡單地說，都存在匆促成軍，組織紀律鬆散的問題。謝雪紅與林獻堂都參加了台中市的「臨時處理委員會」。謝雪紅的目的，可能在藉地方士紳籌措軍糧軍費。地方士紳雖然也想藉此促進政治改革，但總是以穩定局面爲重，極力設法防止事態惡化，雙方終究不能互信合作。

在台灣發展只有短短一年，此時黨員不超過五十名[5]的中共地下黨，據說曾擬組織全省武裝力量，計畫以二七部隊和中共地下黨領導人之一的張志忠所領導的「嘉義自治聯軍」爲骨幹。但北部組織群眾隊伍的工作並沒有成功[6]，蔡前與謝雪紅又素來不睦，而且嗣後情勢急轉直下，南京政府派援陳儀的二十一師軍已在基隆登陸，開始了血腥鎮壓。

尾聲

武力鎮壓之後，緊跟著是大逮捕。僥倖存活下來的左翼人士，大部分成功地脫出，經香港到大陸。留在島內的則堅持到五〇年代並曾經有所發展。這是因爲經過二・二八事件，國民政府盡失民心，人們痛苦地重新探索台灣的出路，做了新的選擇。

一九四九年，國民政府中樞遷台，台灣史上最黑暗的白色恐怖年代，隨著蔡前的被捕叛變，中共在台灣的地下組織潰滅，黨員被殺害、投獄，並且牽連無以數計的無辜。

脫出的左翼人士多半先到香港停留，也有經上海轉到解放區的。謝雪紅、蘇新、楊克煌、蕭來福與潘欽信等多人，曾先後與主張「台灣由美國託管」的廖文毅有過短暫的合作⑦，而受中共華東局領導的「台灣民主自治同盟」也是這段時期在香港成立的。一直到中共建國以後，大多數台灣左翼人士才進入大陸，估計總共有將近百名參與二・二八事件者，後來在大陸定居下來。從此他們與故鄉親人斷絕，成爲國家分裂最直接的受害者。與大多數台灣人比較，他們有一個截然不同的現代中國經驗。與台灣隔絕，使得他們成爲沒有土地與人民的政治活動家，在大陸歷次政治運動中受辱折磨，固是不可避免的，但最大的悲劇，還在他們於不同的時空，重複台共時代分裂的歷史。

台灣共產黨的出現雖然早在二〇年代，台灣左翼人士卻一直是極少數的一批異數的知識分子。他們在思想與政治上的選擇，長期不曾受台灣社會之認可，或許只是個人的悲劇。但是沒有將他們包括在內的台灣近代史，是絕不完整的，也不可能具備歷史的反省與自我完善的條件。因爲二・二八事件的影響，不只是多少家庭經歷血淚的生死別離，也不只是損失了一個世代的社會菁英，或長期的社會不和諧。二・二八事件帶給台灣人的更大傷害，實在是造成歷史傳承的中

實，寫成《憤怒的台灣》。後來，他與謝雪紅組織成立了「台灣民主自治同盟」。一九四九年三月，中共解放北平，「台盟」響應「全國政治協商會議」的召開，蘇新於翌年到北京，初任（國務院）統戰部研究室資料科科長，負責民主黨派及少數民族的資料工作，後來轉到電台，擔任對台灣廣播的工作。文化大革命中，曾被開除黨籍，入獄一年，勞改、下放數年。一九七八年得到平反，恢復黨籍與名譽，並當選爲全國政協委員，任職台盟總部研究室主任，負責台灣文史資料整理工作。

綜觀蘇新一生的經歷，無一不結合近代台灣人民的解放運動，他個人的生活卻幾乎無跡可尋。一九八〇年，當他率領大陸台胞代表團訪問日本時，大阪《朝日新聞》曾以專欄介紹他的生平，尊稱他是爲台灣人民的解放奮鬥了一生的戰士。今日，知道蘇新歷史的人也許並不多，但是凡知道的，都尊敬他。

家世

蘇新的家世，根據他發表在一九八〇年九月二十五日《中國新聞》上的一篇文章〈中秋感懷〉，裡面這麼說：

……我們老家在福建同安。據阿媽說，阿祖一人來台灣，單靠一根扁擔建立了一百多畝地的家業。到我時才第四代，阿祖、阿公都已經去世。他們在世時，每年都回去同安掃墳，或者到祖祠去燒香。後來家裡人口越來越多，一百多畝地，分了又分，多的分到三畝，少的一畝也不到。人多地少，幾個叔叔都到遠方去當修路工人。日本人不管中秋不中秋，不讓回家，記得幾次中秋節，都沒有見到他們回來過。我的父親和幾個叔伯們，雖然思念家鄉同安，但從來也沒有回去過，阿媽說，是因爲沒有路費。

在蘇新幼年時，佳里是一個二千多戶人家的小村。蘇家是自耕農，蘇新的父親一共有五個兄弟。蘇新的父親在三十二歲時就過世了。當時他只有七歲，後來母親改嫁，他由祖母和伯父撫養長大。蘇新有一個弟弟，因爲出生時算命說他命中帶有一把刀，會剋父或剋兄，蘇新的祖母乃把他過繼給其姑母，而改姓林。

早年

蘇新九歲入小學，他是佳里鄉公學校的第一屆第一名畢業生。因爲在學時的成績很好，一直都當班長，村中老少沒有一個不認識他的。誰知他在十七歲那年離家，竟然一直到了二十年後才有機會再回到故鄉，而此時村中幾已無人認識他了。

一九二二年，蘇新十五歲時自公學校畢業，同年考取了台南師範學校六年制。他在台南師範學校就讀前後僅有兩年多，這段時間是他思想轉變的開始，也是改變他一生命運的重要時期。

蘇新進入台南師範的那一年（一九二二年），日本總督府頒布了一則〈新教育令〉，撤銷日人、台人不同之教育系統。初等教育准許常用日語之家庭子女入小學，不常用日語之家庭子女則入公學校（小學校原爲日人子女所設，台人僅能就讀公學校），中學以上則推行日人、台人共校制。因而，原本爲培養台灣人師資而設的師範學校，也招收了日籍學生。但台人雖與日人共事共學，所得待遇卻天淵有別，凡是日人薪俸一律較台人多出百分之六十。以當時師範生爲例，日籍的每月領十五日圓津貼，台人只領九日圓，這就是所謂的「加六俸」。

蘇新對這一種族差別待遇極不以爲然，常私下與同學議論。他認爲，日本學生並不一定書念得比台籍學生要好，爲什麼領的津貼一定比較多呢？而他們的家長領的薪俸原來就比我們的家長要多，再說，大部分的台籍師範學生家境都很清寒，才是眞正需要公費津貼的。除了這種不公平待遇外，台籍學生平日還得隨時忍受日籍老師與同學的欺凌和歧視，憤懣之情自是累積日深。

此時文化協會的啓蒙運動已在各地展開，對台灣青年、學生們的影響頗巨，尤以民族意識的喚醒最爲顯著。一九二一年文化協會創立之初，學生會員有二百七十九人，約占會員總數的三成，其後學生會員增加數倍。蘇新是在他十六歲時（一九二三年）加入台南文化協會，他也是當時年紀最小的文協委員。（北京電台陳國雄，〈訪問全國政協委員，台灣省籍知名人士蘇新先生〉）

文化協會曾在各地舉辦各種講演會，得到民眾的熱烈反應。一九二三至一九二六年間，全島各地文協曾舉辦定期的文化講習會，台南的文協支部用基督教青年會之名舉辦，由林茂生講授西洋歷史，陳逢源講授經濟學。蘇新初時即參加這個講習會，而受到吸引，並且跟隨江萬里（台南文協理事，廈門大學畢業）攻讀英文，課餘常一起討論問題，談的多半是殖民地的政治問題。他的強烈民族意識之萌芽，可能即肇始於此時。

文化協會的啓蒙運動，點燃了台灣青年們的民族意識，其最具體直接的反應即是各校的學潮，由一九二〇年十一月，台中商校發生第一次聯合罷課以來，數年間層出不窮。這些學潮都有一個共通的原因，就是肇事原因均爲日、台籍學生衝突反目，或日籍教師對台籍學生的歧視。一九二四年，蘇新也因涉入兩件類似的反抗事件，而遭退學處分。第一件是因爲日籍體育教師，屢次體罰一位年紀小而體格瘦弱的同班同學沈乃霖（沈氏爲台南新營人，後來當了醫生。其兄弟沈榮是律師，亦爲文協委員）。時任班長的蘇新以爲不合理，向體育教師提出抗議而引起軒然大波。校長召開校務會議，判定他有思想問題，令他停止上課，每天在宿舍中寫悔過書。但是，他的悔過書卻一直不曾寫好，而且愈寫問題愈多，不久他就因另一事件而終於被退學了。另一事件，則是每年一度的校內運動會引起的。校方依一貫的種族差別待遇，命令學生爲日籍家長準備看台與座位，但是台籍的家長卻沒有任何座位、看台，台籍學生自是憤慨不平。運動會的前夜，蘇新與其他幾位同學由學校農場挑來糞便數擔，潑在運動場的看台與座位上。此舉無異公然對抗，校方視爲不可原諒之行爲。蘇新被校方勒令退學，理由是「不適合爲人師表」，其他參與的同學也都遭受退學的處分，據筆者所知，還有沈乃霖、張阿海、張武虎、林加才等數位。

東渡日本

因學潮而被迫退學的各校學生，多半轉到東京繼續學業。其中也有到中國大陸的，上海、廣州、北京、南京……各地均有台灣留學生。留學在當時已經蔚成風氣，初時是因爲台灣本島沒有專門以上的學校，中學或師範、農校、商校畢業以後，若是想升學，就只有留學一途了。後來，因學潮頻頻發生，退學者或自己不滿而輟學者（如楊貴），均轉到東京或大陸繼續學業。

遠離家鄉到日本或大陸的留學生，宛如出籠的鳥，有機會接觸到新思想、新文化潮流。他們一方面受到日本民主主義思想高潮（一九一八年）和第一次世界大戰結束後殖民地民族自決思潮的影響，另一方面又受到辛亥革命成功（一九一二年）、俄國革命成功（一九一七年）、五四運動（一九一九年）、朝鮮獨立起義（即朝鮮萬歲事件，一九一九年）、中國共產黨成立（一九二一年）和日本共產黨成立（一九二二年）等各方面的衝擊，再加上日本人在噍吧哖事件（一九一五年）的大屠殺所帶給他們的刺激。在這些接踵而來的客觀內外形勢的交互影響下，他們的思想有深刻的變化，無論民族意識或社會意識均有覺醒。這些留學生日後在台灣的政治、社會運動上扮演各種角色，是本島運動中吸受新知識、新思想的對外窗口，並且參與組織和實際行動，一批批回到故鄉。

一九二四年，遭台南師範退學後不久，蘇新也跟幾位同學到了東京。當時東京的台灣留學生已經有二千多人。

蘇新首先進入東京私立大成中學，繼續中學學業。兩年後（一九二六年）由大成中學畢業並考入東京外語大學就讀。此時的日本正是有名的「大正民主時代」，民主主義運動、思想都到了高潮，雖有「治安維持法」控制政治活動，共產主義者被視爲是企圖變更國體的非法危險分子，但卻允許各派學術思想自由流通，風氣開放。

蘇新說：「當時，日本先進的人們開始翻譯和寫作大量的進步書籍，這使我的視野開闊了。」（陳國雄訪問蘇新，一九八〇年）蘇新由書籍讀物中接觸到馬克思、列寧的思想，閱讀這種進步書籍也結識許多志同道合的進步青年，從而涉入了共產主義運動。

蘇新在日本留學，前後有五年（一九二四～一九二九年）。這短短五年的歲月中，他由一個民族意識濃烈的十七歲少年，變成一個終身爲台灣解放運動獻身的馬克思主義者。

這五年間，遠東各地的中國、日本、朝鮮、台灣的政治社會運動均有嚴重的思想爭論。台灣本島的民族運動也在一九二六年爆發了「左右傾辯」，隔年文化協會分裂，由左派奪得領導權。一九二八年以後，左派陣營的文協，又因日共福本主義和山川主義兩派的影響而發生激辯。蘇新因涉入不僅一個單元，而顯得錯綜複雜。但大體上，可以分由他參與日本的學生運動和台灣本島的文協兩方面來談。

一、日本當地的學生運動

蘇新在大成中學就讀時，即因閱讀進步書籍而與同學廣瀨氏和藤田勇結成好友，此二位均爲日共學生運動的幹部。後來更因他們的鼓勵與影響而加入日本共產黨外圍組織「學生聯合會」，成爲負責台灣留學生運動的領導人，並在一九二八年成爲日本共產黨員。

東京的台灣留學生早在一九一五年已經成立了一個同學會性質的「高砂青年會」，後來改稱爲「東京台灣青年會」。一九二七年三月，「東京台灣青年會」附設成立了「社會科學研究部」。這個研究部的前身是許乃昌、商滿生、高天成、楊貴、楊雲萍、林朝宗、林聰等人所組織的「台灣新文化學會」。經過積極的推動，「社會科學研究部」的會員在短期中大爲增加，在各校均有專人負責推展工作，當時，蘇新負責大成中學，其他還有中央大學黃宗垚，商科大學鄭昌言，日本大學林兌，早稻田大學楊景山、林加才，東京醫專吳新榮，帝國大學陳水土（即陳逸松）。

「社會科學研究部」的發展，終於導致了「東京台灣青年會」內部左右兩派的對立。「研究部」成員在思想衝擊下，挾著青年人的銳氣，更是加速了這種對立的表面化。一九二七年十月十三日「東京台灣青年會」在東京神田明治會館召開臨時總會，改選幹部，參加的會員約有二百餘名。選舉的結果，「研究部」成員以其新近發展的壓倒性聲勢當選幹部多人，非「研究部」的右派成員賴遠輝、沈榮、高天成、楊肇嘉……等十數人當場表示退會。「東京台灣青年會」之領導權遂歸「社會科學研究部」，此後，蘇新即擔任「東京台灣青年會」的書記，負責實際事務。

「東京台灣青年會」與「文化協會」的左右分裂，不僅發生的時間巧合，都在一九二七年，發生之過程中亦有許多異曲同工之處。前一事件，蘇新曾親臨其事，並爲一方的領導人物之一；後一事件，他則不曾牽涉。

蘇新晚年曾寫了一篇〈連溫卿與文化協會〉的文章，此文是他答覆筆者詢問有關文協分裂的兩個主要人物連溫卿與王敏川兩位先生的事。在一定程度上，此文是他晚年對抗日鬥爭中台灣共產黨人領導工作的檢討，原文中有這麼一段：

> 研究台灣近代史的人，如果根據當時的台灣的政治的、經濟的、社會的各方面的具體情況，分析當時台灣文化協會的政治路線、方針、政策以及因此而發生過的各種事件及其後

果，他一定會肯定：台灣文化協會對於台灣人民的反抗日本帝國主義的革命鬥爭，做出了不可磨滅的功績，但同時也會發現：當時的反日鬥爭的領導人（尤其是台灣共產黨人）在台灣文化協會的工作上犯了不少嚴重的路線錯誤。例如，文協本來就是台灣各階層（包括地主、資本家、小資產階級、工人、農民以及一般勞動人民）的反日統一戰線的群眾組織。正確的方針應該是繼續鞏固、發展、擴大其作爲統一戰線性質的群眾組織，而不應該使它分裂成爲三個對立的政治組織。（第一次分裂）

又如第二次分裂，文協既然不是政黨，就不應該用什麼馬克思主義、左翼社會民主主義、右翼社會民主主義來進行什麼「理論鬥爭」，來分裂文協，企圖給文協穿上清一色的政治外衣。

二、台灣本島的文協啓蒙運動

一九二七年文協第一次分裂。轉向以後的新文協，雖然中央委員王敏川等人由資產階級陣營的「台灣民報社」退出，並且發動罷讀，成立所謂「台灣民報不買同盟」，但同時也苦於沒有自己的言論機構，因而有集資籌辦報紙的計畫。一九二八年春，王敏川、洪石柱和吳石麟三人到東京，籌備新文協機構報《大眾時報》的發刊，蘇新受聘爲發行人兼總編輯。

蘇新一生擔任過數份報紙和雜誌的編輯，有豐富的辦報經驗，而辦《大眾時報》可說是他初試啼聲，當時他只有二十一歲。

《大眾時報》在一九二八年五月七日發行創刊號，五月十日又再發行五一紀念專號。開始是出週刊，後來改爲不定期。《大眾時報》所遭遇的困難與早期《台灣民報》一樣，都無法獲得在台灣本島發行的許可，因而祇好在東京發行，期能通過雙重的檢閱，送到島內讀者的手上。但是，從創刊號以後各期均被台灣總督府禁止在島內發行。《大眾時報》在蘇新主編之下出了十期，終告停刊。

《大眾時報》兼有雜誌與報紙的風格，基調在宣傳社會主義。王敏川、連溫卿、賴和、翁澤生、蔡孝乾、楊貴均常執筆撰文。

台灣農民運動受到文化協會的民族啓蒙運動影響而發軔，一九二五年農民組合成立之初，只有會員十三人，但是一九二九年總督府採取強硬手段彈壓時，農民組合已經發展成二萬五千人的會員。短短四年之間，農運能有驚人發展，當時台灣受殖民帝國主義榨取的農業經濟形態，實爲關鍵之客觀因素。殖民帝國主義者的代表——製糖會社和資本家的侵入，使得農民失去土地與耕作機會，生活上受著經濟與政治的雙重壓迫，他們的覺醒來自現實生活而非理念上的認知。

農運在一九二七至一九二八年間最爲澎湃。據《總督府警察沿革誌》的統計，這兩年間，由農民組合指導的農民爭議事件多達四百二十餘件之多。自二林蔗農事件發生後，農民組合即與日本農民組合、勞動農民黨有密切的聯繫，受到影響很深。日本勞動農民黨的幹部布施辰治及麻生久兩位律師，曾於一九二六、一九二七年兩度來台，爲二林蔗農事件之被告李應章（李偉光）等辯護，一九二七年，退職官吏土地問題發生後，農民勞動黨更派黨員古屋貞雄律師長駐台灣（台中市），指導爭議。此外，一九二七年文協新竹事件，亦有水谷長三郎及上村進兩位律師來台爲被告辯護。值得在此特別一提的是，日本勞動農民黨和幾位律師對農民組合或文協爭議事件的聲援，都是由當時在東京的蘇新負責接洽、聯繫的。

三、台灣共產黨的籌組工作

台灣共產黨產生的歷史客觀條件，到了一九二〇年代的後半期漸漸成熟。當時台灣本島的文協啓蒙運動以及農民運動均有了相當的發展，在思想上或組織上呈現出要有更高的革命指導的需求。而此時，因中國大陸的革命經驗（國共合作失敗，蔣介石在上海清除共產黨），「共產國際」對東方各國的領導方針有了改變，民族資本家不再被看待成可以團結的同盟者。同時，「共產國際」在一九二七年七月十五日通過由布哈林起草的〈關於日本問題的綱領〉十三項，其中有一項「殖民地的完全獨立」，確立了「共產國際」對受壓迫民族及殖民地解放運動的具體理論依據，而指導朝鮮和台灣的共產主義運動遂成了日本共產黨的重要使命。

一九二七年秋天，由莫斯科中山大學與東方大學畢業的林木順和謝阿女（雪紅）返回上海，旋即在年底到東京，聯絡各地（上海、廈門、廣東、台灣、東京）的台灣人共產主義者，在日共的指導與中共的援助下，籌畫組織台灣共產黨。林木順與謝阿女曾經透過日共中央委員井口氏（琉球人）而與蘇新取得聯繫。經過一番研討，後來以社會科學研究部的部分成員（五、六人）組成馬列主義小組，參與台共的建黨工作。一九二八年二月馬列主義小組派其代表陳來旺（清水人）與林木順、謝阿女歸返上海，同年四月十五日台灣共產黨在上海成立。

蘇新因爲身負學生運動推展工作，而且他在一九二八年二月已成爲日本共產黨黨員，因而沒有參加台灣共產黨的成立。一九二八年九月「台灣共產黨東京特別支部」成立以後，蘇新才轉移黨籍，正式成爲台灣共產黨的一員。

回鄉

一九二八年以後，蘇新全力投入社會主義運動，原先到日本的目的——求學反倒成了業餘。他一方面是學生運動組織「學生聯合會」的領導幹部，一方面要支持本島的鬥爭，又辦《大眾時報》。他當時在東京中野町的寓所，同時也是《大眾時報》的社址，更是台灣共產主義運動的一個重要聚會所。在這種情況下，學業自然荒廢了，終於導致他被學校開除。

一九二八年三月十五日日本共產黨遭遇大檢舉（此即日本社會運動史上著名的「三．一五事件」），被逮捕的黨員關係者高達三千多人。日共的外圍團體如勞動農民黨及無產青年同盟等組織均遭解散，學生聯合會、東大新人會、各大學社會科學研究會等學生組織的命運亦不例外。當時蘇新能夠倖免於難沒有被捕，係因他以假名「廣森進一」參加日共，而平日他則以蘇新的本名在學校、在台灣人的圈內活動，因而並沒有暴露身分。與此同時，在上海也發生「上海台灣學生讀書會事件」，多人相繼被捕，台共結黨的資料已爲日警方所探悉。他的處境也愈來愈危險，難以在東京安身。

後來，《大眾時報》停刊（一九二八年七月），不久「台灣共產黨東京特別支部」成立。當時，台灣本島的社會主義革命情勢上，農民無產階級經過幾年鬥爭的歷練，力量已漸壯大，但是另一主力——勞工階級，則顯得力量極爲薄弱。於是，蘇新乃與蕭來福、莊守受台共指派，於一九二九年二月回到台灣致力於勞工運動。

蘇新回到台灣不久，東京就發生了「四‧一六事件」，日共二度遭到大檢舉。「台灣青年會社會科學研究部」的會員四十多人也遭一網打盡，其中陳來旺及林兌等人並被發現其台灣共產黨黨員的身分。時爲「台灣青年會」幹部的陳水土（逸松）也被逮捕。他因平素與蘇新過從較密切而遭日警拷打，迫供蘇新的下落，不得結果，關了四個多月後才將他釋放。

組織工人運動

回到台灣以後，蘇新首先到台北國際書店向當時島內領導人謝雪紅（謝阿女）報到。隨即依據陳逸松的介紹函到羅東去找盧清潭。盧氏係羅東文化協會的負責人，並主持一個讀書會，與當地的「木材工友會」（此係施玉龍、施玉虎兄弟所領導的工友會之一）關係頗好。蘇新透過盧氏的幫忙而進入太平山林場當運材工人。

當時太平山林場有工人一萬餘名，文化協會及木材工友會在當地已略有基礎，他與工人建立了感情，因而組織工人很快就見起色。但是他在林場工作，雖然打扮與工人相仿，但日久之後林場日警對他的身分也漸起疑。警方計畫要到山區搜查可能潛回島內的「四‧一六事件」的漏網者。事爲林場工人曹阿祥所悉，乃在深夜往工寮警告蘇新，並且帶領他連夜由小路避開日本山林警察的關卡下山。他於凌晨時刻逃離林場山區，此時，日警正好動身上山搜捕。

離開太平山林場後，蘇新轉到北部礦區與蕭來福一起努力礦工的組織運動。蕭來福回台後就到礦山九份當礦工，蘇新離開林場後則到石碇煤礦當工人，他們兩人就在石碇、菁桐、三貂嶺、瑞芳、九份、金山一帶礦區嘗試發展工運。

組織礦山工人的工作更爲困難，因當時礦區工運仍是處女地，即使文協也沒有一點基礎。蘇新和蕭來福在礦區努力了年餘，終於把礦工發動起來，組織了一個「台灣礦山工會籌備會」，並且發行一份以工人爲對象，文字淺白的油印刊物《礦山工人》。此外，並吸收二結製糖會社的職員盧新發爲黨員，在宜蘭、羅東一帶發展農運。不僅二結製糖會社成立了蔗農組合，發生過爭議事件，並且製糖會社的附設製紙廠的職員、工人、羅東各行業員工和礦區鐵路職工也組織了工會和讀書會。

蘇新與蕭來福在北部礦、林區的努力，以及莊守與劉守鴻在高雄運輸工人間的努力，爲當時台灣共產黨領導重要產業工人運動，奠定了一點點基礎。一九三○年十月二十七日，「台灣共產黨委員會擴大會議」曾決議以蕭來福、王萬得、蘇新三人組成「臨時工會運動指導部」，計畫要先建立各個產業工會，而後統一爲總工會。但是台共中央內部紛爭漸多，不久之後，台灣共產黨本身遭遇了大檢舉，工運雖已稍有基礎，但已無法再繼續推展了。

台共中央的改革運動

台共在一九二八年甫成立即遭遇了「上海讀書會事件」，黨員張茂良和劉守鴻被判刑，候補中央委員謝雪紅則在被押回台後，才以罪嫌不足獲釋。這使得林木順、潘欽信和謝玉葉等人改變回台灣發展組織工作的計畫，暫時留在大陸，而原在島內文協的蔡孝乾也潛逃至大陸，加入中共。

翌年，東京發生「四．一六大檢舉」，不僅日共遭遇到毀滅性的打擊，也導致「台灣共產黨東京特別支部」的夭折。台共中央自此與其領導日共失了聯絡，而陷入一種孤軍奮戰的狀況。島內工、農運動卻沒有因此而停頓，蘇新、蕭來福、莊守等在南北部組織工運，王萬得、吳拱照等在文化協會，趙港、楊春松等在農民協會，均有所拓展。

一九三〇年七月間，台共中央數度嘗試與日共領導恢復聯絡未果，而轉透過中共（翁澤生）與共產國際東方局聯繫之時，卻發生了中央委員林日高、莊春火、洪朝宗三人聯袂脫黨一事。關於此事，一向有兩種不同之說：一曰，他們三人之脫黨是因各人克服不了小資產階級知識分子的毛病。一曰，他們三人不滿於謝雪紅的閉門主義，致使中央領導長期落後於各地組織農工運動的發展情勢。

此時，台共中央僅餘謝氏一人。另一位候補中央委員翁澤生則仍在上海（翁氏早先加入中共，是上海市委，全國總工會祕書長），而書記長林木順則到了中共蘇維埃區。

此時在礦區的蘇新，因一向定期與他聯絡的莊春火，久未出現。不得已乃到台北國際書局找到謝雪紅，才得知，「台共黨中央」正陷於與領導及被領導均無法聯繫的孤立狀態。蘇新乃建議謝氏以中央委員身分，召集各地組織負責人來開黨員擴大會議，這就是台共史上有名的「松山擴大會議」。

「松山會議」在一九三〇年十月二十七日舉行，出席者有中央委員謝雪紅，黨員楊克培、吳拱照、趙港、莊守、王萬得、蘇新。這是台共建黨以來的重整工作會議，會中總結了台共成立以來之經驗，並決定派人到上海，透過翁澤生與共產國際東方局取得聯繫，要求東方局盡早派人領導召開黨代表大會。會上對三位脫黨者決議開除其黨籍。謝氏並報告潘欽信、謝玉葉及蔡孝乾三人，未遵從黨紀返台工作，業已被她開除黨籍。同時任命蘇新與王萬得負責指導臨時工會，這是蘇新涉及台共中央領導工作之開始。

同年十二月，擬赴海參崴參加國際勞動者大會的陳德興（黨員，農民組合中央委員）由上海返台，攜回翁澤生所託的東方局指示。這份指示批評台共中央的領導工作，促其進行檢討，並準備召開黨代表大會，以確立新的政治方針。但是，謝雪紅認爲這份指示是與她素來不睦的翁澤生的陰謀，而非東方局之指示。

隨後，陳德興受謝氏指派，到礦區協助蘇新的工會工作。陳德興乃向蘇新透露翁澤生之指示：若未能促使謝氏著手黨的改革，可向趙港（農運負責人）和王萬得（文協負責人）報告，並設法聯絡蘇新，一起爲黨的改革以及東方局即將派代表赴台召開的大會做準備工作。於是，這份未被台共黨中央所接受的指示，卻受到了王萬得、趙港、陳德興、蘇新、蕭來福、莊守、吳拱照等地方組織幹部的支持，從而醞釀了改革運動，在趙港和王萬得力促下，成立了與黨中央對立的「改革同盟」（一九三一年一月二十七日），台共遂陷入一場複雜激烈的內部鬥爭。

隨後，在上海的翁澤生接到陳德興的報告書，得知台共內訌事態嚴重，乃請東方局調派中共廈門市委書記潘欽信提前赴台。潘氏於一九三一年四月間抵台，首先與謝雪紅商議，但是雙方有相當的分歧及成見，謝氏認定東方局的指示是「對台灣現狀無知的妄論」而「改革同盟」是反黨的宗派主義（見《警察沿革誌》謝雪紅供狀）。謝氏終未出席隨後召開的黨代表大會，並被會上除名中央委員。

台共第二屆黨代表大會於一九三一年五月三十一日至六月二日，在淡水八里鄭水龍宅（王萬得妻之養父）召開，出席者有潘欽信、王萬得、蘇新、蕭來福、顏石吉、簡娥、劉守鴻、莊守等人。此會召開前，王萬得、潘欽信、蕭來福及蘇新曾數度召開準備會，討論東方局之指令，起草新的綱領，並由蘇新分赴各地與地方組織幹部商討。

台共第二次黨代表大會上，有兩個重要的決議案，一是潘欽信以東方局代表提出的「解散改革同盟」，另一是「決定新的政治綱領」。新的政治綱領（一九三一年）是由潘欽信和翁澤生所擬定，相信是依據共產國際以及中共的建議而起草，此與台共創立時的政治綱領（一九二八年由日共中央委員渡邊政之輔起草）比較，有兩條較引人注意的不同之處，即在一九二八年綱領上，第二條：「台灣民族獨立」和第三條：「台灣共和國的建立」，到了一九三一年的綱領上，改成第一條：「顛覆帝國主義統治，實現台灣獨立」和第七條：「建立台灣工農民主專政的蘇維埃政權」。

會上，蘇新與潘欽信、王萬得等三人被選爲台共中央常任委員。蘇新同時兼負宣傳部長和勞動運動部的礦山工會負責人，並負責要籌畫發刊台共機關報《赤旗》。然而，緊接著台共就面臨了大檢舉的命運，黨員幹部悉數被逮捕下獄，這些職銜最終都只在起訴書上發揮了作用。

組織救援運動

台共之遭遇日本警方檢舉，可以追溯到「上海讀書會事件」（一九二八年），以及東京的

「四・一六事件」（一九二九年）。到了一九三一年三、四月間，趙港和陳德興相繼被捕，接著台共中央文件被發現，日本警方終於掌握了台共的組織情況。於是六月下旬謝雪紅和楊克煌首先被捕，隨後幾個月間，王萬得、蕭來福、潘欽信、簡娥、莊春火、顏石吉、劉守鴻等重要幹部均相繼被捕了。

蘇新因礦山工會方面工作上的需要，大會結束即回到羅東，因此未即時被捕。八月下旬，王萬得之妻託人趕到礦區奔告，他才知道同志均已在獄中。

蘇新乃立即著手組織救援工作，以及黨的再建運動。他首先由羅東到台北，再到中南部各地，調查同志被捕以及黨組織受到破壞之情況。分別與盧新發（羅東）、林殿烈（台北）、詹以昌（彰化）、莊守（高雄）等幾位尚未暴露身分的同志商議對策，蘇新交代了他們幾件事：一、暫時停止所有黨的活動；二、動員被捕同志家屬以及同情者，組織赤色救援會，展開救援運動；三、他擬偷渡上海，向東方局報告；四、等待東方局的指示，再開始進行黨的再建工作。

在危急的時刻，蘇新的確展露了臨危不亂的勇氣和當機立斷的判斷力。九月中旬，蘇新在彰化和美準備偷渡時，因他給羅東盧新發的一封信而暴露行蹤，在預定搭乘漁船到廈門的兩天前被日本警察二、三十人圍捕歸案。

赤色救援會的工作，在家屬與同情者（主要是文協和農組成員）的努力下，很快地在全島各地組織起來，捐款籌錢，給獄中受刑人送日用品，幫助有困難之家屬，發刊救援運動刊物《眞理》。並擬在救援運動的掩護下，展開台共黨的再建工作。

但隨著台共黨員一一受逮捕，赤色救援會也終於被檢舉，重要成員王敏川、簡吉、詹以昌、張茂良等多人被逮捕起訴。而在上海的台共最後一個領導幹部翁澤生，也因受出賣而於一九三二年在上海法租界被捕，並於翌年由日本引渡回台。至此，日本總督府的所謂「台共大檢舉」結案，而日據下的台灣共產主義運動也終告落幕。

蘇新被判了十二年重刑。入獄時他才二十四歲，到了出獄時已是三十六歲。由一九三一年到一九四三年，正當日本軍國主義在中國發動全面侵略戰爭的時候，他在台南監獄度過了人生最寶貴的金色年華。

紐約《台灣》雜誌一九八二年二月號第十八期

一九九二年八月三日重新校訂

參考資料

1. 蘇新口述回憶資料，一九八一年八月葉芸芸錄音。
2. 莊嘉農，《憤怒的台灣》，智源書局，一九四九年三月。
3. 蘇新，〈連溫卿與文化協會〉，《台灣》雜誌，一九八二年二月。
4. 蘇新，〈中秋感懷〉，《中國新聞》，一九八〇年九月。
5. 陳國雄，〈蘇新——訪問全國政協委員台灣省籍知名人士〉，一九八〇年。
6. 周璽益，〈訪問台灣省籍著名人士蘇新〉，《華僑日報》，一九八一年十一月二十五日。
7. 蕭友山，《台灣解放運動史回顧》，三民書局，一九四六年。
8. 葉榮鐘，〈台灣民族運動史〉，《自立晚報》，一九七一年。
9. 黃師樵，〈日據時代台灣工人運動史〉，《夏潮》雜誌，一九七七年。
10. 史明，《台灣人四百年史》，蓬島文化公司，一九八〇年。
11. 林梵，《楊逵畫像》，筆架山出版社，一九七八年。
12. 李南衡編，《日據下台灣新文學》，明潭，一九七八年。
13. 郭乾輝，《台共叛亂史》，台灣內政部調查局，一九五五年。
14. 日本台灣總督府，《警察沿革誌》。

二・二八前後的蘇新

蘇新坎坷的生涯中，有幾個突出的重要段落。第一個段落開始於他十六歲那一年，參加了文化協會，並被學校退學。其後短短數年間，他不僅參加了學生運動，支援了農民運動和文化啓蒙運動，並且成爲一個馬克思主義者，身體力行地走進礦山、林場，和無產階級生活在一起，致力於喚醒他們的階級意識。

一九三一年，他和蕭來福在北部礦區中組織了台灣有史以來的第一個礦山工會，不久成爲台灣共產黨的領導人之一，是這一個段落中的高潮。同年，台灣共產黨組織遭受破壞，蘇新和他的同志，無一倖免地，都成了日本殖民統治者的階下囚。

一九三一年至一九四四年，這十二年間是漫漫長夜的監牢，也是蘇新革命生涯中的長休止符。刑滿出獄以後，他暫時回到南部的故里，度過一段短暫的、難得的平靜生活，也就在這時，他結了婚，並且有一個女兒。這也是我們在他一生中，唯一捕捉得到的一段屬於他私人生活的片段。

一九四五年八月十五日，日本宣布戰敗投降，台灣歸還中國。這是他生涯中第二個重要段落的開始，短短不到兩年之間，他握著一根筆桿，置身在輿論的戰場上，尤其在二・二八事變的一週間。

這一場失敗的民變，逼使蘇新和他的家人親友生離死別。一九四七年五月，他成功地逃離了台灣，許多他的好友已經犧牲或在獄中。其後兩年間，他流亡在香港，依舊握著一根筆桿。一九四九年，中國共產黨建立了政權，他才第一次踏上中國大陸的土地，從此三十年間，他不曾再碰觸過故鄉的泥土。一九八一年十一月十三日，他在北京去世了，留下歸葬台灣的遺言。

本文的範圍，在蘇新入獄以後，到一九四九年他進入大陸之前的事蹟，是爲拙作〈蘇新與日據下的台灣共產主義運動〉的續編。至於蘇先生在中國大陸三十多年的經歷，鑑於資料的欠缺，不敢貿然下筆。

獄中生涯和閩南話的研究

一九三一年九月，蘇新在彰化被捕。他是島內的台共領導幹部中最後一個被捕的（另一位尙未被捕的台共領導幹部是在上海的翁澤生）。被捕之後，多次受刑求逼供。後來日本刑警對他說：「你要說也好，不說也行。反正別人都已經說完了。」根據日本總督府《警察沿革誌》，關於一九三一年台灣共產黨大檢舉一案的記載中，並沒有蘇新的供狀，但有謝雪紅、潘欽信、王萬得和翁澤生等四位領導人的供狀。其中以謝雪紅的供狀最爲詳盡，除詳述台灣共產黨內部的鬥爭外，並列舉了十九名黨員名單。謝氏這份供狀，如今已成後人研究台灣共產黨歷史的重要引據。蘇新被判定十二年刑期後，被送回台南監獄服刑。農民運動的領導人簡吉也同在那裡服刑。他們兩位是同案中極少數服滿刑期後才出獄的。日據時代，鼓勵政治犯「轉向」，若在獄中表現循規蹈矩，又能表示對自己的政治信仰有絲毫悔意者，多半能在服滿刑期的三分之一或一半後，獲得假釋出獄，蘇新並未得到這種優待。

關於蘇新的獄中生活，如今我們只能由第三者口中得知一二。一位文化界的前輩這麼回憶他在一九四五年見到的蘇新：

> 當時，蘇新就顯得消瘦，臉色不甚好，後來才知道這是長期坐監獄造成的。蘇新告訴我，台灣共產黨裡面，他坐監獄的時間最長，前後達十二年之久。其間他受盡了折磨。他把手背伸出來給我看，我一看他的十個手指甲都沒有了。他說那是敵人最狠的一手，用竹簽釘進指甲，多次受了這種刑之後，指甲也就沒有了。台灣俗語說「指甲痛穿心」。他忍受了多大的痛苦才熬過了這十二年的鐵窗歲月啊？看著他的手，我不禁流下眼淚。但是他本人卻若無其事，說起了獄中的兩個收穫。第一個收穫是研究台灣話的語音、語法及其淵源，第二個收穫是學到了裱糊字畫的一套本領。他說這是他在被罰苦役當中學到的，其水平並不亞於市井的能工巧匠。平時從不誇耀自己的蘇新，很有自信地說過這件事，因此我印象很深。

顯然，獄中的蘇新依然保持著鬥志，也不讓時間白白溜過去。他藉著一本羅馬拼音文字的廈門話《新舊約》和一本英文聖經，苦讀英文並研究起語言學。後來他曾寫信給蔡培火，說他想研究閩南話。蔡培火就送一本有關著作到監獄給他。他就這麼研究起閩南話。據說到了出獄時，寫了整整五十多本研究筆記。蘇新在台灣、日本受的都是日文教育，戰前也未曾去過中國大陸。但是戰後他在台北擔任編輯工作時，寫的漢文卻簡潔又通順，在當時是極不容易的。一般日據時代的作家，戰後改寫漢文都經歷了一段長期辛苦的磋磨。這很可能是他長期以來研究閩南話，漢文已經有了基礎的緣故。

他在獄中研究閩南話的筆記，後來都在二・二八事變的動亂、逃亡中散失了。到了中國大陸以後，他長期在中央人民廣播電台台播部工作，每天編寫對台廣播稿，並因訓練台語廣播員的需要，而編寫了一些台語教材。一九七四年，他由下放地河南回到北京，但是到一九七八年才獲得平反。這四年間處於半退休狀況，他才追溯記憶，把幾十年前研究的閩南話，整理成一部近五十萬字的鉅著，全書分成三冊，即《閩南話的形成與演變》、《閩南話的語音》和《閩南話的語法》。遺憾的是這部稿本到現在還未能面世，據了解，此書未能在中國大陸出版的原因是：有幾種體材太專門，此其一；他的研究方法與大陸學院派使用的方法不同，難以被接受，此其二；著作中音號太多，排版和印刷有技術性的問題等等。

出獄，結婚

一九八〇年九月二十四日，北京中國新聞社刊登了一篇蘇新的短文〈中秋感懷〉，文中提及他出獄之後短短三、四年間的生活片段，是難得有關他私人歷史的紀錄。以下摘錄原文有關部分：

十七歲離家到日本混了幾年。後來又被日本人抓去關了十幾年。到三十七歲時才第一次回到故鄉。二十年前，村裡人沒有不認識我的。二十年後回來，卻沒有人認識我了。

眞巧，回家那天，正值中秋。我在日本時，阿媽就去世了。在坐牢期間，母親和兩個叔叔也離開了人間。弟弟遷居別村，我已經沒有家，只好暫寄居堂兄家裡。……伯母流著眼淚，摸摸我的手，「新仔，多住幾天，明天去叫你弟弟來，你弟弟也已有五個孩子了。不要走，找一點事做，結結婚，成成家。如果你阿母還在，多好！」這就是我出獄後的第一次中秋節。

三十八歲結了婚。不到一年，日本投降了。台灣人民謝天謝地，拜神拜祖，歡天喜地。獅陣、藝閣、車鼓、南管、北管盡出街頭遊行狂歡，足足一個禮拜。

我從鄉下搬來台北，在一個報館工作。我一生中，此時算是生活最安定的時候。一九四六年生了一個女孩，爲了慶祝台灣光復，給她起了個名字，叫「慶黎」，慶祝黎明的意思。這一年的中秋節，我抱著慶黎，和愛人對酌。這是我一生中最難忘的、最幸福的一次團圓。……

蘇新的夫人蕭不纏女士是蘇新患難至交蕭來福的妹妹。蕭女士較他年輕，結婚時是二十六歲。他們的結合似乎與運動、主義或信仰都扯不上太大的關係。結婚前蕭女士是一家醫院的護士長。蘇新當時經過長期監獄生活的折磨，身體瘦弱，很需要有人照顧。蕭女士與他的結合，或許是一種比愛情更崇高的人道精神。蘇新刑滿出獄時，是蕭女士接他的，他們結婚時並沒有舉行任何儀式。婚後住在蘇新的故鄉佳里。此時已是第二次世界大戰的末期，台灣正籠罩在徵伕和盟軍轟炸的雙重陰影底下；對蘇新而言，卻是他一生中難得的一段平靜無波的生活。

蘇新自出獄返回故里後，就在吳新榮家族所經營的「油脂工業會社」擔任專務（會計並統理社務）。這家會社經營榨油和養兔場。吳新榮與蘇新是同鄉，早年同在東京留學時，他們都是東京青年會社會科學研究部的重要幹部。日後，蘇新未完成學業，潛回台灣從事工人運動。吳新榮則學成返回故鄉佳里懸壺行醫。蘇新出獄後，吳新榮對他備加照顧，一直到二・二八事變後蘇新離開台灣。吳新榮先生的日記中，一九四三年到一九四七年間，曾有多處提到蘇新，提供了許多難得的側面資料，對了解蘇新在這段期間的事蹟有所助益。

蘇新出獄之後，到一九四五年戰爭結束之前，交往的朋友多半是文藝界人士。九・一八事變之後，日本軍閥日益猖狂，台灣民族運動受到全面的扼殺，有識之士都轉而從事文藝工作。到了一九三七年，連「台灣地方自治聯盟」也難逃被解散之命運，台灣已經完全在戰時體制的控制下，唯一還能活動的就是一兩個文藝刊物了。蘇新出獄後，回到故鄉佳里定居。南部地區素來有一群愛好文藝的朋友。他的至交吳新榮、郭水潭都是「鹽分地帶文學」的代表人物。此時，吳新榮和張文環、王井泉、黃得時等人在辦《台灣文學》。蘇新曾建議他們成立公司以求財務上之自立，不久，此刊也在皇民化運動的掃蕩下被兼併了。

短暫的百花齊放

二次大戰結束，台灣首先有一段六十日的桃花源記。在日本宣布投降到中國政府派員來接收之間，這段無政府狀態的空檔中，台灣人民以為光復了，政治運動也得到解放了。全島各地成立了各種大大小小的政治團體，就像吳濁流在他作品中所描述的，人人都要參與政治，張三李四都求一官半職。

這段兩年不到的期間中，可能也是台灣文化界僅有的一段百花齊放的燦爛光陰。尤其到了一九四六年下半年以後，報刊雜誌如雨後春筍。根據一九四六年夏天出刊的《新新月刊》第六期的卷頭話中，引了一段長官公署宣傳委員會主任夏濤聲對新聞界的報告：「……目前全台灣已向公署登記經核准的新聞雜誌共有七十餘種，……」又根據一九四六年八月二十四日的《人民導報》的另一段報導：「報紙雜誌十二種，因未經依法申請登記，經宣委會下令停刊。」當時文化界之活躍可見一斑。

一九四五年八月十五日，日本天皇宣布無條件投降，由廣播中得知了這一消息，蘇新就離開佳里鄉下而搬到台北。自此以後，一直到二・二八事變發生，蘇新都住在台北，主要擔任的是報刊編輯的工作。但是，他的活動內涵卻絕對不能被界定於文化層面之內的。他首先積極參與的，就是一個政治團體——三民主義青年團。

加入「三民主義青年團」

早在陳儀的行政長官公署抵台之前，三民主義青年團台灣區分團的籌備工作已經開始。主要的推動者是首先隨美軍返台的台灣籍國民黨軍人張士德上校（台灣義勇隊副隊長）。由有限的資料判斷，蘇新當年確曾積極推動三民主義青年團的籌組工作。尤其是台南地區分團的成立，他可能是一位居中聯絡與協調的關鍵人物。

根據吳新榮先生的年譜紀事，一九四五年九月二十一日「蘇返自台北，謂已會見奉命籌組三民主義青年團台灣區分團之張士德上校，預定台南州轄分團及負責人……」九月二十三日「蘇面告石泉以三民主義青年團金石組織委員會之經過，並求其協力，……後與蘇赴基督教會，向台灣學生聯盟說明組織三民主義青年團之必要。」九月三十日「北門郡下三民主義青年團籌備委員大會，……會議由先生（吳新榮）恭讀總理遺囑，水潭（郭水潭）致開會辭，蘇（蘇新）報告經過，後討論組織問題，歷一小時乃畢。晚招待遠道來賓，……席上蘇傳達張士德上校委任先生為曾文組織員之命令。」若是再把吳新榮的自傳小說《此時此地》第十章「台灣重歸祖國，夢鶴參加黨團」中的一段對照著看，就有一個更為清晰的輪廓：

> 夢鶴在這樣擔憂的時候，台北陳亦常派人來聯絡，說：祖國已派團部代表張某、軍部代表黃

某和美軍聯絡員飛到台北，現在接觸中，此後可以保持聯絡。這是像白日見著虹霓那樣，夢鶴始接祖國的吐息，非常感奮。日本投降之後，因爲戰時中的管制嚴重，國內的情形無一知道。所以陳亦常在台北擬組織「台灣政治同盟」，台南也有什麼「新青年會」或是「還中會」，而夢鶴們也擬在這地方組織一個「青年同志會」，以響應祖國的接收工作。不久台北又派人來說：如張大佐接觸的結果，他說國內一貫的作風就是「黨外無黨，團外無團」，而且他的使命就是要組織「三民主義青年團」。這位台北派來的聯絡員又添加說：所以再來存在的團體或將要組織的團體，一切都要解除或吸收納入「三民主義青年團」。夢鶴雖對「三民主義青年團」未有完全而充分的認識，但深刻地感覺著需要一個政治團體來擔起再建的任務，和維持社會的秩序。所以他自願做一個先驅者來組織「三民主義青年團」，並吸收所謂「新青年會」及「還中會」的主要分子來合作。（按：此文中的夢鶴是作者吳新榮先生本人，台北陳亦常應是陳逸松，所謂台北派來的聯絡員應是蘇新，張某應指張士德。）

這段文字表露了蘇新這一代台灣知識分子，戰後初時，對祖國充滿了無條件接納的情思。同文中，吳氏還有一段如下的話，更能表達他們的一廂情願：「……人人都想這個時機對祖國有些奉仕（貢獻），絕不使日本時代的御用紳士來投機。」

日後，蘇新曾寫了一部台灣歷史的著作《憤怒的台灣》，對這一段過程有現身說法的說明：

不知道蔣介石的法西斯統治的台灣人民，當初都以爲台灣眞正解放了，政治運動可以自由了，於是各地成立了許多大大小小的團體，如：「三民主義青年團」、「治安協助會」、「新生活促進會」，甚至誤認「三青團」為眞正三民主義的青年組織，而許多青年都加入了它。他們的目標是模糊地標榜：協助新台灣的建設，促進台灣地方自治的實現，擔負起過渡時期地方治安的維持，三民主義的研究和對一般群眾的民主思想的啓蒙教育等等。

歡迎「祖國」的心情是那麼的熱烈，對「祖國」的了解卻又是何等的貧乏？對國民黨的了解，台灣人民只看到了它的招牌——孫中山的三民主義的黨，便張開雙臂接受了。由是，三民主義青年團的籌備在各地受到青年們的熱烈支持，吳新榮先生一九四五年九月二十二日的日記說：「三民主義青年團中央直屬台灣區團，台北分團的組織籌備處的牌匾一旦立起，各地的青年陸續前來參加，其熱心愛作大事之面貌可使人感激。……」在那一段無政府狀態的期間，三民主義青年團在維持地方治安上，確曾起了作用。

陳儀抵台之後不久，這個三民主義青年團被下令解散重組。其中緣由，今日尚未能發現有可供考證之資料。

後來，另一位從大陸回來的台灣人李友邦（台灣義勇隊隊長），受命重新組織「三民主義青年團」台灣區分團。在一九四六年至四七年間活躍了一陣子，舉辦過一些類似後來蔣經國的「青年救國團」的活動。到了二・二八事變之後，又被國民黨下令解散，而且李友邦本人則以通匪罪名在一九五二年遭國民黨處死。二・二八事變當中，「三民主義青年團」在各地方所起的作用究竟如何？有待發現更進一步的史料，才能有所論斷。

新聞界的活躍人物

除了「三民主義青年團」，蘇新在這段期間中，似未涉及其他政治組織活動，而轉到新聞界、文化界活動。他曾先後參與過《政經報》、《人民導報》、《自由報》、《台灣評論》和《台灣文化》的籌畫、成立和編輯工作，並曾給其他幾份刊物撰寫過文章，舉辦政治、文化座談會，甚至和國民黨政權的警察局打過一場輿論官司，在戰後初期的新聞界、文化界相當活躍。

以下先簡介蘇新主編的幾份報刊：

一、《政經報》是戰後蘇新所主編的第一份刊物。這份月刊在一九四五年十月二十五日創刊，是戰後台灣人主辦的第一份報刊。《政經報》是陳逸松所主催的「台灣政治經濟研究會」的機關刊物，其他成員尚有陳炘、陳逢源等。經費主要由陳逸松負擔。

二、《人民導報》的創辦人宋斐如先生是一位由重慶返台的學者，當時任行政長官公署教育處副處長。這份日報在一九四六年元旦創刊，編輯陣容頗為堅實，網羅了多位大陸籍和台灣籍的進步新聞從業者。蘇新是該報第一任總編輯。

三、《自由報》的發行人及財務支持者是茶業界的王添燈先生。王氏當時任第一屆省參議員。這份週刊在一九四六年三月創刊。主要成員有舊台共的領導人潘欽信、蕭來福和蘇新，還有上海歸來的蔣時欽、吳克泰和東京歸來的蔡慶榮（即蔡子民）。二・二八事變之後，他們都逃離台灣到大陸，因而有人認為這份週刊是共產黨的報紙。

四、《台灣評論》是一九四六年七月創刊的，前後只出了四期。但因該月刊對大陸政局有較深入的報導和評析，頗受注目。主要成員有丘念台、林忠、楊逵、林憤、王白淵、李純青和蘇新。該誌係由李純青在上海集稿，而由蘇新和王白淵在台北編輯出版，是當時最具特色的一份政論性雜誌。

五、《台灣文化》是「台灣文化協進會」的機關雜誌。「台灣文化協進會」的理事長即第二任台北市長游彌堅。此會之成員集當時知識分子之大成，是戰後初期台灣文化界最有代表性的一個組織。

不知是否過去內訌的裂痕無法平復，或另有其他因素，在戰後初期高昂的氣氛下，台灣共產黨並不曾恢復組織關係。蘇新日後在香港所寫的《憤怒的台灣》一書中，在〈收復後的台灣群眾運動〉一節曾提及這個問題：「……雖然大家認爲必要，但因當時和中共尚未取得聯絡，故決定建立『黨』的問題，待與中共取得聯絡後再作討論……」

雖然沒有組織的關係，但舊日台共的成員分散在各地，仍有很強的活動力。簡吉在高雄地區搞農民運動。謝雪紅在台中經營酒家，並與舊日文化協會、農民組合的幾位幹部籌組「人民協會」和「農民協會」，但未展開活動就被迫解散。林日高當選第一屆省參議員，蘇新、潘欽信和蕭來福均在台北的新聞界活動。

像蘇新這樣有過共產主義理想的人，此時究竟懷抱著怎樣的心情投入文化界的？戰後初期，台灣文化界人才輩出，台北有東京青年會「社會科學研究部」的許乃昌、陳逸松、楊雲萍、吳新榮，大陸、日本回來的宋斐如、王白淵、蔣時欽、陳文彬、蔡子民等，其他又如林茂生、林忠、王添燈、陳紹馨、徐淵琛、呂赫若、吳濁流、王井泉、陳旺成等，台中有莊垂勝、楊貴、葉榮鐘、張我軍、張深切等，還有幾位大陸籍的新聞從業者李純青、馬銳籌、白克、謝爽秋、夏邦俊、王思翔、周夢江、樓憲等。由當時幾份重要報刊的嚴謹內容看起來，與其說是熱中，毋寧說他們是相當焦急的，焦急地要表達台灣人民的意見，也焦急地要在國民黨的封鎖下把大陸上國共兩黨間的鬥爭和內戰的情況透露給台灣人民。

當時，幾份民營報《民報》、《人民導報》和《自由報》之所以受台灣人民歡迎，主要也在於能主持正義的風格。對國民黨接收官員的封建官僚作風，尤其是貪污的問題，攻擊不遺餘力，反映民間失業、糧荒、稅務等疾苦，仗義執言，而對國民黨封鎖的禁忌問題，也頗能伺機發表，無所畏縮。譬如，《人民導報》早期對東北問題、蘇聯問題的報導，《民報》要求台灣完全實施地方自治的呼籲，《自由報》毫不留情地揭露省參議會中王添燈、林日高、林茂生等質詢接收官員各種貪污和非法的勾當，還有《台灣評論》揭露國共重慶談判的眞相，尤其是把中共的提案：「蔣管區實施地方自治」也刊登出來。蘇新在擔任《人民導報》總編輯期間，曾受警備司令部警告多次，《台灣評論》並曾被禁賣一期。

被迫離開《人民導報》

蘇新主編《人民導報》前後有半年，即一九四六年元旦創刊時到同年夏天。他之離開《人民導報》，也是因爲國民黨不能容忍該報的言論。當時國民黨省黨部曾召開會議，專題討論《人民導報》的問題，宣傳主任林紫貴力主控告《人民導報》，並擬以「中共同路人」罪名逮捕蘇新。但當時國民黨台灣省主委丘念台以台灣回歸祖國一年不到，逮捕行動必然引起台灣人民反感，而極力反對。

此事，後來由丘念台居中協調，省黨部宣傳主任林紫貴與宋斐如直接談判，終於以宋斐如和蘇新去職爲條件，使該報得以繼續出刊。該報社長一職由蘇新請來王添燈接替，而總編輯則由國民黨派人接替。

但蘇新在離職之前不久，因報導一則高雄地區農民反抗地主與警察局勾結聯手迫害的新聞，致使高雄警察局惱羞成怒，控告《人民導報》誹謗，而與國民黨有了公開交鋒的一回合。

這篇引起風波的報導，刊登在一九四六年六月九日的《人民導報》。顯然，蘇新是有過一番謹慎的調查，才刊登這篇報導的。消息是由他的獄中難友簡吉提供的。蘇新立即派他的最得力的助手呂赫若和吳實豐隨簡吉南下，到現場訪問當事農民，並拍下現場照片。因而此案開庭時，《人民導報》方面提出人證、物證，使得高雄警察局顏面俱失。但第一審結果，王添燈仍然以「文字煽惑他人犯罪」的罪名成立，而被判了六個月緩刑。這個判決又在新聞界引起了軒然大波，當時省記者公會曾向司法院強烈反映：必須維護言論自由。

主編《台灣文化》

離開《人民導報》後，蘇新就擔起《台灣文化》的主編工作。「台灣文化協進會」籌組成立的過程中，蘇新就曾爲它效勞出力。他和楊雲萍、王白淵、許乃昌、陳紹馨等五人是「台灣文化協進會」的堅實幹部。

要研究戰後初期台灣文化界、知識分子的思潮和動態，《台灣文化》是不可或缺的歷史資料。

由《台灣文化》的作者群和內容涵括的寬廣度來看，蘇新主編《台灣文化》頗費一番心血，而「台灣文化協進會」在當時的台灣文化界是產生一定作用的。蘇新主編的《台灣文化》，是由一九四六年十一月的第二期開始，到一九四七年二月的第五期。其中第二期的「魯迅逝世十周年特輯」是台灣最早的，也是僅有的一次紀念魯迅的專集。當時在台北的魯迅同鄉好友許壽裳（時任編譯館館長）和學生黃榮燦（藝術科學月刊《新創造》的主編）曾傾力協助這個紀念專集的籌畫。蘇新晚年接受訪問時，也曾經提及此事，說是他在這期間所做的事情中，特別感到欣慰的（周璽益，〈訪問台灣省籍知名人士蘇新〉，一九八一年十一月二十五日《美洲華僑日報》）。後來，「台灣文化協進會」在一九四七年「二・二八」之前，又出版了一本許壽裳的《魯迅的思想與生活》。

日據時代的台灣知識分子深受魯迅的影響。尤其在一九二三至二四年前後的文化啓蒙運動期間，魯迅的作品曾廣泛地被介紹過。但是，日據時代不允許公然追悼魯迅，而此時雖是光復了，紀念魯迅仍有特殊的意義。紀念集中，楊雲萍所寫的〈紀念魯迅〉很能說明蘇新和他同時代的知識分子的心聲：

台灣的光復，我們相信地下的魯迅先生，一定是在欣慰。只是假使他知道現今的本省的現狀，不知要作如何感想？我們恐怕他的「欣慰」，將變為哀痛，將變為悲憤了。……十年的歲月，似箭如梭地流過去了。可是，我們的對於魯迅先生的愛慕和追悼，是和時間的過去而愈深的。眼前的事實，過去的經驗，都教訓我們知道魯迅先生的所以為魯迅先生。……

蘇新在主編《人民導報》和《台灣文化》的同時，也協助《自由報》和《台灣評論》的策畫和編輯工作。《自由報》的籌備過程中，蘇新和蕭來福、潘欽信是主要的人物，《自由報》籌備妥當之後，實際編輯則由蔡子民擔任，蘇新只在稿件上給予支援。《政經報》也有類似的情形，蘇新主編了前幾期，編務上軌道後，主編即由蔣時欽擔任。

在這段期間，蘇新寫的文稿相信有一定的數量，但可能都不具名，因此，大部分都無法求證了。

此外，有幾個他所主持的座談會紀錄，相信也是他的手筆，包括：

一、〈本省參政員對時局發表意見〉，《台灣評論》，一九四六年八月。

二、〈談台灣文化的前途〉，《新新月刊》，一九四六年九月。

三、〈美術座談會〉，《台灣文化》，一九四六年九月。

除上述所列之外，據說蘇新還曾在當時台灣的兩份外文雜誌上撰稿，其一為留台日人所辦的《民主日本》，文章題目是〈寄希望於日本人民〉。其二是英文的《台灣青年月報》，題目不詳，主題內容是介紹當時台灣的幾份報刊雜誌。George Kerr（柯喬治）在他所著的《被出賣的台灣》一書中，曾提及這份英文報，此文若能找到，相信對了解當時台灣新聞界的情況，極有參考價值。

一九四七年二月號的《台灣文化》上，蘇新以丘平田的筆名發表一篇短篇小說〈農村自衛隊〉，文中流露了對統治者強烈的不滿，幾乎到了絕望之地步，因而暗示有需要組織人民武裝力量。

然則，今日已發現的史料，並沒有跡象顯示在二‧二八事件當中，蘇新曾經投身武裝鬥爭。比較多的證據顯示他仍緊守在新聞工作的崗位上。事件當中狂風暴雨的一週間，他接管了一份日報，並且可能直接參與了「二‧二八事件處理委員會」三十二條改革提案的草擬工作。

蘇新和「二‧二八事件處理委員會」

蘇新在二‧二八事件中的事蹟，雖然鮮爲後人所知，但是，一九四七年～一九四九年間，他在香港撰寫的兩本書——《憤怒的台灣》和《台灣二月革命》卻是當今研究二‧二八事件的重要著作，是有關這段史實的珍貴第一手資料。

《憤怒的台灣》是他以莊嘉農的筆名發表的，《台灣二月革命》則以舊台共領導人林木順之名發表。關於這兩本著作，他在一九八一年三月九日致筆者的一封信中，做過說明：

《憤怒的台灣》、《二月革命》都是我們在香港時寫的，《二月革命》說是林木順寫的，這是虛構，其實是我和楊克煌寫的，共五篇，我三篇，他二篇……

這兩本書均是蘇新在香港兩年間，主編的《新台灣》叢刊。《台灣二月革命》的編者前言中，有這麼一段話：

㈢這本小冊子是根據曾經領導或參加過這次民變的同志提供的資料編成的，所以其「確實性」是十足可靠的。不過，因爲這些同志現在還流亡於海外，一時無法聯絡省內同志，進行徹底的調查，以致有些地方的鬥爭經過，不能詳述，而且關於鬥爭地點、日時、領導人物，或者有些出入或遺漏，這是難免的。編者很希望各地同志，尤其是曾經領導或參加過這次民變的同志，盡量搜集有關這次民變的資料，保存下來，提供後來史家，以便完成一部更正確、更詳盡的《台灣二月革命史》。

一九四八年二月二十八日，「二・二八」一周年紀念日

編者記

《憤怒的台灣》和《台灣二月革命》二書中，「二・二八事件處理委員會」一章敘述詳盡，且文字多相符合，顯然都是出自蘇新一人的手筆。這一點雖不足以證明他曾直接參與「二・二八事件處理委員會」，但無疑地，他對「處委會」內情知之甚詳，以蘇新過去學生運動、工人運動以及「三民主義青年團」的事蹟來看，他不露鋒芒，都默默地做幕後工作。從當時「處委會」的最重要人物，也是負責〈處理大綱〉三十二條的起草人王添燈先生周圍的人際關係來剝繭抽絲，也頗能

得到一個較明朗的輪廓。

王添燈先生是日據時代「台灣地方自治聯盟」的台北負責人，光復初期，他任茶業公會理事長和第一屆省參議員，同時主持《自由報》。《自由報》在當時是相當受歡迎的一份週刊，主要負責人包括王添燈、蘇新、蕭來福、潘欽信、蔡子民等人。二．二八事件後，王添燈遇害，其他諸人均被通緝而逃亡，日後都相繼到了中國大陸，因而可以判斷，這份週刊一定程度上是代表中國共產黨的觀點。

由以上的推論，蘇新可能直接或間接參與「二．二八處理委員會」，尤其是有關王添燈所負責起草的三十二條〈處理大綱〉，以及「處委會」存在一週間，王氏對新聞界和民眾廣播的發言稿。

接管《中外日報》

《中外日報》是板橋聞人林宗賢辦的一份中間立場的日報，編輯工作人員以大陸來台的人士為多。二．二八事件期間，蘇新曾接管了《中外日報》。

自二．二八事件發生，至蔣介石的援軍登陸大屠殺前的一週間，《人民導報》、《民報》、《中外日報》等幾份民辦日報，均堅持每日出報。

蔣介石的援軍抵台以後，警備司令部就封閉了這幾家民辦報社，並且開始大逮捕新聞界人士。一時風聲鶴唳，各報記者編輯紛紛逃亡。據說當時蘇新困在《中外日報》報館，到了最後才由一位大陸籍的編輯秦氏掩護逃脫。而幾份民辦報紙的主持人，林茂生《民報》、宋斐如《人民導報》、王添燈《自由報》均相繼在數日間被殺害。《中外日報》的社長林宗賢，時年只有三十二歲，任台北縣參政員和板橋農會理事長，雖然事後受柯遠芬敲榨了大筆錢財，仍以報紙附和叛黨、攻擊政府之罪名被捕。

從香港看台灣

蘇新雖然逃脫了，但是他的好友，也是《台灣文化》的編輯同事王白淵，卻沒有逃過逮捕，並在獄中受刑求逼供蘇新的下落。其後，王白淵由獄中輾轉送出信條到「台灣文化協進會」。游彌堅知情後，乃出面保釋王白淵，並建議蘇新離開台灣赴大陸。一九四七年五月，蘇新帶著妻女離開台灣到了上海。行前，游彌堅以「台灣文化協進會」駐上海辦事處主任的名義給蘇新預支了半年薪水。不久，蘇新因上海不得容身，乃又隻身經台灣轉到香港。其妻蕭不纏女士則帶著女兒回到台灣。這段經歷，在他晚年整理的《從香港看台灣（一九四七年～一九四九年）》這份文摘的前言中，曾有簡單的介紹。

《從香港看台灣》一共摘錄了評論和報導文章三十三篇，字數約有兩萬字，其原文字數可能相當多。如他本人在前言中所記，這些文章都是針對台灣問題，主要在反蔣、反對美國的帝國主義以及依賴美國的託管運動。此時蘇新與中國共產黨應該已有組織關係，他當時在各報所撰寫的文章，與中共對台灣問題的政策是相符合的。

台灣人民之出路

一九四七年底，蘇新和廖文毅曾經有過一段短暫的合作經驗，籌畫組織「台灣民主自治同盟」，並由廖文毅出資，蘇新主編，辦一份月刊《新台灣》。但是，因爲謝雪紅和廖文毅在「台盟」主席的名位上爭持不下，也因爲廖文毅擬在《新台灣》創刊號上發表的一篇文章，主張把台灣變成第二個琉球或夏威夷，由聯合國託管，將來由台灣人民投票決定歸屬問題，雙方立場差距重大，終究沒能合作。廖文毅等人退出「台盟」，謝雪紅任「台盟」主席。《新台灣》得到新加坡華僑閩南富商陳嘉庚的贊助，成立「台灣文化基金會」，出版不定期的叢刊。台盟綱領主張「以實現台灣省之民主政治及地方自治爲宗旨」。

一九四八年四～五月間，廖文毅組織了「台灣民眾聯盟」，得到潘欽信、蕭來福、王麗明、石煥長、蔣時欽等多人的支持。「台灣民眾聯盟」也發表其綱領〈台灣的出路〉，主張台灣先脫離中國，以公民投票來決定台灣的地位。

一九四八年五月，蘇新主編的《新台灣》叢刊第六輯——「台灣人民之出路」有兩個主題內容，一是響應支持中共中央五．一勞動節的重要宣言，二則是抨擊「台灣民眾聯盟」之綱領〈台灣之出路〉。對託管派的主張，蘇新抨擊最多的是「依靠美國的援助」這一節骨眼上。他說：「在他們心目中，利用美蔣之間的矛盾，依靠美帝的援助，趕走蔣政權，脫離中國，爭取台灣獨立，……」在他看來，「這簡直是癡漢白日作夢。」因爲擺在他眼前的事實，自從台灣光復以來，美國始終在幫助蔣政權接收並經營台灣。無論如何，他不能信任美國人一方面支持統治者蔣介石政權，另一方面支持台灣人民的兩面手法。他相信美國之所以如此，是想要控制台灣之明證：「但是二・二八民變以後，美帝竟發覺了蔣政權已喪失了台灣人心，無力控制，台灣終有一天被中共所解放，於是美帝就開始蔣政權垮台後奪取台灣的各種準備。」而美國所支持的台灣人要求託管運動或台灣分離主義運動，蘇新判斷就是這種準備的具體表現。

有趣的是，「台灣民主自治同盟」響應支持中共中央一九四八年五・一勞動節重要宣言其中第五條：「各民主黨派，各人民團體，各社會賢達，迅速召開政治協商會議，討論並實現召集人民代表大會，成立民主聯合政府。」而廖文毅的「台灣民眾聯盟」也向中共表示了同樣的支持。但中共終究只接納了謝雪紅的「台盟」爲政協中的一個人民團體，而不曾接納廖文毅的「台灣民眾聯盟」。

一九四八年底，謝雪紅、楊克煌等經過朝鮮、東北進入中國大陸解放區，蘇新則繼續留在香港工作。一直到一九四九年北京解放後，他才進入大陸。

潘欽信、蕭來福、王麗明、石煥長、蔣時欽等多人，後來也都相繼進入大陸，廖文毅則轉到日本，公開舉起台灣獨立運動的旗幟。

黯淡的三十年

蘇新自從一九四九年到了北京，以至一九八一年十一月在北京病故，足足有三十二年與台灣隔絕的歲月。「這三十年，是我一生中最黯淡的日子。」他曾經這麼告訴一位海外的朋友。

很難想像往日那個充滿理想和鬥志的蘇新，這三十二年來被命運折磨成什麼樣子？一九七四年，他的老友陳逸松離開台灣投奔北京時，蘇新才從河南一個勞改的幹校被送回北京。在此之前，他在原服務機構（對台灣廣播台）中受「群眾專政」、「監督勞動」兩年，農場種菜兩年，幹校三年，一共是七年。

文化大革命時，蘇新被判定的罪名只有一個：「叛徒」，但事實上，早在一九五〇年代初期，他就開始背負著這個罪名了。

初到大陸的頭兩年，蘇新確是受到中共的重用的。一九四九年，他一到北京就住在中南海，直接在周恩來下面做事，擔任國務院統戰部研究室資料組組長，負責爲政治協商會議準備民主黨派名單及政見和少數民族的資料工作。一九五〇年，周恩來任外交部長，他受任命爲外交部亞洲司日本科科長，曾在《人民導報》與他共事的謝爽秋是亞洲司副司長，而在香港與他交往甚密的夏衍，則是亞洲司司長。

此時，謝雪紅向中共檢舉蘇新是舊台共的「叛徒」。他雖然沒有因此被下獄，但從此他的任用問題受限制，只能在廣播電台工作。而他是不是「叛徒」的問題，竟拖到一九八七年才得到解決。

蘇新的命運並不特殊，到大陸的台籍人士中，還有三十多位跟他有同樣的命運，潘欽信、蕭來福、石煥長、郭水煙、蔣時欽、王萬得、宋非我、林樑材、林殿烈、詹以昌、陳文彬……等等，幾乎人人都有一個「叛徒」、「美帝特務」或「國民黨特務」的罪名，人人都有一段令人不忍的遭遇。

台共的組織關係雖然早就不復存在了，但是，三〇年代的紛爭卻一直延續著，並不曾隨著外在政治情勢環境的改變而平復，或改善絲毫舊日的人際關係，這無異是一場令人痛惜的人性悲劇。

未竟之志

蘇新雖然在一九七四年就回到北京，但是到了一九七八年他才正式得到平反，恢復黨籍和職位，並當選政協委員。在其間四年的光陰，他事實上等於是退休狀況，於是他把幾十年前在日人監獄中研究的閩南語，整理成五十萬字左右的文稿。

一九八一年二月，他給筆者的信中還提到他想利用餘生寫三部書，一是《台共黨史》，二是《回憶錄》，三是《台灣外史》。《台灣外史》是要寫一些台灣社會運動史上的人物小傳，他的信上說：

> 我打算寫二、三十個人這樣的東西。有長有短的，連溫卿、王敏川……都放進去。《外史》裡面，也可能有些壞人，例如謝雪紅，可能要寫幾萬字。你們不了解林木順這個人，此人也要寫（事蹟不多，但很重要）。

然而，命運不肯寬容，他有生的歲月已經不夠讓他完成這最後的抱負。《台共黨史》他只寫了前言，《台灣外史》寫了零星的幾篇，《回憶錄》則還沒有動筆。

紐約《台灣》雜誌一九八二年七月第二十期

一九九二年八月二日重新校訂

參考資料

1.蘇新口述回憶資料，一九八一年八月葉芸芸錄音。
2.蘇新，關於〈二．二八事件處理委員會〉，一九七七年十月二十七日手稿。
3.蘇新，《從香港看台灣（一九四七～一九四九）》，一九七八年三月整理。
4.莊嘉農，《憤怒的台灣》，一九四九年三月，香港智源書局。
5.林木順，《台灣二月革命》，一九四八年二月二十八日。
6.邱平田，《台灣人民的出路》，一九四八年。
7.吳新榮，《吳新榮全集》，一九八一年十月，台北遠景出版社。
8.丘念台，《我的奮鬥史》（即《嶺海微飆》），一九八一年，台北中華日報。
9.閩台通訊社，〈台灣政治現狀報告〉，一九四六年三月。
10.《光明日報》，《台灣問題》，一九四九年，新華書店。
11.George Kerr（柯喬治），陳榮成譯，《被出賣的台灣》。

12.《台灣文化》，一九四六～一九四七年，台北。
13.《人民導報》，一九四六年八月一日～一九四七年二月二十七日，台北。
14.《民報》，一九四六年七月～一九四七年二月，台北。
15.《台灣評論》，一九四六年八月一日～十月一日，台北。
16.《新新月刊》，一九四六～一九四七年，台北。
17.李黎，〈記蘇新〉，《七十年代》月刊，一九八二年一月，香港。

悼蔣渭水逝世一甲子

一

日據時代非武力的民族活動，到了第一次世界大戰之後才出現，那是一九一五年余清芳武裝抗日事件，受到極殘酷鎮壓之後，又過了好幾年。進步的資產階級與知識分子，受到威爾遜的「民族自決論」、俄國十月革命、中國的五四運動以及朝鮮獨立運動的衝激下，組成「台灣文化協會」，以文化啓蒙的形式，志在喚起民族意識，抵抗異民族的殖民統治。

民族主義的啓蒙運動，短短數年間，有令人鼓舞的發展，並有日漸激烈的內容，一方面是社會主義的思潮對青年知識分子的影響，一方面是運動已涉入經濟抗爭層面，不再是單純的民族主義，蓋因日本資本主義的侵入，導致農民運動之興起。不可避免地，這也影響運動路線的傾向階級化與國際化，再難包容在民族主義的舊框架之下，而終於有了文化協會的第一次左右派分裂。

文化協會第一次分裂的最直接結局，乃是「台灣民眾黨」的組成，這是日據下民族運動的一個最重要分界點。民族主義啓蒙運動告了一段落，從此，運動轉到涉及階級意識思想問題的政治鬥爭。文協承擔的民族主義爲前提的統一戰線的功能，顯然已不復存在，意識形態不同的派系，各自組織自己的政治結社。左翼奪得文化協會的領導權，不久即有第二次路線上的分裂，民族主義聯盟的「台灣民眾黨」又再分裂出更加保守的「地方自治聯盟」一支力量。

二

台灣共產黨人蘇新，晚年回顧這段「分裂」的歷史①，批判當年台灣共產黨員積極影響文協的方向政策，導致文協內部的分裂對立，是嚴重的左傾路線錯誤。認爲文協應該作爲各階級統一戰線的群眾組織存在。蘇新本人歷經文化大革命，深受政治鬥爭之苦，對「唯我獨左」的極左路線深惡痛絕，這許是他的有感而發。半個世紀前的台灣人政治運動團體，從最右的到中間派到左翼的，毫無例外，都一再地歷經分裂，回顧自不免感傷。有曰此乃台灣人不能團結的特質，但歷史畢竟也有軌跡，各時代亦有其複雜互動的內外因素。

分裂前期，蔣渭水提出「同胞需團結，團結眞有力」的號召，一再強調作爲殖民地的台灣，所需要的是包括各階級的民族運動，而非階級鬥爭。並且銳利地指出，妨礙團結的乃是觀念的左翼分子的「小兒病」以及資產階級保守派的「老衰症」。然而，他終究沒有能夠阻止分裂，並且處在一個左右都不討好的立場，信仰意識形態的「馬克斯青年」，勇猛好鬥敵我不分，資產階級則消極退縮，代表人物林獻堂在文化協會分裂後，對政治運動幾多抱持旁觀的態度。

「台灣民眾黨」成立之初，是以「全民運動與工農運動併行」爲指導原理的。確實，存在的四年間，在蔣渭水領導下，跨越了「文化協會」、「議會設置請願運動」時代，囿於資產階級與知識分子的範疇，擁抱無產小市民與勞工階層建立了團結面最大的民族運動陣營。若說民眾黨是蔣渭水政治生涯的最高峰，並不爲過，民眾黨時代，是他的才幹最能得到發揮的時代，也是思想轉變成熟之時。民眾黨對外雖有拓展，內部卻一直分歧不一，這也是統一戰線團體的先天性格。中間偏左的蔣渭水與右派的蔡培火合作原本是勉強的，何況還要面對對抗新文協無產青年的問題。蔣渭水致力經營勞工運動，方向上日益左傾，雖是不爭的事實，而保守的右派民族主義者蔡培火，以領會殖民當局之意爲運動之方向政策指導，在共識上是難以調和的距離。

及至一九二八年以後，民眾黨指導下，「台灣工友總聯盟」結成，並發展成會員數千之眾，三十多個結盟工會團體。資產階級民族主義一派，對運動偏向階級鬥爭的疑懼日深，反應乃更趨向保守，互動之下，益加無可挽回，乃有從事單一目標之政治活動之議出現，另組「地方自治聯盟」乃漸呈具體化，右翼民族主義一派終於退出民眾黨，並且不自知地，退到體制之內。而左翼的發展則反方向而馳，一九三一年二月，蔣渭水提出「以農工階級爲中心之民族運動」的綱領修改案。並明言表示「時至今日，資本家已不足依靠，階級鬥爭之必要已無須多贅。但鑑於台灣的現狀，若不採用過渡的方針，即對階級運動加味民族運動，則運動無有成功的可能」《警察沿革誌》。民眾黨隨即被殖民當局強令解散。

一九三一年八月五日，蔣渭水先生病逝，遺言「台灣社會運動即進入第三期，無產階級勝利迫在目睫，凡我青年同志，極力奮鬥，舊同志倍加團結，積極地援助青年同志，切望爲同胞解放而努力。」

蘇新在口述回憶一生及台灣近代政治運動的錄音中（一九八一年夏．北京）曾提到，蔣渭水晚年曾對台共黨人潘欽信表示，如果台灣有C.P.（指共產黨）的話，他要加入。蘇新所言，如今已無法求證，但蔣渭水先生思想上的轉折變化，多少能夠由客觀存在的條件加以探討。

三

隨著日本資本主義侵入與獨占發展，台灣的社會經濟面貌有很大的變遷，一九二七年台灣民眾黨組成時，農民運動已有成熟的發展，勞工運動方在萌芽，民族運動的左右派正在傾辯——台灣是否有資本主義？是無產階級解放運動？抑或是民族運動？

一九二八年以後，在上海成立的台共成員陸續返台，進入文化協會、農民運動；到礦區林場組織勞工團體，投身在社會運動。同時期，影響台灣左翼運動陣營最多的日本共產黨與中國共產黨，相繼發生路線上的激烈變化，日共山川均的解黨主義受到極左的福本主義批判並取代之，而蔣介石在上海發動清黨，迫使中共發動武裝革命，導致李立三激進路線的抬頭。台灣共產黨、新文協以及農民組合均深受影響，而發生組織內部的派別鬥爭，出現分裂。另一方面，一九二九年世界經濟發生大恐慌，也帶給社會主義陣營一些錯覺，判定帝國主義資本主義經濟面臨危機，加上島內勞工運動的壯大，蔣渭水對社會運動之情勢分析確有所高估，以爲台灣解放運動已進入第三階段，當以無產階級爲主力基礎，落伍的資產階級知識分子，將逐次退出運動，不再是需要團結的對象。因此，民眾黨受到解散後，他發表〈黨之發展的解消論〉，認定合法政黨組織已無必要，決心從事農、工、無產市民之階級運動。從此對民眾黨他稱「舊黨」，並說舊黨存在的價値，是現在以前的四年間，且已盡力完成其階段性的歷史任務。

四

辛亥革命之成功，對當時台灣同胞的民族意識有很大鼓舞，當時就讀台北醫專的蔣渭水更是深受影響。從此他成了孫中山的信徒，有關孫文思想的著作無不熟讀，對中國革命情勢之發展關懷殷切，他曾撰寫《中國國民黨黨史》（一九二九年）在《台灣民報》上發表，連載數月，更寫過無數介紹與討論孫文思想的文章。

蔣渭水對孫文的崇拜，一方面是自然單純的民族感情，與一般台灣同胞相同的民族意識，因爲孫中山領導國民革命，北伐成功統一，使得他們對祖國強盛的深切期望，有所振奮。而他對孫文思想最信服的，則是民生主義，他說孫文思想的結晶就是民生主義，而民生主義就是一部社會主義的經濟原理。

左右傾辯之時，他發表〈共產主義向左去，三民主義對右來〉一文，基本上就是引自孫文言論，認爲社會進化是由於社會上大多數之經濟利益相調和，而不是相衝突，相信只有民生主義可以防止階級鬥爭。他對文協無產青年一派的包容，一方面是擅於團結人的領導氣質，一方面也是受到孫中山「聯俄容共」政策的影響吧?!他對國共合作寄很大期望，與他主張台灣需要全民各階級的民族運動，基本上是一致的，都是民族主義的出發點，這是他較早期的思想。

晚年他對孫文思想的再思考，在民眾黨被解散後所發表的一系列文章中都有所討論，在〈孫先生對馬克斯的見解〉中，他說：「孫先生對馬克斯主義有所批評，其實受到馬克斯的影響很大。試看一部民生主義的理論和辦法，全部是以馬克斯的學說做中心議論的。」

五

民族運動的領導者中，以林獻堂聲望最高，蔣渭水最有群眾魅力。林氏出身豪族，家道富有，雍容優雅平易近人，溫重而優柔寡斷，他領導民族運動，自始持溫和的路線，固然是受到梁啓超之影響，以祖國短期內無力援助，乃效愛爾蘭人之抗英，厚結日本國會委員，期以制台灣總督府對台人之苛政。但是，若由他所屬的社會階級利益與本人之性格來探尋，更能得到合理的解釋。蔣渭水出身小市民家庭，其父爲相士，及長懸壺濟世，接觸面廣闊，對小市民階層的疾苦，有深刻的了解，同輩友朋最感佩他樂於助人的熱情，葉榮鐘晚年撰文懷念故人[2]，稱他是兼具不妥協精神與實踐能力的「革命家」，文中指出屬於資產階級民族運動的「議會請願」與「文化協會」，大多數領導者對青年與勞工的力量均無所認識，唯有蔣渭水能夠「洞察時代的趨勢」。蔣渭水先生不算長的一生，是充滿活力的生命，而他個人政治思想上的成長過程，從早期民族主義的革命浪漫情懷，到晚年認同無產階級，追求「政治的經濟的社會的自由」，其實與整個日據下反抗運動有相似的腳印。

一九三一年的台灣，是愁雲滿布的一年，隨著「台灣民眾黨」被解散的，是台共面臨大檢舉逮捕，民族運動的陣營不勝淒涼，充塞著挫敗的氣氛，蔣渭水先生的突然病逝，更加重悲憤的氣氛。次月，九·一八事變發生，日本發動侵華戰爭之意圖，已不能掩飾，台灣民族運動僅餘的是無力感。

人生苦短，死有輕重之別，雖然是英年早逝，但蔣渭水先生不負他的時代，正如他自己給民眾黨的歷史評價，克盡其責，演完歷史的角色，無所流連而去，又何嘗不是一種福氣？

《中國論壇》一九九一年八月第三七一期

注釋

①蘇新，〈連溫卿與文化協會〉，《台灣雜誌》，紐約，一九八二年二月。

②葉榮鐘，〈革命家蔣渭水〉，《台灣政論》，台北，一九七五年十二月。

歷史遺忘的人

——悼王萬得

七月二十六日在北京逝世的王萬得先生，是台灣近代社會運動史上極爲重要的人物之一。根據日本總督府《警察沿革誌》的記載，王萬得的本居所是台北市太平町，生於一九〇三年。一九一八年畢業於台北市大稻埕公學校，次年自總督府遞信部通信練習所修業後，先後曾在新營、淡水、台北等地的郵便局工作。

一九二三年，他辭去郵局工作，參加「文化協會」，此後十年間，他遂成爲抗日民族運動中，極爲活躍的一分子，直到一九三一年七月，因台灣共產黨受到大檢舉，他和其他台共黨員一起被捕，被判十二年的刑期。這十年，大概也就是他一生中最爲意氣風發的一段日子了，而我們細察他這十年間的改變，由一個日本政府的公務員，而參加文化啓蒙運動，轉變成一個無產青年，終於成爲一個推動勞工運動的共產黨員，卻也正是台灣抗日民族運動發展的一條軌跡。

自一九二三年至一九二七年初之間，王萬得一直在文化協會的機關報《民報》任事務員，這是他思想啓蒙的時期。他和一批青年因深受蔣渭水、連溫卿、王敏川、翁澤生、洪朝宗等人的影響，日漸嚮往共產主義或無政府主義，而被稱爲「台北無產青年派」，並於一九二六年結成「台灣黑色青年聯盟」。他們曾經在台北舉行反對「始政紀念日」的演講，公然攻擊殖民帝國統治（一九二六、六、十七），在《台灣民報》上發表「公開狀」，表明跟文化協會有極不同的革命觀點和手段（一九二六、八、一），向林獻堂、謝春木、蔡培火等人當面表示反對「台灣議會設置請願運動」（一九二六、十、十二），到了一九二七年初，無產青年一派終於爭取到文化協會的領導權，此其間，王萬得均爲重要的角色。

不久，新文協籌辦機關報《大眾時報》，王萬得乃與王敏川一起退出舊文協人士所主持的《台灣民報》。但是，緊接著他即遠走大陸，到武漢、南京、上海等地旅行了一年多。根據葉榮鐘著《台灣民族運動史》所述，分裂後的文協所指導的幾件鬥爭，手段尖銳凶猛，譬如新竹事件、台南墓地問題、台中師範事件，均供出不少犧牲者，許多文協的重要幹部受檢舉被捕，民眾難免跟不上，而有觀望不前的現象，「蔡孝乾、侯朝宗、翁澤生、蔡火旺、王萬得等最積極的指導者，因對島內的運動情形大爲失望，乃相繼遠走大陸……」（頁三五一）而王氏的老朋友郭德金先生的追憶，則有較深一層的說明：「當時，王萬得是想去了解和學習武漢國民革命政府的經驗，希望能爲台灣的革命道路，找到借鏡之處。」

無論如何，這次旅行是一個轉折，對他一生有很重要的影響。在武漢逗留期間，他經常出入第三國際所領導的「東方被壓迫民族聯合會」，並且加入中國共產黨，後來才轉籍爲台共。一九二九年春，王萬得由上海，與林木順赴東京稍做停留之後，返回台灣，投身於台灣共產黨的發展運動。

台灣共產黨，自誕生至瓦解（一九二八～一九三一年），前後未滿四年，被日本殖民政府檢舉判刑的成員則不滿百人。無疑地，這是一場挫敗的「革命」經驗。那麼，台共對當時的台灣社會，是否產生過什麼影響呢？這畢竟也是不容易評斷的歷史。雖然，同時代的大多數台灣人，可能都不曾與台共發生關聯，但是，晚期由台共領導的農民組合，當時在全島有四萬農民會員，與殖民帝國主義者，與地主，有過無數的鬥爭。然而，當農民組合公開提出「擁護蘇維埃」的口號時，很快地就被殖民者全力撲滅了，文化協會的命運亦相同。

台共原屬日共台灣民族支部，成立未久即因日共遭受大檢舉，而失去與領導（日共中央）的聯繫。後來透過中共才與第三國際取得聯繫，而成為直屬第三國際東方局的一個支部。但是，「實際上是通過中共中央，接受東方局的領導，因當時中共中央的主要領導人是瞿秋白，第三國際東方局負責人也是瞿秋白。」其次，台共內部組織亦極脆弱，在僅有的兩次黨代表大會上，先後有七人被開除黨籍，其中有三人是中央委員（林木順、蔡孝乾、謝雪紅），其間，還有兩人宣告脫黨。

顯然，台共由於領導和組織的不穩定，經常是自己孤軍奮鬥，並且，在日共、第三國際、中共三個領導組織，所指示的不一致的政治路線之間徘徊。因而，它那短暫的歷史，不僅經過曲折，更有許多極為爭論性的問題。

王萬得，這個台共後期的主要領導者，正是這些爭論性的歷史問題，經常相提並論的人物之一。其中，最關鍵性影響台共發展的「改革同盟」——一個與當時台共黨中央對立的黨內組織，即是由王萬得和趙港、陳德興力促組成的。這是因爲，陳德興自上海攜回一份第三國際東方局的指示，這份批評台共中央領導工作的指示，爲台共中央謝雪紅指控爲宗派的陰謀，但是，台共各地方組織幹部，尤其是農民組合的領導人趙港和陳德興等大都接受，而接受台共指導的農民組合，鬥爭行動日趨激烈，進而更公開支持台共，後來遭遇大挫元氣的「二．一二大檢舉」（一九二九年），因而對謝氏一人領導的台共中央，相當不滿。至於，王萬得之積極於「改革同盟」，是否有其他個人因素？已無法得到他本人的解釋了。

事實上，王萬得自大陸返台，不久即當選爲文化協會候補中央委員，並在工人組織積極活動。而且，一九二九到一九三〇年間，當台共與其領導失去聯繫，而黨中央內部歧見分裂之際，王萬得、蘇新、蕭來福、莊守、吳拱照、趙港等地方幹部，卻在文協、農組以及礦山、交通、印刷工人組織間均得到工作成效。

一九三一年的秋天，大部分台共成員，均被日本政府逮捕下獄。到了一九四二年，王萬得才結束其漫長的牢獄生活，正當他恢復自由之時，他的妻子鄭花盆——一個深受台共成員們敬愛的女工，和他的父親卻相繼病故。戰後，他曾再婚，生有一子。二．二八事變後，王氏逃離台灣，其妻阿梨則被國民黨拘捕數月，飽受刑求之苦，六〇年代，其子曾因牽涉一讀書會事件而蒙牢獄之災。

二次大戰末期，王萬得是在宜蘭山地部落過隱居的生活，似乎心灰意懶。日本投降之後，他才回到台北，恢復參與政治活動。最先，他和許多老同志都參加了「三民主義青年團」的籌備工作（文革期間，參加這個組織成爲罪名，很多人因而挨批鬥），後來他又和蔣渭川、白成枝、李友三等組織「台灣政治建設協會」。較爲後人所知的，則是他和簡吉、楊逵負責的「台灣革命先烈遺屬救濟委員會」，一九四六年五月在桃園縣山上建成「忠烈祠」。

王萬得在一九四七年二·二八事件以後的經歷，似乎鮮少有人知道，他和許多他的朋友，好像突然都消失了。據說，他先到上海，曾任當地台灣同鄉會幹事。五〇年代，他到「台盟」工作，而當時「台盟」主席謝雪紅的聲譽、權力如日正當中，「改革同盟」的舊怨，遂使他備受排擠。其後，他轉到山東農業研究所工作了一段很長時間。文革結束之後，才再回「台盟」任顧問，逝世之前幾年，當選爲第六屆政協委員。

結語

八月一日的上午，我在北大醫院的太平間，向王萬得先生致敬告別。不久前，我還期待著，要當面請他解答一些歷史問題的疑點，如此見到他最初亦是最後的一面，除了感到意外，當然還有很深的遺憾。尤其是，當我想到，再過不久，他的遺體就要火化了。然而，骨灰暫時會存放在八寶山革命公墓吧?!那兒還有幾位他的老戰友——蘇新、林樑材、陳文彬等人，他們都等待著將來回到台灣安葬。

他們都是同一代人。出生在日本據台時代，年輕的時候，都曾參加改造社會的運動，力圖要將台灣自日本的殖民統治下解放出來，並且，因而在日本人的牢獄中，度過生命中最寶貴的青春年華。

壯年的時期，他們熱烈地慶祝過「光復」，也曾展臂迎接「祖國」，然而，那個代表「祖國」的國民黨，卻是不曾計畫要善待人民的。爲了躲避被捕殺，他們只好離鄉出走，這一次，他們帶著興奮的心情，投奔了血緣和思想上的「祖國」——當時甫建立政權的共產黨。

如果誇張地說，他們的前半生曾經創造歷史，那麼，極爲諷刺地，他們在後半生卻是被歷史遺忘的人。

因爲，他們的後半生，的確只有一串漫長的煎熬。他們不僅忍受妻離子別、與故鄉親友隔絕，他們完全身不由主地，消失在十億人潮之中，失落在反反覆覆的政治思想批鬥之中。現實是消磨志氣的啊！慷慨激昂或豪情壯志，都不復存在了，都只是過去的、記憶的一段光榮歷史了。

晚年的他們，總算還能重見天日。但是，鑑於中共對台政策之既定方針，他們被安排當委員顧問，卻不被允許對「對台政策」獻計，事實上，他們只被要求扮演和談政策的擁護者，這又是何等的諷刺呢？

誠然，他們的政治生命，在離開家鄉的土地與人民那一刻，就開始慢慢地枯萎了。然而，這或許還不是完全不能忍受的，絕望的是，還必須帶著「歸期何時？」的疑問死去。

《台灣與世界》一九八五年十月

二・二八事變中的王添燈

一九四五年八月十五日，因日本戰敗投降而歸返中國，到一九四七年二・二八事件發生，這短短的一年多的期間，很可能是台灣歷史上最爲錯綜複雜，最爲燦爛多姿的。

長守著本島，忍受因戰爭而來的匱乏、恐懼和生離死別的人們。海外歸來的歷經滄桑的遊子。劫後慶得餘生的疆場孤魂。甫自牢獄中重返人世的悽慘卻頑強的反抗者。曾經依附於正在撤退的殖民統治者的皇民。代表祖國而來的良莠不齊的接收官員和軍隊。

這麼組合的一群，在太平洋的孤島上，嘗試著重建他們的家園。他們是那樣的滿懷信心，那樣的興高采烈，那樣的精神抖擻。但是，這一切都不長久，極爲迅速地，毫不被惋惜地，都在一場最爲原始、野蠻的悲劇中結束了。

成千成萬的台灣人爲這場悲劇陪葬，王添燈只是其中之一。雖然他早早就意識到了，並且急忙地提出呼喊來：「切不可舊帝國主義的支柱換一根新帝國主義的支柱或法西斯主義支柱或封建主義支柱，這是非決意不可的。」①

不幸地，不只是他所擔憂的都應驗了。

長久以來，跟隨著這場悲劇的落幕，這段歷史也同時被埋葬了，但是，歷史是延續的，是萬不該被埋葬的。更何況，時值三十多年後的今日，爭取民主的也依然是烈士。不過是明明白白地告訴我們——悲劇主角的第二代人，幕雖落了，悲劇卻從未眞正地收場過，生活在那兒的人們，依然沒有人的尊嚴。

一、遇害

王添燈是二．二八事件中，首先遇害的台北市聞人之一。他是二．二八事件處理委員會的發言人，也是三十二條〈處理大綱〉的提案人。

三月八日，蔣介石派來增援陳儀的第二十一師和憲兵第四團在基隆登陸。經過四個晝夜的大屠殺之後，緊跟著是大逮捕。三月十二日深夜，王添燈在家中被捕，兩三天之後，台北市就盛傳著他已被殺害。

但是，王添燈到底是哪天被害？又是如何被害？到今天也依然是歷史的懸案，他的家屬始終沒有能夠領回他的遺體。

遭遇與他雷同，甚至更爲悲慘的還有很多，僅就當時的知名之士而言，也還有林連宗（國大代表、律師），林茂生（台大文學院院長，《民報》發行人），陳炘（大公企業理事長），宋斐如

《人民導報》社長，教育處副處長），黃朝生（台北市參議員、醫師），施江南（醫師）等數人。他們都在三月十三日前後被捕，從此下落全無，幾十年來他們的戶口名簿上恐怕是依然塡著「失蹤」。他們大都在被捕後數日間即遇害，由其家屬沒能領回屍體來判斷，處死的手法必然極爲殘酷。有一傳說王添燈是在三月十四日由憲兵第四團團長張慕陶下令，對他全身淋以汽油後點火燒死的。

二、經歷

王添燈早年的事蹟，似乎鮮少爲後人所知。一般僅知他是台北市人，生於一九〇四年②。光復時，他在台北市大稻埕經營一家頗具規模的「文山製茶公司」，同時也是「台灣茶業公會」的會長。

一九四六年，王添燈被選爲省參議員，同年他辦了一份週報《自由報》。他同時也是另一份民營報《人民導報》的社長，此報創刊不久即受到國民黨省黨部的壓力，社長宋斐如和總編輯蘇新③均被迫相繼去職，王添燈乃出任社長，但是任期似乎也並不長。《人民導報》確實創刊日期不詳，但相信是在一九四五年年底，或一九四六年初，王添燈擔任社長期間則在一九四六年五月間至同年九月十九日，其後由王井泉接任。

王添燈在政壇上活躍從而知名，則是一九四六年六月「台灣省臨時參議會」成立以後的事了。

三、被選為省參議員

陳儀在一九四五年十月二十四日抵台，次年春天即由「台灣省行政長官公署」圈定一部分，另由全省性的人民團體推薦一部分，組成一個三十名代表的「省參議會」。可能因身任茶業公會會長的緣故，王添燈也被選上，當了第一屆的省參議員。

不僅省參議會成立，縣立各級也都成立了參議會。但是，這些民意機構是否就能夠維護人民的利益呢？王添燈在省參議會第二次大會上，曾提出一項臨時動議：「省參議會到底是議決機關抑或詢問機關呢？」（《人民導報》四十六、十二、十七）他這個問題點出一個事實來，所謂「台灣省臨時參議會」實則是一九二一年日本總督府屬下的「台灣總督府評議會」的翻版，只是一個有名無實的「諮詢機關」。曾因批判帝國主義殖民政策及反戰而遭迫害的日本東京帝大教授矢內原忠雄就說過：「台灣總督府評議會，乃是世界各國殖民地的許多評議會之中，最爲缺乏實際效能的一個空頭機關。」④

日據下的總督府評議會，由總督任命二十五名評議員組成，其中總督府高級官員和民間日人占大多數，台灣人主要挑選自平常對殖民統治最爲順撫的御用紳士。

台灣省臨時參議員則由長官公署挑選，由蔣介石發委任狀，除了隨南京政府返台的一批「半山」之外，加上本地的資產階級和大地主組成。當時，占大多數的農民沒有任何代言人，王添燈針對此點說過：「請看台省的人口之中農民是占了八成的，那麼這六百五十萬之中的八成的農民在省參議會裡有送個他們的代表沒有？……此回的三十名的省參議員，雖然在省參議會熱烈地叫了十五天，都是完全對於最大多數的民眾之最切實的利益絲毫沒有談到，……」（同注①）

顯然，王添燈認為這麼一個組成的議會是無法為大多數人爭取利益的。事實上，當時也有人在訪問一趟大陸後，就表示不對國民黨政權再抱任何希望，因而辭就省參議員及監察員之職的。比較起來，王添燈要積極得多，他說：「坦白說，沒有民眾組織就不能夠送出眞正的民眾代表到省參議會去的，……站在這經濟、政治、社會不穩定的時期，最要緊的就是努力集中力量和民眾組織。工人要組織工會，農民要組織農會，商人要組織商會，依各職業而組織團體，把力量集中起來幫助並推進政府的建設工作……」（同注①）

四、光復三部曲

然而，當時大多數的台灣人又是如何看待這些問題的呢？

事實上，光復後僅僅半年不到，台灣人對祖國的感情已經經歷了三個大波折。

早在省參議會成立之前，就有一份《台灣政治現狀報告書》⑤其中第一章這麼開門見山地描述：「台胞起初聞倭寇投降台灣光復的時候，個個感激流涕，及至國軍進駐則歡呼若狂，最近則由懷疑而失望，現在似已進入反抗的階段……」這種變化，可能主要是來自台灣人民長期備受殖民統治壓迫而產生的對祖國的一種不切實際的寄望，日本帝國之戰敗崩潰，台灣人乃得以自殖民統治中解放出來，欣喜若狂之餘，誤以為轉身就可登上理想的國度。

但是，直接刺激導引這種變化的，還是陳儀接收政府的歧視台人的措施，毫無法紀秩序可言的軍隊和貪官污吏。

祖國官員給台灣人民的第一個深刻印象的乃是陳儀的先行人員長官公署祕書長葛敬恩。葛敬恩在一九四五年十月五日到了台北，不久即勾結了美軍駐台聯絡組長艾溫斯少校，打開了台銀金庫，搬走了六十公斤黃金，飛回南京。長官公署則形同日據時期的總督府，既擁軍權也擁有類似「六三法案」的特權⑥。「監理政治」號稱是自己做老闆不用做事，具體地說就是除了各行政機關的主管換用隨陳儀來的一批人外，其餘大都留用日本人。接收日產的工作，是唯一進行得最賣力的，除了官有企業財產之外，也把龐大的壟斷著台灣產業的日人私有企業和資產都集中接收了。

除官方的正式接收工作之外，各種私下的接收工作也進行得很熾熱。當時的《民報》、《人民導報》、《自由報》甚至長官公署署下的《新生報》每天都可以看到各種貪污、舞弊、官商勾結、屯貨抬價、乘車不買票、買東西不付錢、強姦、搶劫、打人……的報導。吳濁流對這段時期的人與事著墨特別多，卻不誇張。他筆下描述著憨直的台灣人在熱切地學習漢文、三民主義的同時，蓄意爲發財而來的接收官員正在各地進行劫搜。當時來台的外省人良莠不齊，他們來台也有各種不盡相同的原因，其中較大多數是隨南京政府接收而來的，他們較爲典型的心態卻是不甚健康的：「……台灣能夠光復是誰的恩惠?豈不是外省人八年抗戰到底，打敗日本……我們收復台灣未到兩年，就讓你們組織民意機關，選出你們自己人的鄉鎭長……」⑦

儘管如此，本性憨直的台灣人對有史以來的第一屆「議會」依然是十分認眞，而且近乎於滿腔的熱情。一九四六年六月，第一屆參議會第一次大會的盛況空前，恐怕也是台灣史上所少見的。三十名議員對國民黨政權的種種不合理措施、計畫和貪官污吏的腐敗不守法紀，提出極嚴厲的抗議，預定十天的會期不夠，又延期繼續了五天。每天會場上擠滿了全省各地趕來旁聽的民眾。

五、台灣糖包和不吃鴉片的白蟻

台北幾家民營報紙對省參議會中，各主管官員「接管台灣的經過」的報告、議員們的質詢都有相當詳細的報導。大會期間銷售量激增，人人搶閱。其中最爲精采的，是第六天貿易局和專賣局各主管的總報告和接受質詢，會場上擠滿了旁聽民眾。

林日高和王添燈兩位議員首先提出質詢，追究「資源委員會」⑧接收台糖公司十五萬噸白糖的下落和財政處專賣局、貿易局的貪污。

根據林日高和王添燈的揭露，「長官公署」讓「資源委員會」將台糖公司由日本官方和民間製糖會社所接收過來的十五萬噸白糖，無償地轉交給「貿易局」⑨運到上海出售，售款則存在「貿易局上海辦事處」名下，實則爲四大家族與陳儀等分贓殆盡。此舉致使島內糖價暴漲，當時上海出售的台糖每斤一百三十元，台灣卻爲一百七十元，而且使得台糖公司缺乏再生產資金，不得不向台灣銀行貸款四十億台幣。這場質詢中，最爲人們所樂道的要算是王添燈對陳儀所說的一番話：「陳儀長官很關懷台灣同胞，開口閉口台灣同胞！台灣同胞！對長官的關懷，台灣同胞是非常感激的，但是，很不幸的是，那些接收大員不是關心台灣同胞，他們關心的是台灣糖包，對這點，陳長官知影不知影？」

林日高和王添燈接著又揭露貿易局和專賣局兩位局長呑沒了數千萬元台幣的接收物資。針對專賣局長任維鈞呑沒鴉片七十公斤，私運香港變賣一事，王添燈質問任維鈞：「你知影不知影專賣局報銷七十公斤鴉片這件代誌？」任維鈞答說：「據說是給白蟻吃掉的。」王添燈說：「既然是給白蟻吃掉的，那麼我提議請幾個權威的科學家和醫生來試驗，看一看白蟻吃不吃鴉片？」

試驗結果是白蟻並不吃鴉片，證明了鴉片是被人呑沒的。

陸續暴露的各種貪污舞弊，激起了人們的憤恨，旁聽的民眾忍不住在會場上狂呼，甚至有議員當場大叫：「馬上就取消，根本無必要有這種機關！」（《人民導報》四十六、十二、十八）第一次大會就在這種亂七八糟、緊張的氣氛中落幕。

隨後，國民黨政權乃不得不以揭發貪污爲名，先後派來閩台監察使楊亮功和接收清查團閩台第二組劉文島。清查團在台雖曾一再聲明「接受人民密告」或「諮詢公正人士」，但是人們顯然認爲這也只是官樣文章，馬馬虎虎，話說到了，便算完事，並無可能有任何實質作用的。

專賣局長任維鈞和貿易局長于百溪，雖然在一九四六年九月十三日被撤職移送法辦，但事情後來還是不了了之。兩位局長並未眞的受審判刑，甚至一度謠傳要復職。（《人民導報》四十六、十二、十八）

經過了第一次大會的經驗，人們對這個省參議會就不再有多少寄望了。王添燈在第二次大會上就說得很明白了：「人民對本會無信心，說愛嚷時嗚一嚷就完了。」（《人民導報》四十六、十二、十七）

六、支持高雄農民的鬥爭

王添燈在擔任《人民導報》社長的短短幾個月中，曾遭遇了一場官司，被高雄市警察局長童葆昭控告「誹謗名譽」。此案後來卻以「公然以文字煽惑他人犯罪」而判決王添燈六個月有期徒刑。這是台灣人首次領教國民黨政權對言論自由的蔑視與箝制。

事情源自《人民導報》一九四六年六月九日的一篇報導。

這篇報導的大標題是「日人統治時代之暗影，又重演於今日之高雄」，小標題是「警察壓迫農民」、「警察爲地主走狗與日人統治時代無異」。

主要內容是報導：高雄市大港村農戶莊垂火被地主蔡湖榨取過分穀物，違反長官公署之規定，以致雙方爭論，不能上下，而引起地主蔡湖之恨，縱動武裝流氓，強持索租。農戶莊垂火則因一家數口之關係，難依願繳交，蔡湖父子及流氓隨即動手毆打，並揮刀砍傷調解的農民張保在，乃激起農民之義憤抵抗。蔡湖心甚不甘，是夜歸家即請地主十餘人及區長林迦商量對策。林迦係蔡湖之親戚，與高雄市警局林祕書私交甚篤，乃以利賄賂提出私訴。翌六月六日警局林祕書偕蔡湖之子蔡瑞勇，率領武裝警員二十餘人，至莊垂火家附近開槍示威，並肆意逮捕了農民二、三十名。

《人民導報》這篇報導刊出之後，高雄市警察局長童葆昭即在《新生報》刊登啓事並控告王添燈誹謗名譽。台北地方法院接理此案，由檢察官兩度審問（原告童葆昭第一庭派代表出庭應訊，第二庭則缺席），並曾勸告雙方庭外和解，但和解因原告不願刊登更正啓事而未果。嗣後，台北地方法院卻在十月二十四日宣判《人民導報》社長王添燈有罪。

宣判後，王添燈不服提出上訴，並且致函台省記者公會：「……本報無非以公正之立場，本爲民喉舌之初旨，而將事實揭露報端，……童局長之提訴，不外爲保持官威，以意氣用事，巧弄國法，……希愛護同業，主持正義，……以維新聞界之地位。」（《人民導報》四十六、十一、七）台省記者公會乃推派葉明勳、宋斐如、李萬居等人爲代表，往訪高等法院，盼法院能顧及此案對以後輿論界之深遠影響而加以愼重考慮。

上訴案在十一月二十五日由高等法院開第一次審查庭，出席的還有證人簡吉、莊垂火和莊垂清。旁聽席上民眾頗爲擁擠，法院乃臨時增設席位，除了各報記者外，有很多台大的學生。

王添燈在庭上申訴他不服而提上訴的理由乃是：「因爲我們根據事實公平報導，並且是爲了公共利益的報導。」並且說明這篇報導由已經離職的前總編輯蘇新所負責。

證人簡吉⑩說明此篇報導的資料，係他在事情發生翌日由高雄趕到台北，提供給《人民導報》總編輯蘇新的。當時王添燈和蘇新爲愼重起見，即派記者吳實豐與呂赫若隨同簡吉南下，到高雄實地採訪現場和農民，證明一切屬實之後才在六月九日刊登。

農民莊垂清和莊垂火作證說明地主之無理要求，警察與地主一起到村裡來大打大捉，引起農民之激憤，乃有農民說：「爲了保衛自己非跟他們拚個你死我活不可。」並且強調《人民導報》乃是唯一支持他們的，其報導絕無歪曲誹謗之處。

開過第一審查庭後，這案子就沒有下文了。據說童葆昭後來曾在《新生報》刊登撤銷控告的啓事。（但筆者翻遍一九四六年十一月至一九四七年二月間之各報紙，並未能看到有關之報導。）

此案之影響當時新聞界，相信頗爲廣泛，實因牽涉新聞界最根本的言論自由尺度。當時的一個民間政治團體「政治建設協會」的發言人曾說：「連這樣的消息也不能登，那麼根本談不上甚麼言論自由。」（《人民導報》四十六、十一、二十六）

經過省參議會的幾場質詢後，台灣糖包和不吃鴉片的白蟻的故事傳誦一時，因支持高雄農民的鬥爭而惹上官司，也使人們相信王添燈是能爲正義堅持的。他之能由一普通茶商躍而成了台灣政治界最爲知名的人物，絕非偶然。二·二八事件發生，他被選爲「處理委員會」的發言人，並草擬三十二條〈處理大綱〉的提案，「處理委員會」雖僅僅存在一個星期，但短短幾天中的鬥爭是驚心動魄的，王添燈能在這種緊急時刻擔當重任，顯示出他個人出色的政治水平和膽識。

七、在二·二八處理委員會的鬥爭

一九四七年二月二十七日黃昏，在台北市大稻埕附近發生的林江邁緝煙事件血案，陳儀不僅沒有合理的處理，反而下令戒嚴，對民眾開槍威嚇，企圖鎮壓了事。這種橫蠻態度使得積怨已久的民眾不能再忍受下去，不滿與憤怒的情緒，即時像山洪暴發一般地沖溢出來。類似的事件在幾個月前（一九四六年十二月十日）已經在基隆市發生過一次了，一名十一歲的小販林聯壽被專賣局的緝私人員開槍擊傷，群眾不滿憤而圍毆專賣局人員，後來經警方與參議員從中調解，事情才沒有擴大⑪。

二月二十八日大清晨，憤懣激昂的民眾經由圓環開始結隊示威遊行，燒毀了專賣局和警察局派出所，市內的商店關門罷市、學校罷課、工廠罷工、家家戶戶關門閉戶，與郊區的交通也斷絕了，台北市已是一座沸騰的孤城了。民眾並且占領了「台北廣播電台」，向全省廣播報告台北的血案，呼籲同胞：「政治黑暗，遍地貪官污吏……官官相護，武裝軍警與地方官吏勾結走私，以致米糧外溢，人民無穀為炊。與其餓死，不如起來鬥爭，以求生存。」

「省參議會」在當天下午召開了緊急會議，推選黃朝琴與其他四位代表前往長官公署請陳儀處理善後。

三月一日，國大代表、參政員、省市參議員一起開會，決議成立「緝煙血案調查委員會」，王添燈與黃朝琴、周延壽、林忠被選為代表，向陳儀提出了五項要求：㈠即時解除戒嚴令。㈡立刻釋放被捕者。㈢禁止軍警開槍。㈣官民共同組織一個處理委員會。㈤陳儀對民眾廣播解釋。

陳儀為了爭取時間，以待南京派來援軍鎮壓，除了不准遊行示威及停工罷課以外，均一一表示接受，並指定五名長官公署官員代表參加組織「官民處理委員會」共同處理善後。

三月二日，「官民委員會」在中山堂首次開會，旁聽民眾擠滿了會場，幾無立錐之地。會中決議擴大組織增加各界人民代表，成立了「二·二八事件處理委員會」。主任委員是省參議會議長黃朝琴。王添燈被選為宣傳組長，他的任務是每天會後發布當天「處理委員會」的新聞公布。

三月三日晚上，王添燈首次在台北電台廣播，向全省同胞說明「處理委員會」成立經過與跟政府交涉的情況。王添燈並且在《民報》⑫上呼籲：「……舊事莫重提，願大家正視眼前，講究緊急措施，實行有效辦法。從前的事猶似昨日死，未來的事，有如今日生，努力向前，求光明的路吧。」

三月五日，王添燈再度向全省民眾廣播，說明「處理委員會」經過兩天討論，所提出的該會組織綱領，以及該會代表四十餘人向陳儀提出〈本省政治改革案〉八條，決意要求政治改革，不達目的會議不會結束。王添燈並且呼籲民眾團結起來，爲實現政治改革而共同奮鬥，號召全省各縣市迅速成立「二·二八事件處理委員會縣市分會」，並派代表到台北聯絡。

三月六日，處委會發表〈告全國同胞書〉，聲明：二·二八民變發生，在爭取本省政治改革，並不是要排斥外省同胞，至於外省同胞被毆打，完全是出於一時的誤會，今後絕對不會再發生，希望外省同胞積極援助，共同爲了爭取民主而共同奮鬥。「處委會台北市分會」在下午成立，王添燈擔任主席。會中對於前一天所通過的〈政治改革方案〉加以補充並具體化，仍推舉宣傳組長王添燈負責起草具體之改革方案。同日，陳儀向全省人民廣播，說他欣然接受昨日處委會所提的政治改革條件，希望省民信賴政府靜待全部解決。實者，陳儀此時已接獲中央密電，知道第二十一師與憲兵第四團分別啓碇來台，援助他鎮壓。此一廣播，乃是他的援兵之計。

處委會的組成分子相當複雜，大部分仍是資產階級的民意代表，其中雖也有如王添燈者，自始至終主張處委會必須採取堅決而不妥協的態度，但是公然主張向陳儀哀求的人也有。並隨著情勢變化而在堅決與妥協兩種態度之間搖擺不定的，更是大有人在。擴大組織之後，除了長官公署的數位政府代表之外，又混入政治野心家、投機分子、軍統特務，甚至地痞流氓，名副其實的是一攤大渾水，各路人馬各懷不同的目的，使得處委會除了終日討論提案、爭吵不休以外，沒有能夠發揮實際統制、發動與組織民眾的作用。

三月七日，台北市面已經盛傳大批蔣軍將到的消息，人心惶恐，特務與流氓到處騷擾。陳儀的態度也在一夜之間有了一百八十度的轉變，書面通知處委會曰：「從來各方代表意見紛紛，建議辦法莫衷一是，今後各方面意見，希均先交處理委員會討論，擬定綜合意見後，由該會選定代表數人，開列名單向公署建議。」

處委會在這種氣氛下，仍然繼續開會終日，但會場毫無秩序可言，陳儀派來的特務、流氓，成群呼嘯謾罵。王添燈首先對會場的無秩序表示遺憾，隨後，他說了一番語重心長的話：「當局對於我們的政治改革要求都無不接受，但是諾言與實行是兩件事，沒有付諸實施的諾言，對我們有何用呢？數日來，各位委員和一般旁聽的同胞，都提出了許多意見，今天可以總結這些意見的時候了。台灣的政治改革不是天天在這個地方鬧個不休就可以實現，所以我今天提出對於此次事件的處理和政治改革的最後方案，要求當局付諸實施。當局若只有諾言，而不付諸實施的時候，要怎麼辦，我無須在這裡說明了。」

接著王添燈又說明他所草擬的〈處理大綱〉與〈政治改革方案〉，分為「對目前的處理」七條，「根本處理」二十五條（包括政治方面二十條，軍事方面五條）共三十二條。在討論之間，其他代表又追加了十條，其中有幾條與王添燈的提案重複，但因會場混亂無從整理。而日後構成叛亂罪責的那一條「本省人戰犯漢奸即時釋放」（「根本處理」中的政治方面第二十九條），是由特務分子黃國信（國民黨台灣鐵道特別黨部書記長）所提出，而在其他特務一片喧叫贊成、威嚇下所通過的。

會議結束之後，代表們旋即面晤陳儀，提出「四十二條」要求，立遭陳儀當場拒絕。

三月七日晚上六時許，王添燈在電台作最後一次的廣播。他以處理委員會宣傳組長的身分，首先向中外闡明此次民變的原因、經過及台灣人民的基本要求。其次他向全省人民報告當天處委會的開會經過，及所提要求遭陳儀所拒之詳細情形。並宣讀四十二條〈處理大綱〉。

最後，王添燈沉重地向全省人民呼籲：「處理委員會的使命已經完了，從今以後，這次事件已經不能單由處委會處理，只有全體省民的力量才能解決，同時才能達成全體省民的合理要求，希望全體同胞繼續奮鬥！」

「二・二八事件處理委員會」前後一共只開了七天。最初是作爲「調解」的機構出現的，但事情的發展卻不曾在「調解」的階段停留。反而很快地就碰觸到了全面政治改革的根本問題，而且組織成員也擴大，包括來自全省性的人民團體代表。這種變化，與當時各地之反蔣情勢高漲有關，處委會後來的確是變成台灣人民各種政治力量與國民黨統治政權進行政治鬥爭的場所了。在這一場激烈的鬥爭中，無疑地，王添燈是最爲舉足輕重的人物了，他之能在這麼緊急的時刻，擔當「宣傳組長」的重任，代表處委會每日發布新聞，並且草擬了〈政治改革方案〉、〈處理大綱〉三十二條的提案，除了他平時就受人愛戴能孚眾望以外，必然還要能在處委會中團結一股相當強有力的隊伍，來支持他的發言、提案，以與支持陳儀的一派鬥爭。

八、〈處理大綱〉三十二條的基本精神

王添燈所草擬的〈處理大綱〉三十二條，貫串於其間的基本精神是在要求台灣實施地方自

治。其「根本處理」部分的政治方面第一條即是「制定省自治法，爲本省政治最高規範，以便實現國父建國大綱之理想。」與之不謀而合的是，翌日（四十七、三、八）延安《解放日報》發表一篇社論：〈支持台灣人民的地方自治運動〉，這篇社論是代表中共對台灣二·二八事件的方針政策，曾被認爲中共在當時是贊成台灣人民爭取獨立的。同時，中共新華社電台的廣播中也提到：「處理委員會所通過的三十二條綱領，應堅決爲其實現而奮鬥。」

「地方自治」是國共內戰期間，中共談判的議題之一，其所草擬的憲法中，即把中央與地方權限劃分得極爲清楚，重慶談判所公布的〈會談紀要〉和〈雙十協定〉均有地方自治條款，這些條款若付諸實施，將確實促使非蔣管區自治化，並且大大地削弱國民黨在蔣管區的統治力量，而擴大當地人民的政治權利。實際上，台灣人民在二·二八事件發生之前，要求地方自治的聲音就已相當強烈，當時較爲進步的幾家報紙雜誌在一九四六至一九四七年間，均曾一再反映台灣人民要求提前實施地方自治的心願。例如，《台灣評論》四十六年八月一日〈論地方自治〉與十月一日〈我們所需要的地方自治〉，《民報》四十六年八月二十九日〈爭取地方自治〉、九月十六日〈嚴辦貪官與實施自治〉與九月二十五日〈限期完成地方自治〉……等等。

從另一角度來看，也可以說這幾家報刊是以一定的民情爲基礎，有計畫地在推動某種言論，或說是在宣傳某種政策！若是由「人」的因素來探索，事實顯示，當時幾家較進步的報刊都與所謂的左派、共產黨人有著直接或間接的關係：《民報》的總編輯許乃昌是一位曾留學莫斯科東方大學的台灣共產黨黨員；首先報導重慶談判的〈談判紀要〉與〈雙十協定〉的《台灣評論》主編李純青是當今在北京的「台盟」副主席；前後任《人民導報》和《自由報》總編輯的蘇新是原台灣共產黨的中央委員；《民報》與《自由報》記者蔣時欽（蔣渭水次男）在二・二八事件時，積極領導左派青年的「台灣自治青年同盟」；《人民導報》的主筆陳文彬也是一位共產黨人；才華橫溢的作家、音樂家呂赫若（原名呂石錐）也是《人民導報》的記者，呂赫若是不是黨員，固無從察考，但是他的作品中充分流露他是一位社會主義的嚮往者，二・二八事件中他加入謝雪紅所領導的武裝部隊，後來由嘉義、小梅一帶上山打游擊，一直堅持到一九五〇年代初期才在山區被毒蛇咬死。此外，《人民導報》記者詹世平、《民報》記者徐延琛、《新生報》記者周慶安、資料室主任王白淵和後來擔任《自由報》總編輯的蔡慶榮等人，都是進步人士。

極爲類似的情形，我們也在王添燈的身上看到蛛絲馬跡。他的多年好友林日高，也是他在省參議會與二・二八處理委員會中政治鬥爭的親密戰友，他所創辦的《自由報》的經理蕭友山（即蕭來福），也是王氏所經營的茶行職員，他的祕書爲潘欽信，以上林、蕭、潘這三個人與前面已提到過的蘇新均曾在日據時期的台共大檢舉（一九三一年）中被逮捕入獄多年，他們都是原台灣共產黨的領導人、中央委員。顯而易見地，當時都與王添燈發生相當親近的關係，還有王添燈的兒子，王正統在台大讀書，也是「自治青年同盟」的要角，處委會期間日日奔走於王家與中山堂之間，擔任王添燈的交通。這些周遭的人際關係，多少能夠對王添燈在「二・二八」中的突出表現，以及他所提案的三十二條〈處理大綱〉與中共對二・二八事件的態度，在「地方自治」此一基調上的不謀而合，提供一點線索。

而且，進一步探究，中共台省工委蔡前（即蔡孝乾）已在一九四六年一月回抵台灣建立地下黨，發展組織工作。原台共重要幹部多人，如簡吉、謝雪紅、廖瑞發（即廖煙）、蕭來福……等，均重新開始活動，同時中共中央又在香港設立「台灣工作小組香港聯絡站」。根據國民黨政權的調查局在一九五五年所出版的《台共叛亂史》⑬，蔡前所領導的組織工作發展得非常快速，在很短的時間內，便滲透了全省各重要民眾團體以及一部分新聞事業與出版事業機構。（頁四〇）試看那時僻處延安的中共對二．二八事變的掌握那麼即時與確實，在在透露著一線牽的關連。雖然如此，中共地下黨在台灣建立組織到二．二八事件的發生，不過短短的一年，終究沒有能夠在群眾中扎根，尤其是工運、農運都還沒有發展起來，實無法在二．二八事件中全面領導群眾鬥爭。

九、結語

二．二八事件處理委員會的缺憾是一味拘泥在談判桌上，汲汲討論政治改革，而沒有能夠實際地、有效地運用這全省性的組織來發動群眾，來把民眾組織起來、武裝起來，以爲與陳儀鬥爭的有力後盾。但這實在也因爲二．二八事件仍是一次官逼民反的自發性民變，並非有自覺、有計畫的革命起義，而且又發生在光復不到一年多的時候，台灣人民不僅措手不及，沒有組織、戰鬥的經驗，更何況當時的台灣人民普遍對當權的蔣家存有投射性的幻想，在「反日」與「回返祖國」之間混同起來。也就是說，即使作爲一次自發性民變的二．二八，台灣人民在心理上、行動上都不夠放開，這種暴動自不免歸於失敗，但是，處委會的鬥爭，並非毫無作用的。在各縣市處委會成立以後，陳儀實際上已喪失了對整個局勢的控制，這使得中南部各地人民的武裝力量能在有限的時間內非常迅速地集結起來。這些主要由青年學生組成的武裝力量，雖然毫無訓練，裝備也甚爲簡陋，但卻鬥志昂揚，勇敢非凡。總之，在二·二八事變中，以台灣人民初次起事，即能自組政府、自組軍隊，這種行爲放到全世界人民革命的歷史上，可說是難能可貴的了。

另一方面，二·二八事變的作用也表現在對蔣政權的牽制，就在全面內戰的前夕（一九四七、七），迫使國民黨由蘇北戰場調開兩個師赴台鎮壓，分散了剿共的兵力，對於中國人民的解放事業，對於國民黨政權在大陸的崩亡，二·二八無形中實提供了貢獻，只是，王添燈以及千萬台灣人民的犧牲，並無助於台灣人民脫離國民黨政權的專制統治，徒然在台灣歷史上留下令人至爲悲憤的政治經驗。

最後，謹抄錄一首葉榮鐘的詩——〈弔王添燈兄〉，作爲本文的結束，並表示筆者對這一位進步的人民領袖的敬意。

硬骨稜稜意氣豪。頻從虎脛擬鈍力。
實權莫禦流氓悍。虛位高懸主席高。
鼎鑊自甘誠不愧。事機坐失責難逃。
可憐商界稱重鎮。浪藉遺屍沒野嵩。

《台灣思潮》一九八一年七月

注釋

①〈省參議會的千萬言〉，《新新月報》第六期，一九四六年。

②根據一九四六年十月二十四日台北地方法院在「高雄市警察局長童葆昭控訴人民導報社長王添燈案」的判決文中記載，王氏時年四十二歲。

③蘇新是台共中央委員。一九三一年台共遭大檢舉時被捕入獄十二年。光復後任《人民導報》總編輯，後轉任《台灣文化》編輯。二．二八事件後逃往上海、香港，後定居北京。

④矢内原忠雄，《帝國主義下之台灣》。

⑤閩台通訊社一九四六年三月出版。

⑥《台灣省行政長官公署組織大綱》其中規定，「於其職權範圍内，得發布署令，並制定台灣的單行法令。」

⑦〈新論理的爭辯〉，《台灣文化》，一九四七年二月出版。

⑧「資源委員會」成立於一九三二年十一月，直屬南京政府行政院的機構。

⑨「貿易局」係「物資局」之前身，成立於一九四五年十一月，獨攬台灣一切對外貿易。

⑩簡吉是台共成員，日據時期農民運動的主要領導人。一九三一年台共遭大檢舉時被捕下獄十年。

⑪《和平日報》一九四六年十二月十日。

⑫王思翔，《台灣二月革命記》，頁四六。「王添燈在他所創辦的《民報》上呼籲，……」此處可能有誤，《民報》係林茂生所辦，王添燈所創辦的是《自由報》。

⑬《台共叛亂史》係蔡孝乾在一九五〇年在台被捕後所寫。蔡氏係一九二八年四月在上海成立的

「台灣共產黨」的中央委員，蔡前是他在參加長征到延安後所改用的名字。他有另一本著作《江西蘇區紅軍西竄回憶》，一九七〇年出版。

參考資料

1.《人民導報》四十六年八月一日～四十七年二月二十七日。
2.《民報》四十六年七月～四十七年二月。
3.《和平日報》四十六年十一月十七日～四十七年二月二十三日。
4.《新生報》四十七年三月二日。
5.《台灣評論》第二、三、四期，一九四六年八月一日、九月一日、十月一日。
6.《新新月刊》一九四六～一九四七年。
7.王思翔，《台灣二月革命記》。
8.莊嘉農，《憤怒的台灣》。
9.林木順，《二月革命》。
10.蔡孝乾，《台共叛亂史》。
11.閩台通訊社，《台灣政治現況調查》。

魯迅的朋友許壽裳先生

——一九四八年在台北遇害的學者

前年（一九八一）是魯迅的百歲冥誕，北京方面曾舉辦了很多紀念活動。去年夏天，魯迅的長孫周令飛飛渡了台灣海峽，去和一位台灣富商之女結婚，因而成了新聞人物。

周令飛和張純華有情人終成眷屬，這原本是兒女私事，如今因魯迅的文名，這一件天下人都應來祝福的喜事，卻多少成了政治事件。

無疑地，魯迅是二十世紀以來，中國最偉大的作家，但是他的作品在台灣已經被查禁了三十多年。三十多年來，在台灣的人們，若是想讀魯迅的著作，是要冒著坐牢的危險的。而在海峽的彼岸，卻有毛澤東尊他爲「中國文化革命的主將」。這兩回事情，顯然不是偶然發生，而是政治因素使然也。

幾千年來，政治因素一直干涉著中國文人的創作生涯、他們的衣食住行，甚至他們的生命。

許壽裳先生的事蹟只是其中一個例子。

許壽裳先生簡歷

許壽裳先生字季茀，號上遂，浙江紹興人，生於一八八三年，卒於一九四八年二月十八日，享年六十五歲。

許壽裳先生是近代中國有名的教育家，也是文學家。他一生與章太炎（炳麟）、蔡元培（孑民）、魯迅（周樹人）諸先生之關係最爲密切。此三位先生在近代中國學術思想界有相當重要的地位。許壽裳氏曾發表了大量有關魯迅的思想與生活的文字，並在一九四六年出版了《章炳麟傳》。他生前也曾計畫要寫蔡元培傳。

許壽裳先生在一九〇二年得官費派往日本留學。最初入弘文書院，後來進入東京高等師範史地科。

一九〇五年前後，許氏加入同盟會，並曾主編在東京發行的革命雜誌《浙江潮》。魯迅曾爲此刊撰文，有〈斯巴達之魂〉和〈說鈤〉兩篇。

一九〇九年，許氏自日本回國，任浙江兩級師範學堂教務長。不久魯迅也自日本回國，並任教於此。

一九一二年，許壽裳與魯迅同時應民國教育總長蔡元培之召，任職教育部，並兼任譯學館教授。一九一四年又兼任北京大學及北京高等師範教授。

一九一七年，許壽裳氏出任江西省教育廳長，時年僅三十五歲。

一九一三年二月十五日，許壽裳與朱希祖、馬裕藻、周樹人等（均爲章太炎門生），在北京召開的「讀音統一會」上，提出漢字注音字母的製造原則，爲漢語統一運動奠定了規矩。

一九二二年，許壽裳先生出任北京女子高等師範學校校長。一九二四年，北京女師大被北洋政府非法解散。許氏與魯迅、馬裕藻、鄭奠、徐祖正等發動護校，另覓得校址。全校教師並義務上課。如此堅持了三個月之久，女師大終得以復校。

一九二六年，國民黨在廣東成立了北伐軍，魯迅自廈大轉廣東任中山大學文學院院長，許氏應魯迅之邀也到中山大學任國文系教授。

一九三四年，許壽裳任北平大學女子文理學院院長。一九三七年，北大奉命西遷長安，併入西北聯合大學。許氏出長法商學院，並兼教史學系與國文系。

一九四二年夏，許氏赴重慶，任考試院考選委員。許氏重要著作：《亡友魯迅印象記》、《章炳麟傳》、《三民主義述要》、《周官研究》、《傳記研究》、《俞樾傳》、《越縵堂日記選注釋》、《中國文字學》等，都是在這段時期中寫的。

一九四六年，許壽裳應台灣省行政長官陳儀之邀，到台灣出任省編譯館館長。一九四七年五月，省編譯館遭撤銷，許氏乃轉任台灣大學國文系主任。

魯迅、許壽裳和陳儀

魯迅、許壽裳和那個日後任台灣行政長官而成爲一九四七年的二・二八事變主角的陳儀都是浙江紹興人。他們三人並且同時在日本留學，交往甚密。

孫伏園先生著《魯迅先生二三事》中，說及魯迅在日本求學時代的同學，曾特別提到許壽裳和陳儀兩人：

一位是許季茀先生（壽裳）。許先生的年輩與魯迅先生相等，所學既相近，性情也相投，住處也在一起。《域外小說集》印成的時候，許先生幫忙最多。向章太炎先生學說文，聘俄國虛無黨人習俄文，聘印度人學梵文，許先生似乎都在一起……。魯迅先生直到晚年，少年時代的同學還時時見面，情誼之厚不減當年，思想行動與少年時代無多出入的，恐怕只有許季茀先生一人。

還有一位是陳公俠（陳儀的字後改爲公洽）。陳先生與魯迅情誼之厚，幾與許先生不相上下。不過陳先生學軍事！回國以後又帶兵，又主持中央軍政、地方行政，工作的性質相差太遠，過從便沒有許先生那麼多了。魯迅先生度著戰鬥的生活，處處受紳士們的壓迫，……被紳士們包圍得水洩不通的時候，好像我們在敵機臨空時，想念防空洞一樣，他常常會想念他的幼年同學時的好朋友，說：「不教書了，也不寫文章了，到公俠那兒做營混子去了！……」

一九四六年，許壽裳氏之所以到台灣主持省編譯館工作，自是與他們三人這段同鄉又同學的情誼有關吧！

台灣省編譯館成立之初，許壽裳氏頗有施展一番抱負之意。在他主持之下，編譯館分成教材編輯、社會讀物、名著編譯與台灣研究四組。受他延聘而來的有大陸籍的李季谷、于景讓、徐敘賢、程景、李霽野、謝似顏、楊乃藩、謝康以及台灣籍的楊雲萍、陳紹馨、蘇維良等多位篤實飽學之士。而當時編譯館最爲緊迫的任務，是要編一套中小學教科書及教授參考書，以應光復之初教學之需，因爲當時大陸所用的教科書無法適用於台灣。許壽裳先生對於編輯這麼一套教材，頗有他的見地。有一位編譯館的同仁在一篇追悼文中提及，一九四七年春天，許氏曾在一紀念週會上說：「我們的編譯研究工作，要適合時代潮流，要有進化的觀念，自由、平等和民主的思想，不能落後、倒退，甚至違反人民的利益。我們不能忘記人民！」後來，上海《大公報》有一篇社論非常嚴厲地指責，在大陸通用的國定本教科書的開倒車和違反民主精神。許氏亦曾把這篇社論給教科書編輯的同仁傳閱。根據許氏自己的日記也有簡短地提到：

三十六年一月十一日（星六）晴

……

學校教材組組務會議，余出席，宣布三大要點：㈠進化，㈡互助精神，㈢爲大眾。

一九四七年五月，陳儀被撤換，接任的省主席魏道明一上任就撤廢了台灣省編譯館。關於這個變故，許氏日記中曾有兩則記載：

三十六年五月十七日（星六）雨

《新生報》及《省政府公報》載編譯館經昨日第一次政務會議議決撤銷，事前毫無聞知，可怪。在我個人從此得卸仔肩，是可感謝的。在全館是一個文化事業機構，驟然撤廢，於台灣文化不能不說是損失。

三十六年六月二十五日（星三）

來台整整一年矣，籌備館事，初以房屋狹窄，內地交通阻滯，邀者遲遲始到，工作難以展開。迨今年一月始得各項開始，而即有二．二八之難停頓一月，而五月十六日即受省務會議議決裁撤。如此匆遽莫解其由。使我表見未遑，曷勝悲憤！

魯迅的戰法

編譯館撤銷後，許壽裳先生就轉任台大國文系主任，並講授中國文字學。這段期間雖然不長（一九四七年六月～一九四八年二月），但是，可能工作上較爲不忙，他的著作頗豐富，而其中又以有關魯迅先生的著作爲最多。

許壽裳先生在台灣撰寫的、有關魯迅先生的第一篇文章〈魯迅的精神〉，該文刊登在《台灣文化》和《魯迅逝世十周年紀念輯》（一九四六年十一月）上。這個由蘇新主編的特輯，乃是台灣第一次紀念魯迅的活動。除此而外，當時只有楊逵在台南《中華日報》，以日文發表的一篇〈追弔魯迅先生〉。

也許是一種巧合吧！當時在《魯迅逝世十周年特輯》上撰文的三位大陸籍人士，日後的遭遇都極爲不幸。許壽裳先生在一九四八年二月被暗殺。撰寫〈他是中國的第一位新思想家〉的黃榮燦先生，是一位藝術家（版畫）。他曾經是魯迅先生的學生。一九四六年在台灣開了一家書店並辦了一份藝術雜誌叫《新創造》。一九五〇年，黃榮燦先生以匪諜罪名被國民黨政權槍斃。另一位撰寫〈在台灣首次紀念魯迅先生感言〉的雷石榆，當時任《國聲報》總編輯。一九五〇年，他因通匪罪受通緝。他本人雖然幸運逃脫，但其妻蔡瑞月（名舞蹈家）卻代他坐了五年牢獄。

許氏在台灣短短的一年多，寫作數量相當驚人，計有《怎樣學習國語與國文》、《亡友魯迅印象記》、《魯迅的思想與生活》三本書，以及在《台灣文化》和《台灣大學校刊》，以及各報刊雜誌所發表的文章近二十篇。其中有關魯迅的作品泰半刊登在《台灣文化》，計有〈魯迅的精神〉、〈魯迅的人格與思想〉、〈魯迅和我的交誼〉和〈魯迅的遊戲文章〉等文。而《魯迅的思想與生活》一書也是由《台灣文化》所出版（一九四七年七月）。

眾所周知，魯迅是國民黨政權所最不喜好的一位作家。三〇年代以來，國民黨迫害左翼作家。魯迅本人雖因聲譽高而得免於難，但他的學生、追隨者失蹤被捕、遇害的不計其數。許壽裳先生是否因推崇魯迅，而招惹殺身之禍，固不得而知，但是他確實因爲寫有關魯迅的文章而惹了不少麻煩。雨佳先生在〈我所知道的許季茀先生〉一文中，曾提到許先生本人談論到這種困擾：

在先生被害前約一星期，閒談時，先生說：「前年秋天，我在《台灣文化》上發表了一篇關於魯迅先生的文章。此地就有人化名作文章在一個雜誌上罵我，說我不該因為和魯迅有私人感情，就亂捧一陣，其實魯迅是一個反覆無常、無一定主張的人物，至多不過是會罵人或作作小說而已，有什麼了不起云云，以後聽說還有這種罵我的文章，我都置之不理。理他們反而抬高了他們的價值，我學的是魯迅先生的戰法。」先生的戰法是自那一篇文章以後，又在《台灣文化》上發表了二、三篇「捧」魯迅的文章，並加緊寫完了《印象記》的後半部，而且把全書在上海出版了，又在台灣印出了《魯迅的思想與生活》。

遇害

一九四八年二月十八日夜裡，許壽裳先生在台北市青田街的寓所（係台大宿舍）中遇害，是在睡眠中遭人砍殺至死。

這個手法極殘酷的血案，當時的警備總部也以極高的效率宣布破案。並且在數日中把凶手正法處死。

然而，當時人們的反應，不僅與對李公僕、聞一多兩位先生遇難的反應有所相似，甚至也可能與三十多年後，人們對陳文成教授在台大校園遇害的反應有所雷同。

當時，台灣適值二．二八事變後，大屠殺的恐怖氣氛仍然籠罩著。雖然如此，當代的知識分子仍然勇敢地提出了他們的憤怒和指控。

《台灣文化》一九四八年五月出刊的「悼念許壽裳先生專輯」，由當時文化學術界人士執筆集成。其中已故前台大國文系教授洪炎秋先生（即是《國語日報》發行人）所寫的〈悼許季茀先生〉一文，第一段話是這麼說的：

「天有不測風雲，人有旦夕禍患」，處在這牛頭馬臉，修羅夜叉布滿國中的時代，一個人莫名其妙地或遭明殺，或被暗算，原是司空見慣，不足爲奇的一回事；然而溫良恭儉讓的長者如季茀先生其人，竟也免不了遭此劫數，實在出乎意表，況且季茀先生不死於政爭，不死於黨戰，而乃死於這樣一個甚麼鼠竊的手下，更是「出乎意表之外」。

最後，洪教授更是以一種無可奈何的、悲憤的筆調來結束這篇悼文：

記得漢士最早的譯經《佛說四十二章經》裡面有這樣的一章：「佛言……惡人毀賢者，猶仰天而唾，唾不至天，還從己墜；逆風揚塵，塵不至彼，還坌己身。賢不可毀，禍必滅己。」我沒有魯迅先生那樣的本領，能夠借筆端去唾他們一下臉；也沒有李霽野先生那樣的勇氣，敢於「在紙上打他們一個耳光」；只好隨便抄出幾句陳言，聊以供其反省，雖然效果如何，深堪疑問，則亦不過骨鯁在喉，一吐爲快耳。

歷史疑案

關於這個血案，當時台灣各大報紙及上海《大公報》均有報導。李萬居先生所主持的《公論報》在血案發生後的第三天（二月二十日），有如下的一則報導。這很可能是台灣新聞界對此案的第一則報導：

台灣大學文學院中國文學系主任許壽裳氏，十八日夜在和平東路青田街六號住宅，於睡眠中被人用柴刀殺害。……凶手行凶後，棄凶器在房子裡，把房子裡書信文件，翻得凌亂不堪，……

由省長官公署主持的《新生報》，在二月二十三日的報導中，則稱命案已破：

省警務處二月二十二日晚十時許招待記者，發表破獲許壽裳氏被殺案書面談話如下：「自本月十九日清晨，台灣大學中國文學系主任許壽裳在寓所被砍身死後，本省治安當局極爲驚訝。當由警務處長王民寧令飭台北市警察局長李德洋，限於三日內破案，……卒查凶手即係死者前任台省編譯館長時所雇用之工人高萬俥，……凶手本人亦供認不諱，此一轟動全省之謀殺案，至此全部破案。其詳情另行發表。」

二月二十五日，《中華日報》刊登了警備司令彭孟緝關於許案的發表談話，其中有彭氏個人對此案的感想四則，其中第三則如下：

(3)不幸發生事件，各方應信賴治安機關，不必妄加揣測，使迷離曲折之案情，更加模糊，傳訊案情有關人員，固爲辦理案件必要之過程，然在未定讞之前，務須絕守祕密。以期全案不致另生枝節。

三月二十九日，《大公報》報導了文化界在上海舉行的追悼會中，許壽裳的幼女許世瑋女士，語極不平地報告其父遇難經過時說：「凶手高萬俥被指爲謀財害命，但在先父遇害那夜，室內衣物並未見散亂，……」

這一段話，至少提出了兩個疑點，第一、殺人的動機是謀財害命嗎？第二、高萬俥是眞凶嗎？

由以上幾則新聞，我們理解到，當時的人顯然並不以一般動機單純的謀財害命，或因私怨而起的命案，來看待許氏的遇害，而多把他的遇難與不久以前（一九四六年七月）在昆明的李公僕、聞一多兩位先生的遇難聯想在一起的。

我們若是再看了魯迅夫人許廣平女士在上海的追悼會中所說的一段話，當更能對當時的人們對此案的判審理解一二。許廣平這段話說得沉重無比：

有人說壽裳先生的作風是對人平等，主張自由，然而蔡先生是壽終，許先生卻被暴徒暗殺了，我們該怎樣為這一代宗師復仇雪恨？在是非顛倒、黑白不明的今天，我們希望他的死是最後的一個。我們有手不能寫，有嘴不能說，但良心是不能泯滅的啊！

政治謀殺案通常都成歷史懸案，這是古今中外均一的通性。三十多年後的今日，吾人自是不可能爲這麼一件歷史懸案解謎。事實上也不需要。當時人們的最直覺的判斷、反應，往往就是歷史最好的注釋。

《台灣與世界》一九八三年七月

參考資料

1.《台灣文化》第一卷第一期（一九四六年九月十五日）～第三卷第四期（一九四八年五月一日）。

2.許壽裳，《魯迅的生活》（一九三六年十二月十七日），「回憶魯迅先生」生活書店。

採風篇

遠道不可思
——追懷蘇新

重複出現斷層，世代之間無法積疊歷史傳承，仍是台灣現代史的危機。晚近幾年，朝野政治有本土化之發展，台灣近代史乃得出土面世，宛如浪潮上的一朵小花。逐漸開放的政治社會風氣，並不保證湮滅失遺的歷史就能失而復得，高度物質化的現代化社會也是健忘的，「台灣現代史」也可能只是台北一時的文化流行。回顧鍾理和、吳新榮、吳濁流、葉榮鐘、蘇新、楊逵、王詩琅等幾位前輩，他們寂寞的後半生，在抑悶的政治氣氛下，仍努力不輟爲台灣現代史留下紀錄，不能不令人感慨繫之。

台灣共產主義者蘇新，早年曾立志於新聞事業，雖然並沒有成爲專業報人，但在他從事政治運動的早年，頗有豐富的辦報經驗，有別於大部分述而不作的政治運動前輩，蘇新一生頗有著述。更爲難能可貴的是，晚年的境遇也容許他，有機會回憶撰述他一生所經歷的歷史，而留下獨特的具有反省性的作品，雖然寥寥數篇，對研究台灣現代史上左翼政治運動，是重要的貢獻。

出生在日本領台之後的蘇新，沒有選擇地在日本殖民統治之下成長，並成爲接受日本現代教育的第一代台灣知識分子。蘇新參與抗日民族運動，早在熱情年輕的中學時代，二十歲時，他在東京成爲共產黨員。二〇及三〇年代的抗日民族運動，則是以地主階層爲主要的領導力量，蘇新的政治理想認同，誠然是選擇成爲隊伍中的少數，也可以誇大地說，已經決定了他被放逐的一生。

趕在他去世之前，我曾到北京去探訪過，當時對台灣左翼政治運動史一無所知的我，只對他早期的革命年華充滿好奇，是他去世多年之後，我才有坐落到較寬遠背景的視野，思考他的那個世代，以及他們所屬的那個充滿變動與抉擇的年代。緩慢地，也把他與我兩個世代之間銜接起來。

生於不確定年代的蘇新，大半的青春歲月，被殖民統治者放逐在森冷的牢獄裡。分裂的祖國，更爲徹底地，將他的下半生驅離他所愛的親人與土地。相對於他，屬於冷戰時代，成長於單一白色的反共教育之下的我，北美洲二十載的逐水草而居，則全然是自己的選擇。如果說，蘇新的放逐生涯，是因爲選擇的政治理想與行動，無法得到當權者的批准。我的自我流放，卻無理想也沒有行動，僅僅是免於恐懼的選擇。但是，對於那個以「放生」之詞鼓勵我遠行的父親，卻是一種期待，期待我能經驗他所不曾擁有的自由。

人的幸福，卻不一定在於獲得心靈上的絕對自由，負起自己的責任，並願意爲一個理想而奮鬥不懈，對某些人或某一代人，才是眞實的。不惑之年，輾轉逃亡到了北京的蘇新，拋妻別女的痛苦，是暫時可以犧牲的個人幸福，因爲那是個不確定的年代，最大的幸福，仍是擁有一種不確定的未來，充滿期待的明天，每一個思念親人、故土的痛苦日子，都是爲了他所信仰的，更美好、更合理的人類社會而獻出的。

十二年前，我見到最後歲月的蘇新，枯瘦衰弱的外表，很容易看到早年的牢獄折磨，以及長年艱難不安定的生活痕跡。但是，幾乎聽不到悔恨或怨意，初以爲是患有肺氣腫而沙啞無力的聲調，使我讀不出他的情感，又相信那許是年長者應該有的平靜。直待話題轉來文化大革命，平淡一句——那算得什麼社會主義？才能領會，沒有自我膨脹的英雄事蹟，也無哀哀自憐的苦難，都只因爲他的牽掛與傷痛，大大超出個人境遇的範疇。

坎坷的生活經歷，在肉體留下痕跡，不接受扭曲的靈魂，依然鬥志不失，相信他自己永遠是個有用的人，在最艱苦的歲月，也能認眞地生活。在蘇新的最後歲月，我所見到的，是一個坦蕩而有所愛惡，信仰馬克思主義的合理主義者。如果每個人的生命是一趟旅行，蘇新是尊嚴矜莊地走完他的旅程，而我深受感動。

一九八〇年的寒冬之前，蘇新在北京去世。生前死後，故鄉的妻女親友沒有向他告別的機會。雖然，是他所認同的祖國政府，北京居三十年，無疑地仍是客身，蘇新留下骨灰歸葬故鄉的遺言。南台灣溫熱潮濕的泥土，是三十年不可思的遠道，宿息夢見之，卻只能期待是自己有形生命的最後歸宿。這人生最深沉的無奈，無非就是蘇新跟他自己所經歷的不確定年代的最後一次對話？

一九九二年十一月十三日於華府

《未歸的台共鬥魂——蘇新自傳與文集》一九九三年四月時報出版

一個局外人的故事

一、訪問者的故事

「你們是自從我的家人回家鄉後，所見到的第一批眞正的家鄉人，這中間經過了多麼長的歲月啊！」

這是謝慧君的第一封來信，每次讀到「眞正的家鄉人」，總覺得不很順暢，只因爲我和她一樣；家鄉隔著大洋，幾千里路遠，一個在亞洲大陸的內蒙古，另一個在北美洲大陸的東岸。

初遇慧君是一九八五年的夏天，一行人去大青山草原的途上，在青城呼和浩特落腳過夜。晚宴的主菜是手扒羊肉，令人難忘的是寧城白酒和草原兒女的祝酒歌，帶著微微醉意回到賓館，青城的七位台灣同胞全等在廳裡。從來沒想到，內蒙古還有我們台灣同鄉，據說我們一行是第一批到內蒙訪問的台灣同鄉。賓主都興奮難抑，大家七嘴八舌胡亂聊了一夜。

她說起話來又快又響亮，留給我很深的印象，但我對她所知不多，只記得她說父親是彰化人謝廉清，謝雪紅是她的阿姑。她很小離開台灣，在北京長大，五〇年代響應支援邊疆，來到內蒙落戶，已經三十多年了。

我推想，她對台灣可能絲毫沒有印象的，她卻很強烈地想要了解台灣。接到我寄去的雜誌，她來信說：「刊物給我帶來了家鄉的信息，也給我帶來了鄉愁。」對我來說，在異鄉辦一份以故鄉爲主題的刊物，只是在離鄉背井的失落中尋找歸屬。慧君來信總說「希望能離故鄉近一些」。後來刊物《台灣與世界》停刊了，她來信說：「你們的刊物停了，我的窗口也關了。我孤身在這兒，說實在的，是很寂寞的。」

幾年來，我們維持著一年一信的來往，我對她的好奇卻與日漸增。好奇當然還有其他的原由，首先是她稱呼那位有名的台灣共產黨員謝雪紅爲「阿姑」，其次是她的父親謝廉清與家父（葉榮鐘）曾經同在《台灣新民報》擔任編輯工作，主持抗日民族運動的言論陣地。日後我又發現她的母親陳鳳與家母又是彰化女高的同期同學。那都是半個多世紀前的舊事了。她與我的父母親早年有緣同學共事，但是在同樣的歷史時代背景下，他們的經歷境遇與結局何其相似?!又何其相異?!我彷彿能夠從中領悟到，在歷史的必然性中，猶有歷史的偶然以及個人抉擇的交錯存在。

盧溝橋事變之後，隨著日本侵略大陸的全面展開，台灣的空氣也日益沉悶，不僅物價稅金都上漲，民眾生活困頓，知識分子最難以忍受的，恐怕是軍方如燄的盛氣，因而有不少人在此時遠走日本或大陸。到大陸去的，限於謀生困難，有不少是到日本占領區，依賴日語爲主要謀生的技能，其中當上日僞政府官吏的也不乏其人，謝廉清也是其中之一。當年父親曾在《新民報》上發表過〈索居漫興〉十首，吟寫那個沉悶時代的感受，其中有一首：

> 張王李趙盡殊榮。京國人人識姓名。
> 解得人間羞恥事。寧從窮巷了殘生。

一九四三年，父親受日本軍方徵調到馬尼拉任職漢文版《華僑日報》的編輯，謝廉清時在北京華北臨時政府任工務局長。一九四五年八月十五日，當父親興高采烈地慶祝光復，籌備歡迎國民政府的同時，不知道謝廉清是以怎麼一種複雜的心情迎接戰爭結束後的新局勢？一九四七年三月初，台灣人民遭到自己所認同的第一個祖國政府背棄，萬餘社會菁英青年被暴虐地殘害，與此同時，北京的謝廉清因漢奸的罪名在同一個祖國政府的牢獄裡。

此後的歲月，島上的父親寂寞而長年鬱悶不樂的，除了幾首漢詩追悼二月事件中而成隔世的朋友外，他有近十年之久沒有寫作。一九七一年，當那個背叛他的祖國政府被逐出聯合國之時，我分明記得，他開了一瓶陳年好酒，同時卻又語重心長地要我離開台灣。我猜想父親的心情可能是這樣的——當他對第一個祖國政府徹底失望之後，似乎並沒有輕易地，轉而寄託希望在第二個祖國政府。自我懂事以來，記憶中的父親對待世事總以旁觀者自居，另一方面他對世局變化又一直保持著莫大的關切，在世之日，他每日必讀日文的《朝日》和《讀賣》兩報，想來那必然就是他觀望外面世界的窗口了。一九七四年春夏之交，他曾來美探望我們兄妹兩家，逗留四個月間，讀遍當時我們搜集得到的各類有關大陸的中日文書刊報紙，可以想像他是多麼渴望要了解中共統治下的大陸。

留在大陸的謝廉清，沒有選擇地，在第二個祖國政府之下生活了十多年，我不知道他是否完全認同於第二個祖國政府？也無法想像他是否努力改造過自己？共產黨似乎不曾追究他在華北政府的歷史，但是，在解放的新中國一片紅旗之下，帶著一段不甚光彩的歷史，可以想像他的晚年肯定也是落寞無奈的吧?!

一直要到一九八八年十月底，我才有機會再到大陸採訪，並且再訪青城，而與謝慧君有一段長談。「我想什麼就說什麼，你想問就盡量的問吧！今天我們說個痛快。」我們終於在謝慧君那個兼爲書房的客廳裡坐下來，午後斜陽照在書架上，窗口望出去，屋頂上、屋簷下，到處曬著青菜乾，北國的人們已經準備好過冬。慧君急切而熱情充沛的聲調，領著我走進她苦楚的少女時代，浪漫的青年時光，又走出她傷痛挫折的中年。

慧君臉上的表情總是倔強而有主見，全然沒有南方女性的嬌柔。她也自承這一生因爲快言痛語而吃盡苦頭。她自剖早年使用殖民者的語言（日語）的複雜心境，她思考「台灣意識」與統獨爭論，她期許台灣人更有「骨氣」。她的父親的歷史以及「阿姑」謝雪紅所捲入的政治是非，她雖所知無多，卻也並非傷烙全無，時而會躍現在斷續的語句之間。

我們一行離開北京的前夕，慧君從青城坐了十三個小時的火車，到北京來看我的母親，她倔強的臉上掛著兩行清淚，傾聽我那八十一歲的母親給她描述她的少女年華的母親。

慧君的母親去世的時候還只有四十歲，慧君說：「她是帶著一顆不甘的心離去的。」母親去世四十年之後，慧君姊妹才終於和舅舅聯繫上，並且去過東京會親，白髮蒼蒼的舅舅和姨媽從台灣趕去相會，親人都不敢相信她們姊妹三人仍在人間，慧君說這一切簡直就是大夢一場。

臨別時刻，家母用她和慧君唯一能溝通的日語對她說「奮鬥不懈」，慧君低下頭，一滴眼淚正滴在她無名指上的珍珠戒指上，那還是幾分鐘之前，母親才從她自己手上取下來給慧君戴上作紀念的。慧君沒有答腔，只輕輕點著頭一面轉過身去。找不出一句得體的言辭告別的我，默默地望著她微胖的中年背影，穿過四合院的朱紅圓拱門，漸漸遠去，突然間似乎感覺到時空都凝固在這剎那的寂靜。

二、慧君的童年

「我一直也鬧不清楚，他是先到北京上朝陽大學的，還是先去東京進早稻田大學的？」慧君對她父親的早年歷史只模糊地知道，他年少時到日本和大陸求學，五四運動之後回台灣結婚、曾任職《台灣新民報》，後來又帶著慧君和她的母親來到北京。慧君遺憾以前年紀小不懂事，沒有問過他本人，隨著歲月增長，思念之情日益加深，特別是八〇年代以後，兩岸政治氣氛漸有緩和，大陸各地台胞紛紛跟台灣親友取得聯繫。

《台灣社會運動史》書中，有一九二三年十月十二日上海成立「台灣青年會」的記載，謝廉清既是成員之一。家父所撰《台灣近代民族運動史》一書，也有謝氏與許乃昌、張我軍等人在上海「反對治警事件大會」上演講的紀錄，可以推論這段時期謝廉清確在大陸。一九三二年四月十五日發行日刊的《台灣新民報》，謝廉清也列名在編輯名單中。《新民報》的同仁施維堯先生，亦猶記得謝廉清有如響鐘的笑聲，據施老先生所言，經常在晚上編完報下班後，謝氏喜歡找同事朋友們一道喝酒，喝過一家又一家，直到大家的口袋都掏空了，仍欲罷不能，謝廉清每每都還能在鞋底掏出錢來付帳。

初到北京時，慧君一家是和林海音一家同住在南柳巷的「晉江會館」的，慧君仍保留有一張兩家人的合照。後來謝家搬到林語堂也住過的「龍溪會館」。當時在北京的台灣人就這幾個據點，另一個是「泉州會館」，曾幹過日本占領下的河北省定縣縣長的楊克培就住在那兒。慧君從小好動，舉止比較粗線條，父親管她叫「我家兒子」，並且常領著她出門到各家走動，慧君記得比較常去的是張我軍、劉錦堂（王悅之）、江文也和林海音等幾家。

在慧君的記憶中，她的父親謝廉清最早是在北京市一家廣播電台上班，那是七七事變之後，華北臨時政府成立之前。後來她找到她父親親筆寫的一份簡歷，根據這份簡歷，謝廉清的學歷是日本早稻田大學政治經濟學部豫科畢業，北京朝陽大學經濟科畢業。曾任國民政府陸軍大學的日文教官，七七事變後先後曾任「北京市地方維持會顧問」、「華北臨時政府實業部工商局第二科長」、「華北政務委員會實業總署漁牧局長」以及「北京特別市政府工務局長」，那個廣播電台大概也是「北京市地方維持會」屬下的。

慧君相信父親是礙於生活上的壓力，才去為日本人做事的，「他是有家有口的人，又是長子，也正好會日文。」謝廉清在「華北政府」期間，曾接其母與弟到北京同住，後來慧君的阿姨一家及兩位在日本念大學的舅舅也都到北京來投靠，「龍溪會館」一度住滿了謝家的親戚。

一九四五年八月十五日，日本宣布投降後，謝家的親戚陸續離開北京回台灣去了。謝廉清卻來不及安排自己一家返回台灣，就因漢奸罪名被國民政府逮捕了。「戰爭一結束，就有捉漢奸的風聲，也有人勸父親逃。但父親說，要捉就來捉吧，他才不跑。我想父親認為自己是台灣人……，當時台灣人是作為日本公民到大陸來的，怎麼能把我們當漢奸處理呢？何況父親在華北政府幹的也都不過是閒差事。」

那年，慧君還只有十四歲。父親在牢裡，母親纏綿病床，她輟學撐理起一家來，每週帶著大妹去探監，給爸爸送東西。「還多虧有個姆媽，是從我有記憶以來就在我家幫忙的，父親被捕後，家中經濟很困窘，她還是留下來照顧我們。」一天早上，姆媽走進屋來喊著說：「太太怎麼還沒醒啊？」慧君答說是半夜才起來吃藥的，可能還睡著。姆媽卻焦急地說：「大小姐，不對啊！快過去看看。」

慧君的母親身體一向不硬朗，患有肺結核，前後養了她們姊妹五個，那天天明以前悄然辭世，還不滿四十歲。這之後相繼又死了兩個妹妹。「幸虧，父親還有兩個好朋友，趕來張羅，帶我到菜市口去買棺材，幫我把喪事辦了。」這兩位朋友都是大陸籍的，慧君喊他何大爺的是謝廉清的結拜兄弟，凌昌炎曾為謝廉清出庭辯護，並在一九四八年春夏時，為他奔走爭取到假釋出獄，此時國民政府對待戰犯、漢奸的問題已經放鬆很多。

母親一去世，父親的姨太太就搬進門來。慧君說她很生氣，因為「娘都是讓她給氣死的」。然而，當時家裡沒有一個大人照料，也實在不是辦法，儘管慧君不高興，姨太太還是跟她們姊妹住下來了。隔年，慧君的父親出獄回來，跟台灣的家人取得聯繫，輾轉經過香港才得到接濟，慧君的外公聽說女兒貧病焦慮而病故，把眼睛都哭瞎了。不久內戰打得厲害，北京城被圍困，家鄉的接濟又中斷了，到了那年冬天解放軍進城了。

解放以後，謝廉清一度曾到華北人民革命大學去學習，那是個專爲民主黨派人士而設的學習班。以後他被分配到北京市政府，做一些文書工作。華北政府爲日本人做事的往事，似乎沒有受到新政府的追究，反右運動時，他也未受牽連，慧君判斷，一來是反右運動的批鬥對象集中在北京本地人，二來她父親的工作是翻譯校對之類，大半是拿回家做的，並不用每天按時上班，大概並不引人注意，因而可以安然度過。謝廉清在文革爆發前的一九六一年去世，也可以說是幸運吧。

三、阿姑謝雪紅

慧君稱謝雪紅爲阿姑，但到底是怎麼一種親戚關係，她卻沒能說清楚。「我推想，可能她和父親年輕時觀點比較接近，所以比較親近吧?!不曉得是不是早年在上海時曾一起搞過活動？以往大人從來也沒有提過有她這個親戚。解放之後，謝雪紅從香港來北京參加『全國政治協商會議』（一九四九年），父親帶著我去見她，這才鬧出來，我們原來還有個大共產黨員的親戚，這以後我們姊妹就一直喊她姑姑。」

有關謝雪紅到北京之後的政治恩怨是非，慧君也不清楚：「我是個晚輩，可以估量，這種事是不太會跟我說的。而且我在一九四九年底就離開北京了。」雖然如此，但慧君並非沒有她的看法，她認爲謝雪紅在台盟內部的矛盾，顯示當時中共中央的對台政策存在著路線問題，其中或許有差錯，但謝雪紅僅是個執行者，而中央授權讓她提名全國政協的台灣代表，才是政治恩怨之肇始。

關於謝雪紅檢舉蕭來福、陳文彬、蘇新等三十八名台胞一事，慧君不曾爲謝雪紅辯白，但是她認爲，那是當時中共中央審查白區人員的左傾政策。她並且懷疑是謝氏身邊的楊克煌起了不好的作用，因爲楊氏「看來似乎不是個心胸開闊的人」。同一問題，不同的人有很不同的理解，老台共詹以昌（曾明如）說「楊克煌曾經反對謝雪紅誣告他人」（一九八五年八月北京採訪）。自二・二八事件開始，一直到一九五〇年間，爲謝雪紅最得力助手的古瑞雲（周明），在撰著《台中的風雷——跟謝雪紅在一起的日子裡》中引有謝雪紅本人之言：「我日文中文都會，可是文章作不好，字也不好看。所以連寫信都要他代筆，寫文章也是我口述，他執筆。所以我沒有他就簡直無法工作。而他的鬥爭經驗卻沒有我多，雖也善於出點子，但還不如我，也不如我果斷，遇事總要先徵求我的意見，所以他也離不開我。」這段話對謝、楊兩人之間的同志關係，提供了一點可能是較爲接近事實的線索。

古瑞雲在謝氏所涉的政治恩怨中，也是牽連最深的人，據他說台盟內部「整黨整風運動」時（一九五一～一九五二年），謝雪紅的罪名被定爲「反社會主義反黨」，實則因她主張「台灣高度自治」而不見容於中共中央，乃利用台灣人之間的矛盾，拉攏一部分人打擊她。至於謝氏檢舉誣陷他人事，周明沒有具體的說明，但是他強調蕭來福和潘欽信確與主張台灣獨立的廖文毅爲同路人，有關蕭、潘在香港時期的報告，即是由他代謝雪紅執筆寫的（一九八八年十一月上海採訪）。

同時期也在香港的傅莉莉，其夫蔣時欽（蔣渭水之子）曾參與蕭來福與廖文毅之組織工作，她與周明又有不同的了解，她說一九四九年中共召開「全國政治協商會議」，廖文毅兄弟與石煥長（本名石霜湖，文協創始人之一，也是蔣時欽之舅父）、蕭來福、潘欽信等人之組織「台灣民眾聯盟」亦曾去電表示擁護，但因謝雪紅曾向中共報告廖氏有「台灣受聯合國託管」之主張，而未獲理睬。廖氏是在全國政協委員台灣代表名單發表之後，才轉到日本公開搞台灣獨立運動。傅莉莉氏的說法，與蘇新留下的口述回憶錄音中所言頗爲接近，她個人並認爲，中共中央當時取信謝氏之報告，而排斥廖氏一派，不能不說是統戰工作上的敗筆（一九九二年華府採訪）。

久居上海的名醫石光海（石煥長之子）曾表示對大陸台胞間派系紛爭之厭惡，他舉上海的台灣同鄉會歷史爲例，在日本侵華戰爭期間，由受日人扶持的林世昌氏一手把持。二次大戰結束時，則是親國府的楊肇嘉與親中共的李偉光（李應章）兩派矛盾。到了解放之後，又演出謝雪紅與李偉光的兩派鬥爭（一九八五年八月上海採訪）。

朝鮮戰爭爆發，拉開冷戰時代的序幕，此後四十年間台灣海峽再度成爲不可渡的黑水溝。在大陸的台灣人中間，也出現了一批脫離了母土與群眾的政治活動家，小小的舞台上，沒有全落的幕，隨著大時代裡一次又一次的政治運動節拍，演出自己編劇的派系內鬥。一九五六年的反右傾運動，在台盟內部一致決議下，謝雪紅與楊克煌雙雙被打成右派。慧君有一回，從內蒙回北京，跑到台盟總部去打聽謝雪紅的地址，因此時謝氏已遷出高幹宿舍，慧君從陳炳基那兒得到的回答是「謝雪紅是右派，妳應該和她劃清界線」。此後不久楊克煌因中風而半身不遂，療養以後可以扶杖而行，一九六一年謝雪紅六十歲生日時，慧君曾給她和楊克煌在北京中山公園拍了一張照片，這可能也是兩人最後的合影照了。謝雪紅在一九七一年因肺癌在北京去世，楊克煌稍晚在一九七七年病故。到北京之後，他們兩人一直是公開地生活在一起，但慧君不知道他們是否正式結婚？

慧君最後一次見到謝雪紅是在文革初期，慧君從內蒙偷跑回北京來，「謝雪紅見到我，用雙手撫著我的雙頰說：妳來晚了，全都抄走抄光了。她從來沒有這麼柔情和惆悵的語氣和我說過話，這也是我最後一次見到她。」

四、落戶邊疆

北京解放後，台盟成立了「台灣青年訓練班」，慧君一面讀中學，一面也參加訓練班的學習。那年頭的口號是「打到台灣去，解放全中國」。解放台灣就意味著可以回老家，「我們台灣青年當然是義不容辭的，上那兒也願意跟著走。」北京的青訓班一共有三十多人，後來都到了上海華東局的「台灣工作委員會」，其中台灣籍的有十來個，女孩子爲多，其餘是北京本地的青年。

慧君跟著大夥兒到上海沒幾個月，就被編入新成立的「台灣幹部訓練團」，那是一九四九年十月的事，大夥兒全換上了軍裝，準備隨時要回台灣老家了。結果啊！一九五〇年六月份朝鮮戰爭爆發了，老家也回不了，「對我們的士氣打擊非常大。」

「台訓團」初成立時，慧君曾被派到南方去吸收台籍青年，全團屬她年紀最小，但會說普通話，又懂一點閩南話和日語，因而派她去。首先到了廣州，找到蔡家，「我只說我們都是台灣人，解放台灣是我們自己故鄉的前途，我們都應該參與。這就把蔡家兄妹四個全都說服，跟著我回上海來。」日後提及這段往事，慧君常被取笑，「怎麼派來一個小孩子？身上穿的軍服，像大褂子一樣鬆垮垮的。嚇，嘴巴可眞夠厲害的喲！」

「台訓團」是中共中央軍委於一九四九年十月份成立的，屬華東軍區，團長蔡嘯，全國五百多人，分成五個中隊。主要成員是解放軍中的台灣兵，絕大部分是國民黨由台灣騙來打內戰的，在戰場上被俘而成了解放戰士。解放以後，大陸人多半復員回老家，台灣兵回不了家，只好繼續留在部隊裡，解放軍中的台灣兵大都來自這個渠道的。慧君所屬的那個中隊，則大半是高中生，也是唯一有女生的隊，另一隊也是知識分子爲主，有些還是日本回來的大學生，其他三隊全是由部隊來的，知識水平不高，有些甚至是到了「台訓團」才學文化的。

朝鮮戰爭爆發後，解放台灣已無可能，「台訓團」在一九五一年十一月解散。團員都分發了工作，大部分是轉移到福建，起初仍在部隊，後來才轉業到各地方各行業去。據說在福建，幾乎每個縣市地方都可以找到原「台訓團」的成員。

慧君與幾十個文化水平較高的，被分配到南京外語學校，少數當教師，大部分是學生，分英文和日文兩班。慧君在此待了兩年選了日文，她說這是「偷懶」。因爲從小父親給她請了中文家庭教師，所以中、日文有較平均的發展，戰後轉入中文學校，她也很快可以跟上。她的同輩，在北京長大的台灣孩子，語言上趨向兩極發展，有的就跟北京孩子一模一樣，有的則只會日文，上日本人的學校。回顧當年，慧君覺得自己年輕時的熱情很高，一切服從革命工作需要，要她學外語就學外語。其實，那是整個時代的氣氛，五〇年代的青年，對革命建國事業充滿嚮往，很少人提個人的興趣與出路問題。但是作爲一個台灣人，慧君對日語總有一種說不上來的複雜心情「又親切又排斥」，對日本式的生活風俗習慣都頗熟悉，但心底卻總還有排斥，「這或許就是民族感情吧?!」一九四五年八月十五日日本投降時，慧君的反應是，「好了，從此可以把日文丟棄，不必再講這種語言了。」一九五四年轉業到內蒙時，慧君對自己說：「這次我要選擇自己興趣的工作，算是第二次丟棄了日文。」

初到內蒙古，慧君先在個編演唱材料劇本的文藝雜誌工作了兩年。後來到《內蒙古畫報》當攝影記者，畫報需要美術和攝影兩種人才，那時她很想走創作的路，「創作需要生活體驗和累積，我這人生性好動，學攝影頂合適的。」外語學校一起分發到內蒙來的，全都下到地方，分配到巴彥淖爾盟（當時叫河套行政區），只有慧君一個人留在首府青城（呼和浩特），算是受到特別照顧的。剛出校門的慧君表現很積極，她不是黨員，早期和當時的年輕人一樣非常想入黨，在那個時代「共產黨」是進步、革命的，可是慧君從未正式申請入黨，「依我的家庭出身、思想改造各方面條件都不可能合格的，所以連正式申請的膽量都沒有。」後來對入黨的熱情逐漸低落。如今她自己回顧，年輕時渴望入黨是向上的表現，逐漸有了變化也是成熟的表現。「台訓團」那兩個隊裡的臭老九們入黨的很少，特別是台灣人，在她的記憶中似乎一個也沒有。不僅如此，這些人當中，在後來歷次政治運動中都成爲被批鬥的對象。

五、婚姻與政治運動

慧君第一次婚姻的對象是個蒙族畫家。離婚的結局無涉政治問題，而是男方有了外遇。他們的兩個兒子，老大跟著母親，老二跟著父親長大。

第二次結婚，愛人是個搞文學的東北人，文革當中分手的。「清理階級隊伍」時慧君給揪出來當批鬥對象，她的愛人雖然沒有公開和她劃清界線，也沒有貼她的大字報，但「從他在家裡的一些舉動，表現出他的不信任，我就心底明白了。覺得再也沒有什麼可以互相信任的。這種關鍵的時刻，外邊人家胡說什麼都無所謂，但是自己的愛人……」他們就這麼分手，正式辦了手續。

「文化大革命的那些事兒，妳不能了解的。」

文革是一九六五年開始的，文藝界卻在一九六二年就空氣緊張了，還有更早在一九五五年反胡風分子時就悽風慘雨的了。慧君跟「胡風分子」樓憲頗有淵源，反胡風、反右時竟然都一點事兒也沒，她自己都認為很幸運。三〇年代曾參與胡風「泥土社」的樓憲（筆名尹庚），一九四六年前後曾到過台灣，與楊逵、謝雪紅有一段交誼，胡風所譯的《送報伕》中文版，即是經由樓憲轉交到原作者楊逵的。慧君與樓憲在「台訓團」時是同一隊，後來又一塊兒到外語學校，彼此頗談得來，慧君尊他為老師。後來分配工作湊巧又都到內蒙古，慧君在青城呼和浩特，樓憲則到巴盟。如今「反胡風」已成冤假錯案，「胡風分子」也都得到平反，但是，當年作為「胡風分子」的樓憲，不僅坐了牢，出獄後也沒有單位肯收留，境遇悲慘到了當乞丐討食的地步。慧君能倖免，多半是因為初到內蒙不久，沒有人曉得她和樓憲的關係。但是，到了一九六二年「文藝整風」時，她已經是屢次需要檢查的分子了，慧君的罪名是「醜化人民公社」，罪證是她採訪所拍的照片。文藝界不少人被下放了，她也下放到一個叫卓資縣的小縣城，離開青城呼和浩特要坐三個小時的火車。不過，慧君受到的批鬥還不算最嚴重的，因為她不過是個普通攝影記者，她的前頭還排有許多成名的作家編輯。

文化大革命開鑼的第一年，她還眞沒事度過了。到了「清理階級隊伍」時，她就過不了關了，檔案上單單是「台灣人」這一條就夠作文章了。「平心靜氣地說，在呼和浩特那麼多年，從來沒有因爲是台灣籍而受歧視，就是文藝整風當中，台灣籍也沒成主要問題，到了縣城就不同了。」慧君似乎總願意相信，文革時她若仍留在呼和浩特境遇應該不至於那麼困難，至少「我初到內蒙時還那麼年輕，呼市有很多朋友，大家等於是一塊兒長大的。」但是，在偏遠的小縣城裡，慧君就成了一個來歷不明的「台灣人」。縣城裡的人總是問：「怎麼還會有個台灣籍的？」慧君說：「他們是眞的不懂啊！」有時她氣了跟人家吵，「我是台灣人，不就跟你們是內蒙古卓資縣人一樣的嗎？出生不能選擇，籍貫也是無法挑選的啊！」那可是個有理說不清的時節，慧君的問題到底是什麼？縣城裡也沒人能說清楚。她既不是本地人更非當權派，說穿了只是個毫無干係的局外人。本地人的好歹死活都還有人管、有人看顧，就她這個外來的台灣人被扔在一旁，沒人理。她曾經被單獨關在一間屋，窗上圍起鐵絲網，門上加把鎖，屋裡就一個土炕和自己帶來的一點行李，其他就什麼也沒有了。早上放出去倒尿壺，吃飯的時間放出去，到飯堂買飯回房間來吃，一起被關的都是縣長、縣委書記之類的當權派人物，只有她一個普通幹部。後來雖然放了她，卻一直定不了她的案子，後來在分配工作的藉口下，她再度被下放到一個小山村，在呼和浩特北面的山溝裡，坐火車要一個多小時，「每次坐火車我就想起好多事來，以前被看管時住的那個小房子，去北京的火車途上能看到，我好想再回去看一眼那房子。」

相對於縣城而言，小山村是世外桃源，慧君在那兒教小學，除了帶帶孩子們學學語錄（指毛主席語錄）而外，沒什麼其他的政治課，農民也都想要自己的子女能識幾個字兒，慧君覺得教育工作比較實際，無論政治運動搞得上天下地，一加一總還是等於二。何況天眞無邪的孩子都很可愛。

慧君以爲她這一輩子大約就這樣子，要老死在小山村裡教小學了。命運卻也有淘氣的時候，四人幫倒台之前，鄧小平有過一段短暫上台的期間，當時內蒙的統戰部長克力更（蒙族），頗爲同情她，「慧君這孩子，我們不是看著她長大的嗎？整她幹什麼呢？她又不是我們黑線上的人。」所謂黑線是指前國家副主席「烏蘭夫黑線」，烏蘭夫氏（蒙族）是前內蒙自治區黨委書記兼自治區政府主席，文革當中被鬥倒，牽連很多幹部。據說爲了慧君的事，克力更部長親自跑到中南海去反應，慧君才從山村調回縣城，到一個不著邊際的農科所。那年頭也無所謂什麼工作性質了，反正全民都在吃大鍋飯，稀里糊塗地過日子。

四人幫倒台之後，各工作部門才逐漸恢復元氣和秩序，慧君仍然在小縣城待著，無法探明究竟是「好歹大家也認爲我是個內蒙的人了？或者大家都忘記這兒還有個台灣人？」直到一九八〇年，內蒙的文聯也都恢復了，下放的作家、藝術家們都回到原來的單位了，才有位蒙族的老作家敖德斯爾想起被人遺忘的慧君——這位內蒙古的第一個女攝影記者來。回到青城（呼和浩特）以來，慧君一直在內蒙攝影協會上班，問起她的專業，「文革前的作品，掃蕩了，殘留無幾。文革以後的創作條件始終不佳，沒有滿意的。」

六、不堪回首話當年

對慧君而言，當年往事最不堪回首的，顯然是身爲人母的部分。時過境遷，她的傷痛仍難以掩飾，反覆提及的是她受隔離審查時，她那無人照顧的大兒子嗚嗚，「簡直就像個流浪兒，可是我又有什麼辦法呢？」幸好上初中可以住校，生活上才有了依靠，但是「黑五類」的子女能念完初中已屬幸運，高中就推薦不上了，也只好跟著慧君下放到山村。文革結束後才考上大學，學了美術。說來諷刺，到這時節，「台灣人」這塊招牌反而有了實用價值，當時的政策給台灣子弟入大學考試有一些特殊照顧。小兒子托亞的命運比哥哥更是不如，因爲父親也受批鬥，從來也沒能好好地上學讀書，甚至連生活上基本的照顧都得不到，以至於生病得了腸阻塞，動手術又出了差錯，幾乎喪失了一條小生命。可幸，人間依然有溫暖，慧君迄今不知是誰？但確有善心者將醫院通知小托亞病危的信，悄悄地從牢房門縫塞給她。慧君於是哭鬧著要去照顧她的病孩子，縣城革委會的一位幹部板著臉說：「對病人而言，是你有用呢？還是醫生有用呢？」這是慧君一輩子也不能原諒的傷害——「我是母親，他能懂嗎？」後來，總算允許十多歲的小嗚嗚，自己坐上火車回青城去照顧那只有六、七歲的病危的弟弟，小托亞的一條命幸運地撿了回來。如今，嗚嗚和托亞都已成人成家，慧君也當上祖母了，托亞在電影製片廠工作，嗚嗚成了畫家，慧君幾分得意地說：「不管怎麼說，我總算還培養了個人才。」

除此以外，慧君對文革舊事滿懷寬容，表示沒有值得特別怨恨的，因爲當時全國上下全「亂套」。遭遇比她更慘的還不知有多少呢！雖然如此放得開，偶爾，傷痛襲來，她還是覺得那縣城眞是太苛待她這個台灣人了。平心靜氣時，她認爲畢竟不是她個人的問題，「整個國家翻天搞成那樣子，人人都有問題，誰也說不清了，要怨誰呢？」文革才結束時，還怨是誰揪了我，又是誰鬥我了，又是某某將我整到這種地步。如今再回想，藉機報私怨的到底是個別少數人，「若眞要仔細追究，或許只能說是大家都瘋了。你也瘋、我也瘋了，就好像都正常了。反過頭去看我們那個小縣城所發生的事，也就沒有什麼特別的了。」

慧君的故事，引導我對文化大革命的了解，進到比較眞實的人的情感層面上。但是慧君的自白明顯地並不完整，我不確知，銜接不上的是什麼？只覺得並非是她那急切的語句，卻像是她周身透露著一股不安定的氣氛。談話中，有時我的目光曾經不自覺地隨著她的手勢游動，心裡猜度著她的徬徨與憤怒？

一九八九年的仲夏，天安門事件仍然是頭條新聞，慧君來了一封長信，細說她長年來的不安和困惑：「近幾個月的思緒很難平定，怎麼辦呢？又是望不盡的天涯路嗎？該做些什麼？能做些什麼？又陷入那不安與困惑。而這不安、困惑耗掉多少時光，多少人一生的時光就這樣耗掉了。回想五〇年代多少知識分子一腔熱血回國，一腔熱血到邊疆，只是爲了奉獻報效自己的祖國，這些人奉獻了什麼？奉獻了青春，奉獻了年華，從步伐矯健到步履蹣跚，到滿頭白髮，沒有怨恨、也沒有惋惜。可是做了什麼呢？空白，就像頭上頭髮那樣白，這就是奉獻！就是爲了這白色的奉獻！現在流向來了一個大逆轉，離開邊疆、出國，而且是想方設法，聽說某人走了，爲他慶幸絕不亞於當年聽說某人回來了，或許更有甚，眞是悲劇！」

透露了她的失望之後，慧君似乎就自在地透露她想離開大陸的念頭，「想看看外面的世界，同時從外面回過頭看自己的國度，因為離開地球看地球，很完整很清楚，離開海峽看海峽兩岸應該更清楚。」但是，她的念頭仍然伴隨著各種徬徨，不知到了外面要幹什麼？又能幹什麼？不知如何能自己謀生立足，也不願依賴親友接濟。到了後來，她變成專心一意只想回台灣，但是由於在台灣並無直系親屬，返台手續一直沒能辦妥，雖然抱著無限期待，卻苦於無法成行，拖延的這幾年間，她母親在台灣的幾甲田產已經被她的四舅變賣一空，那是當年在北京時，慧君的母親寄錢回去請外祖父在埔里故鄉代為購置的四甲地。

慧君決定打官司訴訟，說她的父母親一生太苦了，每想到他們的臨終她就悲憤不已。人生實在只是一趟旅行，擁有自己而外，我們原本都一無所有。慧君一生的經歷起伏令人同情，四十多年後才重逢的骨肉親人，卻又因前人留下的財產而反目，如此讓人嘆息之事在海峽兩岸重新有了來往之後，似乎卻不罕見。人性中並存的醜惡與善美都是真實的。慧君的雙腳猶未踏上故鄉的泥土，她滿懷美好的返鄉夢已經破碎不堪。也許，美麗的故鄉是因為思念而存在的。

一九八九年八月三十日初稿

一九九三年七月十五日修訂

既來之則安之

抵達泉州那天，正是冬至（一九八八年）的前夕。從旅舍後窗望出去，是個趕集的菜市場，人聲，討價還價的，腳踏車鈴聲、煞車聲，還有倒掛在車把上的雞鴨鵝叫聲，交織成一片熱鬧。直過了深夜，人潮才漸散去，古城交響樂曲才譜出休止符。

躺在床上，我久久不能入眠，這節日的氣氛，泉州人的口音和街頭的景致，一再勾起我對故鄉鹿港的懷思。窄窄的石板街道和騎樓，二樓面街涼台上繪花的瓷片裝飾，建築物裡油亮的紅磚地和內院的天井，菩提樹下的古井，甚至商家按上擴音器的噪音，都是我似曾相識的童年，甚至，明天早上所要探訪的人物，也流露著一份古樸厚道的風格，與泉州城的古意盎然顯得十分和諧。

鄉村教師

蔡大堂給我的印象是個不惹眼的鄉村教師，臉上總是一份安然的神情，彷彿無論何時何處，他都能維持著一副既來之則安之的悠然自在。

他的話不多也不少，總是心平氣和，沒有教師常有的教誨態度，也挑不出一句吃重或引人側目的言詞。即使在描述三十多年前，在人生路途上所做的激烈抉擇時，他的語言仍然平淡無奇，只像是小溪潺潺的水流聲，一點兒風浪也聽不到。

蔡大堂是高雄新澳地方的人，日本據台末期在台灣大搞皇民化運動，要台灣人改日本姓名講國語（日語）。蔡家不是國語家庭，蔡大堂也未改過姓名，一九四一年，他自小學畢業，沒考上中學。家裡乃送他到日本東京繼續學業，因而，二次世界大戰末期，他是在日本度過相當艱苦的一段日子。戰後，他仍留在日本繼續學業，後來進了東京的法政大學讀社會學系。

戰後的留學生生涯也並不比較平靜，隨著國共兩黨和談的破裂，大陸內戰的高升，日本的華僑留學生逐漸形成左、中、右三派，各自有他們對國家民族前途的關切與主張。到了一九四九年，國民政府中央遷台，十月一日毛澤東在天安門宣布「中華人民共和國」的成立之後，留日的中國留學生和華僑，已經公開分裂成對立的兩派，分別支持海峽兩岸的不同政黨政權。

告別之旅

就如同每一個熱情的年輕學生，蔡大堂也不能自外於激變的時局，受到教授、同學的影響，他開始接觸到社會主義思想，閱讀很多這方面的書刊，並且參與愈來愈多校園內外的活動，以至於，台灣的國民政府教育部停止了他的助學金。

一九五二年暑假，他參加台灣駐日使館所組織的留學生返鄉團，返台參觀旅行十天。此時，他已暗自決定，學成之後要回大陸，爲建設社會主義祖國做貢獻。這趟回來眞正的用意，是向家人告別的，只是他不能也不敢告訴任何人。

五〇年代的海外中國留學生，嚴肅地面對重新認識祖國，以及如何參加祖國建設的課題，蔡大堂回憶說，當年他有三個選擇，也是當時中國同學經常爭論的三條出路——到美國念研究院繼續深造，回台灣或回大陸服務。一九五三年至一九五六年間，有四批留日學生總數二千多人回到大陸，其中以台灣省籍的占大部分。透過中華紅十字會的安排，第一批成行的有四百多名留學生，半數以上爲台灣人，蔡大堂也是其中之一。

決裂

回國以後，他被送到天津等待分配工作。因爲大學念的是文科，首先讓他下到工廠，向勞動人民學習，體驗生活改造思想。他到天津第一印染廠當工人，樣樣都從頭學起。夜裡，躺在床上，看著被各色染料浸滿紋路的雙手，偶爾也會有一絲學非所用的感慨，在腦海裡閃過。雖然有點出乎當初的意料之外，他仍然學習十分認眞，想要成爲勞動人民的決心是堅定的，一點兒也不含糊。

一九五九年，結婚成家的前夕，他把自己僅有的五大箱書——象徵小資產階級的包袱，一斤兩毛錢地賣掉了，表示從此跟自己的過去決裂，下半輩子，他將是個新生的勞動人民。然而，有時天公不作美，命運也會開我們的玩笑，一九六二年，中蘇關係惡化以後，俄文不再是唯一重要的外國語文了，蔡大堂所具有的外語才能，使得他從工廠被調派到天津業餘大學教授日文和英文，不久，他再被國務院華僑辦公室調派到泉州的華僑大學任教。也是意料之外的，他又回復爲知識分子。

文化大革命爆發以後，交代出身背景與來歷是任誰也省不掉的，尤其是閩南地區的台胞，總脫不開海外關係、日本關係或台灣關係，而台灣關係更是等同於國民黨政權的。那年頭的術語，台胞被稱爲「雙層老虎」或是「雙料」，有句順口溜說台胞都是「三不清加上俘虜兵」，指的是來歷、出身和歷史背景三方面均交代不清，而且閩南的台胞又有很多是原國民黨軍，內戰中被俘而留下來的。蔡大堂因戰後在東京讀大學期間，曾領取國民政府的助學金，他的歷史背景更是怎麼也交代不清楚了，苦頭多吃了不少。

一九六八年受到抄家、隔離審查的待遇，白天勞動寫大字報，夜晚寫自白交代，他說，突然之間日子變得無所事事了。一九七〇年，蔡大堂帶著患有關節炎的愛人和兩個兒子，下放到山區安溪，這一待就是八年，在安溪一中教英文，他也安身處順，準備就此當一輩子的鄉村教師了。

華僑大學日文系連蔡大堂在內，一共有十位教授，文革時受審查的有九位，其中有八位是台省籍的，如今就只有蔡大堂和一九五六年回國的邱永川留下來。五〇年代返國的華僑留學生，經受肅反、反右、文革等一連串政治運動的波折磨難之後，興起「我愛祖國，祖國愛不愛我？」的質疑。相繼帶著破滅的理想離國而去。據說留下來的人不到三分之一，台籍的更是寥寥無幾。

一九七八年華僑大學復校，他才又回到泉州，如今是外語系的副主任，邱永川則到福建師範大學去了。

沉思了良久，蔡大堂才回答我，關於知識分子自我改造的問題。他說當初決定回來參加祖國社會主義的建設，是經過嚴肅考慮的，回大陸之前，曾由日本寫信給父親，表示放棄台灣財產的繼承權，「自己慎重選擇的人生道路，是不會後悔的。」而且，無論是在染印廠當工人，或下放山區當教員，都促使他有機會積極地去認識工人農民，因而他對工人農民才有比較眞實的了解與感情，他自認這段生活經驗開闊了他人生的境界，迄今仍對他有助益，尤其是在所從事的教育工作上。

但是，當年賣掉那五大箱書，他承認確是有些後悔的。說這些話時，蔡大堂的語氣仍是謙和平靜的，臉上有一抹帶有羞意的笑容，似乎是不好意思向我展露他的祕密。

依然是神祕的

寫到這裡，必須承認，蔡大堂這個人物十分吸引我。嚴格地說我認識他僅只有兩天，而且回來後我發現訪問他的談話錄音，竟然是一個字也沒有錄下來，我只能從筆記與記憶中去捕捉這個人物的印象。奇怪的是，我十分自信地提筆，我甚至認爲自己是理解他的，所謂理解，當然不是說我知道多少他生命中的細節，事實上，對我而言，迄今他仍然是神祕的，我對他所知並不多。

但是，他的故事使我領悟到，每一個人，每一件事，都是複雜多面的，大致上卻又是簡單而明白的。我一再惑於人的外貌，因而總不能明瞭？這樣一個古樸溫厚的人，竟然會做出那麼果敢極端的抉擇，簡直是矛盾、不可思議、不合乎邏輯的事。一年多以來，這個問題有時會在我的腦海突然浮現，直到昨天夜晚，我才有所頓悟。原來，蔡大堂是這樣嚴肅地對待自己的生命，生活對他應是自我發現以及自我實踐的過程。因之，對理想，他能夠毅然決然義無反顧。對生命中不可避免的事物，也能夠隨遇而安有所順服。

不完美是生命的眞義，是生活的眞相。理想能夠豐富並完整一個人，具有完整性的個人，周遭環境對他就不再有限制，他永遠會有足夠的空間。一個能夠全然接納生命的人，自然能夠快活自在地生活於其中。

一九九〇年五月四日於華府

後記

一九五三至一九五七年之間，曾經有數千名在日本留學的台灣學生，分幾批回到大陸。他們滿懷熱情地回國，準備參加社會主義新中國的建設。本文的主角蔡大堂正是其中之一。

一九七二年年底來到北美洲的我，並沒有趕上風起雲湧的保釣運動，卻是尼克森訪問中國之後，美國剛剛開始所謂的「中國熱」的時候。在白色恐怖反共教育下成長的我，竟是一出家門就接觸到有關社會主義中國的各種資訊——書籍、電影、幻燈片、演講。大學校園裡，熱情介紹新中國認識新中國的，不僅是中國學生和美國學生，也還有來自於第三世界國家的學生。後來，認識的來自台灣的留學生，也有完成學業後回到大陸工作定居的。

蔡大堂的故事，對我來說並不陌生，反倒有幾分親切感，只是我當時的了解很膚淺。蔡大堂回歸的年代是中共建國初期，那還是剿匪、土改的階段，而非建設的時代。那時最需要的是有膽識與戰鬥力強的年輕人，台灣青年絕大多數卻是學理工科的專業技術人才與書生。更何況這些受日本殖民教育成長的台灣學生，中文的語言能力也普遍不足，無法派到地方上工作，多半只好留在都市，說難聽一點是被養起來。只有少數幸運的（如學醫的）能夠學有所用，還有少數被分派去教授日文或是擔任日文翻譯；絕大多數成爲無用武之地的人才，一生再未有機會，貢獻他們所學的於社會主義新中國的建設。接下來的反右運動、文化大革命，時光更是荒廢了；好不容易到了文革結束，改革開放了，要開始建設了，此時確實需要專業技術人才了。唯時不我予，人才已老。

二〇〇〇年晚秋補記

城裡城外

城外的想進來，城裡的想出去。錢鍾書的《圍城》這般詮釋婚姻，人生大抵也是如此吧?!我常覺得自己的生活，好似籠子裡，不斷踩著輪滾動，在原地奔跑的小白鼠，時時會興起要過一種簡單靜謐的生活的渴望。

陳正統的客廳牆上掛的對聯是諸葛亮的「淡泊以明志，寧靜以致遠」。顯然，這是他嚮往的人生境界。但現實生活中，乞求有一天安靜讀書的時間，卻是相當奢侈的願望。就以我們一行到漳州的那一天為例，除了安排漳州市的台胞接受我們採訪之外，他同時還得安排接待四個來看投資環境的台胞團體。那一天，陪我們觀光採訪，天南地北地開講，談美學，到「南山寺」看佛像造形，論「河殤」和金觀濤的「中國封建社會的超穩定結構」，對他而言，相信也是難得的逍遙，而又不帶臭銅味兒的一天吧？

漩渦當中的憂心

陳正統是近兩、三年才改行，由學術研究轉涉入現今閩台經濟關係圈的。就漳州市引進台資貿易的範疇，他是漩渦當中的人物。台商到漳州投資不少要找他，一來，陳正統對台灣有了解，比較熟悉台灣商人的心態息氣，跟他們混得來。二來，傳說陳正統在漳州是「通天」的，我問是怎麼回事？他說大概是指他拿起電話來，可以直撥給部門首長，比較快把問題反應到上邊，所以能較順利地解決，因而他協助台商在漳州投資設廠，頗有效率。他有一份令人羨慕的樂觀與罕見的率直，總是面對問題，直來直往，沒有推託敷衍，他說「不是故意挑剔，是希望把事情辦好」。

一九八八年底，漳州市已有台商投資工廠四十六家，分析漳州的投資環境，陳正統說是存在著硬環境和軟環境兩方面的問題。前者指地理環境，仍以香港爲中轉站的兩岸貿易，漳州雖有低生產成本的吸引力，但運輸成本偏高，難以和深圳競爭，尤其是來料加工的企業。不過，將來若開放由廈門—台灣直接通航，作爲廈門腹地的漳州，競爭力自能增強。已有一些大資本企業，同時在深圳與漳州設廠，即是著眼於將來。軟環境是指有關辦事部門的素質，在大陸辦事總是一道又一關，碰上幹部素質差的，事情確實難辦得很。但陳正統認爲，總的情況並不若外面傳說的那麼糟，在他所知範圍至少省市領導還是很好的，腐敗的幹部當然也有，但是台灣人也很容易急躁，很多情況是制度與辦事習慣互相不了解而引起的。

年來，到大陸投資的台商不絕於途，舉世震驚的六四事件，也沒有使他們緩下腳步。果眞台灣人是全世界最優秀的商業民族?!無論如何，兩岸關係的情勢發展，領路的是經濟，橫衝直撞前去，政治在後跟來，包袱繁重步伐艱難，如今直接通航似已指日可待，但是在這漩渦當中打轉了幾年的陳正統，卻不敢樂觀。最近他自東山島來信，提到台灣商人的暴發戶心態與過分自我陶醉於幻影中，令他對台灣前景十分憂心，信尾他還加了一句「我們都是台灣人，都希望台灣好。」顯然，這個工作崗位上，還有許多難爲外人道的苦衷與無奈。

「台灣仔」又來了！

一九八八年十一月初，我們一行人從福州、泉州、石獅、廈門、漳州一路走過來，沿途聽到不少台灣客的新聞。到泉州的那一夜，就在街頭看到酒後鬧事的，路旁又聽說，早幾天另一個台灣客因買歡不成而演成傷害人命的刑事案。到了廈門又聽說有台灣客經營妓女戶販賣人口的事。

廈門和上海兩地人，素來就對台灣人沒有什麼好印象。因爲日本侵華時代，曾帶來一批台灣流氓，在廈門是號稱「十八大哥」之流的人物，在當地開設賭場、當鋪、鴉片煙館、妓女戶，充當殖民統治者的中間人，仗日本勢力營利，當地人稱「台灣呆狗」。日本戰敗之後，這一類「台灣人」識時務，跑得比誰都快，留下來的卻要替他們償付歷史債務。大陸解放以後，歷次政治運動當中，歷史因素是影響台胞命運的主要原因，因此，過去有很多台胞要刻意隱瞞自己的籍貫，尤其是閩南地區的。

一九七九年，對台政策由「解放台灣」變調成「和平統一」，閩南沿海地區跟著改革開放，搞起經濟貿易。該地區台胞才獲平反，恢復籍貫，並在工作、生活、子女教育各方面得到一些補償性質的特別照顧。近幾年來，到閩南投資、觀光、探親、尋根的台灣來客日多，這樣的趨勢發展很快，但也漸漸出現複雜而矛盾的反應。

文革之後，階級意識大降溫，一片「向錢看」風潮，代之而起，台灣所顯示的經濟實力，使得「台灣關係」對大陸的台胞而言，多少是帶有實惠的，他們不再是沾惹不得的黑五類，更是受羨慕的「一等公民」。但是，台灣來客財大氣粗，特別是來投資的老闆們，多半帶著在台灣通行無阻的——有錢能「買倒」一切的效率觀念。當地人從歷史經驗反應，難免會有「台灣仔，又來了？」的感覺，對於解放四十年以來，無產階級工農當家作主的驕傲，這些台灣資本家的行徑，又是何等難以消受的衝激？因此，閩南地區的台胞，特別是在台灣事務的第一線上工作的，心存戒懼祈求歷史噩夢不致重演，自然不是沒有緣由的。

眼科醫生的悲劇

陳正統的父親陳德仁，過去是漳州極有名望的眼科醫生，漳州人提起「陳眼科」都說是「台灣仔」。陳德仁是南投縣名間鄉人，其妻出身西螺的廖家，婚後他們住在西螺的時候比較多。一九四七年，陳德仁跟幾個姪甥輩參與了二‧二八事件，「回想起來，父親也不是什麼領導人物，只是憤慨國民黨、阿山仔在台灣那種胡作非爲，而自發地去參與抗議活動而已。」

二‧二八事件後，陳正統跟著父親回到南投老家，在山上到處躲藏了近一年。一九四八年一月，父親才帶著全家（除了大姊留在老家）出走到漳州來，那一年，陳正統剛滿九歲。

開業執醫的頭幾年，「陳眼科」在漳州市稱得上風光一時的，知名度高，賺了錢、蓋了樓房，也引來當地人的「紅眼症」。陳正統說他父親「醫生人，膽小怕事」，很早就將醫院歸公搞合作化，自己只向政府領工資，儘管這麼小心翼翼，還是逃不過災難，自一九五八年之後，「陳眼科」就受到暗中的監視了。到了文化大革命，幾次三番受禁閉檢查，因爲外面傳言，「陳眼科」是國民黨派來的特務，家裡藏有電台發報機，「陳眼科」的房子地面被挖了三尺深，樓房連地基全打掉了。結果，發報機沒找到，只沒收了四十二兩黃金。

長期以來的精神壓力，四十多歲時，「陳眼科」就患了高血壓，後來得腦瘤而影響到視神經，一生醫治過多少人的眼睛的眼科醫生，晚年竟然自己也失明，不能不說是悲劇。陳老先生已經在一九七八年鬱鬱而終。

自學成「雜家」

童年的逃亡經驗，艱苦而充滿恐懼。少年求學時期也總籠罩在陰影之下。姊姊珊珊考上大學的那一年，正趕上反右派，上海一所名牌大學的錄取通知已發下了，因爲家庭出身不好，竟被更改錄取學校，改分配到上海船舶專科學校。陳正統高中畢業的時候，父親已經成黑五類，他沒有機會進正規大學受教育，完全是依靠函授自學。「如今回想起來，有一點自我感覺很好的，就是我們做子女的，並沒有因爲家庭的緣故而喪志。」

陳家姊弟都一副硬脾氣，不願依靠「台灣人」身分受照顧，要和大陸人同樣地公平競爭。而且「無論幹那一行，不跑在人家前面，我絕不罷休。」陳正統自我剖析說，這種好強的心理，大概是長年受壓抑的一種本能的反抗。無論環境多麼惡劣，姊弟倆總相信，只要努力終究有出人頭地的日子。陳珊珊曾被《人民日報》譽爲女強人，現任福建省海洋漁業公司的副總經理兼冷凍廠廠長。

陳正統以優異的成績自高中畢業後，留校擔任語文教師，雖然沒有正規大學的文憑，三十歲出頭時，他在中學語文教學方面在漳州一帶已有相當的知名度。一九七六年，他被選派參加《漢語大辭典》的編寫工作，這是全國重點科研工作，規模比《辭海》要大五倍，現在已經出版到第四卷了。他還爲「福建省人民出版社」編寫過《中學文言文辭典》和《中學語文辭典》，前者已出版三十萬冊。

一九八〇年，鑑於會讀古文的人愈來愈少，陳雲提出計畫，要在二十年內，將全國所有的古籍標點完畢。陳正統被調到「地方誌」辦公室，負責漳州市文獻古籍的整理工作，他已經把漳州舊府誌一百多萬字，完成初步的斷句，接著要開始標點，也就在此時，他被調到對台灣事務工作（台盟漳州市委會）。

朋友惋惜他斷了專業，自己也頗有悔意，丟了多年心血的學術工作，現在這樣的工作，他自嘲是「混政治飯吃」，成天無事忙，卻忙得不可脫身了。話雖這麼說，他還是扎扎實實地，對台灣的政治經濟社會文化各方面下了一番工夫，成了名副其實的「台灣通」。

談到學術工作，陳正統的話匣子，像連珠砲似的滔滔不絕，我馬上就能理解他對古典文學的專注與鍾情了。他說，當初參加編寫《漢語大辭典》的工作，只是想通過這項工作充實自己，打好古文基礎，將來他希望能專心研究朱熹的《周易》，以及明末理學家黃道周的著作。

他認爲，研究古典文學，若單單在鑽營古文訓詁是絕對沒有發展的前途，因爲乾隆、嘉慶年代的水平，現代人無論如何是不可能超越的，除非有新的觀點。因而他勤讀東西文化、哲學思想的書籍，文革之後，在大陸學術界流行過來的佛洛伊德、沙特、馬克韋伯等等，他都研究了。他又喜歡跟青年人在一起，「因爲我怕老化，怕自己被時代所拋棄。」他說，青年人學問的根基或許並不深厚，但是思想觀點前進有創意，常跟他們一起議論可以刺激思考。

下放改造的「白專」

我忍不住打岔，問他文革當中的經歷，聽來聽去他都是那年頭最受批判的典型白專知識分子。他倒答得十分輕快——「沒挨過什麼大批鬥，就是下放到山區改造了兩年。」

據說漳州的台胞下放，一律是進山區，沒有到濱海地區的，大概是防止偷渡回台。陳正統去的是最偏遠的詔安縣秀篆鄉，離漳州有二百多公里路。那時他已經結婚了，家眷留在漳州。跟他在一塊兒下放的是台中人吳振國，吳振國曾任漳州片仔黃藥廠廠長，這家著名的中藥廠，由他一手苦心經營起來，從藥鋪的規模，發展到年營業額千萬美金，但是運動來了，廠長照樣得下放改造。

山區生活條件很差，基本上是自給自足，什麼都得靠自己生產。到了公社的第二天，陳正統上山砍柴就拐傷了腳，隔天早上，全公社都知道有個下放幹部拐了腳。他很感懷農民，在山上磨練了兩年，很受農民照顧，也跟農民學了不少農事，他舉個例子說「烏龍茶」，這幾年常碰到台灣來的生意人，愛自誇品茶的功夫如何了不得，但只要他開口說幾句茶道，愛講大話的就沒再提品茶的功夫了。

山區兩年，他也練成了「雜家」，因爲那段日子，偶爾能抓到一本書讀就很不錯了，什麼中草藥、面相學、把脈全亂學一通，而且是無師自通。他原打算過了四十歲才收的，「如今要收也收不起來了。」他萬分感慨地說。

問起婚姻？「我這個人命運比較坎坷。相學上，我的眼睛和眉毛距離太靠近了，這種面相運道不順暢的。」他有過一次失敗的婚姻，那顯然不是愉快的經驗，但是他說得樂觀，「離婚也不一定是壞事。」現在的太太是廣東人，跟他有類似的經驗，彼此能相互體諒，他笑咪咪地說：「她帶個女兒，我帶個兒子，湊合搞個合作社，也很不錯。」關鍵的是他們有共同的興趣，她也喜愛文學寫作。可惜陳正統雖然仍舊愛書，目前卻難能有讀書的時間。近幾年工作上常出差到外地，有機會跑各大埠的書店，他總要買一堆書回家。太太常感嘆：「你什麼時候才有時間讀呢？買了又有何意義？」但是他說看到書不買，十分難捱，「手會癢癢的。」

知天命

海峽兩岸的老人們有共同點，代表也好幹部也是，都害怕退休。方進入知天命之年的陳正統，卻希望能早點退休，好回頭重拾學術工作。事實上，他目前的職位是多少人羨慕的好差事，若想做生意賺錢，以現有的兩岸關係足以大展鴻圖，他卻無意汲汲營營於權或利。他的話坦率無遮攔——「我目前的生活水平，雖然不是很好，也還過得去，工作蠻愉快勝任，地位也還可以。」他認爲，人對物質生活的欲望是永無止境的，無論怎麼追求都無法滿足，「我也並不完全不追求物質上的享受。」但是他有個不強求的信條，一切順乎自然，可遇不可求。

他的母親隨妹妹一家人多年前移居香港，並在一九八六年回到台灣探親，他也有足夠的條件赴港台探親，卻一直都沒有積極成行的意思。人們都說他傻，但好像也不是一個簡單的「傻」字能解釋他的思維。

他自認受老莊思想影響太大，而對「淡泊以明志，寧靜以致遠」這樣的人生境界，有如下的注腳——「遠遠看去是美好的，也確有其合理之處。但也消磨了中國人的奮發精神，導致中國的落後，迄今還妨礙著改革開放。」妨礙中國改革開放的原因，好像也不是這麼就能解釋的。

欲望的解放是十分容易的事情，我自以爲是地推想，陳正統並不是一個狂熱的教條主義者，也不是什麼痛苦的道德家。或許，他所嘗試的，是要在物質與精神文明的兩極激盪中，探尋一種可能的心靈上的平衡。

現代人的欲望是濃烈的。西方資本主義的商業社會中，「欲望」這個字眼兒，早已自基督教文明的「原罪」突圍而出，並不帶有什麼負面的含意。甚至，還是刺激消費與生產的原動力。但是，當人類的物質生活變得如此豐富，精神生活卻相對地虛無，我們也正逐漸喪失了，對自然與淳樸的美的感應能力。

一九九〇年五月二十日於華府

站錯隊伍上錯車

晚秋的北京，一片灰。只有故宮的琉璃瓦，在夕照下閃耀。路旁一排不高也不矮的銀杏樹，已經變黃了的葉子蒙著一層黃沙，不豔的秋色。戴著白色口罩的婦女，在路中央掃落葉。車速慢下來，開車的王師傅開了話匣子，慢條斯理地溜出一口京片子。北京的黃沙可出名喔！初春、晚秋兩季從戈壁沙漠一路兒吹過來，來時鋪天蓋地，連天空都是黃顏色的，近幾年綠化據說有點兒成績，這風沙跟從前的還眞沒得比的呢！

日產的小麵包車開進窄窄的胡同，兩旁人家的灰磚圍牆不斷地飛逝在車後，令我聯想起科幻影片上沒有盡頭的時光隧道，來到北京，恍惚也有回到歷史的感覺。車子轉個彎兒，我就看到老葉抱著小孫女等在路旁。進了大院是幾棟高樓公寓，院中有片大空地，大樹下擺著兩檯撞球桌，幾個穿著時髦的青年正圍在那兒，撞得起勁。

穿著紅毛衣的小孫女，蹦蹦跳跳的，在前頭領路，一行人跟上了三樓。老葉的太太迎出門來，笑咪咪的，門裡飄出一股熟悉的香味來，我才深吸一口氣，已經聽到身後老葉的聲音：「我做了麻油雞和炒米粉。」我微微一怔，上次來老葉家也吃炒米粉，那是四年前的夏天了。

客廳的空間不大，我不客氣地四處張望起來，企圖尋找四年光陰的痕跡。首先注意到，牆上的字畫換了。上次掛著一幅單字「達」，我有很深的印象，曾要求老葉在字畫前讓我拍了一張照片，後來我寄照片給他，他回信說：「就達字，要說的話太多了，留待以後有機會再暢談。」眼望著牆上，心裡盤算著，今天的採訪要不要挖這「達」字的故事？小孫女跟過來，爬上沙發椅，開始數起「戲貓圖」上的小貓來，「一隻小貓、兩隻小貓……」

另一面牆上掛著一幅放大的彩色照片，照片裡是老葉全家和一對年邁的男女，老葉在旁解釋說：「這是我的父母親，今年春天總算見到一面，都有四十年了。」急促的語氣有掩不住的興奮。

四十年了，四十年前老葉還不到二十歲吧？那時他由家鄉高雄到台北上大學，白天打工，晚上念書。第一個學期都還沒結束，就發生了二・二八事件。事件過後，大學被封閉了，他也不得不離家遠行，留給父母骨肉分離的痛苦與無止盡的白色恐怖。他的弟弟曾申請到美國大學的獎學金，警總只給他一紙「其兄案未了」的公文，護照拿不到，弟弟留學也不成。

離開台灣是一九四九年四六事件那天清晨，前一夜，老葉還在宿舍和同學們開會討論學潮可能遇到的情況，第一天一早，他獨個兒趕到基隆搭船，路上目擊了國民黨軍警包圍學生宿舍的情況。四月底輾轉到了北京，發現好多位在台灣共患難的同鄉也先後來了，五月份他和謝雪紅等數人成爲「全國青年代表大會」的台灣代表。這是一生最幸福最難忘的歲月，老葉說他特別懷念這段時期。

一九五〇年，台灣幹部奉命集中到上海，準備配合解放軍，「台灣民主自治同盟」也要遷移到上海。曾針對「台盟」的工作向主席謝雪紅提過意見的老葉，因謝氏不准他參加工作而留在北京，其他同志都興奮地去了上海。哪裡知道，就這麼在北京留了四十年。我試著想像，來自亞熱帶海島的自己，如何能在冷風寒辣的黃土北國，度過四十年歲月？也許，鄉愁濃密時，也會跟老葉一樣炒炒米粉和麻油雞吧?!

談起回鄉的事，老葉說他只期盼父母健在時能夠成行，「否則意義就不同了。」更重要的是他要堂堂正正地回家，即非難胞也不是反共義士。隨著話題，我的腦海裡浮起《人間》雜誌上的一張照片來，那是台灣第一個老兵返鄉團，穿著「想家」兩個大字的背心，登上長城的鏡頭。我聽說，老葉和好多位大陸的台灣同鄉，在歡迎大陸老兵返鄉團的宴會上痛哭失聲。四十年來，這兩群人最基本的人權，在偉大的政治口號下受盡踐踏，又怎能不哭?!

比較台灣的政治犯與大陸的右派分子，老葉認爲在大陸運動中當右派的境遇肯定比台灣的政治犯要慘。我表示不同意，台灣的政治犯一直也很孤立，即使出獄以後，一般人也忌諱不敢公開接觸，高雄事件以後民主運動發展較快，也有政治犯受到英雄式的待遇，但是五〇年代的政治犯、思想犯並沒有受到類似的款待。

老葉耐心地解釋——這邊建國初期，共產黨的「威信」很高的，因爲領導抗日又趕走腐敗的蔣介石政權，而且又是工農勞動人民的黨。可以說占人口大多數都受惠於這個黨的，在這種氣氛下，你有異議？共產黨只要說你是「右派」是「階級敵人」，說你反對共產黨，你在群眾當中馬上就孤立了。台灣的情況比較不同，尤其是五〇年代，人們痛恨國民黨，因而對受國民黨鎭壓的人，公開雖然不敢接觸，心裡都是同情的。

我問起，毛發動整黨整風的用意？老葉認爲毛的用意是好的，並非什麼陽謀或陰謀，如今事過遷境，再看當時毛發動整黨整風的理論根據，〈論十大關係〉和〈正確處理人民內部矛盾〉兩篇論文，也還是站得住腳的。整風運動一開始，很重視要黨外人士提意見，因爲執政以後，共產黨的領導作風當然要嚴格要求，和黨外的關係要妥善處理，不可以盛氣凌人。但是意見提起來竟然非常猛烈，「可能大大超出毛自己的估計」，老葉認爲這可能是爲什麼整風運動會轉變爲反右運動，並且搞到不可收拾的原因。另一方面國際上發生了匈牙利事件和波蘭事件，也可能使得毛澤東產生錯覺，擔憂中國會不會也發生反對共產黨的事情。那時候老葉是所屬工作單位的黨支部委員之一，要劃誰右派，他也握有一票的，早先他不同意把一位同事劃成右派，因此被認爲是「階級意識」不堅強。反覆受到開導以後，先是懷疑自己革命鬥爭經驗不夠豐富，因而看不清楚複雜的階級問題，繼而承認自己思想水平不高，覺悟不徹底，終於同意把那位同事劃成右派。談起這段往事，老葉顯得無限感慨，「許多事情都是付出血淚代價才覺悟的」，文革歲月亦復如此。

老葉也響應毛主席號召，積極參與這場「史前無例」的改造人類的革命，但是沒有多久，就感到不對頭了，「打倒走資派，打了半天竟然是把自己打倒了，確實莫名其妙。」老葉記得清清楚楚，那是一九六六年的十二月八日，文革開鑼才半年，他是單位裡第一個被奪權的中層幹部，罪名是「包庇走資派」。因爲他的工作單位是文宣機構，造反派的聲勢特別猛，一夜之間，廣播電台裡裡外外貼滿了大字報，台長和黨委書記全成了走資派，老葉拿不出「揭發」走資派的材料，還憨直地說他實在看不出來，這兩個人怎麼會是走資呢？就這樣，他和造反派的革命小將們對上了。罷官以後，不准再擔任組稿審稿工作，但實際負責的同事，仍然事事請他幫忙、徵求他的意見，他倒像是個顧問，薪水照領，對文革也可以自由發表看法，日子過得挺舒服的。不過，好景不長，次年年底，鬥爭異發激烈，江青、張春橋和姚文元三個人親自到廣播電台來支援造反派，指名電台的黨委書記是一定要打倒的「走資派」，這一來，老葉的罪名也隨著升級，成了「對抗中央文革」。接下來還要追究他爲什麼老是「對抗革命」？爲什麼每一回合都站在資產階級司令部的一邊？追查他的歷史檔案，翻出十多年前謝雪紅檢舉他「國民黨特務嫌疑」的材料來，造反派大樂，老葉的日子不再好過了。

提及這段陳年舊事，老葉顯出難抑的激動，眼眶也紅了起來。事情發生時，他雖然氣憤萬分，但到底年輕樂觀向前，何況那是革命熱情的年代，個人的事情是不興心思理會的。而且他已工作了幾年，單位的領導對他有一定的了解和信任，就以「證據不足」把公安局擋回去。老葉沒有被逮捕坐冤牢，比其他同受誣告的人要幸運得多，但他的工作級別也從此不曾升遷。後來這些歷史材料落在造反派手上，馬上起了作用，老葉的罪嫌步步高升，四十年間，就只有這段時間，他感受到「台灣人」的身分帶給他無限困擾。

那是橫掃一切的年代，人人要向黨「交心」，各式各樣的走資派、叛徒、美蔣特務皆齊出爐，其中以「海外關係」和「台灣關係」最不容易交代清楚，因爲你除了否認「我不是」而外，即拿不出反證也找不到能辯明你清白的人。當年因反抗國民黨統治而亡命天涯的人，反過來竟成了國民黨特務嫌疑。誣陷自己的，是自己熱情年華所崇拜的英雄人物謝雪紅。這樣的「命運」，是否令人靈魂徬徨？

回憶這段困難歲月，老葉說他一直都相信事情總有搞清楚的一天，無論怎麼審查，怎麼對待他不公平，他也不曾害怕，因爲是不是國民黨的特務，「我自己心裡有數」。檔案材料在造反派手上一翻再翻，兩年多過去了，仍無法證明他是眞國特，只好把他擱在一旁。一九七一年以後，對他就比較放鬆了，慢慢地也讓他恢復一些工作，一九七四年才完全恢復正常工作。

老葉最難捱的日子有三年，從一九六八年一月份，他這個有名的「保守派」被徹底撲滅開始，日常工作變成掃大院、掃廁所、陪走資的黨委書記挨鬥。針對他召開的批鬥大會也有過大大小小的七、八場，有的是擁護他的群眾應付造反派而召開的，老葉形容這種場合好似小孩玩家家酒：「在地上畫個圈，命令我站在圈子裡，這叫畫地爲牢，然後大家笑成一團。」那麼，造反派開的批鬥大會呢？「那當然不可能讓我順利過關了，但心裡頭不服氣，也只好挺過去！」老葉淡淡地描了一句。我遲疑了一下，沒有追問下去。有沒有下放勞動？「老實說，下鄉勞動心情還頗舒暢的。」老葉的單位分配到北京郊區的農場，他去了十個月，每兩週可以回家一趟。一起下放勞動的都是多年的同事，大家先後被打倒，一起被下放，彼此有了解，湊在一塊兒蠻開朗的，只有當造反派來監督訓話時，大家才有脾氣。

運動高峰狂熱的時期，老葉特嫌的材料也送達他愛人的工作單位——北京市婦聯會，那是個一百多人的小單位，單位雖小，在反右運動中還是按百分比劃出了兩名右派，否則任務沒完成，上面要批評「思想麻痹，看不到階級敵人」。但是，老葉夫妻的問題，在文革以前，領導卻沒有處理，理由是頗爲女性意識的——他是他的問題，妳是妳的問題，不相干的不處理。文革歲月，夫妻、父母、兄弟、姊妹在階級問題上，自願或被迫劃清界線的事例屢見不鮮，多少家庭破碎不堪。老葉個人歷盡滄桑委屈，一家仍然親愛融洽，也是不幸中的幸福吧！在大陸採訪期間，到過許多台灣同鄉的住家，其中老葉的住宅空間要算最小，陳設也最簡樸，不過老葉那個小公寓總有一股暖烘的氣氛，自然而親切，很是令我懷念。

另一位也在廣播電台工作的台灣人黃清旺，非常形象地描述文化大革命，他說運動一搞起來，簡直就像大水沖流過來，個人哪有可能抗逆，多半是隨波逐流。那麼殘局怎麼收拾？造反派和保守派怎麼相處繼續共事？老葉說因爲「偉大的文化大革命」是毛親自發動，很少人敢質疑，大多數人只是瞎跟起鬨。造反派多半是二十來歲的年輕人，熱情而單純，更是沒有能力分辨。文革結束之後，造反派開過幾次檢討會，也有人爲自己在運動中的行爲內疚不已，大家都能諒解也就不會追究。少數特別惡劣的，運動過去了就變得非常孤立，這種人多半請調工作，轉到別的單位去。老葉的工作單位是廣播電台，四人幫抓得很緊直接插手的，但幾千人中，也只有兩個人緊跟四人幫蓄意造反奪權。總的來說，在無法無天的文革歲月當中，北京還是最文明的城市，老葉被抄過兩次家，被抄走的材料還簽開收據給他。他也從來沒挨過打，這可能跟平常人緣好有關係，平常待下屬傲慢的，運動中也有被人家藉機報私怨，打落水狗的。搞得最過火的是中學小學，校長老師挨打的太多了，老葉十分痛心地說：「就是搞得太離譜了，那些中小學生，哪裡懂得什麼是資產階級的修正主義路線？」

有沒有想過？如果是留在台灣。「沒有什麼可後悔的，走上這條道路是自願的。」四十多載離鄉背井，與親人隔絕，當然是痛苦難耐，然而當年自己的選擇卻是有使命感的。對自己有所交代，似乎是老葉更看重的問題，他是理想主義的一代，從當今高度物質文明的價值觀角度來看，老葉這種是非分明的價值原則，也許是不容易理解的吧?!令他最爲遺憾的是，建國以來，一直在「犯錯誤」，從一九五七年反右開始，全國上下大搞政治運動，搞到經濟全上不去。留在台灣？也許個人生活條件要比現在好，也許是在綠島上度過大半生？也許根本沒有活下來的機會呢？老葉說：「現在說這些都是空話，不足爲訓。」

困難的風浪中，有沒有過懷疑？對自己失去信心的時刻？老葉笑起一臉無邪說：「我當然曾經很迷惑！思想上很多疑問？總也想不通，『革命』怎麼會是這副樣子？文革中造反派說我六次站錯隊伍上錯車，老是站到對抗毛主席革命路線的一邊去。我就是想不通嘛，我是眞心要參加革命的，怎麼每次都搞錯呢？但又不敢懷疑毛澤東思想，毛主席怎麼會搞錯呢？後來，慢慢想通了，就是那個『達』字，要看到發生許多事情的合理性，要看到中國的國情。沒有那個『達』字，日子是很難過的。」

一九七六年的清明，北京市民爭相到天安門廣場上，給周恩來上悼詞送花圈，老葉說他感情上很有共鳴，因此也跟大夥兒跑了好幾趟。有人形容四人幫倒台文革結束是中國的第二次解放，老葉說他的心情就和四九年逃出台灣，初到北京時一樣的。

第一次訪問老葉是一九八四年秋，在北美華府，猶記得那時候他對鄧、胡、趙三人領導的改革充滿樂觀。第二次訪問他是一九八八年晚秋在北京，此時他已離休，仍然熱情地關切中國的前途，希望改革能順暢，不會再走過去的冤枉路。這篇稿子是北京六四事件之後才提筆的，那陣子，每看到螢幕上天安門廣場人潮洶湧，熱情浪漫的年輕學生，我總會想起老葉風霜的臉上，那份特有的沒有修飾的熱情笑容。不知道這次他到廣場上去過沒有？對坦克大軍開上廣場，對人民解放軍朝著北京市民學生開火，老葉又會有什麼感受？我很想知道，但我沒有寫信去問過他。九〇年代的前夕，我接到老葉的賀年卡，上面一排紅字——祝你新年進步。

一九九〇年一月二十二日修訂

後記

一九八九年初夏，天安門發生六四事件的時候，我正好寫完訪問葉紀東先生的稿子——〈站錯隊伍上錯車〉。當時，葉先生建議將文章題目改為〈站錯六次隊伍〉，以免被擴大解釋，他在文革時期的無數次無產階級鬥爭運動中，曾被宣告有過六次站錯隊伍的紀錄。我卻偏愛〈站錯隊伍上錯車〉這俏皮順口的七個字，並自以為能傳神地表達文化大革命當中的教條，絕對政治正確的霸氣。時過境遷，如今我才領悟何為無知的傲慢？明白自己當年對文化大革命實在談不上什麼了解。

八〇年代，我採訪了許多大陸的台胞，也認識許多經歷過這次災難的大陸知識分子，我隱約感受到一種氣氛：似乎在過去諸運動中，沒有當過右派，沒有挨過鬥的，還不很光采。但是，一般也並不特別強調自己所受的委屈，因為那是一場全國總動員的運動，很少有人能倖免的災難。

政治現實的對與錯，彼一時也，此一時。昨日之非，今日之是。過去的羞恥不巧正是現在的光榮？事實始終只是一時一地的，時序卻從無間斷。令人不免興起感慨，嘆息個人在集體大環境中的處境之荒誕?!

二〇〇〇年晚秋補記

故鄉的孩子

「噢！你還記得我給理了一個陰陽頭……」林木擠出一個近乎苦澀的笑容來，呂從周沒有答腔，臉上的神情一派複雜，略帶著歉意。我看到林木薄薄的嘴唇稍稍地啓開了，隨即又緊緊閉上，嘴角微微上揚地翹了起來，勾起一道緊張的曲線。偌大的一個客廳，突然間，充塞著一股不可名狀的沉悶；我頓時感到忐忑不安，甚至有點兒後悔，眞不該把話題引到那段日子。試圖避開與室內其他的幾對目光交會，我轉過頭望向窗外，一株高壯的油加利樹在風中搖曳，日正當中，明媚的陽光穿過樹梢照射進來，破破碎碎、閃閃爍爍，映在毛玻璃窗上。

也不知過了多久？也許只有那麼幾秒間，時間卻似乎凝固不動了。好不容易，才聽到林木長長地嘆了一口氣，吐出一句話來：「唉！那段日子，只有當夜晚躺下來時，才覺得自己當眞還是個人。」緩緩地，室內的空氣才又重新流動了起來。

大客廳裡有十多位定居在福州的台灣人，他們落腳在此地的原因不盡相同。來得早的，像林琴友的父親，是一個不願意受日本殖民統治的讀書人，在半個多世紀前的一九二八年帶著全家人回到閩南原鄉。

太平洋戰爭期間，被日本政府強迫徵兵的鄭興華，在海南島時與幾個台灣軍伕搶了幾挺機槍，跑去加入共產黨游擊隊，二次大戰結束後，幾經輾轉才定居在福州。黃文浮與阿美族原住民吳願金的遭遇相似，都是不明不白地，被國民政府第七十師捉兵，在一九四六年十二月間來大陸打內戰的。

二·二八事件中，涉入武裝暴動的青年王彪，在高雄、嘉義一帶躲躲藏藏，逃匿了兩年。一直到那一天，在公園裡看到一起涉入事件的新營同鄉被槍決示眾，他才徹悟自己在故鄉已無活路，必須離開家鄉避禍，乃輾轉經過香港來到大陸。

呂從周是在台中農學院讀書的時候，加入中共地下黨組織的。他的舅父——陳文彬先生在二·二八事件時是建國中學的校長，因爲保護學生，自己被關進軍法處。陳文彬並未參加組織，而是受到當時建國中學教師呂赫若的牽連。一九四九年海峽情勢告急，舅父一家人得到區劍華（二·二八事件遇難的教育處副處長宋斐如之夫人）的協助逃出台灣。差不多同時期，呂從周也因組織關係暴露身分，不得不逃到大陸。不幸的是，呂從周的弟弟，在他脫逃之後被國民黨政府逮捕，在火燒島蹲了五年牢房。區劍華也因而受到牽連，成爲白色恐怖年代的犧牲者，讓國民黨政權槍決。

林木、楊玉輝、盧國松與張克輝等人，卻只是單純的大學生；不巧的是，一九四八年前後他們都來到大陸，在各地就讀大學。

一九四九年十月中華人民共和國在北京成立，國民政府中樞遷台。接下來，美國第七艦隊進駐台灣海峽，韓戰爆發，全球冷戰時代降臨。滯留大陸的台灣同鄉從此有家歸不得，三、四十年間，甚至於無法讓故鄉家人知道，他們生死的音訊。在座的幾位老台胞，每個人都有一本故事可以開講，特別是說到文化大革命期間那段日子，用大陸的語言說是「受到的衝擊比較大」。

王彪的來路

新營人王彪，反右時就被下放到山區勞動過半年。文化大革命一開始，他首先遭遇幾個月的隔離審查，白天受批鬥，晚上寫自白材料，不寫不准睡覺。他的罪名有好幾個：「日本漢奸」、「國民黨特務」、「走資派」……聽起來都很驚心動魄的。「日本漢奸」的罪名，是因爲念小學的時候，日本人在台灣推行皇民化運動，強迫台灣人改姓名，他也有一個備用的日本名字叫高山丸。又因爲，他是國民黨到了台灣以後幾年才離開的，所以又多了「國民黨特務」的嫌疑；事實上，他卻是爲了逃避國民黨政府的逮捕，而偷渡離開的。王彪苦笑著說：「眞不知道是什麼邏輯？問題是，你還不能否認，一否認就成了來路不明，必得嚴加審查，那就更有苦頭可吃了。」有時候他也難免悲觀，覺得做人眞不値得，在台灣的時候，心頭還有一股正義感，參加二一．二八向國民黨抗爭。到了這兒，莫名其妙地竟成了黑五類，連生存下去都有困難了。

王彪認爲文化大革命根本的災難，是簡單化成一種反知識的心態。解放以來一再強調「貧下中農」，時間、資源、精神、體力……全都耗在面對過去，調查出身背景，交代過去的歷史，檢查動機，沒完沒了。一直要等到「三中全會」以後，才認識到國家的落後，知道必須要建設，必須要有知識與科技。但是，蹉跎的十年光陰，已經一去不能復還；而且文革的這十年，正巧也是台灣經濟在發展起飛的十年，最是令他感慨不已。

楊玉輝和他的舅舅

台南人楊玉輝是個循規蹈矩的讀書人，一九四九年暨南大學新聞系畢業之後，他先在《福建日報》、《閩北人民日報》幹過幾年的新聞記者，後來任一家水電局職工子弟學校的校長。一九六六年，當文革最高指示下來要砲打修正主義；對教育事業充滿熱情，做事認眞盡職的他，很快就被劃定是推行「修正主義教育路線」，而戴上「死不悔改的走資派」的大帽子。

他的長子初中畢業就下放到黑龍江，落戶去了。自己長年從事教育工作，孩子卻被剝奪了受教育的機會，使得他對孩子有難以釋懷的歉疚。不過，一九七三年以後，對台胞政策有所改變，他的長子總算得以繼續學業，而且自同濟大學畢業後，還到英國留學深造。他的次子與女兒也都讀了大學，與大部分在福建地區沒有機會入學受教育的台胞子弟比較起來，可說是很幸運的。

楊玉輝的舅舅胡連城，也是光復初期保送大陸念書的公費生之一，但因身罹肺疾，建國初期就在武漢病逝了。三十多年來，楊玉輝保存著舅舅的骨灰，一直到八〇年代初，與台灣的親人聯繫上，才輾轉送回故鄉。在最困頓無助的歲月，要把舅舅的骨灰送回台灣，這麼一個心願，一個也不知道是不是重要的責任？竟成了支撐他的一股精神力量。

楊玉輝的另一個舅舅胡鑫麟，是個有社會正義理想的眼科醫生，五〇年代，與許強、翁挺俊等幾位台灣大學附屬醫院的醫生因參加共產黨的罪名，而被逮捕。許強被判了死刑，胡鑫麟則度過了十年政治犯生活，在火燒島的牢獄裡。胡鑫麟在有生之年，總算有機會到大陸走了一趟，探望外甥楊玉輝和幾位當年的老朋友同志，雖然只有一次。

林木的三面黑牌

陰陽頭而外，林木還被賞了三面黑牌，只要一跨出門檻就得掛上身。第一面黑牌是「反軍」，第二面是「落網右派」，第三面叫「資產階級的孝子賢孫」。

文革的高峰時期，福建分成革造派、八二九革命造反兵團及八一八革命紅衛兵三派。隨著鬥爭逐步升級，後來竟演成全副武鬥，省政府完全癱瘓，而造成軍隊接管的局面。林木看不慣軍方管理民政的作風，「看不慣，多少就會講些話」，這是第一面牌的緣由。林木感嘆他們那代人，從小被迫接受日本教育，戰後面臨無法調整的問題，不僅是語言障礙；還有島國人民「一條直腸子」的性格，城府淺似碟子，又欠缺政治的歷練，每回運動降臨，準是灰頭土臉難逃一劫。

林木的第一回合是反右運動，多虧上司一再保護，才沒有被劃成右派。但是到了文化大革命的時候，頂頭上司是首當其衝的右派，即時就被批鬥倒了；小主管的林木，理所當然地就成了「落網的右派」。林木的第三面黑牌，則要追溯上一代人，他的父親曾任新竹鳳梨罐頭工廠的廠長，按馬列理論扼要的一刀切下，廠長當然是資本家階級，廠長的兒子呢，想當然不就是資本家的孝子賢孫了?!

林木原本在台灣大學歷史系就讀，一九四九年四六事件學潮發生，他住在新生南路學生宿舍被軍警包圍，同學中有二十多位被逮捕，他的同房陳錢潮也是其中之一。此時他才有了到北京就學的想法，好不容易才得到家人同意。林木怎麼也料不到，離開台灣到了上海才十天，上海就解放了。在上海等了幾個月，北京去不成，台灣也回不去了；進退不得的他乃在學生聯合會的安排下，跟著一批知識青年南下到福建參加工作。早期他被分派在社會主義學院任科長，文革當中，下放到福建與江西邊界的山區崇安。後來，調回福州福建第二化工廠，一九七六年又調到台灣事務工作。

正確與錯誤，在政治的歷史上，常常是因時置移的。曾幾何時，右派又紛紛平反摘了帽，如今人們還爭相以當年之右派身分爲榮。可是在那段日子，右派的身分一劃，非僅政治事業的生命完結，還可能是家破人亡，甚至也有不少人選擇離婚，以保護配偶與子女免受牽連。

文化大革命帶給林木的最大衝擊，不僅是肉體上吃苦頭，精神上忍受人格的污辱；更是思想上陷入困境，找不到出路。作爲一個見證過國民政府的腐敗統治的知識分子，他理性上認同社會主義理論，對共產黨領導的新中國的前景充滿了憧憬。當那一場場接踵而來的政治鬥爭運動，把人性醜陋的一面，絲毫沒有寬容與悲憫，一再誇張地被暴露出來；也不知有多少次，他問自己——這當眞就是我青年的理想所允諾的美景?如此的荒謬，又如此的眞實?那無法成眠的長夜，就只剩下詫異來陪伴他了。

林木卻依然樂觀，因爲人間自有溫暖在。文革當中他和愛人雙雙被關，家裡兩個幼兒還有保母自動來照顧。即便在被隔離審查監禁的時候，也有不打落水狗的人，暗伸援手照顧他，下放期間更是全家備受農民的照顧。農民的忠厚善良與認命，最是讓他感動，更鼓舞他不失去信心；即使當「台灣人」像過街老鼠一樣的時刻，他依然堅持孩子們的戶口上是「台灣人」。

雖然，林木也說作爲一個「台灣人」，與祖國的關係的確令人感慨。另一方面，他也明白，文革是極左路線的問題；因爲絕不只是台灣人在吃苦頭，國家主席、老元帥、多少高級幹部被整得更慘……台胞在文革當中受到懷疑批鬥，主要還是因爲台灣是國民黨的反共基地；而且也不僅台胞受苦，有親人在台灣的「台屬」也都很受苦。再說當年，他如果留在台灣，肯定也逃不掉被捕關在火燒島的命運吧。

台灣人的悲劇，不正是國民黨和共產黨長期敵對意識下的犧牲品嗎？自古代到現代，從東方到西方，在大浪滔滔的歷史長河裡，這是弱勢的族群難以逃避的宿命。

一九八〇年代以來，頒布了對台胞特殊照顧的一些條例，雖說是補償過去台胞所受的不平待遇，另一方面卻也是對台灣的政治統戰。特殊照顧不也是一種歧視嗎？林木說他渴望被當作一個普通平常的中國人那樣地被要求。

一九九〇年六月初稿

二〇〇五年十二月三十日修訂

文化的風景

——懷念藍運登先生

許多年前，有一回接到藍老來信，問我近日有否讀到好書或傑出文章？有計畫在寫作嗎？整理父親的文字事是否告了段落？慚愧的是，當時忙於生活瑣碎的我，寫作與整理父親遺稿都毫無進展。不過，此後我每讀到好書，總要向藍老和其他朋友們推薦，若是報刊雜誌上讀到好文章，則影印分寄給朋友們。

去年我讀到蔣勳先生的〈風景在哪裡？〉一文；照例影印了一份給藍老寄去，很快就接到他來信說：「蔣先生畫評、畫論深入淺出很好。讀後眞叫人拍膝喊然哉！或因平日生活境遇使然，他的見解實能由衷共鳴的。」

隨同此信他還寄來了蔣勳的另一篇作品〈草枯根不死〉，在這篇文中，蔣勳寫他自己與文化城台中的結緣，與藍運登先生淡如水的交往，文中有這麼一段話：「藍運登先生使我很具體地感覺到日據一代台中知識分子如此學養品質優秀，一種文化涵養的深厚，絕不是一朝一夕可就，的確要在長時間中蘊蓄，也眞正使我感覺到台中被稱爲『文化城』的原因。」

藍老信裡還說：「對個人的褒美是汗顏事，但注重地方前人的人文品質——高尙有正氣實感敬服，請設法代送妳編的《台灣人物群像》（葉榮鐘著），深信對了解前輩們胸懷必有所助益……」

春天時我回去過台中一趟，卻沒有能夠聯繫上蔣勳先生，送書的事也就擱著。藍老去世的消息傳來，想到藍老交代的任務迄未完成，特別感到惆悵萬分。

思憶當年家父寫書的緣由，我深能體會藍老要送此書的心情。父親曾在一封家書中說：「余現在不以老朽自棄而孳孳以寫作爲念者，第一是欲留一點紀錄性文字，以供將來修史者之參考，另一點是不願被人歧視台人爲不學無術之土包子。」

去年年底，在舊金山最後一次與藍老夫婦相聚，記得他幾回重複著說：「活下來，好不容易。」彷如戲言，卻是白髮赤子言心，語重而深長，迄今猶在耳邊縈繞。日據一代知識分子，歷經日本帝國主義的殖民，光復的狂喜與幻滅，二．二八事件的重創以及白色年代的長期壓抑；未遭非命，又要不屈膝，能活下來，何其不易。

藍老與家父所思，乃克盡一己棉薄之力，企盼台灣的歷史有傳承，他們一輩從歷史經驗所得的智慧得以延續。藍老送書，送的也只是一分期待。期待後輩要能了解前輩們的胸懷，了解他們高貴的文化品質，了解他們即便在異族統治下也從不喪失的民族氣節。這麼一份謙虛的悲願，在當今急功近利的政治社會，受漠視受冷淡，或許也不會有人感到奇怪。然而，歷史會有曲折，卻是不會被永遠掩埋，不會有永久的斷層。

日據一代台中前輩知識分子的胸懷，不僅僅展現在他們深厚的文化涵養，也在他們待人的包容、接納與熱情。早在年輕的蔣動之前，早自日據時代，就有文人藝術家，陸續來到台中落腳安居。活躍於日據時代社會運動的楊逵與葉陶夫婦，就在最困頓的戰爭時期中來到台中，而在台中度過窮困卻不改其志的一生，文化城前輩的慷慨與溫暖令人感懷，尤其是在楊逵遠行綠島坐政治牢獄的白色年代。

一九四九年以後，文化城的前輩，接納了一批流落的新朋友，徐復觀先生生前曾經說過，他不僅在台中住了二十年，也在這裡交上幾個永遠難以忘懷的朋友。藍老與家父正是徐先生的台中朋友，那是省籍隔閡、政治恐怖的年代，父親與徐復觀先生組織了一個聚會，成員有大度山上東海大學的徐復觀、孫克寬、陳兼善、梁容若等幾位大陸籍的教授，台中本地則是父親、藍老、林培英（林幼春先生之子）、主持中央書局的張煥珪、蔡惠郎醫生、法官黃天縱等幾位，每月輪流作東，聚時不外吟詩論書評國事。有時巧遇洪炎秋、王詩琅、黃得時等幾位自台北南下，湊在一起，則更是熱鬧非凡。

多年之後，父親與徐復觀先生均已謝世，我意外地在美見到孫克寬教授和徐復觀夫人，他們都對我提及對寄居台中那段美好時光的懷念，孫老曾有信給我說：「追述當年與尊翁等文酒讌游之樂，今眞人間天上矣。緬想當日中台雅集，每承清論，記其『自吟』『放膽文章拚命酒』之句，想兄大少日豪情，誠不意一別竟隔人天也。」

隨父親出門是童年的美麗記憶。如果是上街，中央書局和藍老的家是固定常去之處，若是到大度山上，則不外是去花園和大學兩處，若是翻過大度山，那就是去清水看楊肇嘉先生了。

中央書局是台中前輩們的聚點，特別是莊遂性先生在世主持的時候，中央書局就是前輩朋友們不約而能相會的地方。無論是父親到藍老的家，或是藍先生到家裡來，都少不了要泡壺凍頂茶，再到蘭花棚下待一會兒。偶爾，藍老買到安溪茶——水仙或鐵觀音，也少不了要送一點給父親分享。

綠島回來之後，楊逵帶著家人在大度山住下來，把山上的紅土開墾成一片花園，父親和楊逵見面，似乎也不一定有很多話要談，有時就在花園裡坐一會兒，聊兩句，再買一點花就告辭了。到大學去，則多半是找徐復觀先生，我對徐先生印象極深，因爲他的湖北口音，我幾乎一句也聽不懂。那時徐先生住在東海大學的宿舍，十分幽靜，我多半在院子裡芭蕉樹下玩，很少分神去注意屋裡大人的動靜，一口蹩腳國語的父親與徐復觀先生到底怎麼溝通？是用什麼語言交談？迄今仍不確知。後來，徐復觀先生離開東海大學去了香港，再過幾年，藍老也離開台中搬到舊金山，文化城前輩們的每月聚會也就散了。

住到舊金山以後，藍老拾筆從頭再學畫，重新當了學生的他高興地說：「活到這麼老了，沒有想到學校竟是這麼好玩的地方。」前年夏天，我家兒子旅行路過舊金山去打擾藍老夫婦，習畫攻讀藝術的策兒竟與藍老結了忘年之交，備受他的寵愛，年初，藍老在給策兒的信裡是這麼說的：「多勞作要了解審美觀的多樣性，爲此必須多讀書，如能了解音樂的韻味對你的創作作品格調定會有幫助的。建立有特色屬於自己的美學——這是人生選了一條路——恰是一種悲願！前人有以美育（美術）來代替宗教的主張——這實在珍貴高超。文學似也可謂在尋找一種善美的願望？可不是嗎？」

我忙著月刊《台灣與世界》的那幾年，他來信來電話總是給我打氣。我與藍老的重逢，卻要待雜誌停刊之後。那一日，我到舊金山去看他和夫人，大老遠就看到藍老站在門口，我也不敢問他等了多久？他走過來握起我的手，卻是笑盈盈地說：「唉呀！芸芸長大了……」已年過不惑的我，一時怎麼也答不上腔來，心裡卻是百感交集。是的，那個曾經伴隨您們度過白色年代的小女孩是長大了。

但是，無知的歲月何其漫長！多少年後，離家遠渡重洋，在異鄉備受磨練之後的我，思想起白色歲月的童年往事，從而聯想到父親、藍老以及他們的朋友們，那段氣壓低沉的日子如何熬過？豈不正是藍老的那一句話——活下來，好不容易？

生命最難以忍受的折磨，是肉體的痛苦？還是心靈的枯萎凋謝？於今我才了解，品茶養蘭吟詩豈僅是附庸風雅？父親和藍老的朋友們，若無知友相慰藉、相扶持，挫難之後的生旅何堪？記憶像是一幕可以倒轉的電影，台中舊居蘭花棚下父親與藍老的身影，一次又一次在眼前演出。蘭花棚下浮生半日，是白色年代父親與藍老的和平世界？也是我永恆的鄉愁？

猶記得熱情洋溢的葉陶女士去世的那天，父親的日記上有這樣的記載：「聽說陶姐仔去世，深感這世上好人越來越少了。」葉陶與楊逵夫婦的墓都在大度山上的東海花園裡。一九七八年，父親去世，也葬在大度山上。而今，藍老的骨灰也將在大度山上入土而安。那大度之山，是有緣之地，有一片文化的風景。

一九九七年十月十五日於華府

春天的搖籃

——追懷胡鑫麟先生

「冬天有淒冷的風，卻是春天的搖籃……」

時光飛逝宛如離弓的箭，已經二十多年過去了，那一年接到胡老從日本鄉下的一封來信，無限感慨地說起，白色恐怖的五〇年代，政治牢獄裡有過這麼一首追悼難友的歌。信末了，他還說：「不知道哪一天會有另一首歌……」

喜愛音樂的他，期待自己告別人世間的時候，會有一曲相送的心情，是能夠理解的。而胡老和夫人果眞也栽培了一個十分出色的音樂家，乃元當有一曲小提琴爲父親送行，想來臨別他應無憾。

二十多年後，重讀「不知道那一天會有另一首歌……」這一句話，卻是另有感受與震撼。許是？到了能夠理解人生的路途是級級而降的年華，才能體會胡老並非浪漫地想望另一首追悼難友的歌，而是他從不任由主觀的願望蒙蔽自己。五〇年代有過一首追悼政治難友的歌，現在沒有，將來並不一定就不會有。

猶記得，貴伯仔去世時，胡老對我說過的一番話，大意是：楊先生逝世，當然很可惜。但是，死是生命之規律，不能逃避。不過，人世間既然有過他那樣的人，相信以後也一定有年輕人來繼承他的。因此一方面深深地悼念這一位奮鬥多年的老難友，另一方面更期望著有年輕朋友來繼續前進先人的路。

深夜一通越洋電話，傳來胡老離去的消息。消息來得並不突然，他的病已經有一段時候了。送別的心情，卻不能如當年他悼念貴伯仔那樣的宏觀拓達。胡老一貫寂寞的笑容，肩頭削瘦的背影，漸行漸遠；這不是第一次送他遠行，卻將是最後的一次了。再也不可能如往昔，在波士頓或是東京或是台北重逢。近兩年來，每次遠道去探望，心中毫無把握，不知道是否還會有下一次？胡老總是輕輕一笑地說：「大概時候差不多了。」他不從容地養病，卻是收拾了流放異鄉的生涯，毫無猶疑地回到生命起點的故鄉。回家，本來是極其自然的事情，卻又複雜不堪。五〇年代白色恐怖的影響，父執一輩多鼓勵子女出國留學定居，胡老不僅子女均在國外，他自己也離鄉背井漂泊了二十餘年。

胡鑫麟先生，一九一七年出生於府城台南，從小好學不倦，不僅對文理科目都有興趣，對外國語文、音樂也都下過相當的工夫。一九四一年自台北帝國大學醫學部（即今台大醫學院之前身）畢業後，留校任眼科醫生。戰後，他對代表祖國的國民政府之憧憬，很快就挫傷了。爲故鄉台灣奮鬥之熱情卻未曾稍熄，二．二八事件過後，胡老與許多同時代的有志青年，嚮往社會主義理想，參加了中共蔡孝乾領導之組織。遂於一九四九年，在台大醫院眼科主任任內被捕，被判十年徒刑，同案被捕的好友許強醫師被處死，胡老乃成為火燒島（綠島）上數千政治犯之一。

一九六〇年刑滿，返回台南開業行醫，時刻仍受監視。六十歲那一年，胡老偶得機緣離開島的故鄉。他慶幸能夠呼吸自由的空氣，卻也長期地漂泊於北美與日本之間，飛東航西，像我們每一個人一樣，奔波只是為了生活。雖然，他僥倖得以遠遠避開了，故鄉事，卻不是他一日所能忘懷的。留在島上仿如人質，不能來與他團聚的夫人，也不是他僅有的憂慮與掛心。每聽到綠島難友的悲慘情況，都令他悲痛無比：「在國民黨的強暴權力之下，綠島的難友又有什麼希望可期待嗎？」七〇年代，目睹北美洲海外人士為了陳明忠、陳金火等綠島難友再度被捕下獄，以及綠島監禁超過三十年的林書揚而發起的營救運動，胡老雖然懷疑遊行、登報抗議的效果。但是，還有人不把綠島的難友們忘掉，他是興奮的。

只有當他憂心故鄉事，悲憤難平之際，我才能窺視到他青春歲月的豪情熱血。想來那生命之火一旦點燃了，就不曾停止過燃燒。生命，是依靠著不斷燃燒的熱情而延續的，深藏在寡言退隱的外表底面的，正是他對生命追根究柢的認眞。半個世紀以來，他對追求一個有尊嚴的生命、有正義可言之社會的理想是堅持不移的。

多半時候，我是不忍追問的，只任由他輕描淡寫的話語滑落而去。有一回聽到胡老說：「牢獄裡的保密功夫是睹生死學來的。」五〇年代的恐怖與神祕，彷彿烈日陽光下烘熱刺目的一片白沙，難以逼視。我雖有過許許多多的疑問，卻從來無法想像那種恐怖與神祕的眞實。令人連想像的勇氣都沒有，豈不正是白色恐怖無邊的威力？酷刑與牢獄之可怖，生命宛如草芥任人凌遲，死亡時時逼近，一個血肉之軀，能夠熬忍的極限是多少？是什麼力量的支撐？能在生死的關頭上不崩潰？

在社會上，五〇年代的政治犯和他們的家屬，也是投告無門的，甚至親友也避之唯恐不及。即便到了七〇年代，恐怖的神祕陰雲，依然瀰漫在故鄉無色的空氣中。「我們在綠島的人差不多都有一個脾氣，就是從不求人，我們也就是憑這一點活下來的。」傲骨難磨志難改，是在胡老他們一輩身上，我看到了生命的尊嚴。

二十載異鄉生活有如浮萍的歲月，不僅牽掛故鄉，胡老也時時關切與台灣前途息息相關的大陸事物。隨著四人幫倒台而來的，被神化了的毛澤東和被美化了的中國的崩潰，對他曾經是一個不小的打擊，同時卻也是一種實在的安慰。從合理的邏輯思考，他只能尊敬一個平常人的毛澤東，對於毛所提的繼續革命，特別是針對整個組織官僚體系的腐化，也是深有同感的。但是，對於文化大革命的種種，不可避免地存有許多疑問。四人幫倒台後，逐漸暴露的眞相，他多年的困惑才算是得到了解決。

八〇年代以來，實用主義取代了社會主義理想的北京對台政策，也讓胡老大失所望。此時，他對台灣前途問題的看法，也許並不比五〇年代爲樂觀：「……當然實在講，我本身對台灣的前途，完全茫茫渺渺。台灣獨立解決不了問題，就是統一了，台灣問題還是沒完。只是感覺台灣人不是無出頭天的日子，無一定五十年後，一百年後，總有一日。但我相信，彼一日是需要台灣人去爭取，不是天公祖會相送的。」同時期，胡老另有一信，談到他讀家父詩集《少奇吟草》，感受之深沉無奈：「在『聖朝爲政尚寬恕。猶許探幽結隊行。』（與同事遊大湖法雲寺——一九五四）『荒村處處壽堂開』（恭逢蔣總統六八華誕——一九五四）等詩句裡看到他老人家的 irony（嘲諷）

還在時，實在百感交集，又欽佩又悲哀。日本帝國主義統治下五十年，台灣人就是以這種 irony（嘲諷）來對抗當局的，這是無力者僅有的武器，雖然其效果卻是有限。眞想不到日本帝國主義已退場了幾十年，我們還要靠它，而且說不定將來也還用得著。」

寄居日本的寂寞歲月，胡老在醫院工作之餘的心力，完全投入在台灣語文。早年學習世界語的他常說：「台灣人迄今都不能寫出一篇台灣語文，想起來是夠悲哀的。」對他來說，台語書面化是迫切的現實性問題，因此他自己願意當個園丁，來把台灣語文播種，希望台灣人終能掌握語文的工具，用自己的話來寫自己的文章，表達自己本身的想法。十多年不懈的努力，一九九四年，七十七歲的胡老終於完成了兩部台語辭書的編纂與出版。他對家鄉的熱情似乎沒有止境，瘦弱的軀體所透支的精力令人驚嘆，這兩部台語辭書也是他給家鄉的最後禮物了。

在二十一世紀門檻的今天，轉身回顧白色年代的台灣，是昨日的噩夢。胡老和他的世代無數優秀人才的犧牲，不僅是一篇悲壯的史詩，隨他們而逝的無我高貴品質，更是台灣永遠無法得到補償的損失。歷史不停地往前行，歷史的昨天、今天與明天是一種傳承延續，吾輩如何能輕忘五〇年代的歷史？完全捨棄傳統的新事物是不具備生命力的。追懷胡老之際，思之及此，不禁淚染襟。

一九九八年二月九日於華府

尋訪謝娥

日據下的台灣的女性，大約是從我的母親那一輩開始，才逐漸有少數進入職業的場域。一九二〇年前後，台北第三高女和彰化高女的相繼成立，女性有了接受高等教育的機會，與此當有一定的關係。不過，她們所能夠從事的工作，絕大部分是小學老師或是公私機構的底層職員；無論是自願的或是非自願的，她們絕大多數在婚後又回到家庭。

極少數令人羨慕的女醫生，多半出身於富裕並且開通的家庭，因此得以渡海到日本就讀女子醫科大學，這是她們那個時代女子的最高學府了。婦產科醫師蔡阿信（一八九九年出生）就是其中最早、最爲有名的一位，她是台灣第一位接受西方醫學訓練的女醫師。蔡阿信就讀東京女子醫專的時候，正當台灣留學生民族意識覺醒而政治運動澎湃發展，她雖然熟識早期抗日運動的許多領導者，卻因母親的告誡不敢涉入參與。學成返台後，她與留日的抗日民族運動人士彭華英結婚（一九二四年）。他們婚後定居台中，婦唱夫隨，蔡阿信在市中心的新勝街（現今中正路靠近綠川）

開業設「清信醫院」，彭華英管理醫院行政，收費準則很有社會意識：富者多收，貧者少收，赤貧免費；蔡阿信又附設產婆學校，訓練助產士。在「文化仙」匯聚的台中，他們曾經是一對受到羨慕與尊敬的現代夫婦。令人遺憾的是，在殘酷的政治與傳統的社會大環境下，他們這段抱負著理想的婚姻終究沒有能夠維持。

另一方面，也有極少數不讓鬚眉的女性，活躍於抗日的政治社會運動當中；最為人知的，當為本名謝阿女（一九〇一年出生）的台灣共產黨創黨領導人之一的謝雪紅，此外還有農民組合的葉陶以及謝玉葉和簡娥兩位台共黨員等。在男權中心的封建傳統社會，她們的覺醒與勇敢的作為多半引來側目與議論；即便同為女性也可能視她們為異類，不一定能夠與她們認同；男性的同志則也不免對她們懷抱著複雜的心態，難以平常心接納她們。高處不勝寒，開路的先行者總是寂寞的。謝雪紅十二歲即因父母雙亡而被賣為童養媳，依恃個人堅韌不屈的生命力，在變動的大時代中竟然成為反抗運動的領導人物；她確是台灣現代史上最為傳奇的女性政治人物。而她一生經歷政治與個人感情生涯的坎坷曲折，隱喻的或許是男權中心的傳統社會中一個覺醒女性的宿命？

年輕的一個世代，逐漸有更多家境好的女性到日本就讀大學；蔡阿信的東京女子醫專的晚輩學妹中，於是出現了像許世賢和謝娥這樣積極參與政治社會運動的專業醫生。許世賢在嘉義，謝娥在台北，是台灣光復之初婦女參政的兩位年輕先進，著實引人注意。

談起戰後初期的台灣政壇女性，人們有時也會將謝娥與謝雪紅相提並論；的確，當時的婦女界以及眾多的政治團體都有她們兩位的活躍身影。在二・二八事件當中，謝娥因為一場廣播引起風暴，謝雪紅則在台中領導二七部隊，更是成為爭議的人物，其後兩人又相繼離開台灣。

一九四三年十一月，中美英「開羅會議」確定戰後台灣將歸還中國，在戰時體制與皇民化運動下飽受摧殘的民族意識，因而重新受到了鼓舞。在一九四四這一年內，日本憲兵隊就在台北地區檢舉了好幾個學生組織的反日事件，謝娥所領導的台北二中學生的抗日組織也是其中之一。當時她從東京學成歸來，在台北帝大附屬醫院任職，正準備要開業。

被捕以後謝娥一直被監禁在台北監獄，許多年前，年長她近二十歲的台共黨員謝雪紅也被監禁在此。光復後出獄，她在太平町（延平北路二段）開業「康樂醫院」，卻沒想到父親生前為她買下的這棟樓房，竟是二〇年代謝雪紅為掩護台共活動而開設的「國際書局」舊址。巧合的事情容易引起聯想，甚至於穿鑿附會；事實上，一九一八年出生在萬華的謝娥，畢業於台北第三高女，又順利地進入東京女子醫專就讀，在當時堪稱得上是得天獨厚的驕女；與出身貧困命運悲慘的謝雪紅實難以同日而語。她本人晚年也強調，四〇年代在台北帝大附屬醫院時，雖曾和郭琇琮等幾位跟隨徐征先生閱讀三〇年代的文學，卻不曾研讀社會主義，而自己定位是一個小資產階級的愛國主義者。

光復初期，謝娥首先擔任三青團台北分團女青年股股長，並被遴選為國民參政會參政員。又當選台北市參議員，組織全省及台北市的婦女會並當選理事長，後來又當選制憲國民大會婦女代表，她並且名列當時最重要的一份刊物《台灣文化》的監事。從密謀組織抗日工作的膽識來看，謝娥無疑地是個女中豪傑，有熱情有才幹，年輕積極進取，又具備良好的經濟基礎；她不僅在出身地萬華擁有相當的群眾基礎，更有台北第三高女校友的龐大社會關係網。當時她的政治前景無可限量，說她是國民黨全力要培養的人才，當不為過。身為民意代表的她，卻因為「二一·二八」

當天晚上，在一場向台北市民的廣播中，頗有替當局——長官公署開脫罪名之嫌，她的醫院被激憤的民眾搗毀，而成爲一個充滿爭議的政治人物①。

雖然，在事件後次年（一九四八年）的選舉中，謝娥在台北縣、市重新獲得最高票當選立法委員。她最終還是選擇出走，同時遠離了台灣的土地以及政治。她在蔣介石政權中樞遷台之前，遠遊歐洲，其後辭去立法委員，定居美國。她進入哥倫比亞大學修得公共衛生碩士，回到醫學的專業上發展，而在異國度過自我放逐的大半生。一九八〇年代她自紐約州政府衛生局退休之後，似乎重燃對政治的熱情，積極參加美國共和黨華裔活動，她並且是世界華人「對日索賠同胞會籌備委員會」的發起人之一，這是一個爲研究和紀念抗戰，追究侵略與暴行罪責，向日本索取賠償的民間組織。

大約是一九七六年前後，剛開始接觸二．二八事件的資料時，我就注意到「謝娥」的名字了。此時我正好也認識了白色恐怖年代的政治受難者胡鑫麟醫師，胡醫師被捕坐牢之前是台大附屬醫院的眼科醫師，他偶爾述說些他那一代青年在戰前及戰後初期思想上的起伏失落與困頓，以及尋找出路的歷程；這些談話幫助我跳出冰冷的文字歷史，去了解這段台灣現代史上最爲複雜的轉折時期。也是從胡醫師口中，我才知道二．二八事件之外的，有關謝娥的一些歷史；這些很有限的認識，讓我多年來一直對她充滿好奇。

據我所知，離開台灣之後數十年間，她不曾有過爲自己辯解的公開發言或是文字。一九八五年接受謝聰明的訪問②，似乎是她首度公開談論這段往事。在這篇訪問稿中，她坦然承認，自己在二．二八當天的廣播中是說錯了話。根據當時聽到廣播者追述，謝娥前後廣播了兩回，第一回她說長官公署前因為民眾強行要進入，衛兵鳴槍示警，群眾恐慌自相踐踏而有人負傷，但是並沒有被打死的民眾。數分鐘之後，她再度廣播，解釋先前的廣播內容並非她親目所睹，而是跟據長官公署的葛祕書長所言。謝娥是一個難得的有才幹與膽識的台灣人，但是，作為殖民地的人民，沒有機會培養領導的才能，也欠缺實際政治的歷練；另一方面，日本殖民統治者長期有意地隔絕台灣與大陸，造成台灣人對大陸政治文化的嚴重不了解。這誠然不是謝娥一個人的悲劇，而是戰後台灣人共同的慘痛的光復經驗。

曾經追隨謝娥組織抗日工作的幾位青年學生，戰後由她引介也參加了「三青團台北分團」的籌備工作，但是他們終究與她走上不同的道路③。在動盪不安的局勢中，這些苦悶的青年學生組織學生聯盟，加入澀谷事件、沈崇事件等反美抗爭活動；在二・二八事件當中，積極參與組織學生武裝隊伍。他們在風暴之後，經歷了一段思想上的困境，日後參加了地下黨。而後在五〇年代左翼肅清的白色恐怖中，陳炳基流亡到了北京，劉英昌難逃牢獄之災，唐志堂、黃雨生、李蒼降則跟許許多多的左翼青年一樣，都犧牲遇難了。只有郭宗清從軍加入國民黨，後來官拜海軍上將。

一九八〇年代，我和已故的戴國煇教授合作，在《台灣與世界》月刊上有一個探討二・二八事件的專欄，尋找史料以及歷史見證人做口述記錄。其間也曾經透過一位東京女子醫專的前輩跟謝娥聯繫，但是她都婉拒了我們訪談的要求。過了兩年之後，我意外地接到她寫在賀年卡上的短簡：「近接戴國煇先生風範，不勝欣慰。曾讀過令先尊大作，深知其愛國熱忱至為欽佩。貴刊《台灣與世界》正在屬目惜已停刊。不知有再刊之舉否？晤談之事余當奉電話相約。　耑此祝你新年快樂　萬事如意！」不久，趁著她出席陳香梅召集的華裔共和黨會議之便，我們在華府見面共進晚餐，並約定好我去紐約訪問她的時間。

那是一九九〇年的二月二十五日，一個早春二月的清晨，我趕搭早班飛機到達紐約甘迺迪機場，朋友開車來接，出了機場一路往東開去。當時已經退休的謝娥，住在長島北岸一個叫做Kings Park的小鎮，距機場大約一個小時的車程。不知道車子果眞跑得飛快？還是雪花不停地迎面落在車窗上而造成的錯覺？開車的友人一路沉默無語，而我的思緒逐漸亂了，像風中四面八方飛飄的雪花。

雖然，一個問題都還來不及提，我就發現她有中風的跡象，而匆匆喚來救護車送她去醫院。但事實上，我剛抵達和她在廚房裡泡茶的時候，她就迫不及待地、很嚴肅地說了下述這一番話。

謝娥的七十二歲自述

國家、民族是永遠的，政府、政權是可以改變取代的；國民黨在大陸的統治也不過四十年。中國人民那麼刻苦耐勞善良，我們應該有一個較好的政府。我是中國人，中國的台灣人，血緣文化是無法否定的，我引以爲榮。背祖、忘祖的事我們台灣人也不恥的。我無法同意台獨人士那種敵視中國大陸的言行，好像爲了台灣要獨立，甚至恨不得大陸什麼都更不好、更多災難。

作爲台灣人，回看歷史上台灣人的命運，當然也有怨懟的時候。但是，我總認爲中國的政治不好，政府差，我們都可以來跟他拚一下，要參與，而不是說我們台灣人就不是中國人了。

關於二·二八事件中民眾對我的誤會；我認爲自己就是民眾的一部分，我了解民眾所想的，所要求的。光復以後，台灣人對國民黨政府的腐敗，憤恨不滿的情緒，到了二·二八的時候已經是沸騰點。我當時是國大代表、婦女會會長，發生那麼大的衝突，我自認是介於人民和政府中間的人，那種時候我當然希望能先把情勢平靜下來，再來協調解決的辦法。我不是政治野心家，不會煽動人民。做「公親」的總是吃虧，兩面都不討好的。

當年能夠離開台灣，還是因爲年輕又單身。若是有家累肯定是走不成了。前幾天許世賢的小女兒打電話來，說起她小時候，我去她家的事情。我就想起許世賢來，當年我若是跟她一樣結了婚有了幾個小孩，一定走不了。留在台灣就一定繼續參與政治，而我這種硬脾氣的人，結果大概也逃不了要坐牢當政治犯。

還好我有醫生這個專業，在異國才能生存。過去總是想、安慰自己，現在好好打拚，等到有基礎，再來做自己關心的事。到頭來，等到有時間有餘力時，已經老了，力不從心了，最好的年華已經過去了。回頭再想一想就不知道値不値得了？但至少這輩子清清白白，可以問心無愧。

當年離開台灣的時候說「我七十歲時就回來」，那當然是託辭；意思是到了七十歲已經不可能再參與政治了，那時陣才要回來。哪裡會想到，今年七十二了，依然還在這裡沒有回去。

如果能夠再活一次，重新再來一次，我也還是要關心政治、參與政治的。我要活到一百歲，不是貪生怕死，是我渴望看到這個世界的變化，我要看到台灣和大陸的結局？人生七十才開始！每次有人尊稱我「老太太」，我總是回答說：兩個都錯了；我既非「太太」，也不「老」。

次年，她回到台北療養，我與戴國煇教授正好也在台北趕寫《愛憎二・二八》，乃決定按址前去探訪，不巧因無人應門而未遇。在台北又聽說，她委託晚輩處理在美國的房產，售屋所得竟被受託者吞沒，可嘆她病後又遭遇這樣的打擊。此後又傳來她到北京與昔日戰友歡聚的消息，並且坐著輪椅登上長城，想來年邁病痛的她，依然是個豁達的女傑。

多年來，我總認爲那是一次沒有完成的採訪，因而遲遲沒有動筆書寫。然而，無論是多麼短暫，我畢竟已撞入她接近尾聲的自我放逐的生涯。我似乎還可以感覺得到自己吃力地扶起癱倒在地板上的她，她的體溫和肢體的沉重；還有在急診室裡，氧氣面罩下，那令我難以承受的哀傷的眼神。也許，我能夠把刹那間情感的衝擊轉換堆砌成文字。也許，我對那一時一地擁有無限的想像空間。但我確實不知道，果眞能夠超越自己的生命經驗而去探索她的？

如果生命的旅程可以重新走過來，謝娥說她「還是要關心政治、參與政治的」。雖然，我們心中總是有一個遠方的聲音，但走上一條往東的路，而卻不是往西的，卻也不一定就是我們自己的選擇。準備好要展翅飛翔的鳥，突然發現，不知何時自己已經變成了游水的魚？那也只好稍稍地把下巴抬高起來，迎向命運的嘲弄罷？

二〇〇六年一月十日於長島石溪

注釋

①戴國煇、葉芸芸合著，《愛憎二·二八》，頁二二七～二三〇，一九九一年初版，遠流。
②《台灣文化》，頁二三～三〇，一九八七年二月號，洛杉磯。
③陳炳基口述，藍博洲整理，《來自北京景山東街西老胡同的證言》。

採音篇

蘇新回憶錄

前言

蘇新去世之前不久，曾經向我口述回憶他一生之經歷，而留下有關台灣近代政治社會運動史的錄音紀錄，總共有九卷錄音帶。按內容可以分成四個部分：第一部分是他個人的經歷。第二部分是台灣共產黨的歷史。第三部分是戰後初期（一九四五～一九四七年）的台灣文化界。第四部分是回憶一些與他共事過的歷史人物。

我曾根據他的口述，並參考其他資料寫過兩篇有關蘇新的文章：〈蘇新與日據下的台灣共產主義運動〉和〈二·二八前後的蘇新〉，這兩篇文章都發表在紐約發行的《台灣雜誌》（一九八二年二月號與七月號）

這裡整理出來的，是第一部分：蘇新個人經歷的後半部，時間由一九二九年到一九八一年。重要的經歷包含他由日本返台投身工人運動，並成爲台灣共產黨的領導幹部，以至被日本殖民政權逮捕坐牢十二年。一九四三年出獄，結婚得一女，一九四七年二・二八事變後逃亡香港，一九四九年到北京，初受重用，後來則長時期受壓制，文革期間下放河南七年之久，一九七八年才得以平反。唯一的空白是二・二八事變這一段，這是因爲他在口述錄音之前，已經寫成兩篇有關的重要文獻：〈王添燈先生事略〉和〈關於二・二八事件處理委員會〉。

整個口述過程，蘇新都用他的母語——閩南話，只有小部分用普通話（北京話），或者，偶爾在閩南話中夾著一、二句北京話用詞。整理時，爲了求眞，都盡可能保持他原來的用詞，不曾加以修飾。有些閩南語詞句後面加有說明，有些則加了補注，而錄音不清楚的地方，均以「……」記。分段落、小標題都是整理後才加上的。校對與補注的工作，曾經得到戴國煇教授的指導。

思。

我計畫也要寫一部回憶錄，具體的，很細小的事情才能寫到，而回憶錄也要寫這些才有意思。

比如我那天說的，在林場時，三更半夜工人到工寮來，帶我抄小路逃走，這種事能寫出來，就非常感動人的。

返台從事工人運動

我回到台灣以後，就到羅東、太平山林場，羅東還有幾個小型的木材工廠，有一些加入工會的工人。羅東鎮上有一個文協支部，那兒的人相當進步，組織了工會。後來我做一個青年工人，進到山中，去做運材工，伐木工我沒辦法做，做運材工主要是和大家做陣（一起），並無眞正出多少力，手扶著也可以說我是在做工，哈！哈！主要是讓日本人看，我是來做工的，不是來幹什麼的，這種意思而已。這樣子在林場待了將近半年，其中，我每星期到羅東街上一次，和外面聯絡。後來才去礦山猴硐仔、三貂嶺、石碇，石碇爬山過來就是汐止、松山，這些地方走路也都可以到。我在礦山的時間比較長，不過，礦山工作比較難做，還沒有基礎，不像羅東街仔還有一個文協（支部），也有工會，還有一些比較進步的人士，礦山裡面則只有工人。開始不能讓人家感覺我是去幹什麼的，所以裝扮得像一個普通的年輕礦工。到尾仔（後來），還是搞起來了，慢慢地和工人熟悉，慢慢地有人介紹，到尾仔就組織了「台灣礦山（工會）籌備會」，發行了兩期的《礦山工人》。這些東西現在大概無辦法再找到了，但日本警察的檔案①裡面有。敵人的檔案裡面我的資料相當多。

成為台共領導幹部

這以後，問題一再多起來，主要是黨的事情，黨的事情我以後再談，所以，這以後我主要是做黨的事情比較多。因爲當時黨中央派來和我聯繫的同志漸漸地少來，才發現黨的中央領導內部有問題。後來才召開黨中央擴大會議，商量怎麼改革。國內也派人回來跟我聯繫，也有台灣派去的人再回來跟我聯絡，就是我提到過的翁澤生，主要都是牽涉到謝雪紅的關係。島內黨的領導工作謝雪紅實在沒有辦法再做下去，台共黨的領導要靠這幾個日本回去的和（留在）台灣的一些人。

後來成立了一個改革同盟，在一九三一年由第三國際東方局派人（即潘欽信）到台灣召集第二次黨代表大會，才選出新的領導人。所以，我眞正領導台灣共產黨是在第二次黨代表大會以後，在這中間當然形式上也有領導，但是名稱是沒有，是通過實際工作的領導。在第二次黨代表大會的期間，我起的作用比較上是多一點，因爲由上海帶回的文件，在大會討論過後還要整理，大會期間要記錄，這些都是我在做。

大會完了以後，羅東那邊的情勢愈來愈好，製紙會社（工人）也起來了，製糖會社（工人）也起來了，農民也起來了。所以羅東那邊的人來通知說需要我回去一趟，這樣子一去，台北這邊我就沒有再回去了。就這樣，一下子大會的那些人都捉光了，我也無法度（沒辦法）。到了七、八月我才由羅東出來，出來以後到台北、桃園、新竹、台中、彰化一路下去，調查同志被捉的經過，找那些沒有被捉的聯絡，布置今後要怎麼做啦。說到這一段，雖然時間很短，但是我要做的事情很多，主要是「救援會」（台灣赤色救援會）的工作做得最成功，並不是說我本身要這麼做，是黨的方針要這麼做，布置下去大家都這麼做，而這是最能號召人、最能爭取民心的，而敵人也沒有辦法。

到尾仔我也被捕了，我是最後一個，其他的人早就全部被捉了。我是在彰化被捕的，被送到台北時，其他人的口供警察都已經問完了，有的已經送到別地方了。後來，我被判了十二年，從一九三一年九月被捉，到一九四三年九月才出獄，整整關了十二年才出來。

出獄、結婚和養兔場

一九四四年我才和慶黎的媽媽結婚，那時候我已經三十八歲，在那時三十八歲結婚都說慢了、慢了，但以現在的標準卻不一定。慶黎的媽媽叫蕭不纏，咱福佬話講「不纏啦」！「無愛啦」（不要了），查某嬰仔（女嬰）所以叫「不纏」。日本話叫 FU-TEN，她的妹妹都叫她 FU-TEN，沒有叫她「不纏」，她的妹妹叫明玉，就是慶黎的阿姨。

我出來以後就回去台南草地（鄉下），那時候（美軍）每天都在轟炸，一九四三到四四年的時候，到了一九四五年日本就投降了。我的朋友吳新榮有一家會社（公司）叫我去任專務（董事），會社是在榨油、土豆（花生）麻油，還有一些土地是養兔場，我每天就是在搞這些。所以，才會有後來文革的時候，講我「蘇仔！你出獄後攏無（一點也沒有）想要革命，去做了資本家的代理人」，在資本家的公司任專務，當然是資本家的代理人了，而那時日本人在獎勵養兔子，所以我當然是響應了日本人的政策了，所以我就是叛徒。這種邏輯你聽了會不會生氣呢？說是日本人的政策獎勵養兔，我的工作在養兔場，這樣就是給日本人效勞。那麼農民種了稻米，米供給了日本人，豈不是所有農民都給日本仔效勞了？

二・二二八後亡命香港，專事撰述

再接下去就光復了。光復後就是在台北那一段，然後就到香港去，這樣就都連貫起來了，剩下還沒有講的，就是解放以後的事情。

我在香港所做的代誌（事情）你攏知影（都知道）吧？我那些材料裡頭都有。前後一共兩年多，主要只給報紙寫稿和組織台盟（台灣民主自治同盟）。這都是黨的工作，不是我個人的代誌，那時候的生活都是由黨照顧，我直接的領導人就是夏衍，就是那個有名的作家，那個時候他也亡命到香港，他是留日的，是九州帝大畢業的，我和夏衍有很多故事。他是個文學家，電影方面也涉及，所以他在搞宣傳。我在香港寫的東西，他都幫我看過才發表的。

好像說黨都審查過的。我寫《憤怒的台灣》那本書時，他就幫我看了，但是他說有關歷史的部分，因爲他對歷史不是那麼熟，他才幫我介紹了一個對歷史很熟悉的叫宋文彬，就是後來編二十四史的那位。所以這本書在基本上來說，要在政治上或歷史上來找毛病都不太容易的。兩方面都有專家看過的。至於說，文字上的好壞那是我的水平問題了，文章好壞是另一回事。《美麗島週刊》上說這本書基本上是符合實際的，但是有一點誇大的地方，就是說我誇耀延安廣播對自治的支持起很大的作用②。這是他們的觀點不同。

另外有一篇文章，你們也找找看。刊在新加坡出版的《星島僑報》，《憤怒的台灣》裡也有用到一些材料，這篇文章很長，分兩次才刊完，是《僑報》記者在上海採訪的形式寫的，專門採訪廖文毅和美國人的關係，這篇文章若能找到也很重要，是在一九四八年下半年寫的。這篇文章是通過現任人大副委員長胡厥文刊登出來的，當時他是《僑報》的總編輯，我是通過莊希泉——現政協副主席幫我送去的。我們在香港時還得到陳嘉庚③的補助，辦《新台灣》的時候他拿了五百元港幣支持我們。

廖文毅和《新台灣》叢刊

辦《新台灣》還牽涉到廖文毅的事情。開始組織「台盟」時廖文毅也參加，後來因爲廖文毅和謝雪紅誰來擔任主席的問題不好處理，不過這個問題還不是大問題，我們讓一步就可以，到尾仔是因爲要辦這份雜誌。我要當《新台灣》的主編，錢呢？廖文毅要出，他按算（準備）每個月要出三百元港幣。三百元港幣在當時要付印刷費和其他費用是足夠了。他是台灣的（大）地主，還做一點生意，所以他是有錢的，而我是黨在養了（照顧生活），又不必須月給（薪水）。但是呢，頭一篇文章出來就有問題了，他是主張台灣的地位，要由聯合國主持台灣人民投票來決定，這個我們的政策不應該那麼說，台灣的問題是中國內政的問題，怎麼要聯合國來主持投票？這算什麼話呢？反蔣可以，但問題不能這麼提。當時我和夏衍商量這件事情，覺得不能登這篇文章，登了這篇文章，《新台灣》要變成什麼樣的雜誌呢？但是這事情要怎麼辦呢？錢是他要拿出來，他的文章又不給他登，這怎麼行呢？夏衍建議，我既是主編，和廖的關係也還不錯，想辦法先和他談一談，看看是不是暫時先不要這麼提，先集中力量來講台灣人民所受的壓迫，台灣人民要（當家）做主的問題，投票和台灣地位未定的問題暫時不要講。其實，台灣地位怎麼未定呢？十月二十五日的受降典禮已經把台灣還給我們了。於是我就和廖文毅談了，有些東西他可以同意，但是要台灣人民來投票決定這一點他非常堅持，到這個地步，不能做陣（一起）來做代誌（事情），也不能勉強。到後來，他也沒有加入台盟，也沒有出錢來辦雜誌。

後來，我們就組織了一個「台灣文化基金會」來辦這份雜誌。由葉仁依（葉仁壽的弟弟）來當會長，找到幾家台灣人的商店來支持，也找一些人募捐，不夠的由黨拿出來。所以莊希泉（幫我們）募捐，就找到陳嘉庚，陳說：「台灣問題！（我關心，）我支持。」所以就捐了五百元港幣。五百元就可以維持兩個月了。這個當然是不能賺錢的，你要（把雜誌）賣到哪裡呢？以上講的都是比較零零碎碎的。

初到北京，掌理中南海資料工作

一九四九年三月北平解放，在此以前，中共就提出要召開政治協商會議的號召，「台盟」馬上就響應這個號召。另外，廖文毅和蕭友山他們組織了一個「台灣民眾聯盟」。他們也擁護這個號召。爲什麼會產生這樣的問題呢？他們是通過其他的民主黨派轉達的，這是沒有聯絡好啊！後來了解結果，知影（他們），是與我們對立的，就沒有接受「台盟」的擁護。所以「台盟」就派人到解放區（去參加）籌備政治協商會議。「台盟」有些人就先走，經過朝鮮、東北回到解放區。到了北平解放以後，才說（香港的）台灣工作組可以取消，之後我們才全部調到北平。那時候我就到北平來，到了北平我是在統戰部工作，開始的時候我住在中南海，和毛主席是鄰居，他在大院子中間，我們在院子邊邊，所以早上起來我不敢太大聲，因爲他是夜裡做工作，白天睡覺的，怕吵了他。就是這樣，後來統戰部有一個研究室，我就擔任研究室資料組的組長。現在回憶起來，當時的工作實在夠苦，一個晚上睡不了多少。資料組分成三部分：政見、少數民族和民主黨派，其中政見組的工作最重，不過三者都有關係的。那時候，正要組織政協、組織政府，都需要提出名單，因爲要選人啊，我記得大概有三十幾大箱的資料，延安的資料也都運來了，我們就整日整夜都沒睡地工作，常常三更半夜周總理打電話來要材料，或是「某時某地的材料」或是「某人的材料」。大概看我是香港去的，又編報紙有相當久了，比較有把握，別人大概就沒有辦法，所以叫我辦這些事。所以，並不是說一開始黨中央就不重用我。想想看，在香港時，報紙上寫台灣問題的都是我，回來以後就到中南海裡面，在那邊出入。中央的重要人物我都見過，當然不是說這些人我都認識就怎麼樣，意思是信任我這個人的。要不然，總理（怎麼會）三更半夜來電話，交代這個交代那個的（呢）。

外交部任命和謝雪紅

問題是後來謝雪紅鬧了，（組織）才慢慢地不（便）用我。離開了以後，後來人事換了，漸漸就沒有那個關係了。後來，幾個月之後我就去了上海，上海是去台委會，台委會那時……④等於是一個省委會，那時台灣共產黨已經被破壞了，是一九五〇年。在台委會，頭先（首先）是叫我做宣傳（宣傳教育），根據我的工作能力以及過去的資歷，分派這個工作也是對的。

後來，政府成立了，外交部的亞洲司需要一個日本科的科長，找不到人。那時候周總理當外交部長，任命我當日本科科長，而亞洲司的司長就是夏衍，副司長就是在台灣時，跟我一起在《人民導報》⑤的那個副社長謝爽秋，他是記者，是個老黨員，一直和總理共事。

可惜出任日本科科長的事，因謝雪紅極力反對而不成。對這點，她大概是驚（怕），她沒有本事，她一個女孩子，也無讀冊（念書），也無受什麼教育，在工作能力、專業方面要勝過我，當然是不可能的。⑥但是，在共產黨的環境下把她造成什麼主席（台盟），大家都可以接受，這是另外一個問題，並不是說她有什麼能力。我可以當日本科的科長，她要當什麼日本科的科長呢？這是不可能的。再說我能當中央統戰部研究室的一個組長，她能當什麼呢？她是可以當個台盟的主席，公開出來講幾句話，這樣子而已。這樣子也很好，她做表面的事情，我們做實在的事情，她要是好好做，而我也是擁護她的，她又何必呢？那麼驚（怕），向這個說壞話，向那個說壞話，報告過來，報告過去，搞得亂糟糟的，從那時候開始我才……。

檔案材料「可能是反動分子」

到後來就政黨的問題也來了，接著提出這個、那個問題來，什麼有沒有叛變啦，到後來我的檔案材料上被蓋上「可能是反動分子」。反動分子的使用、任命都要受控制，但那時已經任命了沒有辦法，已經送上去不能停職。說是要受控制，但沒有調查、沒有證據，也不能隨便停職或降級的。但是不提升則沒有關係，所以我一直沒有提升就是這個緣故。像我在電台時，很多實質工作都是我在做，但我的職權並沒有那麼大。所以我被鬥時，局長被鬥得叫不敢（求饒）。說是「對台廣播右傾啦」，他說「因爲蘇仔比較了解，是蘇仔提的計畫」，鬥他的說：「蘇仔是什麼人？蘇仔是叛徒！你難道不知道蘇仔以前是台灣共產黨嗎？」他說：「知影（知道）！」「知道怎麼還叫他來做呢？」他說：「不是我叫他來的，是中央統戰部指名的，我也沒有辦法。」統戰部一向認爲我做這方面的事情較合適。就是這樣子，大家推給這個，推給那個，大家都被鬥得七倒八歪。我在台播時，很多計畫都是我擬定的，很多研究台灣的情況都是我負責的，有七、八年是我負責的。那些短評、廣播稿也都是我寫的，我每天都要寫二、三百字的評論性文章，後來都變成鬥爭的證據，資料全部拿走，……。局長被鬥時，實在是在鬥我一個人而已，說是把我當作台灣問題的活字典、專家，而這一點是很多幹部都不敢否認的。……所以現在還有很多幹部對我（不）壞的，也是這個關係。……要講台灣問題，讓我講個一天一夜，甚至幾天幾夜都講不完的。

文化大革命受群衆專政

大體上，我在國內的工作情況是這樣。那麼，文化大革命那時就給我定了一個「叛徒」，只定了這個罪名，別的也沒辦法。但是「叛徒」，也沒有證據啊。所以就提那種解釋不了的，沒有辦法理解的問題。比如說我「怎麼能出來（出獄）？」「能出來的一定有妥協。」「爲什麼承認呢？共產黨員是不可以承認的，你做的事情怎麼跟敵人說呢？」……全部都暴露了，（日本特務方面）也有文件、證據，說我是宣傳部長，我再辯說我不是宣傳部長有什麼用呢？這樣我就是叛徒！實在是無法度解釋，承認的就是叛變。所以後來就讓我在機關中受專政，叫「群眾專政」，監督勞動兩年，去農場兩年，去幹校三年，一共七年。七年後我就回來了，回來後就叫我辭（職）。

事情看起來仍然亂糟糟的。那時我年紀也大了，就叫我退休。退休時，按照年齡算，每月讓我領一百七十元。我的黨齡是由在香港那一年算起，在日本時、在台灣時都不算，被關的也都不算。若是說從我一九二三到二四年參加運動、參加革命算起，現在還有什麼人有我這麼長呢？現在一個參加革命三十多年的就說是老……老得不得了了，現在一九二八年參加共產黨的又還有幾個呢！就是這樣，叫我要退休，退休就退休嘛！

所以啊！我的孩子小的時候，生活是很艱苦的。孩子們小時候的照片我都想辦法留著。我不在家的七年中間，我的女人一個人，每個月就是那麼一點點錢而已。那時候陳文彬⑦他的薪水比我多，定級的時候定得比較高，他每個月都拿二十元給我的小孩子。

要求平反四年

後來，我提出申請，要求一定要平反。寫了好多……，一共寫了四年，就是沒有辦法，「不敢」！比我更嚴重的那些中央的還有好多都不敢平反了，像劉少奇……都不敢了，像我這種更別說了。寫上去了就留著，總是推說：「好，好，再考慮看看。」到後來，我覺得這樣子不行啊！華國鋒當主席已經兩年了。後來我就直接寫信給華國鋒，叫人幫我轉。結果轉的人不敢轉，把信拿回來給主管的單位，請他們再考慮看看，「反正交給華國鋒，也還是要轉回來給你們。」這事讓我那個單位的直接領導知道了，他一向對我很好。知道我的事情，就來跟我談，他說要直接去找組織部的，那時候是胡耀邦。「聽說胡耀邦很敢做事，你若直接去，說不定他會接見你，你能直接跟他談。」所以，我就把我的決定的事，和受處分的事，我寫信要求平反，寫信給華國鋒的所有資料，都集在一起，有一大疊。那時，我又已經得到東京朋友寄來的日本警察檔案⑧。

這份檔案我若是能早一點拿到手，我也不必這樣……，我就把這些資料全部搬到組織部，到組織部去登記，等了快一個星期才叫我去。是一個處長見我的，看了我的資料以後，對我說：「唉呀！像你這個問題眞是夠典型的。我一定給你處理。要怎麼處理我現在還沒有辦法跟你說，但我一定盡力。」叫我放心回去等。我說我就住在組織部的附近，隨時有什麼消息，打個電話通知，我就可以過來。

一個月而已，就處理了。是什麼人處理的，倒也沒有告訴我。但是一個月後組織就派人來家裡找我，不是我去找他們的，找了他們四年都不替我辦了。這次，一個月而已書記就來找我，對我說中央考慮要處理我的問題了，問我是不是有什麼要求或意見。我說：「這事你們研究討論，當然你對我也沒什麼惡意，我對你也沒什麼意見。」……他就說回去先寫個建議來，讓我看看是否同意，若是同意了就照著辦。

要否定過去的錯誤

建議寫好了拿來給我看，我看看後說：「不是這回事！」……寫些說什麼我的問題是怎麼怎麼的，根本不是那樣。我說：「要就否定當時你們那種作法是不對的、錯誤的，才形成了一切，所以，錯誤的要全部取消，這一點不肯定的話，光說這個問題怎麼怎麼……都是不對的。」他聽了以後說：「有道理！」青年人，這個小孩子，跟我這搞革命搞了四、五十年的怎麼應付呢！叫他回去再研究、研究！我就說，這麼寫，這麼寫，很簡單！

無多久，就寫好再來了，這次恢復黨籍、恢復名譽。以前的都取消了。但是呢！一樣沒有寫，我恢復了以後怎麼辦？我就問他：「我恢復了以後，我的工作怎麼辦？」他說：「你不是已經退休了嗎？」我說：「這是豈有此理！所以我說你們做事情這樣不通，退休，是在什麼樣的情況下退休的呢？是作爲處分的一種結果，（根據不確實的材料）逼我退休的，明明可以當做平……所以，要全部給我平反過來，恢復黨籍，恢復公職。至於以後退休不退休，以後再說。起碼，當初叫我退休就不對嘛！……」他一聽，這也對嘛！就回去再寫，黨也同意。所以呢？恢復公職啦！恢復黨籍，這情況全兩樣了，相差十幾年，是不是！恢復公職以後恢復黨籍以後，黨齡也不同了。這麼一算，工作怎麼辦呢？工作可不是要再辦退休？從這以後開始辦退休，我也可以考慮，但是退休年齡已經不一樣了，領錢的百分比也不一樣了，那麼以前扣我的薪水，全部要還給我，扣得不對嘛。

共產黨員是不退休的

所以後來我說啊！共產黨員不說退休的，退休就是不幹革命了啊！這是不對的，共產黨員不可以這樣做，你能夠做到什麼時候就做到什麼時候，做到沒有辦法再做的時候。所以，我還是要繼續工作，特別是台灣問題還沒解決以前，需要我幫忙做的工作還有很多，很多是你們不能做的工作，這是一點。另外一點是怎麼安排？要我恢復原職的話，就要回到電台，回電台就很不好辦。過去，長時期壓我，給我當一個最低的處長級，現在我年紀這麼大了，叫我去那些年輕的下級，也不好安排。你們如果要替我安排也不好安排，再就工作能力而言，也不好安排。到後來，就這樣說：「你可以上班就上班，不能上班就不要上班。就在家裡好了，若有什麼事情再找你。」我說這樣也好。

整理閩南話著述

此時正好募了一批年輕的孩子，要鍛鍊廣播、培養播音員，叫我去教，開一個訓練班。我說：「好，這個還可以，訓練班這個我可以。」我一向就兼閩南語組組長，電台的事，無論什麼組的，我幾乎全做過。你們閩南話講不好，又不懂，我來教，正好。我那些稿就是這麼開始的，開訓練班，我就乾脆順便整理整理。我過去在台灣監牢裡已經滿腦子一大堆台灣話的問題了，以後，在培養播音員時，其中也積了一些經驗，電台這些對台播音員，攏總都是我培養的。我也從來沒有時間好好整理，利用這個機會寫些教材（兼整理多年在我腦中的閩南語問題），就這樣開始了閩南話的訓練班，一面教一面整理。整理了一大堆資料，整理了四年。當然，教的沒有那麼多，教那麼多也吸收不了，只有基本的才教，但中間我自己就在家裡整理。所以，這《閩南語研究》⑨是有來源、有內容、有原因的。若是說閩南語（台灣話）作爲一個方言，來研究整理的材料，在學術上也有價值的。還有一點，就是我用閩南話和普通話對照，普通話是這麼講時，閩南話是那麼講，怎麼可以這麼講？怎麼不可以那麼講？都有說明。這可給要學閩南話的人參考，也可給要學北京話的人參考，也研究兩方面語言的變化。這將來，假使統一的情形下，語言也會慢慢走整化統一，這條路，不會是愈來愈離開的，從這個角度來講的。還有，我是採用拼音文字，拼音文字現在還需要進一步的研究一下，要像英語那樣寫出來，不用再做記號，還得要個技術，……這些將來有機會你也研究，若有這一方面的專家，可以給他們做參考。沒有的話將來給慶黎。稿件你都留意搜集一下。回憶錄我是要寫的。

後來，「台盟」知道我的問題解決了，就來找我說：「蘇仔，你要能到台盟來一起做事，就太好了！」我說：「……到台盟也好，我現在年紀也大了，身體也不好。……[10]」

《台灣與世界》一九八三年十一月第六期

《未歸的台共鬥魂——蘇新自傳與文集》一九九三年四月時報出版

注釋

①指的當是台灣總督府警務局編《台灣社會運動史》（東京、龍溪書舍一九七三年複印本，原來爲一九三九年七月二十八日發行的台灣總督府警務局編《台灣總督府警察沿革誌第二編領台以後之治安狀況中卷——台灣社會運動史》、極密本）。

②指中共自延安廣播，支持台灣人民二・二八起義。

③陳嘉庚是閩南集美聞人，新加坡僑領、廈門大學創辦人。

④根據中共官方發表的〈蘇新同志追悼詞〉，蘇新是在一九四九年三月到大陸，參加青年團全國代表大會的工作。一九四九年至一九五四年間蘇新先後任職中共中央統戰部研究室，中共中央華東局台灣工作委員會、上海人民廣播電台、華東人民廣播電台。一九五四年調到中央人民廣播電台台播部。

⑤一九四六年蘇新任台北《人民導報》總編輯。《人民導報》是當時長官公署教育處副處長宋斐如（原名宋文瑞，台灣岡山人〔編按：應是台南縣仁德鄉人，詳見藍博洲《沉屍．流亡．二二八》〈時報版〉中的〈誰知英烈竟沉屍——《人民導報》社長宋斐如〉一文。〕）所創辦的一份民間報紙。

⑥談到謝雪紅時，蘇老很激動，……

⑦陳文彬是留日的一位文字學家。戰後初期任台北建國中學校長。一九四九年底到大陸後，長期任職教育部文字改革工作。一九八二年在北京去世。〔編按：詳見藍博洲《沉》書中的〈遺恨未見九州同——建中校長陳文彬的道路〉一文。〕

⑧同注①。

⑨指他的閩南語研究著作。分閩南語的演變、語音和語法等三部，全文將近五十萬字。

⑩根據中共中央發表的〈蘇新同志追悼會悼詞〉，一九七八年以後，蘇新調任台盟總部研究室主任。一九七九年十月在台盟全國第二次代表大會上當選爲台盟總部常務理事。一九八〇年被推薦爲政協委員。

歷史的播弄
——訪林朝權

前言

目前住在上海，八十歲的林朝權，在一九〇六年出生於台灣台中縣的清水鎮。林老自稱遍歷過四個朝代的台灣人。自東京日本體育大學畢業後，他曾任教於台南市的長榮中學。二次大戰中，他任教日本占領下的北京師範大學，戰後才回到台灣。一九四八年，當選國民政府台灣省國大代表。中共政府成立後不久，經香港到大陸定居至今。林老現任大陸的政協委員、上海市棒壘球協會副主席及上海市台胞聯誼會名譽會長。

林老是在一九八五年八月九日，在上海市筆者下榻的上海賓館接受訪問的，當時在場的還有旅居香港的台灣作家施叔青女士。

見過彭明敏和陳都

林：我本來任全國台灣同胞聯誼會的副會長，林麗韞是會長。今年三月改選，再被推薦，但我辭退了。我已經八十歲了，應該讓年輕一點的來做，較能起作用。

再者，去年奧運會時，我和林麗韞到過美國洛杉磯，當時和美國台獨系的陳都、彭明敏都見過面。我是眞心要和他們交換意見，他們卻誤會我和林麗韞是去搞統戰的，大家講話總是不對頭。其實，我在國民黨的時代不曾入黨，在共產黨的地區，也不曾加入共產黨。因爲我想，以黨外的身分做事比較自由，所以我要堅決辭退。以後，我要再去探親訪友，交換意見，都較自由。我愛我的祖國，同樣愛我的家鄉，我的心從未離開過台灣。落葉歸根，我父母親的墓地都在大度山上，我也希望能歸根到那兒，那是我永久的所在。我的家鄉觀念很強，我在那兒做過很多的事情，尤其是體育工作。

葉：你在什麼地方念書的？

林：東京的日本體育大學。畢業後，回母校台南長榮中學任體育教員。抗戰期間，回到北京師範大學任體育系主任。

葉：抗戰中，你一直在北京嗎？

林：從一九三八年到一九四六年五月都在北京。

葉：當時北京還有不少台灣人吧？

林：北京師範大學就有張深切、張我軍、洪炎秋、江文也——前幾年才死的，妳知道吧？以前被戴了一頂右派的帽子。張秋海——畫家，目前還在北京，已經八十五歲了。郭柏川——畫家。廖繼春——畫家，我的姊夫。我的弟弟林朝啓是地質系主任。還有音樂界的前輩柯政和。我們自稱「北京八仙」，每個禮拜都見面，到了日本投降後，大家都散了了。我軍、炎秋、深切、繼春、弟弟和我回到台灣，江文也、張秋海和柯政和留下來，柯政和戰後一度被判了無期徒刑。

教書也算漢奸

葉：爲什麼？

林：漢奸啊！教書怎麼是漢奸呢?!不過，後來放出來了。

葉：好像張我軍在北京師大教書這段歷史也曾被批評，你的看法如何？

林：我的看法是這樣：當時咱台灣人是日本國籍啊！又會說日語，我也被人誤解是漢奸，我的弟弟也有同樣遭遇，這是沒法度的，是客觀現實的關係。所以後來有「台灣人無漢奸論」的說法。

葉：就是當時丘念台先生所極力主張的？

林：是的。我們又不是當警察局長或在軍隊裡。在台灣教書，還要有「皇民化」的精神，在北京並沒有，我是教體育的，就是教學生怎麼打球。當時，我們這些老朋友都很苦悶，我們既愛祖國，也愛咱台灣，這些都是不會改變的，但是日本人也並沒有強迫我們戴個漢奸的帽子，或要我們爲他們工作。像江文也，只是個音樂家，誰又不知道我林朝權是體育家呢？直到今天，我仍希望能爲中國的體育做出貢獻，我們常被人侮辱爲「東亞病夫」，我很不甘心，我和日本人在體育運動競賽時，從來不輸他們的。

葉：一九三八年，是什麼原因？你要到大陸來？

林：當時是這樣的，年輕的十幾、二十幾的，都派到第一線當軍伕，有相當知識和技術的，則讓你就專長做貢獻，搞音樂、體育啊！像我弟弟是學地質的，就去搞考古。

葉：有沒有不願意爲日本人效勞的想法？

林：日本人對台灣人總是歧視的。回到祖國，是比較有機會發揮自己的專長，覺得較有意義。

施：同樣想法，不願意爲日本人做事而回到大陸來的人多嗎？

林：但是要有專長才有辦法來的。像吳三連在天津做生意，也有人到重慶，像丘念台。當時已結婚，有三、四個小孩，就沒有條件去後方啊！

施：所以你這一輩，當時能到大陸來的還是很少的?!你能來，是有什麼背景？

林：能回來的確是少數。我是因爲柯政和的關係。一九三八年我自日本體育大學畢業，回台灣教書，正好日本人在抓壯丁、徵兵，有本事的人都要自己找出路啊！當時柯先生在北京師範大學當音樂系主任，台灣人來了都找他幫忙介紹工作，江文也也是他介紹來的。

林茂生被害受衝擊

葉：你是一九四六年才回台灣的？

林：一九四六年五月份，帶著太太和四個小孩回到台灣，國民黨就任命我當「台灣省體育協進會」總幹事，就是現在紀政的職位。游彌堅、黃啓瑞、謝東閔都是常務理事。一九四八年，謝東閔任團長，我是副團長，帶了一百多人的台灣代表團，回大陸參加國民黨主辦的第七屆全國運動大會。

葉：二·二八事變時你在台灣嗎？這個事變對你有何影響？

林：二·二八事變對我最大的影響，就是林茂生先生的被害。茂生先生是我就讀長榮中學時的英文老師，後來我回長榮當老師時，他在台南高工教書。我每禮拜都到他家打麻雀（麻將）吃飯，茂生先生和先生娘就像我的家長，宗義、宗仁就像我弟弟。現宗義每次來，下了飛機就要找我，很多海外的台灣人，來了都要找我，特別是體育方面的……。

葉：請你繼續談二·二八的事，好嗎？

林：二·二八的時候啊！我既不是共產黨員，對共產黨也沒有什麼認識。當時，台灣人都起來了，而且相當團結，但是大部分人都不是什麼左派或共產黨，像我的弟弟、張我軍、洪炎秋、張深切他們哪裡是什麼左派或共產黨？台中市是以台中師範（洪炎秋是校長）爲中心組織起來的，廣播電台、空軍機場都叫群眾占領了。謝雪紅的弟弟謝振男和我一直是打棒球的搭檔，他是投手，我是捕手。但是，我到二・二八時才第一次見到謝雪紅這個女傑，配帶著兩把刀一支小手槍。這以前，我只聽說她是到莫斯科留學的日本共產黨員。

今年（一九八五年）是台灣光復四十週年，八月十五日，這裡的統戰部要我去講一些當年的情形，我也確實有一些感想要講的。咱台灣人不滿的是國民黨的貪污亂搞，才起來反抗，無論共產黨員或一般人，大家都是站在台灣人的立場在做事的。

二・二八發生時，我由上海趕回去，大約三月四日或五日回到台中，住在親戚顏春福的家裡，奔走營救被捕的朋友和體育界的同事，像台中市體育協會的理事林連城兄弟①，還有林茂生②和陳能通③兩位先生，我都和他們的家人到處去找，也去向柯遠芬④求情，高兩貴⑤被憲兵隊逮捕，我把他藏在親友處。還有，吳振武⑥的腳被手槍打傷，也是我送醫的，後來我把他介紹給海軍司令桂永清，救了他的性命。

葉：吳振武後來沒有坐牢嗎？

林：他在桂永清手下當少尉。

當選國大代表

葉：你在台中市競選國大代表，是二・二八以後的事？

林：首屆國大代表選舉是一九四七年十一月。最初是我、林湯盤兩人登記參選，但有人勸我們退出，讓丘念台先生出來⑦。我說丘先生是我們的前輩，就一口答應了。但林湯盤執意不肯讓，他認爲丘先生雖是台中市人，但抗戰中都不在台灣，台中人對丘先生沒有感情；而且林是樹仔腳（台中市南區）的大地主，很有錢。後來，我就跟丘先生說，他既堅決不退讓，我就要和他競選。

葉：結果是丘先生退出，而你當選?!

林：是的，當時台中市民對我相當有感情，農校、一中、二中和商業學校的運動員都來幫忙，我當時兩手空空，沒有一點錢，競選經費都是顏春福和林鶴年⑧等朋友湊出來的。

葉：丘念台先生退出競選後，原來支持他的一些人，像莊遂性、葉榮鐘等是不是轉而支持你？

林：是的，因爲先前我曾表示願意退出，擁丘先生出來啊，所以我得票數超過林湯盤很多。

葉：戰後初期，台中市還有個「人民自由保障會」的組織，你清楚嗎？

林：不知道。

葉：「政治建設協會」和「人民協會」你知道嗎？

林：我都不知道。老實說，當時我的興趣是在體育運動而不是政治，我只想繼續日本人打下的基礎，把台灣的體育運動搞起來。

葉：日後你再度離開台灣去香港，是爲什麼？

揭露選舉總統弊政

林：主要是二二八以後，我覺得台灣人民和國民黨之間的仇恨，是沒有辦法解消的。後來，又發生了兩件事，一是我想辦一所體育專科學校，林鶴年要捐土地，還有許多朋友願出資，我向陳誠提出申請，不准。另一件是，我到南京參加首屆第一次國民大會，回去在台中市後龍仔的戲台（樂舞台戲院）向選民報告國民大會選舉的情形⑨，我很不客氣揭露，國民政府在南京最後一次選舉的詳情，包括四十多人在會場絕食抗議，孫科和李宗仁的競選鬥爭，以及會場門口抬棺材的抗議隊伍等等。我是沒有政治觀念的，只知道實情是什麼就說什麼，那時候暴露這種問題，就等於是反國民黨的。後來台中的國民黨報《民聲報》，接連三天刊文章說林朝權是得某方面的指使，意思說我是共產黨支持的人。

我反對國民黨，因爲它對咱台灣人不好啊！我的心情很矛盾，又要去競選國大代表，又要反對國民黨。本來以爲當國大代表能爲台灣人講話，事實上卻不是如此，要做官也要會拍馬屁，我自己也很清楚，要是像謝東閔那樣向這方面發展，我也能升官發財，當時國民黨認爲我對青年人有些影響力，陳立夫和陳果夫跟我提過，要以「台灣青年領袖」的名譽介紹我入黨當特別黨員。所以我那時候是很矛盾，台灣人的問題，常常想得我頭痛，台灣獨立卻是我從來不考慮的，直到今天，還是很矛盾。國民黨的三民主義統一是不可能的，至於，一個國家兩種制……你們怎麼看呢？我很想知道在美國和台灣的台灣人對共產黨、對統一問題的看法？

去年在洛杉磯，彭明敏請我和林麗韞吃飯，但是沒有談什麼，他的父親彭清靠是我的老朋友。後來又見到陳都。他說，你們共產黨口口聲聲說什麼要爲人民服務，要支持人民革命，都是假的，在洛杉磯和《美麗島週報》座談，他們就在報上寫什麼「中華全國台聯會會長林麗韞、副會長林朝權，有統戰任務來美做工作……」，我就想不通了。我根本不知道《美麗島》是什麼樣的報紙？我在這兒沒有什麼消息，不知道外邊的事情。我希望有機會到美國見見我的姪子廖述宗兄弟，聽聽他的意見。

因歷史罪過坐牢

葉：一九四八年你離開台灣到香港時，已經打算要回大陸嗎？

林：當時我有兩條路，到日本或回大陸。到日本可以投奔林獻堂，我父親是林烈堂的管家，我從小叫他「獻堂叔仔」，我競選國大代表時，他給我很大的贊助。回到大陸則可以脫離國民黨的關係，當時咱台灣人是痛恨國民黨的。我也常想不通，爲什麼所尊敬的前輩蔡培火、楊肇嘉要去當國民黨的官呢？想來想去，覺得日本過去對咱台灣人也不好，當時又戰敗，生活很困難。後來大陸解放了，新政府成立時，毛主席呼籲台灣人「棄暗投明」回到祖國。我也認爲，要解決咱所愛的台灣的問題，還是只有祖國。所以最後我選擇了這條路。回來以後，雖受過很多苦，走過曲折坎坷的路，但是，我還是認爲回來是對的。人總要往前看，往後看事情就不對了（笑），我回來以後的事，你不知道吧？

葉：我知道一些，但不完全。你是一回來就被捕的嗎？

林：（笑著點頭）你怎麼知道的？

葉：關了幾年？

林：判了五年嘛！

葉：什麼罪名？

林：歷史罪名。

葉：因爲你當國民黨的國大代表？

林：是的。當時我很天眞。

葉：你不後悔嗎？當時你是怎樣的心情？

林：我沒有後悔。我安慰自己，如果我留在台灣反國民黨，說不定被蔣介石槍斃了啊。我聽說後來孫立人被軟禁了，我就做過孫的高參。

葉：當時是不是有人建議你在進入大陸前發表聲明，辭掉國大代表的頭銜？

林：有的。我長榮中學的同學林炳坦，當時在美國大使館工作，他就反對我回來，他說：

「你若到共產黨那邊，至少還判你個十年。」

坐牢未有心理準備

葉：那麼，你回來以前是有心理準備了？

林：沒有、沒有，我不相信。我說毛主席對俘虜都說優待了，怎麼會有這種野蠻的事？什麼「歷史罪行」？是我不曾想到的。既然號召台灣人棄暗投明，放棄反動的立場回到祖國來，這怎麼說得通呢？我後來才理解，這是「左」的思想的關係，並非共產黨的政策。

葉：在什麼地方被捕的？回來多久？

林：在上海，才回來十天。

葉：關滿了五年刑期嗎？

林：五年滿了，還留在農場兩年。七年後才回到上海，任體育代課教員，當棒球教練。到了文化大革命，過去有「歷史」的，人人都得吃虧，咱台灣人很多，老共產黨員也很多。文革結束後，鄧小平的政策，像我這種人都徹底平反了。共產黨和國民黨不同的地方，就在於可以把事情很坦白地說個清楚，國民黨是寧可錯殺一千一萬，也不放過一個。共產黨是實事求是，確實有錯就改。像我的問題，過去處理錯誤的，都平反恢復名譽了。

施：你擔心會再一次像文化大革命這樣的運動嗎？

林：很多海外的台灣人說「不可靠啊！變起來很快的」。我相信鄧小平在世，不會有變化的。以後呢？比較過去和現在的政策，哪個好呢？四人幫的作法太無理性了，人民不會答應再有一次文化大革命的。

不應該當國大代表

葉：你一生經歷過三個政權，剛才你比較了國民黨和共產黨，那麼日本人的統治呢？

林：我受的是日本教育，感情上來說，我有很多日本人的好朋友，但政治上，他們發展軍國主義，我們受其侵略侮辱，從國家民族而言，當年的日本絕對是我們的敵人。光復的時候，我非常高興能回自己的祖家定居，對國民黨很感激，但二・二八事變，那麼多台灣人被國民黨殺害，至少有兩萬人，從這來看，當時我不應該去當國民黨的國大代表，我也有後悔的。

但是，因爲我是個運動員，事情要有競爭，就不肯認輸，競選的時候，我也是這種運動員的精神，並沒有深一層去考慮利害關係。

葉：年初《台聲雜誌》有一篇文章提出「台人治台」的說法，你認爲如何？

林：這是違背共產黨的政策。

葉：不談黨的政策，談談你作爲台灣人的個人見解。

林：我不能談這個問題。

葉：我們的雜誌轉載了這篇文章，也刊登了幾篇討論的文章……。

林：那麼，你們的看法呢？「以台治台」，若是以台灣人的立場來談，是很自然很合理的，但中央政策而言，若眞如此，台灣就成獨立了。從前，謝雪紅提到「高度自治」，右派帽子就戴上了。

施：其他在大陸的台灣人，對這個問題的想法呢？

林：這不能發表，《台聲雜誌》已經是錯誤的啊！這和中央的政策是有牴觸的。

葉：一個黨的政策制定，也是需要聽聽老百姓的意見和願望的吧？從地方自治的觀念來談，這條路將來也是必然要走的。而且，《台聲雜誌》只是台灣同胞聯誼會的刊物，並不代表共產黨中央的刊物，這種討論應該容許吧？

林：你的想法太天眞了。若是這麼說，台灣的黨外雜誌怎麼會停刊呢？上回，鄧穎超跟一位美國來的鄉親說，下棋是要一步一步走，不能起手就把對方將死，要跟台灣和談，當然是跟國民黨對話，軍權都在它手上。所以說「寄希望於台灣當局，更寄希望於台灣人民」，道理就在這裡。我願意和你談這個問題，因爲你我能把這問題談得徹底，但我也有必要堅守的原則。

葉：這個我能理解。

林：對台灣將來的問題我很關心，我是經歷過四個朝代的老人，無論是日本人統治下，是抗戰中的北京淪陷區，是一九四五年到台灣接收的國民黨，抑或是解放後共產黨統治的大陸，我這個台灣人都經驗了，也曾在政治上起過一點點小作用。

在日本人統治下，我只能以體育競爭和日本人對抗。但是，你看美國的黑人，在體育上表現那麼傑出，他們都很驕傲，這就是民族的榮譽，所以，日據時代我要組織台灣人的棒球隊，台灣人應該努力由各種方面表現我們的榮譽和優越。我已經八十歲了，頂多再活十年，能夠做的事情很有限，把我一生經驗的感想留給後代，也是我的責任。

葉：謝謝你接受我的訪問。

《台灣與世界》一九八六年七、八月號

注釋

①台中市消防隊長，二．二八事變中，用消防車噴汽油燒台中縣長劉存志的住宅。

②一九三〇年美國哥倫比亞大學哲學博士。一九四六年任台大文學院院長、《民報》社長及第四屆國民參政會參政員。「二．二八處理委員會」後被害失蹤。

③日本京都大學畢業，長老教會淡水中學校長，二．二八事變後被捕遇害。

④時警備總司令部參謀長。

⑤台中人，日據時代社會運動積極參與者。

⑥曾任日本海軍陸戰隊少佐，二．二八時任台中武裝部隊總指揮。也有一說，吳氏係國民黨特務。

⑦參照丘念台回憶錄《嶺海微飆》，《中華日報》一九六二年十二月初版。

⑧林獻堂兄林烈堂之子，後曾當選台中縣長，任內涉貪污瀆職官司。

⑨首居國民代表大會係一九四八年三月二十九日至五月一日間在南京舉行。順利選出蔣介石爲總統，但副總統共有六人競選，極爲激烈。

「山水亭」舊事
——訪陳逸松

前言

陳逸松先生是台灣羅東人。早年留學日本東京帝國大學，學成回台北執業律師。在戰前及戰後初期的台灣政界與文化界都很活躍。他曾任第一屆台北市議會民選議員，當選國民參政員，也是二・二八事件台北「處理委員會」組織章程的兩個起草人之一。

一九七三年他離開台灣，經由日本到美國而經巴黎到北京，旋受任中華人民共和國人民代表大會常務委員，一直到一九八二年。陳逸松在大陸停留的十年間，也正是北京對台政策由武力解放轉爲和平統一，台灣島内民主運動蓬勃發展，而海外對台灣前途問題激烈辯論的年代，因而陳氏之出走，以及他在大陸的言論都備受注目。筆者訪問陳逸松先生早在一九八二年的夏天，那時他方由北京抵達波士頓，當時沒有很快發表這篇訪問，純然考慮政治時事的爭議性對歷史事實客觀性的影響。以下是那次訪問比較重要的內容：

葉：您在二次大戰中，支持文化界的朋友主辦文學刊物《台灣文學》，戰後，又馬上主辦《政經報》，在兩個不同階段有什麼不同的想法，促使您做這些事情？

陳：《台灣文學》是由張文環君出面辦的，我始終沒有露面，只負擔財政上的開支。辦這份雜誌，主要是對抗西川滿那一派御用文人和文學。我們這輩的人，都有民族主義的精神。那是昭和十七、八年（一九四二、一九四三年）的時候，日本控制很嚴密，沒有人想得到日本的統治會有終了的一天。那時日本那麼強，中國又那麼弱，日本才占領新加坡、婆羅洲，誰也想不到二次大戰短短幾年會打成那樣。戰爭末期，台灣人系的報刊全被合併，《台灣文學》也在一九四三年被「皇民奉公會」強迫合併。合併前三期由王井泉兄找到賣高麗人參的出廣告料金充當印刷費用。那段日子，我們一群「文化仙」常聚在井泉兄的「山水亭」，或成群結黨到台南吳新榮兄處，總是喝酒聊天，發揮高論、無所事事，很快樂也很苦悶。

《政經報》是戰後台灣第一份刊物，當然還沒有發行新聞，我先召集一批年輕人組織「政治經濟研究會」，以此為基礎來討論寫稿，頭兩期是我和顏永賢①主編的，後來才由蘇新主編。經費開始也是我個人負擔，我賣了一棟洋房來充當。寫稿的有王白淵、呂赫若、顏永賢、蔣時欽、蘇新、郭水潭、黃啓瑞。我為什麼要辦這份雜誌呢？道理也很簡單：日本人走了，咱們要建設台灣，必須由政治經濟著手。蔣時欽②寫很多探討地方自治的文章。我和陳逢源有個關於經濟問題的對談，是針對米價談的。國民黨接收官員十月初到台灣，一個月之後米價就漲了，到了一九四六年二、三月份，漲了四、五倍。

葉：《政經報》的編輯委員有一位林金莖，就是現任台灣駐日本「亞東協會」副會長的那位林先生嗎？

陳：是的，林金莖和蘇新是同鄉，是蘇新帶他來《政經報》擔任編輯的。這個人的經歷很有意思。他的父親民族精神很強，不准他念日本書，所以他不會日文，也沒有學歷文憑，從小跟父親念漢學私塾，漢文底子非常好。就是他在《政經報》工作的時候，我們才向當時台大文學院院長林茂生先生推薦，經過特別考試，破例讓他進台大就讀，後來他考上公費生，派到上海念復旦大學。

葉：聽蘇新說過，在東京留學的時代，您們有很不平常的交誼？

陳：蘇新和我在東京念書時就認識的，那時候台灣學生運動組織讀書會，我負責東京帝大，他負責東京外語學校。後來日本仔要抓他。他也決定要回台灣從事革命。我介紹他去羅東找盧清潭君。盧君是當地文化協會和工友協會的負責人，是我的同學，思想很進步。當時正好太平山林場在開發，蘇新在他掩護下，到林場當伐木工，躲了兩年。蘇新離開東京後，我被日本警察捉去盤問了四十天，我都沒有透露他的去處。到了台共大逮捕，蘇新被捕，盧清潭也被捕，被日本仔打死在警察局裡，但他至死都沒有供出我的關係。否則我也會被抓，那就不只是關四十天了。我很感激他，這個人是非常難得。戰後，國民黨把他放進忠烈祠。蘇新被日本人關了十二年，大約是昭和十八年（一九四三年）出獄的，一出來就來找我。像他這種有共產黨背景的人，一般人都害怕不敢接觸，不過，我的地方是律師事務所，他來了有藉口，而且我也不怕。記得那時我介紹他到一家報紙當記者，幾個月後，他才回故鄉佳里，在吳新榮先生的幫助下定居、結婚。日本戰敗，他馬上又到台北來找我，四六年初，他就搬到台北來，主編《政經報》。

葉：光復後台灣一片祖國熱，上上下下都在學習國語和三民主義，據說各地方的士紳爭先加入「三民主義青年團」，情況是否眞是如此？

陳：可以說當時搞活動的人，都加入「三民主義青年團」了。我和「青年團」的成立有很密切的關係。一九四五年八月三十一日，「台灣義勇隊」的副隊長張士德（大家都稱他張大佐），隨美軍登陸艇來台，住進台北的「梅屋敷」（後改成國父史蹟紀念館），雖然日本人已經投降，但台灣人仍然怕日本人，沒有人敢去找他這個「國軍」的。後來，不知道爲什麼，張士德叫人來叫我去面談。我從廚房小門溜進去，見了面，他就說國軍不久會來，我應該組織青年人，起來保護國家財產，以防止日本人在撤退中的破壞。就是這樣子，我出來呼籲組織了「三民主義青年團」，我任團長，黃啓瑞是青年股長，林日高組織部長，謝娥婦女股——謝娥曾被日本人關過，日本敗戰後，我去接她出獄的。台中是張信義、楊貴，你的父親（葉榮鐘）也都有參加，台南是吳新榮、莊孟候，高雄是吳海水，新竹有陳旺成。一九四五年十月二十五日，在中山堂的受降典禮上，我們「青年團」的代表也列席了，那是我一生中，有非常深刻體會的一件事。我看到戰敗團的安藤大將，沒有配劍，低垂著頭，站在我們面前簽字投降，我們胸中有一股民族的自豪感。

到了一九四六年二或三月份，李友邦從大陸帶回來一批人，據說是什麼少年先鋒隊（台灣義勇隊），說是有中央任命，他才是台灣支團部主任。早先我們在組織都是張士德一手寫的任命書，說是「日日命令」，還蓋個章。我們那時候對國內的規矩完全不懂，搞不清楚。張士德還打算由「青年團」接收台北市公共汽車來經營。我們說「青年團」是青年運動的組織，怎麼可以接管公營企業呢？他答說，「可以，在國內青年團主任，官比縣長還大，接收銀行的也有。」不久，我把台北支團部主任讓給洪石柱（屏東人），以後和「三民主義青年團」就沒有關係了。

葉：您和李友邦先生相交深嗎？關於他的死，我聽到不同的說法，有的認爲他跟陳炘一樣死得無辜，陳儀就是容不下像他們這樣有能力有基礎的台灣人。也有說李友邦確是共產黨人的，您的看法如何？

陳：李友邦是台北縣蘆洲望族李家出身的，關於他的生平傳說很多，不過，恐怕都不正確，不僅李友邦的事蹟，有關光復到二‧二八這段時期文章，錯誤都很多。對李友邦印象較深的一件事，是他對「三民主義青年團」的講話。他說青年團的任務，就是要吸收新血，改造國民黨，因爲國民黨已經太腐化了。

我自昭和八年（一九三三年）開始在台北開業當律師，到戰爭結束已經執業十二年了，可以說各方面都很熟。但是，李友邦在大陸的事情我不清楚，其他在大陸台灣人像劉啓光、黃朝琴的事我也都不清楚，光復後，他們回來被稱做「半山」，說起來「半山」的都有中央、有黨的關係。我們本地台灣人沒有這些關係可牽，就只好靠邊站了。所以他一回來，說是中央任命的——台灣支團部團長，大家就全都聽他的。二‧二八時他被捕送到南京，回來後好像很消沉，其中一度出來當國民黨台灣省黨部主任，那時我們都住北投，有一些往來，他看來很灰心失意。後來聽說他的夫人先被抓起來，然後才抓他，一九五一年就被槍決了，報紙上說是他在金華時期，國共和談中曾與中共有過接觸，這實在是不合理的說辭，國共和談在當時是國策，當然要和共產黨接觸的，我們國民參政會不也要打電報給毛澤東、周恩來，請他們來南京開會？

葉：你曾當選擔任國民參政員，參政員是怎麼產生的？

陳：國民參政會是當時國民黨政府最高民意機關，每省選出八名，是間接選舉，由省參議員投票選出來的。林獻堂、楊肇嘉、蔡培火、林宗賢、林忠、謝娥、廖文毅、林茂生、羅萬俥和我等都是候選人。我們這些人受日本法治思想的影響很重，日本的選舉法有所謂不准「面接」的規定，就是說候選人不可以與投票人直接見面的，故而大家都用書信，說明自己要競選，請對方支持，我記得曾寫信給林獻堂，也曾接到他的信。我想這可能是台灣歷史上最乾淨的一次選舉，沒有人用錢收買。但是主持選舉的國民黨民政廳長周一鶚卻動了手腳，讓廖文毅落選，這也就是咱台灣選舉舞弊的開端，這也導致當時任台北市工程局長的廖文毅後來組織台灣獨立運動。

葉：國民黨為什麼執意不讓廖文毅當選參政員？

陳：大陸自早就有「聯省自治」的主張，廖文毅因為來美國留學，看到美國的聯邦制度，光復後他主張台灣和其他各省都應維持半獨立狀態的自治，國民黨中央絕對是反對這種論點的，我看不讓他當選的理由就在這裡。

葉：當選的參政員曾到南京參加第四屆國民參政會（一九四七年五月），聽說還見到蔣介石，有沒有提起二·二八事件？

陳：當選參政員的是林獻堂、羅萬俥、林忠、林茂生、林宗賢、杜聰明、吳鴻森和我八個人，隨後林茂生表明辭退，我記得是一九四七年五月一日出發去南京的，只有四個人。林宗賢因

二．二八事件被抓走了，林獻堂和杜聰明被任命爲省政府委員，就沒去南京開參政會，他們比較聰明，知道中國政治是要在地方上抓實權才有用。

我們五月初到南京，蔣介石和宋美齡分別請各省參政員吃飯，也請台灣代表，席上蔣介石說二．二八事變中還有十萬日軍在中央山脈，說我們台灣人無知都是受日軍煽動的。我就告訴他「不對」，二．二八事變是政府的錯，當時我不太會說國語，邊說邊用手比，告訴他台灣的中央山脈地理情勢，一年半期間要從平地運輸十萬軍的補給上三千公尺以上高聳的中央山脈每日要開多少運糧車，這是絕對不可能的。山嶺上是沒有可果腹的東西。我還帶了施江南醫師兩個女兒寫給蔣委員長的信，陳請調查施先生的下落，吳鴻森也爲他無故被殺害的弟弟吳鴻麒推事寫了陳請書，都在席上交給蔣介石，隨即命參軍長吳鼎昌快辦，後來江南嫂接到蔣介石的參軍吳鼎昌的回信，說是據查，二．二八事件中，並沒有逮捕施江南，不知此人下落。給你一大張紅字公文了事，這就是我們的中國官僚，現在回想，我在席上講的話毫無作用，不過有這麼回事罷了。

葉：二．二八當中您曾參加台北的事件處理委員會？

陳：依我看，事件完全是偶發的，二十七日晚上在台北發生的事端，經過二十八日一天，到了三月初一已經全島都鬧起來了。接著一個星期是全島全民騷動，連軍隊的武器有部分都被民眾接管，台中、嘉義還有很多地方都有小型的戰鬥。

台北市的處理委員會一直都在中山堂開會，「二．二八事件處理委員會」的組織章程是我和李萬居兩人起草寫的。開會的第一天，蔣渭川帶了一批人在會場上喧嚷不休，光復後他組織了一個「台灣政治建設協會」，成員大部分是流氓一類的人物，我在台上說明組織章程，那批人就在下面大吵大鬧，對著我說：「大交椅你就搶著要坐上去了？」我當時年輕氣盛，也回答說：「大位置你們若想坐，你們就上來坐吧！」我就這樣子走下台回家去了。大約也是這樣，陳儀認為我沒有參加處委會，所以後來也沒抓我。我記得很清楚，一直到三月十七日白崇禧將軍抵台後都還在捉人。白將軍跟一些台灣人代表見面，表面上很同情台灣人。陳儀要防範中央派來調查的人，聽說還故意派軍隊向白氏的座車開槍，誣賴咱台灣人。

葉：「文山茶行」的老闆王添燈先生，在戰後初期的政壇上很活躍，他和左翼人士的關係如何？

陳：王添燈是省參議員，對當時台灣的政治很用心，在省參議會很肯講話，相當受到民眾的尊敬。在他身邊是有一批左翼的青年，給他寫稿子準備質詢，我想也因為如此而刺激到陳儀。再加上事件中他在「處理委員會」的表現，所以他是最先被殺害的。到今天我對他最後的印象還很深刻，三月七日「處理委員會」在中山堂開不成會要回家，他住大稻埕，順路就送我到南京西路的律師事務所。記得我到了路口下車後，回頭看他時，有很奇怪的感覺。他面無生色就像是死人的面孔，當時我有一種很不好的預感。

葉：戰後初期到二．二八發生的時候，台灣的左翼勢力有多大？您能感覺到他們的影響力嗎？

陳：我認為左翼的勢力不大，事實上我完全感覺不到，頂多是一些人聚在一起討論問題的程度而已，對大眾沒有影響力，在政治舞台上也沒有力量。不過，歷史總免不了會歪曲，事後能握筆寫文章的聲音就大，有的人很會自我宣傳，真正做事的人反而不講。像謝雪紅說組織什麼「人民協會」、「農民協會」，我從沒聽說過，我在籌備「青年團」時，她來台北找過我幾次，她也想在台中組織「青年團」。二‧二八當中，她領導武裝部隊，後來撤入埔里，這段我聽張深切兄說過。

葉：很多左翼人士在事件以後出走大陸，我相信您在大陸這幾年，對他們到大陸以後的遭遇有所了解的吧？

陳：到大陸的左翼台灣人，在文化大革命中很受衝擊，不是被劃成日本間諜，就是被打成國民黨特務，這是歷史的教訓，左翼的朋友們一向只重理論，脫離現實很嚴重。他們組織了「台灣民主自治同盟」，也是忙著內鬥，鬥得不可開交，我在那兒聽到很多各種爭執，覺得很氣餒，咱台灣人常常很小的事情看不開，總是要計較，統治者丟來一塊肉，就讓我們搶得頭破血流。

葉：左翼人士中還有一位呂赫若，在當時文化界很活躍的，《台灣文學》曾發表過他好幾篇小說，您和他相交深嗎？

陳：呂赫若的事我還比較知道。我辦《台灣文學》時他才由日本回來，是張文環介紹給大家的，他們在日本曾一起辦過《福爾摩沙》。呂赫若好像是台中潭子地方的人，在日本學聲樂，所以，第一次是在我的事務所開茶會，請他演唱，介紹文化界的朋友認識，那時王井泉兄主持一個「厚生演劇研究社」，呂赫若和王白淵、林博秋都有參加。呂赫若在《台灣文學》上至少發表過四、五篇作品，而且得到文學圈中很高的評價。我們時常來往，他也是「山水亭」的常客之一，但私人的事很少談起，給我印象很深的，是他對台灣政治、文化發展有很高的熱情，他的日文非常道地優美，中文不好，是光復後當記者時才鍛鍊的。後來左翼中有部分人在國民黨肅清恐怖中逃入新竹大母山內，躲在深山林裡沒有糧食，有時到山下農家乞食，聽說是夜宿在草堆，被毒蛇龜殼花咬死的，死時大約只有三十出頭。

二・二八之後，他在辦《光明報》[3]，後來知道國民黨要捉他，大概準備要走，來找過我一次，告訴我他要再去日本，要我幫他經營印刷廠，我因律師事務忙碌沒答應他。他才找辜顏碧霞，她應允了，這是爲什麼她也被捉去關了五年。

葉：印刷廠的案子好像還牽涉到劉明先生？

陳：印刷廠是呂赫若和蕭坤裕一起經營的。蕭氏跟劉明先生是像兄弟一樣的朋友互稱「親家」，平常就在劉明的金礦公司——振山實業當顧問，幫忙管理礦山。印刷廠開辦時，劉明曾給他們一筆錢，後來就因而被捕，本來都判死刑了，用的是「資匪」的罪名。劉明先生的哥哥劉傳來和我兩人才找游彌堅市長帶路，去求見保密局長毛人鳳，向他說明，劉明先生很受台灣人尊敬，若殺了他是會失民心的。毛人鳳才答應再考慮，後來才改判十二年。的確，劉明先生一直默默地支持文化界，出過很多錢，卻從來不出名，是非常難得的一個企業家。

蕭坤裕是南投人，家裡開布店，學生時代我們都在東京，大家很熟，他是中央大學法學部畢業的，那時候大學生愛談理論，卻都一知半解，只有他是眞的馬克斯理論的權威。後來他到南京教書，一度被「藍衣社」當作日本間諜逮捕，因而他很失望，離開南京到大連，跟一位同鄉張宗田開醫院，光復後才回台灣。他的境遇實在悲慘，在獄中被刑求而死，特務捉了他以後，把他的房子和太太都強占了。

我想二・二八事件後，這段歷史的事實，很需要公開出來，咱台灣人才能對自己悲慘的歷史有比較具體的認識。至於說，台灣人要怎麼處理自己的命運問題，也只有詳細了解歷史以後，才有基礎去研究。

葉：最後請您談談對王白淵先生的印象。

陳：王白淵兄是彰化二水人，東京美術學校畢業。我們是一九二八年在東京認識的。他畢業後到岩手縣盛岡市女子學校教書，跟一位日本女學生談戀愛，受女方家庭反對，失意才回到台灣，後來與艋舺大戶之女結婚。白淵兄是個非常善良的人，藝術造詣很高，寫過很多藝術評論，也能畫。光復後他任職《新生報》編輯，回想起來，他是很有眼光的，當我們都一頭熱在搞「三民主義青年團」的時候，他就說這種有黨的關係的組織，他都不參加。不過，自從他的好朋友謝南光跟駐日代表團在東京換國旗，投誠中共以後，王白淵的日子就很不好過，每次謝南光從北京到東京開會，王白淵就被捉去關起來，謝在東京逗留十天，他就關十天，去四十天，他就關四十天，這種情況持續了好幾年。

王白淵和王井泉都在一九六〇年前後相繼去世。井泉兄的追悼會最有意思了，老朋友們都來圍坐在他的棺材四周，喝酒聊天，「古井仔，起來喝一杯！」就好像往日「山水亭」的景況。

《證言二二八》一九九〇年二月人間出版

注釋

①顏永賢是辜顯榮大媳婦顏碧霞的弟弟，二．二八事件後出走大陸，目前在巴西。

②蔣時欽是蔣渭水的二子，二．二八事件當中組織台北青年學生，事件後出走大陸，文革當中病故。

③《光明報》係二．二八事件後中共台灣地下黨的刊物。

三位台灣新聞工作者的回憶

——訪吳克泰、蔡子民、周青

一九八五年夏，我在大陸旅行期間，曾見到多位親身經歷二・二八事件的同鄉前輩，其中有現居北京的吳克泰、蔡子民和周青三位是當時台北市的新聞記者和編輯。八月二十日下午，在北京飯店，應我的要求，三位前輩做了一次針對二・二八事件的回顧談話，本文係根據談話錄音整理而成，文後的注爲筆者所加。

歷史回聲中的生涯

葉：首先請您們介紹一下個人的經歷。

蔡子民：我的本名是蔡慶榮，彰化二林人，一九二〇年生。在台中一中念到初三，正逢皇民化運動，我受不了乃跑到日本留學，這似乎很矛盾，逃避日本人的壓迫，卻又跑到日本去。但當時的台灣人並沒有其他出路，而且比較上，台灣人在日本本土還是比在台灣自由一點的。一九三九年，我進早稻田大學，是政治經濟系畢業的。日本投降後不久，有個華僑商人出資辦報，由我任總編輯，叫《中華日報》，但時間不長，主旨是反對日本軍國主義，爲日本的台灣老鄉和華僑爭取地位。光復第二年，我才回到台灣，透過謝南光的介紹，很快就接觸到蔣時欽、王白淵、王添燈、潘欽信、蕭友山等朋友，和他們一起活動、辦《自由報》。二·二八事件後，台灣待不下去，跑到上海任旅滬台灣同鄉會總幹事，做台灣同鄉難民遣送和救濟的工作，那時候蘇新由上海逃到香港，其妻女經我安排與難民一起搭船由上海返台的。

思想上，我受二林前輩謝南光和李偉光影響很大。李偉光與家父（蔡淵騰）是結拜兄弟，二林蔗農事件兩人一起被關，二·二八後我到上海，也是因爲有他可以投靠。也就是在上海時，我找到黨的關係。一九四八年夏，曾參加台灣同學返鄉團，回台一個月。

解放以後，轉任對台廣播工作，與宋非我①一起工作了兩年。記得是五三、五四年吧！他寫了很多相聲、廣播稿，後來他轉到泉州對台廣播，文革當中吃過很多苦頭，後來到香港去了。宋是很值得懷念的一位文化界人物，光復初期，他在台北演出話劇《壁》，曾轟動一時。

一九六〇年調到「對外文化聯絡委員會」，後來再調到「文化部」，負責對亞洲——日本、朝鮮、越南之文化交流工作。一九八一年調到駐日使館，最近才回來，仍然在文化部工作。一九七五年當選全國人大台灣代表。

吳克泰：我的本名是詹世平，當記者時的筆名是詹致遠。宜蘭鄉下的人，一九二五年出生。中學時到台北念台北高等學校文科，從日本老師對台灣學生的侮辱中，慢慢地覺悟到做殖民地人民的痛苦，有的日本老師常罵我們：「支那人，滾回支那去！」我在中學時就決心要回大陸來的，但一直到一九四四年才有機會。

在台灣很閉塞，只知道祖國有個國民黨，在大陸後方流浪了一段時候，一心一意要找蔣介石的國民黨，卻沒找到。後來到上海，不久日本投降了，自己盼望的國民黨也來了，卻沒有想到國民黨那麼糟糕，那時候眞是苦悶。後來，我參加一個日本人辦的《改造日報》，看到一些進步的書籍、報刊、電訊。慢慢地才理解，中國除了國民黨外，還有一股強大的民主勢力，從斯諾的書，才知道共產黨、新四軍、八路軍等等歷史。

一九四六年三月，我回台灣。一方面在台大復學，當時台大有一特別班，彭明敏、郭婉容都是這個班的，另一方面我在新聞界工作，先在《民報》一個月，在《人民導報》一直到四六年底，才轉到《中外日報》，《自由報》是從籌備時就參加了。二・二八以後，在台灣到處走，山上、海邊、碼頭都走遍了，一九四九年三月，到北京，以台灣青年代表的身分參加全國代表大會。以後就在國際電台，做對日廣播的工作三十年。一九八五年才轉到信託投資公司的現職。

周青：我的本名是周傳枝，筆名周描。台北市東門外人，一九二二年生。一九三四年從朱庄崙公學校畢業後，先在日華紡織株式會社當工人，後來也當過店員、牙醫見習生和泥水匠。當紡織工人時，認識了一批「台灣民眾黨」時代「工友總聯盟」的進步工人，帶頭的是黃江連。我因爲喜歡文學看了不少書，其中也有馬克思主義的書，受了啓蒙，就在工廠組織了「曙聲新劇研究俱樂部」，團結了一批工人，發動過一次失敗的罷工。一九三六年「曙聲」和萬華的「新劇研究會」合併成「台灣新劇研究會」，請張維賢和他的學生宋非我指導，演出過鄭正秋的《何必情死》和北川壽夫的《怪貨物船》。七七事變後，劇社受日本特高的注意而解散，原萬華「新劇研究會」的人到南京參加職業劇團。我因參加老台共外圍的一些活動，認識了朱點人、鄭德來、王中賢、周實等人，後來到高雄當泥水匠，朱點人介紹我認識了寫小說的林越峯，從而有機會閱讀大批三〇年代文學作品。

日本投降後，我和朱點人、林子溪三人成立「文學同志社」，九月份就出版《文學小刊》，其中有朱點人的〈玷〉和我的〈葫蘆屯〉兩篇中文小說。我們自己在「山水亭」門邊擺攤子，第一個來買的人就是王白淵。當時大家熱情很高，以為日本人走了，要好好發展《台灣文學》。

一九四六年，我在高雄文化書局遇到《人民導報》總主筆陳文彬，從而進入新聞界，擔任《人民導報》高雄特派員。後來因報導搶米事件，和引起王添燈筆禍事件的大港區灣仔內農民抗租事件，而受到地主和警察局長的威脅，被迫離開高雄。回台北以後，先在林子畏的《大明晚報》當記者，後來許乃昌找我轉到《民報》，四七年一月再到《中外日報》，同時在四六年十一月也參加《自由報》，王添燈每月還補貼生活費，生活比較過得去，那時經常和蔣時欽喝啤酒。

二·二八事件後（四月十三日），我和吳克泰坐「台南輪」離開台灣，輪上曾遇見在台灣文化圈子很活躍的黃榮燦，他胸前戴著警備總部的徽章。四月十五日到上海，投靠「旅滬台灣同鄉會」，解放前一直都在同鄉會當幹事。

解放後，我到華東局工作，一九五四年被調任華東局建築工程公司任祕書、宣教科長。六〇年到河北政策研究室工作，後來到河北作家協會，八四年才到北京社會科學院台灣研究所。

民主言論的工作

葉：請談談戰後初期的文化界，尤其是你們曾參與工作的《自由報》和《中外日報》。

吳：《自由報》是一九四六年五月份開始籌備的，蘇新、王白淵、徐淵琛、蔣時欽、孫萬枝、周慶安、詹世平、蕭來福、潘欽信等人，就編輯方針、經費發行諸事多次開會討論，多半在王白淵和蘇新家中。籌備開始不久，老蔡（蔡子民）回來也參加了。後來決定以《自由報》為名，經費由王添燈負擔，老蔡掛名總編，實際上是蕭來福。九月份出刊以後，很受到青年學生歡迎。但國民黨很不滿意，幾次申請登記，名字更換了好幾個——《自由報》、《台北自由報》、《青年自由報》都不正式批准。

蔡：我還在日本時，已經聽說台灣人民對國民黨的不滿，回到台北，王白淵、蘇新等正在醞釀一份同仁報，作為批評時政論壇，以容納當時已有幾份報刊不方便刊登的言論。

就內容主題而言，《自由報》一方面作為人民的喉舌，反映人民的痛苦與要求，另一方面報導大陸政局發展，並提出高度地方自治的政治主張。蔡時欽離開《民報》以後，在《自由報》專門寫有關自治問題文章。《自由報》曾全文刊出〈雙十協定〉，並選刊孫中山、蔣介石有關地方自治的語錄，針對蔣管區高度地方自治，做了充分發揮。起初，民間對地方自治的要求並不明確，不過，到了二・二八事件前，報刊上自治問題的討論就愈來愈熱烈了。

同仁中地下黨員有吳克泰、徐淵琛、孫萬枝、潘欽信、蕭友山（來福），沒有組織關係，但有聯繫，潘是王添燈祕書，寫不少政論文章。經費除了王添燈負擔大部分外，因他是茶業公會理事長，拉了不少茶業界的廣告。基本上，《自由報》是同仁報的性質，編輯、記者支領車馬費，業務及對外聯絡由蕭友山負責。

葉：《中外日報》是何時創刊的？組成的背景？

吳：《中外日報》是一九四七年一月試辦了一個月，二月一日正式發刊。首先是省議員林宗賢（板橋林本源家族）和台灣紙業公司經理鄭文蔚合資，後來王添燈也入股，並介紹徐淵琛、陳本江、周青和我幾個工作人員進去。《自由報》的朋友幫忙寫很多稿，但是，鄭文蔚很害怕，不肯登，報社常常吵架，言論也搖搖擺擺，不久二・二八事件就發生了。事件發生後，報社裡大部分外省人都跑了，沒人管，我們就把蘇新請來當總編輯，蘇新自王添燈筆禍事件後，離開《人民導報》到文化協進會，和王白淵一起編《台灣文化》。

周：二・二八期間情勢很混亂，查禁又嚴，加上紙張缺乏，基本上，大部分報刊全停了，《中外日報》堅持每日出刊。而第一篇關於事件的報導，就是老吳和我兩人徹夜在現場採訪寫成的，從傍晚在「天馬茶館」前，林江邁被毆打，到晚上群眾包圍公賣局、警察局我們都在現場。報導寫好，鄭文蔚極力反對刊登，後來經排字、印刷工人以罷工要脅，堅持，才讓這篇報導見報。二・二八事件中，又以《中外日報》爲中心，成立新的「記者公會」，把進步的報人記者組織起來，由地下黨領導。

葉：王添燈是事件中的重要人物，尤其在「台北市處理委員會」的表現，你們是不是他的幕僚？

蔡：事件中，朋友們分頭都參加了鬥爭，《自由報》也停了，剩下我們幾個人集中在《中外日報》，堅持每日出刊，同時也幫忙王添燈，準備每天在中山堂「處委會」的發言提案。三月五日，王添燈回來說要擬一個具體的處理大綱，蘇新、潘欽信、我和另一位年輕的同事，一共五個人就留下來討論，而後由潘欽信起草，在六日寫成，這就是三月七日王添燈在「處委會」上提出的三十二條〈處理大綱〉。

周：當天，我們都守在會場上，起初王添燈提出三十二條處理方案是很受歡迎的，但會場上毫無秩序，軍統、CC特務都混雜其中，到了下午，才在吵鬧喧譁中，通過增加成四十二條的處理大綱。後面增加的十條，其中，有的是軍統、CC特務有意提出，使之成爲陳儀進行鎮壓的藉口。比如「本省人的戰犯與漢奸無條件即釋放」及「各地方法院院長及檢察官全部由本省人充任」這兩條。在會場上提案起鬨的，有幾個特別要提出來，白成枝和呂伯雄是CC派的，白氏以前參加過「文化協會」，「忠義服務隊」的許德輝則是軍統的。會後，處委會代表去見陳儀，一批新聞記者跟去，我也是其中之一。陳儀的態度和先前完全不同，拍桌子大罵「處委會」的代表，說提這四十二條是搞叛亂。

蔡：那是傍晚的時候，我還記得當時的情景，我要陪王添燈去，他不肯讓我去，並且把口袋裡的東西掏出來交給我。那天晚上，他又到電台去做最後一次廣播。第二天傳說蔣介石的軍隊到了，大家勸他走，他不肯，他說要留下來，向國民黨表示台灣人是有骨氣的。

「處委會」

葉：你們對「處理委員會」的評價如何？

周：國民黨對「處委會」自有它的目的與重心，主要是要緩和和人民之間矛盾的尖銳化，並且拖延時間，爲下一步進行鎮壓做準備。而一般群眾，尤其是青年學生，對「處委會」帶有很大幻想，期待通過「處委會」達到改革的要求。黨派政客特務則利用「處委會」對群眾力量進行分化，軍統、CC則是和政學系進行爭權的鬥爭。王添燈是進步力量的發言人，他的周圍都是進步人士，當時情報發展成兩條戰線，一條是「處委會」，另一方面是做武裝起義的準備的。總而言之，「處委會」的組成非常複雜，有政府官方、人民團體、國民黨內派系，還有投機政客，是個各種力量較勁的場所。

美國準備供應武器！

葉：請再多介紹王添燈的事蹟。

蔡：重要的事蹟，蘇新所寫的文章②都提到了。蘇新文中提到 George Kerr 之事，我有一點補充的，美國方面是一直都想插手台灣的，二・二八事件當中，美國新聞處的人員很密切觀察事件發展，並也有活動。Kerr 曾向人說，台灣人若需要武器，美國可以提供，隨時只要說一聲，馬尼拉那邊馬上運過來。至於王添燈這個人，我自回台灣到二・二八這段時間都跟隨他，對他有相當的了解，覺得他對名利比較淡泊，也沒有什麼政治野心。事件當中，曾有人開玩笑，說起義成功以後他可以當省長，王添燈當場很嚴肅說：「不行，我沒有行政能力與經驗，只能搞搞群眾運動。」

吳：日據時代王添燈，參加過「文化協會」和「地方自治聯盟」。戰後初期，對國民黨可能並不很清楚，曾參加過「三民主義青年團」。後來，受徐淵琛的影響很多。當時他是省參議員，擔任《人民導報》發行人的期間，因報導高雄農民抗租事件而吃上官司，高雄市警察局長童葆周控告誹謗，兩次開庭，王的表現極有骨氣，法院擠滿了人，大多是大專學生和工會的人，《民報》的報導最詳盡，是周青寫的。王的辯護律師林瑞端後來也在二・二八事中被殺害了。

葉：是不是可以說共產黨利用了王添燈呢？

蔡：說他相信共產黨可能較為恰當，周圍的幾個朋友——徐淵琛、蕭友山、潘欽信——很受他信任，有事總要徵求這些人的意見，而這些人顯然與地下黨是有聯繫的。

周：我相信他本人也感覺到身邊有共產黨人，只將他評價為民族資產階級的左派是不夠的。

葉：「台灣民眾協會」和「政治建設協會」這兩個組織到底有何關係？

周：「政治建設協會」的前身就是一九四五年十月成立的「台灣民眾協會」，是由日據時代「台灣民眾黨」以及「文化協會」的部分領導成員組成的，主要有王添燈、王萬得、楊元登、黃朝森、蔣渭川、張邦傑等人。該組織後來遭到取締，解散後再重組「台灣省政治建設協會」，基本上受蔣渭川的控制。

蔣渭川這個人

葉：你們怎麼評價蔣渭川？特別是他在二．二八事件中的作為？

吳：過去我和蔣渭水的兒子蔣時欽很熟，知道一些家族的事。蔣渭川是蔣渭水的親弟弟，日據時代參加過「文化協會」，在蔣渭水開的書店當夥計，蔣渭水去世後，他霸占了書店，並將其兄的長子蔣松輝一家趕出去。二次大戰末期，在皇民奉公會極為活躍，戰後則以蔣渭水繼承人姿態出現。一九四六年夏天，和白成枝、呂伯雄、李友三等人組成「政治建設協會」。秋天參加林獻堂組織的「台灣光復致敬團」到大陸訪問，返回台灣後就大罵起共產黨，當時台灣很少有人知道共產黨是怎麼回事的？聽說是致敬團在上海時，他和國民黨的CC搭上了線。這樣的推測，從他在事件中的表現得到印證，第一次廣播中，他就一再呼籲民眾冷靜，不要鬥爭。最後一次廣播，王添燈號召民眾堅持鬥爭到底，蔣渭川則說什麼雖然大家盡了力，但最壞的情況已經來了。三月八日蔣軍開進台北市，蔣渭川的女兒在家中被殺，他本人逃走，躲到國民黨主委李翼中的家裡。

葉：如果他是國民黨的人，軍隊怎麼會到他家裡去殺人？

吳：當時一片混亂，軍隊怎麼搞得清楚呢？而且，可能還有派系的問題。

周：蔣渭川一向表現不好，二．二八當中，蔣時欽和一批進步學生組織「台灣青年自治聯盟」，他就混在其中搞分化，和CC的作法完全一樣的。在「台灣民眾協會」時期曾和他很接近的王萬得，也曾說蔣渭川是CC。

地下黨力量還小

葉：「台灣青年自治聯盟」在事件中做了些什麼事？

蔡：這是大專青年學生組織起來的一股力量，當時準備要武裝的，但因時間太倉促，計畫粗糙，沒有能發揮作用。

葉：事件中，台北地區有民間武裝力量嗎？

吳：武裝力量是中部地區組織得比較有規模，而且中部地區國民黨的防守兵力空虛，沒有辦法鎮壓。台北不同，國民黨的首腦地區，要塞多、軍事力量強。當時是首先把分散的群眾組織起來，有青年學生隊伍，還有烏來的高山族青年聯繫好要下山來參加武裝起義的，但是，只有很少的武器。

周：曾經準備要奪取新店溪附近的武器庫，地圖都有了。還有空軍地勤部隊的台灣兵（其中有原義勇隊員）也準備起義，出動裝甲車隊和兩架飛機，可惜事機洩露，在行動前半天被解除了武裝。

葉：台北的武裝力量是地下黨領導的嗎？

吳：也不完全是，只能說是地下黨有一定的影響力。

周：二・二八起義的失敗，是客觀情勢。主要是國民黨的軍力強，民眾組織力量懸殊，其次是領導層的認識，對群眾力量估計太低了。但是，當時民眾的氣氛是傾向洩憤，公賣局、銀行的錢被群眾圍著放火燒掉，有的大陸籍進步人士在旁邊說，這種錢應該拿來做組織群眾的經費，可是，當時沒有人拿的，拿的人一定挨打，因爲當時群眾的情緒是不容許的，我們台灣人就是這麼清白，這麼天眞。

蔡：與巴黎公社有經驗相似之處。不過，最主要的還是台灣人民沒有心理準備，誰也想不到光復才一年多就會爆發這種事？台灣的地下黨是四六年才建立的，到了年底的時候，各地工會才漸漸組織起來，四七年一月份，搶米事件發生，各方面的群眾組織才萌芽，學生則是沈崇事件後才組織起來，總之，在二．二八事件當中，中共地下黨在台灣的組織尙未建立起來，力量還很小。

外省人受到本省人保護

葉：事件中，省籍衝突毆打大陸人的情況嚴重嗎？

吳：只有第一天有毆打外省人的情況，當時民眾氣憤，情緒衝動。第二天以後，就很少再聽到打人的事，外省人大多受到保護。

周：據我了解，台北市毆打外省人的，主要還是一批地痞流氓。

蔡：事件當中，很多外省人都受到本地人的保護，像基隆的大陸籍老師、商人、學生一律受保護。淡水的淡江中學，首先是本地學生保護大陸籍的老師，後來國民黨軍隊來時是反過來老師保護學生。

周：《大明報》的記者、編輯也是受本省同事的保護，然而，事件後發行人艾璐生被槍斃，主編馬銳籌也被逮捕。

葉：謝娥在事件中的作爲與遭遇，頗引人議論，你們的看法如何？

蔡：謝娥是個民族主義者，日據時代曾被日本人捉去關過，光復才出獄的。她是外科醫生，光復初期很活躍，當過「婦女會」會長和國大代表，她可能和當時一般人一樣，民族感情濃重，信仰三民主義，對國民黨沒有什麼了解。事件當中，極有可能是不明眞相，被國民黨利用，到電台廣播，想要安撫民眾。然而，當時民憤沖天，她說謊當然引起眾怒，才會招致群眾燒毀她的醫院房子，基本上，她也算是國民黨的受害者吧！

葉：事件後，你們都跑到上海，是因爲有組織關係？

周：旅滬台灣同鄉會（會長李偉光）是地下黨的祕密聯絡站，這後來因蔡前（即蔡孝乾）叛變，國民黨也都知道了。我和吳克泰先到，後來蔡慶榮、蘇新、謝雪紅、楊克煌等人陸續也都來了。蘇新、謝雪紅不久又轉到香港去，在那邊成立「台盟」，辦《新台灣》叢書。我們則在同鄉會辦一份手抄油印刊物叫《前進》，由蔡子民主編了四期。一直到上海解放前，我都在旅滬台灣同鄉會任幹事，蔡子民是總幹事。

台灣學生運動

葉：共產黨在大陸搞學生運動很厲害，在台灣建立地下黨之後，學生運動的發展如何？

吳：戰後不久，「台灣學生聯盟」就組織起來，主要的人物是士林人郭琇琮，他是原台北高等學校醫學部的學生。抗戰中曾到廈門，學會了普通話，回士林組織「協志社」，史明、潘淵靜、何冰等都參加了，表面上不帶有政治色彩，舉辦一些醫學、文化、攝影、鄉土的展覽會。二次大戰中曾被逮捕，到一九四五年九月才出獄到台大醫學院工作。一九四六年三月，曾在台大醫院發動義診。二・二八事件中郭氏是學生領導人之一，事件後與愛人一起入黨，是地下黨台北市委。蔡前被捕後，郭在一九四九年底也被捕，次年在台北火車站前被槍決。

二・二八之前有過幾次學生爲主的事件，第一次是基隆中學學生紀念五四，上街遊行，受警察特務的毆打逮捕，當地的省參議員顏欽賢透過陳逸松找我，我當時還在台大念書，就組織發動學生到省參議會去抗議，要求查辦。第二次是澀谷事件，抗議日本流氓迫害僑民。規模最大的一次是沈崇事件，台北的大陸籍學生先起來活動，但人少力量很小，本省學生因不了解，開始時持觀望態度，後來經過我在中間溝通，雙方合起來，在一月八日（一九四七年）組織了一萬多人的示威遊行。

二・二八以後，台大、師大的學生組織一個「麥浪歌詠隊」，三月二十九日（一九四八年）青年節晚上，在台大法學院操場舉辦過盛大的「篝火晚會」，其後曾到台中、台南巡迴演出，歌詠隊的隊員還有幾位現居大陸的。次年春天又發生「四・六事件」③，國民黨逮捕很多學生，其中台電總經理劉晉鈺的三個兒子均被槍斃。那時候學生運動受到大陸解放前夕的氣氛影響，「麥浪歌詠隊」公開演唱解放區歌曲，和上海學生運動的方式都一樣。當時，大家都很樂觀，都認爲很快就全國解放，國民黨是一定會垮的。

文藝工作

葉：二・二八前，聽說宋非我的話劇《壁》、《羅漢赴會》很受歡迎，事件以後，宋非我逃離台灣，文藝活動方面還有些什麼嗎？

周：一九四七年底，我又回到台灣，和豐原人張邱同松組織了「鄉音藝術團」，〈收酒矸〉、〈賣肉粽〉、〈賣豆漿〉這三首民歌，就是張氏那時候的創作（大約是四八年初）。後來我受特務監視，夏天時再離開台灣到上海。「鄉音藝術團」由林秋興（即林知秋）接辦，改為「鄉土藝術團」，吳克泰、徐瓊二都曾參與。林秋興一度曾到上海台灣同鄉會來，是個有進步思想的人，後來回到台灣繼續藝術團的工作，一九五〇年被害。

葉：徐瓊二就是徐淵琛，《台灣の現實さ語る》一書的作者嗎？

吳：是的，徐瓊二是筆名，他是台北市人，徐慶鐘的姪子。原來是《民報》記者，也是《自由報》的同仁，王添燈很信任他，很聽他的意見。徐是地下黨員，一九四六年當選台北市參議員，五〇年，國民黨在台灣第一次對共產黨大迫害被殺害。

葉：另一位省參議員林日高也是同時期被害的嗎？

周：不，林日高是一九五五年前後，以掩護共產黨罪名被害的。林氏是老台共創建人之一，日據時代也被關過。二・二八事件他也被捉去關過一陣子，出來以後還擔任過省政府委員。他是台北縣板橋人，為人處事極謹慎，二・二八當中他也在「處委會」，做了不少事情，但都沒有暴露。老台共在台灣能生存到一九五五年是非常不容易的。

宋斐如和呂赫若

葉：請你們介紹《人民導報》社長宋斐如的事蹟。

吳：宋斐如本名是宋文瑞，台北縣鶯歌人④，台北高等學校畢業後到北京大學念書，曾在泰山馮玉祥處講學。抗日戰爭中主編香港出版的《戰時日本》，曾任中蘇友好協會幹事。戰後返台任教育處副處長，創辦《人民導報》，因言論問題頗受國民黨壓力，自總編輯蘇新被迫離職後，換過幾個總編，有的是國民黨指派的特務，後來宋斐如辭去教育處副處長職，親任編輯直到二・二八發生報紙停刊。宋氏是國民黨軍開入台北市後的第一批被害者之一。我曾任《人民導報》的記者，還記得他常對同仁說「是存在決定意識，不是意識決定存在」、「新聞從業者的耳朵要靈一點，要多報導民間不受注意的反應和要求」。一九四六年，我訪問返台的李偉光，寫了一篇〈莫忘二林事件〉，很受他讚賞。宋是個思想進步的讀書人，但較缺乏組織能力，不擅於團結人。

其妻區嚴華是廣東人，共產黨員。生前在台灣省政府法制室工作。二・二八事件後曾到廣州、香港，返台時攜帶「台灣民主自治同盟」的出版物《新台灣》，在海關被查到。一九四九年五月，曾幫助前《人民導報》主筆陳文彬一家逃離台灣，九月中區氏被捕，次年一月十一日以參加共產黨罪名被槍殺。其子宋亮時年僅四歲，由外公接回廣州。

葉：關於呂赫若的傳說很多，您們曾在《人民導報》共事過？

吳：是的，我和他是《人民導報》的同事，他在王添燈筆禍事件後離開報社工作，轉到建國中學任音樂教員。二‧二八事件後，思想更爲開闊，與陳文彬一起有文化界的組織。

周：戰後呂赫若面臨一個創作上的大問題——文字轉換，在報界工作對他很有幫助，他爲人極爲勤奮而且熱情，思想上非常堅定的社會主義者，二‧二八事件後參加中共地下黨，主編《光明報》。

《台灣與世界》一九八七年三月號

注釋

①宋非我，台北市人。早年在基隆當礦工，自一九三〇年代即參加台灣新劇活動，一九四六年，在台北市中山堂演出《壁》和《羅漢赴會》，轟動一時，竟遭當局禁演。宋氏所主持的廣播節目「土地公遊台灣」，批評時政，很受民眾歡迎。一九四八年宋氏逃離台灣，經日本、香港到大陸。

②〈王添燈先生事略〉，《台灣與世界》第九期，一九八四年三月。

③參見鄭洪溪，〈回憶台灣四‧六事件〉，《台聲雜誌》第三期，一九八四年。

④根據宋斐如子宋亮的說法，宋氏係台南縣人。請參見〈台灣《人民導報》社長宋斐如〉，《台聲雜誌》第七期，一九八六年。

二・二八事件和台北學生

——訪葉紀東

前言

葉紀東是台灣高雄人。二・二八事件當中，曾參與組織領導台北學生隊伍，一九四九年出走大陸，長期定居北京，在廣播電台工作。現已退休，兼任「台灣民主自治同盟」的顧問。

筆者曾分別於一九八四年十月二十二日在美國華府，以及一九八八年十月二十五日在北京，兩度訪問了葉先生。本文是根據兩次談話中有關二・二八事件的部分整理而成。

問：葉先生您是台灣什麼地方人？二・二八事件發生的時候您在哪家大學念書？

答：我是高雄人，當時在台北延平學院念書。

問：聽說延平學院是戰後民間創辦的大學，到底是哪些人辦的？什麼時候成立的？

答：我是一九四六年五月份聽說有這麼一所夜間大學的。成立的時間可能是春天吧！正式開學是九月。是由一些有識之士創辦的，主要有朱昭陽、朱昭華兩兄弟，以及劉明先生等人。朱昭華先生學世界語，很有點社會主義思想，教授也都比較開明進步。學生則經濟條件較差，白天多半要工作，來補貼自己的生活和學費。學校也提供很多工作機會給學生，校內的雜務像抄寫講義、油印等各種工作都由學生來做。我記得還舉行過義務募款。可以說是爲一些經濟上比較困難，而想繼續升學的青年而設的夜間大學。

問：這所大學有沒有共產黨的學生組織？您是不是成員？

答：以前我在高雄，日本投降前夕就參加過抗日的活動。日本投降後，我立即參加歡迎國軍接收，以及肅清日本帝國主義教育影響的活動。進了延平學院以後，我就在學生中組織讀書會。地下黨的領導人很照顧我，開始我並不自覺，也不知道他的身分，後來才漸漸領悟到是怎麼一種關係，我是一九四七年二月份自己要求入黨的，兩週之後，二・二八事件就爆發了。

問：您爲什麼想要參加共產黨？那時候像您這樣想法的學生多嗎？

答：在我們那個時代，青年人普遍地有一種使命感，我想這也是很正常的，一個變動的時代。過去受日本人壓迫，好不容易盼來的祖國，卻是那麼腐敗的國民黨，大家都很困惑很苦悶，都在尋找出路。當時學生聽說大陸有共產黨，都很關心，都希望知道是怎麼回事。

問：那時候認識謝雪紅嗎？

答：認識的。凡是坐過日本監牢的政治犯，我們都很尊敬，認爲他們是爲台灣人的利益奮鬥而受迫害的，是有民族意識，政治上也有見解的人。我第一次見到謝雪紅是一九四六年秋天，在台北念書的時候，我只有十九歲，當時的心情很興奮，覺得很光榮。她介紹了好幾位年輕朋友給我，都是很熱情很有理想的。

問：二・二八事件中，台北的學生是怎麼組織起來的？

答：事情發生後，學生紛紛集會、遊行都自動地組織起來。我們就在學生自己發動起來的基礎上，進一步把各學校的積極分子聯繫在一起，成爲一股較大的力量。事實上，台北學生經過澀谷事件和沈崇事件兩次示威遊行，尤其是四七年一月初的沈崇事件，有萬人的抗議遊行，基本上，各校間積極的進步學生均已有聯繫，像法商學院的陳炳基，是澀谷事件就出來領導的，師範學院有位同學叫陳金木（原名叫陳水木）。後來在一九五〇年就犧牲了。另外師大學生會的主席，姓鄭的，名字一時想不起來了，台大也有幾位很活躍的同學。我們幾個人就是學生隊伍的骨幹，負責組織工作，後來台大醫學院的郭琇琮也參加了，他就是我們學生隊伍的總指揮。那時他已畢業，在擔任助教。我記得法商學院是第一大隊，第二大隊是師範學院，第三大隊是台灣大學，另外還有一個工人隊伍，領導人姓劉，目前也在美國。

問：事件當中，學生們有沒有比較具體的主張或訴求？對「外省人」的態度如何？

答：學生都很單純，滿腔熱血，多半是看不慣「祖國」接收官吏的行徑與他們對台灣人的歧視，要爭取民主平等。當時，確實有「打阿山」的口號，也眞的發生大陸人挨打的事，但絕不是所有的台灣人都贊成這麼做，我們對大陸籍的同學、老師都加以保護。不僅如此，也有大陸籍的同學，爲正義感驅使，而奮不顧身地參加我們抗議示威的隊伍。

問：你們的學生組織隊伍，在二・二八事件當中，有沒有武裝？

答：台北沒有台中那麼順利啊！台北是國民黨統治中心，軍隊戒備森嚴。台中就比較鬆懈，因此群眾很快就可以占領警察局，把縣長都看管起來了。所以啊！地下黨台灣省工作委員會曾商量……武裝隊伍的問題，聽說謝雪紅那邊有一批武器，就派了林樑才（也是省工委之一）到台中去聯絡，希望台中能支援台北學生青年隊伍的武裝，結果遭到謝雪紅的拒絕。我還記得林樑才回到台北，向大家報告此事，非常憤慨，在那麼緊急的時候，她竟然做不顧全局的考慮。

問：當時謝雪紅與地下黨到底是怎麼一種關係？她有黨員的身分嗎？

答：二・二八期間，謝雪紅並不是正式的共產黨員，國民黨說二・二八事件是什麼「奸黨叛亂」，好像全都是像謝雪紅這種共產黨員在領導煽動，這也是不符合事實的。謝雪紅領導的只是台中地區一部分武裝力量，台中市民自己起來組織，也還有其他的組織隊伍。不過，謝雪紅戰後沒有入黨，據說是因爲她一來就要求參加省工委的領導，蔡前（蔡孝乾）則要求她先辦好入黨手續，要交代清楚舊台共時代歷史，包括被日人逮捕監禁期間的情況，然後才能參加黨的工作，謝雪紅都拒絕了，所以沒有正式入黨。

問：二・二八事件後，延平學院就被迫封閉了？

答：是的，延平學院的壽命很短，就只有那麼半年。因爲事件中，延平學院的學生幾乎都參加了學生隊伍，很活躍，國民黨認爲學生所起的作用太壞。二・二八的局勢變化很快，三月十日前後，國民黨援軍到了以後，群眾、學生的組織都散了，軍隊開過來當街殺人，一片腥風血雨，我也不得不離開台北，回高雄去隱避了一段時候。

問：傳說謝雪紅等人後來坐國民黨海軍艦艇逃出台灣？

答：是真的。她和克煌、周明、林樑才，事後都到高雄來躲避逮捕，我曾幫忙安頓他們。當時很危急，到處在抓他們，省工委要我安排他們離開，後來是一位在海軍的朋友①幫忙，用錢買通，搭海軍艦艇出海，由左營走的，當時，海軍很腐敗，也走私或運載平民圖利。他們很順利經廈門到上海，蔡前為他們寫了給李偉光先生②的介紹信，還是臨上船前我交給他們的，後來，他們轉到香港，組織「台灣民主自治同盟」，發行《新台灣》，也曾送回台灣散發。

問：你自己是什麼時候離開台灣的？

答：事件後我回高雄，換過幾個工作，在一家私人公司幹過幾個月的小職員。到了一九四八年十一月，台北有一位朋友被捕，特務在他家裡搜到一封我的信，就根據這封信追蹤到高雄。我是四九年四月六日從基隆搭船離開的，臨走前夕我還參加了台北學生的開會，第二天就爆發了四．六事件。四月底到了北京，謝雪紅他們已經由香港轉來北京，這是一生最幸福、最痛快的一次重聚，在台灣共患難的戰友們，脫險來到解放的北京重逢，大家都忘了在台灣時的恩恩怨怨，沉浸在慶祝勝利的氣氛中。

問：事件後在香港的那段時間，楊克煌和蘇新合寫了《台灣二月革命》，以林木順的名字出版，蘇新又自己寫了《憤怒的台灣》，並請以這兩本書比較你所了解的、所經歷的二．二八事件。

答：大致上是忠於事實的。楊克煌另外還寫了一本《台灣人民解放運動史》③，不過，只要寫到二·二八事件，他就要吹捧謝雪紅，有些地方就比較誇張，與事實難免會有些出入之處。「二月革命」也一樣，台中地區和謝雪紅的部分，也是楊克煌執筆的。而蘇新自己寫的《憤怒的台灣》，二·二八那段，關於謝雪紅的部分，也是過頭了一點，我想，這是因爲當時他們逃離台灣到香港，一起在組織「台灣民主自治同盟」，是當時氣氛之下的產物，不過，也還不至於像楊克煌那樣吹捧得露骨。人都有局限性，所以，現在回頭看歷史材料，一定要有批判的史觀才行。

《證言二二八》一九九〇年二月人間出版

注釋

①蔡懋棠，鹿港人，左營海軍基地「技術員兵大隊」中尉。葉紀東先生因不知蔡氏日後遭遇，要求我隱去此段細節。唯根據鍾逸人先生回憶錄，蔡氏確因安排謝雪紅出走而繫獄十三年，蔡先生已因病去世。

②李偉光先生係農民運動領導人，後到上海行醫，任上海「台灣同鄉會」會長，並爲上海台灣地下黨之聯絡人。

③湖南人民出版社。

L氏的回憶
——二月事件中的台中市

我的父親是台中縣霧峰萬斗六人。

父親青年的時代就參加「文化協會」和「農民組合」，曾被日本人逮捕過三、四次，關了好幾年。本來父親也是個有五、六甲田的小地主，種稻子和香蕉，參加農民運動花掉不少錢，主要卻還是受日本的打擊，家境愈來愈困難，後來破產了，只好到一家肥料公司當小職員。日本人都是先拉攏肯妥協的，就給你一點小甜頭，堅持的，就對付你。到了三〇年代初期，我們家裡生活很苦，所以我小學畢業，也沒有辦法繼續念中學，到台中青果組合，也就是香蕉收購站去當臨時工人，後來換到小學當辦事員，又去念師範學校的培訓班，才當上小學的教員。

父親和鬥士們

父親是很有民族氣節的人，我從小就知道日本警察特務叫「臭狗仔」。記得我七、八歲時，有一次晚上警察和特務來抄家，我害怕抱著母親哭，父親對我大喝：「不驚臭狗仔，不哭。」到現在我印象還非常深刻。家裡客人很多，很熱鬧，出入的都是文化協會、農民組合的同志，我還記得簡吉、溫勝萬，最常來吃飯、過夜，人們都稱呼他們「鬥士」。有時候父親到台中開會，也帶我一起去。日據時代，父親這種人都屬於思想犯，家裡常常有日本特務監視，小孩子常在門口玩，看到警察特務來，就大聲叫「警察來了」或「臭狗仔來了」。

經過三〇年代的大鎮壓，到了九一八事變，日本人發動侵華戰爭，父親一直堅持著與日本人抗爭，二次大戰的幾年間，日本人大搞皇民化運動，在殖民地徵兵，募捐支援大東亞戰爭，父親每次都發動抵制運動。一九四四到四五年時，他又參加反戰的「蕉土會」，與楊貴、謝雪紅、葉陶等前輩常在一起來往比較密切。

我的生母很早就去世，記得是我十歲的時候。父親再婚的繼母也在一九四六年病故。

我在一九四三年時，就開始偷偷學北京話，是跟一位叫曹一波的東北人。我的思想進步，除了父親的影響，還有謝雪紅和楊貴的影響也很深。戰後那段時間，我常在謝雪紅那裡出入，認識很多年輕進步的朋友，我們年輕一輩的都稱她「奧巴桑」。她常提及自己的身世，怎麼參加革命，爲勞動人民做事情，怎麼到莫斯科大學留學，後來回台灣參加組織台灣共產黨，與日本人抗爭的經歷。我非常感動，總是想，一個婦女能夠那麼堅強和日本人抗爭，眞了不起。

一九四六年的秋天，得到父親和楊貴、謝雪紅、楊克煌幾位前輩的支持，我一個人跑到大陸來，想要到解放區參加革命。我到上海來，住在同鄉會長李偉光先生這兒，他是二林事件（農民運動）的領導人，和父親是老同志了。當時，國民黨打開內戰，向蘇北重點進攻，我在上海等了一個多月，因交通中斷，去不了蘇北解放區，才再回台灣。

在上海的時候，李偉光和謝雪堂（台南人）兩位先生不僅在生活上幫助我，啓發我的思想。我還記得，魯迅逝世十周年紀念日，謝雪堂先生帶我到萬國公墓的魯迅墓上，還有一次，他帶我去參加陶行之先生的追悼會，我到現在印象還很深，是在震旦大學。我還記得我們坐在右邊第三排，首先是學生代表的悼辭，非常令人感動。第二個講話的是國民黨的代表，再來是中國共產黨代表團，我聽了嚇一大跳，那是我第一次在公開場合看到共產黨代表，非常激動，當時坐都坐不住了，謝先生按著我說「沉著一點」。

謝雪紅和「人民協會」

戰後，謝雪紅和楊克煌籌備組織「人民協會」，一九四五年十月五日在台中大華酒家正式成立。楊貴原先也參加了籌備，因爲和謝雪紅不合而未參加成立。謝雪紅是實際上掌權的人，林兌出面任委員長，中央委員有謝雪紅、楊克煌、李喬松和謝富等人。

那段時候，謝雪紅在台中市很活躍，戰後她接收了一家日本人的「日出酒家」，她的弟弟謝振南經營「大華酒家」。楊克煌辦了一份不定期的油印報叫《台灣人民報》。

「人民協會」在一九四六年一月份，就被陳儀下令解散了，此後謝雪紅就在尋找共產黨的組織聯繫。一九四六年的春天，蔡孝乾回到台灣來建立地下黨組織，在此之前，一九四五年十月上海地下黨就派過《大公報》記者李純青去過一趟台灣，和老台共應該都有過接觸，詳細情形我不太清楚。不過據我所知，老台共沒有在那時候入黨的，謝雪紅也是一九四八年在香港才正式入黨的。雪紅和孝乾從前在老台共時代就有分歧，這兩個人很難合作，這是大家都知道的。

從「市民大會」開始的

一九四六年十一月，我從上海回台灣，那時候台灣人民已經對國民黨非常不滿，一年前才熱烈歡迎來的祖國政府，竟然是那麼的腐敗，大家的失望簡直到了極點。

二·二八事件發生的那天，我正好出差到清水，事件鬧起來，交通中斷了回不來。後來才聽父親說台中的情況，台北發生事情以後，台中市民憤慨起來，但群龍無首，只會在街頭表示不滿，謝雪紅、克煌、謝富和父親商量要開「市民大會」，群眾一聽開大會，台中座（即台中戲院）馬上就擠滿了人。大會上由雪紅、克煌等人先報告台北槍殺案件，討論怎麼去響應、聲援台北，結果呢？會開到一半，群眾已經不耐煩了，有人喊著：「不必再說了，大家走，行動吧！」就是這樣，群眾分了兩路人馬去包圍縣政府和警察局，台中市就是這麼開始的。

當時，亂糟糟的，群眾自發性地，一幫人一幫人就組織成戰鬥隊伍，大部分是曾被日本人徵召去當兵的，回來後大半都失業的青年和學生。二七部隊戰鬥的情況，要問周明才清楚，他是二七部隊的副隊長，但他也不是從開始就參加的，他是後來晚幾天才由台北回台中來加入的。隊長是鍾逸人，台中一中畢業的，是「三民主義青年團」的人。周明和何集准（到大陸後改名何建人）則是台中商業的同學。

台中師範學生的武裝部隊最先受吳振武掌握，他是師範學校的體育教官，台中市的人迷信他，因爲他當過日本海軍，會打槍，日本戰敗了，才由海南島回來，退伍時日本人把他升爲海軍大佐（即中尉），台灣人當日本兵，還沒有這麼高的軍階，所以大家都以爲他了不得。

我從清水回到台中，趕到「指揮部」去找謝雪紅，「指揮部」是設在日據時代的「工商會議所」，看到雪紅和克煌忙得不得了，講話聲音都沙啞的，我一見面就向他們要求參加二七部隊。雪紅對我說「自己去組織」，所以我就去找平常有聯繫影響的青年學生，組織起來。

以後各界人士組織「處理委員會」，雪紅也參加了，武裝部隊受吳振武控制，謝雪紅也指揮不了。開始時，攻下兵營還拿到一些武器放在「指揮本部」。「處委會」成立以後，不一樣的意見就多了，而且，台中地方上的人都認爲謝雪紅是「赤色分子」，她就更是抓不到指揮權了。她能夠控制的大概只有二七部隊。但是，當時這種民眾自發組織的戰鬥部隊，都很鬆散，沒有什麼紀律和約束，本來是群眾自己找來的，後來人不來了，也沒有辦法啊！

地下黨是想要組織起來，但要領導這些自發的群眾，只有透過像雪紅、楊貴或我父親這些平常就有群眾基礎的人物才有可能。畢竟當時地下黨的力量還不夠，而且那時候一片混亂，我看是誰也指揮不了誰的局面。我並不知道蔡孝乾來找謝雪紅要求支援台北武裝的事情。

埔里戰役

三月八日，國民黨援軍上岸的消息傳來，台中市就人心惶惶，大部分組織都散了，大家逃亡，躲起來，只有二七部隊撤退到埔里，決心要繼續戰鬥。二七部隊轉移後，我接到地下黨的命令，要我通知所有可能動員的人，到埔里加入二七部隊。我通知完了，自己才連夜走走跑跑趕去，台中到埔里有六十公里，那時交通已斷沒有車子。到了埔里沒有見到雪紅，只見到克煌，他叫我馬上回頭，回台中去籌軍用資金，於是我沒有停留就趕回台中，只走到草屯就碰到國民黨的軍隊了，以後埔里打起來就進不去了。所以，自己並沒有參加二七部隊的戰鬥。但是，我通知動員去的那些青年學生，在埔里鎮外烏牛蘭的戰鬥中都很勇敢，後來抵抗不住國民黨的大軍，又找不到領導，很多人就從霧社北山路跑到東勢角轉到豐原退出來。

我不知謝雪紅和楊克煌是怎麼離開埔里的？聽說，後來大家就找不到他們兩個，沒有人看到他們。本來，二七部隊撤到埔里以後，台中地區就謠言四起，都說這個部隊是「紅的」，所以地方上的人都很害怕，到了埔里後，據說謝雪紅也曾到霧社高山族去宣傳發動，但成效不大。

「自新」和「清鄉」

二·二八事件後，國民黨號召台灣人去「自新」，公布了一套「自新」辦法，連日據時代有政治犯前科的全要去登記，也不管有沒有參加二．二八事件。我趕緊去找那些到過埔里的青年學生，勸說他們千萬不要去自新，一去就被卡住，關起來了，國民黨全是騙人的。也是這樣，我才從他們那兒了解到二七部隊在埔里戰鬥的情況。

接著，國民黨開始「清鄉」，到處在逮捕人，跟二．二八無關的，也有被捉的。父親和我，很多朋友都是跑到鄉下親戚朋友處去躲起來。事件當中，父親和雪紅他們都是檯面上的人，目標很大，要捉他們的風聲很緊，本來父親準備和雪紅他們一起走的，但時間來不及，他趕到左營的時候，他們所搭的軍艦已經開走了，周明和他們一起走的。

五月中，我送父親到基隆，當時仍然查得很緊，還是沒走成，到了七月，我才把父親送到上海，到他的老同志李偉光先生那兒，我自己又回台灣去。

父親在上海住了一段時候，又想回台灣，大家都勸他說「你是黑名單上的人，被捉到的話，一定被槍斃的」。他卻堅持說是要想爲革命爲大眾做一點有益的事情，就不能考慮太多自己。父親在一九四七年的十二月回到台灣，我接到通知要去基隆接人，到了碼頭一看，竟然是父親回來了。這以後，我有我的工作，父親也做他的工作，都是到處跑來跑去，偶然才會碰在一起。

一九四八年我終於必須離開台灣。先到香港待了四個月，就和雪紅、克煌、蘇新住在一個地方，蘇老我是那時候才認識的。那時，我等待著安排去解放區，沒有參與雪紅他們在香港的工作，全然不知道潘欽信、蕭來福和廖文毅合作的事情。一九四九年初的時候，我去了山東煙台，後來南下再到上海，才和父親重聚，父親是一九四九年五月份由妹婿送他出來的。從此，我們一家分隔兩地，四十年無法團聚，尤其是我在台灣的妹妹和弟弟，因爲父親和我的牽連，他們長期吃了很多苦。妹妹無端被關了八年，三個年幼的外甥沒有人扶養，逼得走投無路的慘境，一個弟弟因受不了那種恐怖折磨而精神失常。妹妹出獄後在極端困苦中，把離散的子女領回扶養成人。

《證言二二八》一九九〇年二月人間出版

後記

L氏是現年六十八歲，目前住在上海市的一位台灣同鄉。我是一九八八年十一月四日訪問他的，本文係根據當天訪問錄音整理成。因台灣親人長期受到政治迫害，L氏十分憂慮本文的發表，會使家鄉親人再遭遇麻煩，本文尊重他苦衷與心情，乃隱去姓名。

二・二八事變中的謝雪紅
——訪周明

前言

周明先生的本名是古瑞雲，台灣台中人，一九二五年出生。台中商業學校畢業。現在上海外語學院教授日文。

一九四六年夏，周明經謝雪紅的介紹，在台北《中外日報》任會計職。二・二八事件發生後，他回到台中參加反國民黨民眾武裝力量「二七部隊」，任隊長鍾逸人的副官。撤退到埔里之後，他指揮二七部隊與國民黨軍隊的戰鬥。事件過後，他與謝雪紅、楊克煌一起離開台灣到香港，一九四九年到大陸定居迄今。這一段經歷，他在接受何眴女士的訪問時，已有詳細的敘述。

（何眴，〈周明先生談二・二八〉）

一九八七年二月，周先生應邀到紐約出席「二・二八事件四十周年研討會」，鍾逸人先生也到舊金山灣區參加陳芳明所主持的「二・二八四十周年紀念會」。於是，當時序過了將近半個世紀，繞過了半個地球，這兩位昔日的戰友，意外地，在北美的紐約市重逢。這意外的一章，因我提起鍾逸人的名字，說他也正好來了美國，周明激動地喊著：「啊！鍾逸人還活著！」他自出走大陸四十年來，就沒有任何在台昔日戰友同志的音訊，甚至也不知道他們的生死，而他自己的親弟弟，則在他逃離之後，被國民黨逮捕，等於是頂他的罪而死。因而，他先前接受訪問時，幾乎都不敢指出任何人的名字。

一九八八年十一月三日，我到上海外語學院訪問了周先生，所談的內容比較廣泛，僅將其中涉及二・二八事件的部分，整理成本文，並經周先生本人補正。

葉：二・二八事件當中，台中地區的武裝部隊是怎麼組織起來的？

周：說實在的，武裝力量完全是群眾自己組織起來，大多是三五成群自己組織起來之後來找謝雪紅的。有的是個人來找謝雪紅，就聽她指揮，當時她坐鎮在「作戰本部」。吳振武那兒也有一批人，大半是台中師範的學生，鍾逸人也有一批人。這些隊伍後來就匯成「二七部隊」，隊名是楊克煌取的，因爲事件是發生在二十七日晚上，爲紀念這個日子取的部隊番號。

後來逃亡途中，謝雪紅告訴我，組織二十七部隊是當時中共地下黨領導人張志忠的建議。張對謝說，群眾自動自發成立武裝力量很多，有必要建立自己能夠信任能夠控制的武裝力量，也就是基幹民兵部隊。張在抗戰中在新四軍擔任團長，有很豐富的游擊隊經驗。所以，二七部隊，基本上就是從謝雪紅原有的群眾基礎上組織起來的。謝還對我說：「你雖然曾一再推崇鍾逸人，但我對他的政治立場很不放心，所以我叫你去控制二七部隊。」

葉：謝雪紅與「台中地區時局處理委員會」之間的關係如何？

周：頭幾天，台中的群眾召開市民大會，包圍了市政府警察局。因爲中部國民黨軍力較薄弱，附近市鎮群眾又及時支援，到了三月四日，台中市國民黨的黨、政、軍機關基本上都爲群眾所掌握了，謝雪紅在這中間是起了相當的作用。

「處委會」就在這個時候（大約是三月四日）成立，謝雪紅是被「處委會」那些人強迫去參加的，她也是處理委員之一。據謝雪紅後來告訴我，這也是聽張志忠的意見，而她本人也同意的。他們認爲資產階級在群眾當中有相當的影響力，所以要團結，要和他們組成統一戰線，但也要防止在一定的時候，資產階級可能妥協投降。本來謝雪紅不願理會，但張志忠苦勸她要參加。基本上，謝認爲那是一次失敗的經驗，參加了以後，處委會給她一頂「參謀」的帽子，把作戰部長封給吳振武，指揮權就交出去了①。但實際上武裝隊伍仍然願聽謝雪紅的指揮，一方面是謝在群眾中有威望，另一方面，用謝的話說，是吳振武始終「怠工」，「按兵不動」的緣故。

葉：事件當中，吳振武腳部槍傷一事，到底眞相如何？有人認爲他當時已屬特務系統，有任務要暗殺謝雪紅，不忍下手，因而打傷自己藉機脫離武裝部隊，你認爲這種解釋合理嗎？

周：謝雪紅、楊克煌確有過這樣的猜測。三月四日，謝曾派兵逮捕了三十多名正在密謀暗殺她的CC分子。三月五日，我從台北來到台中，第一次在作戰本部見到謝時，有三、四個彪形大漢站在四周貼牆處，謝神色緊張對我耳語：「你別離開我，這幾個人顯然想對我下毒手。」大約是三月六日下午，謝雪紅、楊克煌和吳振武同車出巡，謝對吳講了許多深明大義的話，吳始終低頭不語，直到臨別時才說句：「謝先生，我以前不認識您，現在我對您有所理解了。但我有難言的苦衷，對我今後的行動請您諒解。」就在這天晚上吳「受傷」了。謝、楊兩位根據這些前前後後的事實，推斷吳可能奉命暗殺謝，但聽了謝的一番話之後，不忍下手，用謝的原語說是「良心發現」。爲了搪塞他的CC派上司，便以「受傷」掩人耳目。這些情況是三月下旬我和謝隱匿在大肚鄉時，她親口對我說的。一九八七年我到美國時，曾到洛杉磯求見吳振武想證實此事，但他拒絕了。

葉：鍾逸人先生在回憶錄《辛酸六十年》中，提到他與謝雪紅在二七部隊的領導上有過數次衝突……

周：他是對謝雪紅很不滿，好幾次跟我說：「奧巴桑（指謝），我很尊敬她，但是這件事情我實在無法贊成。叫她要公開出面的事情少去，她總是硬要出面，她的背景是『紅的』（共產黨），人家一聽就怕死了。」鍾逸人的意思是出面的事由他去，謝雪紅最好都不出面，在後面提提意見做幕後參謀。

鍾逸人的主張，始終是以武裝來做合法鬥爭的後盾。謝雪紅當然不同意這種幼稚的看法。因爲一旦武裝起來就不可能再合法鬥爭了，武裝本身就不是合法的。所謂合法鬥爭，反而給敵人以喘息時間。鍾一直和吳振武很合得來，而不肯贊成謝雪紅的主張。謝是認爲要擴大武裝，支援各地的武裝鬥爭直至奪取政權，成立人民政府，鍾想的是有個武裝部隊就行了，接下來應該以此爲政治資本，在承認國民黨政權之前提上去交涉，說得乾脆點，就是與虎謀皮，基本上和「處理委員會」那些士紳的主張相近。鍾逸人尊敬謝雪紅，主要還是個人的情感，他們是鄰居，他從小就認得謝雪紅，但是對於共產主義他是不信的，對共產黨更沒有好感。那時候他相信的是三民主義。我那時候也相信三民主義、崇拜孫中山先生的，對共產主義了解很膚淺，只看過河上肇的《經濟學大綱》和日共山川均的《共產主義ＡＢＣ》，我會參加二・二八，實在是國民黨太欺侮台灣人了，自己身爲台灣人，該爲自己的民主而努力，而不是爲了實現共產主義，想法很單純。

三月十二日，二七部隊大約兩百人左右撤退到埔里，鍾逸人住在旅館，我和大隊人馬全住在小學裡。在埔里我和鍾也發生意見衝突。事情是這樣的：三月十三日上午，鍾逸人派人來請謝雪紅、楊克煌到他住宿的旅館，說是當地區長、士紳要和他們會見。我曾勸阻她「別理他們，不會有好結果的」。謝說，「不，我們應盡可能爭取他們的支持。」將近中午時分，謝派人叫我去，一過門只見謝、楊、鍾之外還有三、四位西裝革履的士紳圍坐著，都板著臉、默默相視。謝一見我便開口說：「這幾位先生叫我們放下武器，解散隊伍，隊伍是你指揮的，所以想聽聽你的意見。」我毫不猶豫地回答：「武器不能放下，隊伍不可解散，放下武器就等於自殺，我們不幹。」有一位大概就是區長先生吧，說：「白崇禧答應，放下武器就不咎既往，保證生命安全。」我說：「那是騙人的鬼話，我們一定要鬥爭到底。」他又說：「可是你們在這裡打起來，老百姓會遭殃的。」我說：「我保證不在鎮上打，到郊外去打。」鍾逸人低頭不語，謝聽了之後露出微笑，略帶譏諷地說：「他們不肯放下武器，你們說怎麼辦？」我便退出去，他們也隨即不歡而散。從此我再也沒見過鍾逸人。後來大約是三月十六日傍晚，他曾從魚池打電話給我。以後談及此事，謝說：「我們談判了一個上午，雙方僵持不下，鍾逸人已開始動搖，所以我叫你來的。」

葉：謝雪紅和楊克煌爲什麼在國民黨軍進攻之前就先行離開埔里？

周：三月十四日，有個台中人謝富來找謝雪紅，和楊克煌、謝雪紅在武德殿談了很久，後來他們三人就走了。從此事也可以看出我們和鍾逸人的分歧。一到埔里我就主張立即以武力占領區公所、警察局等機關。謝主張和平解決，鍾則根本反對。十三日鍾離開埔里，十四日下午謝出走之後，當晚我派兵占領了區公所、警察局和郵電局，可惜的是沒有想到占領銀行。我急著上前拉住謝的衣袖問：「這緊要關頭到哪裡去？」她神祕地對我耳語：「現在不便說，我要暫時躲起來。」她只告訴我，將來可以到什麼地方、用什麼暗號聯繫找她。當時我非常納悶，也很懊喪的。情況愈來愈緊張，領導的人卻一個個先走了，鍾逸人在撤到埔里的第二天帶著軍費回台中去了，軍費是謝雪紅交給他的。三月十五日，國民黨軍到了埔里鎮郊吊橋的對面，交戰對峙了一天一夜，我們已經糧盡彈絕，只好解散隊伍，叫大家逃命，我自己也到竹山找到謝、楊，後來又一路保護他們逃離台灣。在逃亡的路上，謝雪紅跟我講很多過去的事情。也是那時候，她告訴我謝富到埔里找他們，是傳達地下黨的命令，要所有黨員離開戰鬥部隊，隱蔽起來，爲的是保存黨的力量。②

葉：我還以爲謝雪紅與楊克煌當時並無黨員的身分。到底，二・二八事件當中，中共地下黨與謝雪紅有組織上，領導與被領導的關係嗎？

周：這個問題說起來很複雜。怎麼講好呢？「香港會議」③她也參加了，那時她如果不是黨員怎能參加呢？在台灣的時候，我還不是共產黨員，不知底細，到了香港之後，謝雪紅講過她的黨籍問題。如果我的記憶沒有錯，一九四六年底蔡孝乾到台中找謝雪紅，當時謝要求恢復黨籍，並請求讓「人民協會」成員集體加入中共。蔡的回答是，中共黨章規定，只能個別申請入黨而不能集體入黨。至於謝個人，須塡寫入黨申請書及經歷。謝拒絕了蔡的要求，她認爲在白區留下有文字的證件太危險。從此以後謝自認中共黨員，張志忠也把她當作中共黨員。二・二八後，她和楊克煌原打算去日本，但後來台灣地下黨領導人（可能是張志忠）④叫她來上海找李偉光（即李應章）。在上海期間，中共中央上海局曾將中共中央致台灣省工作委員會的祕密指示給她看（文字極細微，謝看不清楚，由我代讀）。由此可見中共早已把她視爲台灣地下黨的重要幹部了。可是一九四八年的香港會議上，謝與蔡之間發生了爭執，儘管謝已以黨員身分出席，會議上蔡卻不承認她爲黨員。據說後來的折衷辦法是，承認她於一九四六年重新入黨，一九四八年六月補辦手續。但不知爲什麼，以後報上公開介紹都說一九四七年六月重新入黨。她和蔡孝乾一直有矛盾，從台共的時代就開始。蔡回來後，對戰後台灣情勢的估計，兩人又有分歧。謝雪紅認爲台灣人民會起來進行武裝暴動，蔡卻認為不會。不過，謝雪紅似乎比較能接受張志忠的意見，張也是台省工委之一，嘉義朴子地方的人，二七部隊撤退到埔里也是他的建議。據張領導下的黃文輝（現在上海）說，張早就做了打游擊的準備，二・二八之前他就常到阿里山、霧社等山地勘查地形。

葉：鍾逸人強調，他自己在二・二八事件當時的政治主張，是要求台灣爭取到像愛爾蘭的自治地位。依您的了解，謝雪紅當時的政治主張是什麼？

周：謝雪紅一直都主張台灣要「高度自治」直接普選。早在一九四六年她就提出來了。到了香港組織「台灣民主自治同盟」都是相同的主張。不過，這個問題到了全國解放以後，在「台盟」內部自己產生了爭論。李偉光和王天強等人反對再繼續提民主自治，認為全國解放後，只有少數民族地區才有設立「自治區」的必要。楊克煌與謝雪紅意見是：台灣的政治、經濟與大陸大不相同，少數民族或全國各地區當然都有不同的特性，但是，台灣所有的特性卻是其他各省所沒有的。台灣受日本統治五十年來，經濟上發生很大的變化。楊克煌認為當時台灣的工業生產已超過農業，也超過大陸，依照馬克思的理論，政治是建立在經濟基礎上，經濟結構不同，政治的處理自不能一概而論。謝雪紅也強調台灣與大陸斷絕已經超過五十年了，台灣人不了解國內的事情。二・二八事件過後，台灣人痛恨國民黨，但是對共產黨卻無了解。她甚至主張：應以台灣民主自治同盟為團結台灣人民的政治核心，而不是以中共為核心。

《證言二二八》一九九〇年二月人間出版

注釋：

①時任台中師範校長的洪炎秋，曾促吳振武組織學生武裝隊伍，以防受共產黨謝雪紅控制。見洪炎秋，〈一個短命校長的雜憶〉，收入《三友集》，台中中央書局。

②（周明的說明）一九五二年上海「台委會」整編時證實：二．二八爆發時地下黨員互相失去聯繫，有的主動參加，有的不敢出面。大約三月十日前後（即國府援軍登陸後）台工委發出通知，命所有黨員立即停止活動，隱蔽起來。謝富起初贊成武裝起義，他的兒子也參加了二七部隊。我們撤入埔里時，謝富通知L氏隨隊撤入，第二天才趕到埔里，楊克煌叫L回台中請謝富籌軍費。十四日謝富到埔里不但沒有帶軍費，反而通知謝、楊隱匿，並帶走了兒子（中商學生）。我給L氏看過此稿，證實了以上事實，所以我們說的沒有矛盾。謝富可能直接受張志忠領導，而張志忠是積極領導武裝鬥爭的。黨員停止活動的命令是蔡孝乾以省工委書記的名義發出的。由此看來，省工委內部對起義有意見分歧。

③「香港會議」正式名稱可能是「中共中央華南局上海局聯席會議」，一九四八年六月份在香港召開。參加者有當時在香港的台灣共產黨員以及部分由台灣、上海去參加的黨員。

④根據葉紀東先生的回憶，是蔡孝乾。

我所認識的謝雪紅

——訪葉紀東

問：三〇年代的老台共，進入中共中央政治局當上中央委員的只有蔡孝乾和謝雪紅兩位。蔡氏很早就加入中共，曾參加兩萬五千里長征並長期在延安。謝氏卻是一九四七年二・二八事變後出亡香港時期，才正式加入中共的，她確實受到中共中央信任呢？抑或是當時特殊政治情勢之需要？

答：她並沒有當過「中共中央委員」，但確實很受信任。一九四九年到北京以後，她的頭銜有「全國青年聯合會副主席」、「全國婦女聯合會副主席」、「華東局軍政委員會委員」、「中共華東局台灣工作委員會副書記」、「全國政協委員」等，這表示當時中共非常肯定她在「二・二八」當中的作用。二・二八之後，她到香港，結識很多當時在香港的中共負責人，還有其他反對國民黨的民主人士，她和蘇新等辦了《新台灣》叢刊，揭露國民黨在台灣的反動腐敗統治。當時在台灣島內堅持的同志，都高興並且支持她能夠利用香港比較自由的環境，替台灣人說話。也能夠諒解她誇大吹擂個人作用之處，事實上，也無法出來和她爭辯。她的中共黨籍問題，是到上海時提出申請，經李偉光介紹，而在到香港以後才正式入黨的。

問：一九四七年十一月，謝雪紅和蘇新等人在香港創立「台灣民主自治同盟」，解放後該組織遷到大陸，成爲流亡大陸台灣同胞之政治組織，何以短短數年之後（一九五二年）「台盟」中央在上海改組，謝氏即失去領導權？

答：謝雪紅等由香港到了北京之後，「台盟」中央本來是在北京的，一九五〇年，第九和第十兵團都集中到華東、福建沿海，準備解放台灣，台灣幹部也都集中到上海受訓待命。當時設在上海的華東局負責領導台灣工作，書記劉曉（後任第一任駐蘇聯大使）認爲台灣幹部思想上不統一，互相之間矛盾是非很多，無法工作，乃要「台盟」先整頓內部，這麼一來，謝氏的種種問題都暴露出來，主要是台灣地下黨出來的同志，不滿她竄改二・二八歷史，而且對她那種霸道的領導作風很有意見。後來朝鮮戰爭爆發，「解放台灣」擱下來了，乾脆集中整黨整風，搞了兩年多，到了一九五二年，台灣幹部的意見頗爲一致，領導方面才認識到讓她繼續領導「台盟」是不恰當的，根本無法工作，於是「台盟」才進行改組改選，改選以後她仍然掛主席名，但不再掌握實權，本來她是不可能連任主席的，但劉少奇認爲這樣對台灣的影響不好，所以仍然讓她當主席。

問：除了不滿謝氏個人領導作風外，是否有政治路線上的分歧？當時中共中央對台盟內部問題持什麼看法？海外流行一種觀點，認爲謝雪紅是強調主張台灣高度自治而不能見容於中共的？

答：據說中央領導幹部中，有人給「台盟」的整風運動定性爲無原則的派系糾紛。我不能同意這樣的觀點。當時我在北京，沒有參加在上海的整風，許多具體情況不很清楚，但是可以想像既然搞了運動，就難免在個別的問題上搞過頭，傷一些同志的感情。但是就謝雪紅的問題而言，除了作風之外，主要是原則性問題。「台盟」最早在香港成立時，我們是完全支持的，我還在台灣島內散發《新台灣》。日後到北京籌辦之初，她亦常找我去開會討論問題。我曾提過三個意見，一個是針對「台灣民主自治同盟」的名稱，我建議取消「自治」兩個字。因爲在國民黨反動統治下，爭自治是有積極意義、是進步的。但是當時情勢發展很快，大家都預期解放軍很快會渡過台灣海峽，清廉政治將可實現，則爭「自治」不再有具體意義。這是當時的情勢與認識，現在提「高度自治」當然沒有什麼不妥當的。但是，如果因此而認爲謝雪紅有預見，那就未免太武斷了。第二個意見是反對她重用一批日據時代就來大陸，替日本人幹事的台灣人，例如楊克培（楊克煌之兄）曾在汪精衛政府幹過河北省的一個縣長，戰後曾作爲漢奸處理。但未被關。另外像有一些生意人，這些人當年依勢日本人，欺侮過大陸同胞，本地人對他們的印象並不好。我當時的反應是，我們自己也才進城，人地兩生疏，團結這批人是需要的，但是把他們放到「台盟」的主要骨幹則不恰當。第三個意見是針對她個人的不民主作風，希望她也聽聽別人的意見，不要凡事一言堂。如今回顧，我所提的意見，前兩項其實是反映了政治路線和組織路線兩個問題，但這純然是我個人的意見，並不代表中共中央的意圖，而事實上也沒有被中共中央所採納，「台灣民主自治同盟」的名稱四十年來並未更改，「自治」兩個字一直都在上面。

問：她曾經是你所崇拜的英雄人物，日後你與她個人之間的矛盾是怎麼形成的？

答：一九四六年秋，我在台北延平大學讀書時，在廖瑞發家裡認識她的，雖然並沒有組織上的關係，但我們是同一戰線上的，因爲有這樣的淵源，在北京重逢之初，我們是非常親近的，因而我也才會那麼坦率地向她提意見。沒有想到她的反應非常惱火，開會中，當眾指著我罵「不懂事、瞎出主意」。當時我只有二十二、三歲，年紀輕是比較固執一點，就私下再去找她談，希望能把事情討論清楚，沒有想到一進門，她還是那些話把我臭罵一頓，還說我這樣是阻礙統戰工作。我在極度失望之餘，就和吳克泰討論，我和吳在台灣學生組織時就一起工作的，到大陸後又在同單位工作，後來我們兩人就聯合寫了一份對台盟工作和謝雪紅的意見書，經由我的主管梅益（廣播電台總編輯）交給周總理。當時周總理在南京參加國共兩黨談判，梅益也是代表團成員。據說，周總理看過意見書以後很重視，交代統戰部處理。但當時統戰部對她很信任，向她了解情況的時候，就把我們寫意見書的事透露給她知道，從此她對我和吳克泰恨之入骨。解放不久，台灣幹部全集中到上海，準備配合解放軍到台灣的工作，謝不准吳克泰和我參加，所以我們只好留在北京。

問：蘇新曾說過，謝雪紅失勢後誣陷很多台灣同志，確有其事嗎？

答：她誣陷台灣同志並非失勢之後，而是一九四九年就開始的。凡是不聽服她的她就誣陷爲敵人。一九五二年「台盟」整風之後，主席的實權被掛起來，她沒事幹，待遇卻很好，找一些人在一塊兒，惹是生非散布謠言。我和吳克泰被她誣告成國民黨的特務，漢語言學家陳文彬和他的女兒陳惠娟也被扯進來，可能是我向她提意見時，曾說過陳文彬先生在台灣時任建國中學校長、台大教授及《人民導報》總主筆，社會上有點名氣，也受人敬重，「台盟」應該多重視像他這樣的人，對台灣才有號召力。萬沒想到她竟編造出這麼荒唐的故事來。當時北京市公安局根據她提供的材料，到廣播電台來捉我和吳克泰，幸好我們電台的領導很負責，認爲公安局捉人沒有根據，也不合規定，給擋了回去，我們才免遭被捕之難。但是有的單位比較輕率，陳惠娟就被捉，審查了半年多才釋放，她現在是國際旅行社日本處的處長。我和吳克泰是已經工作好一段時候了，領導層對我們有一定的認識和信任，若是剛來大陸時就受她一告，肯定也要坐冤牢的。

問：受她誣陷的人一共有多少人？公安局怎麼不仔細調查，就依她所提供的材料捉人？其他人的遭遇如何？

答：我聽說有二十多人像我這樣受她誣告的，詳細情況要問反右時處理其事的陳炳基和徐萌山，我因涉及其中，他們不願跟我多談。地方的公安局對台灣事務不了解！一看她的頭銜很多，又是「台盟主席」，很可能就是先信了她的說辭。而事實上，當時中央仍很重視她的，「台盟」內部問題也只有少數直接相關的中央領導才了解，並未擴大。遭遇最慘的要數蕭來福和潘欽信，他們兩位也是老台共，二・二八以後謝雪紅、楊克煌、蘇新、蕭來福、潘欽信等人都在香港待過一段時期，並且都和廖文毅有過短暫的合作，後來廖公開搞台灣獨立運動，謝雪紅與之決裂。蕭來福和潘欽信則利用廖的財力，爲台灣的地下黨在香港辦訓練班，栽培青年幹部。這些事當時都經過地下黨同意的，謝雪紅也很清楚。等到後來這些人回到北京，她卻誣告他們是與廖文毅同夥的台獨分子，使得他們被關起來審查，後來蕭長年精神失常，潘一度自殺未遂，五〇年代初期就病故了。據說蕭來福寫了一本小冊子宣揚「託管論」，受到香港中共領導人的批評，蕭不服，把小冊子帶到北京想讓有關中央負責人重新審閱，結果小冊子落在謝雪紅手裡，謝竟以此爲證據，要求有關單位以「台獨」罪名逮捕蕭來福。

問：反右運動謝氏被劃成右派是根據什麼？你認爲恰當嗎？「台盟」主持其事者何人？

答：反右時批謝是「台盟」內部自發的，因爲台胞的圈子裡對她有意見的人很多，特別是她誣陷許多同志的事情揭露出來以後，大家情緒很氣憤，她和楊克煌兩人是在這樣的背景下被劃成右派的。至於說，從政治的界線上來評估，她是不是該當右派呢？這就未必是恰當的。當時「台盟」幾個領導人是李純青、陳炳基和徐萌山，李純清是一九五四年「台盟」開始批謝時，上面派來主持工作，並擔任副主席。李純青來接任之前，「台盟」的第一把手是祕書長徐萌山，批謝的準備工作可以說是在他積極領導之下進行的。實際進行的情況我知道得很不清楚，一來因我涉及其中，二來我在廣播電台工作很忙，而工作性質與對台工作無關，所以「台盟」的活動我並不很積極參加。

問：文化大革命當中謝雪紅受到迫害沒有？有人認爲紅衛兵去抄她的家，她和楊克煌受揪鬥毆打，是「台盟」的負責人指使紅衛兵幹的，你的看法如何？

答：文革對她基本上並沒有什麼問題，文革是造當權派的反，她已不在位，非當權派。文革初期，有很短一段時期（大約半年左右），她結合了一批造反派向「台盟」的領導人徐萌山造反，可以說是她這派人的反撲，「台盟」組織了反擊，有過一小段混亂的時期，但很快就過去了。而且，大部分「台盟」的成員也都在各自的工作單位，因爲這樣或那樣的問題受檢查，尤其像我這種曾被她檢舉的人，她提供的那些黑材料，給我們找來很大的麻煩，被整得慘悽悽的，眞是不亦樂乎，實在是沒有精力再理她了，何況她在一九七〇年就病故了。

問：一九八六年謝雪紅得到平反，是否因應海外統戰工作上的需要？大陸台胞尤其是吃過她的苦頭的人反應如何？

答：謝雪紅的平反的確是中央統戰部提出的。文革結束之後，當年的右派陸續都得到平反，本來她的平反也是遲早的問題。

不過，七〇年代海外台灣獨立運動的言論，好像都說謝雪紅強調台灣的特殊性，主張台灣高度自治，因而被中共迫害被打成右派。當時海外保釣運動的朋友回來常反應這件事，雖然與事實有很大的出入，但是這種偏頗的說法卻成爲當時海外的主要意見，因而統戰部才廣泛徵求大陸台胞的意見，處理她的歷史問題。最後是平反了她錯劃爲右派這一部分。誣告同志這部分卻無法簡單地一筆勾銷。因而在骨灰移放八寶山革命公墓時，追悼文上提到一句——「儘管她一生中有過曲折和錯誤」，但還是肯定她在抗日與反蔣時代的貢獻。

一九九〇年二月二十日初稿

一九九三年二月十七日修訂

附錄

附錄一

洗滌的靈魂

——悼念張光直與戴國煇先生

這是記憶中最寒冷的一個冬天。二〇〇〇年只剩下最後的兩天，剛剛送走回來度假過節的兩個兒子，當夜就來了一場大風雪。家又恢復了平日的秩序，兩個人伴著一隻名字叫做「星期四」的貓。整整有兩天，門前的馬路，看不到有過路的人煙車跡，尺深的積雪環繞著小屋，寂靜無聲，宛若冬眠。

二〇〇一年元月初五，我從紐約的華文報紙上得知，張光直教授三日病逝於波士頓。當夜又接到興夏小姐的越洋電話，告知戴老師病危的消息。

光直先生苦於帕金森氏症的折磨已經超過十年，因此聽到他辭世的消息，比較不感到突然。戴老師一向硬朗而炯炯有神，雖然年前曾因肝疾住院，但是，怎麼也想不到他竟然眞的垮下來了。

隔日，從台中趕去探望的旭弟，在台大醫院門口來電話，報告戴老師彌留的病情。

終於，在美東時間九日的晚間，電話中傳來彩美姐姐的哽咽：「芸芸啊！戴國煇走了。」數日間，這世間的有心人突然就少了兩位，怎不令人唏噓不已呢。

同年同月同日生

張光直教授與戴國煇教授，不僅同年同月同日（一九三一年四月十五日）出生，如今又間隔僅六日相偕辭世。生命的起點與終結無由選擇，只能嘆說是巧合。不過，屬於同一世代的他們，成長過程所經歷的共同時代，影響他們一生行誼極爲巨大，卻是很明顯的。

光直先生出生在淪陷的北京，十五歲才初次回到他父親的故鄉台灣；他說一口流利的北京話，說起閩南話也帶著北京口音。客家籍的戴老師出生在桃園中壢，在日本皇民化運動下接受他早年的教育，他的閩南話帶著客家口音。

一個在台灣，一個在大陸，少年的的他們經歷過被殖民、被征服的屈辱與挫折；他們也見證了殖民者、征服者——日本的敗戰，以及被殖民、被征服的祖國的慘勝。

戰後初期，相遇相知於台北建國中學的少年張光直與戴國煇，目睹了那場驚心動魄的二·二八事件。軍警格殺民眾，群眾失去理性的暴行，都留置在他們少年敏銳的心靈；因爲帶著腔調的閩南話，他們還遭遇一些困擾與危險。

少年的他們曾經浪漫，曾經熱切地關注人間的正義，國家民族的前途。隨著國共內戰政局的變化，韓戰爆發後，全球冷戰時代來臨；白色恐怖鋪天蓋地而來。風聲鶴唳的大逮捕聲浪中，他們失去許多尊敬的師長與親愛的友人；不僅如此，當著肅清思想的四．六學潮，十八歲的中學生張光直，竟而有過一年多的牢獄之災。

小心翼翼地，他們讀完了大學，在五〇年代初期。光直先生捨棄了他所鍾愛的文學，而在台灣大學讀考古人類學；戴老師則遠離台北，到省立台中農學院讀農業經濟。而後，攜帶著少年的困惑與傷痛，他們終於展翅飛翔，離開島嶼故鄉的是非。光直先生到美國哈佛大學，戴老師到日本東京大學，各自繼續在學術的領域，開展視野，奮鬥不懈。

扎實豐碩的學術生涯

張光直先生以《古代中國的考古》，奠定學術地位。歷任耶魯大學、哈佛大學人類學系教授；歷年獲選為美國科學院、美國文理科學院及中央研究院院士。光直先生開創新的觀點與研究方法，重建中國上古史青銅時代及殷商文明，貢獻卓著。多年來，致力推動兩岸考古與人類學研究的光直先生，對於台灣的考古學與人類學研究，更有開創性的貢獻。一九六〇年代，他就完成台灣第一個完整的考古遺址發掘「大坌坑：鳳鼻頭與台灣史前史」。一九七〇年代，主持涵蓋考古、歷史、地理、地質的「濁水大肚兩溪人地關係的研究計畫」。一九八〇年代，再主持「台灣史田野研究計畫」。不僅提昇台灣史與考古人類學研究的人文與科技的方法與材料；開啓新的視野、觀念與層次；並且，在故鄉栽培了大批這方面的人材。

一九九〇年代，光直先生應李遠哲先生的邀請，回到台灣擔任中央研究院副院長數年，並倡議促成中央研究院台灣史研究所之成立。

戴國煇先生以《中國甘蔗糖業之展開》奠定學術地位。歷任日本亞洲經濟研究所研究員，立教大學史學系教授、系主任、研究所所長、國際中心所長；並在學習院大學及一橋大學兼任教授，是第一位在日本皇族大學任教的中國人。

戴老師的研究主題，從台灣糖業經濟史切入，而追索到它的前史：第七到十七世紀中國社會經濟史的一個側面——中國甘蔗糖業之展開；從寬廣的亞洲關係、中日關係、台日關係到東南亞的華僑史。而他最關注的當是台灣史，早在台灣史研究仍爲禁忌的七〇年代初，他就在東京領導一個台灣近現代史研討會。整整十年而編撰成《台灣霧社蜂起事件——研究暨資料》，不僅揭穿日本殖民台灣的黑暗一面，也從學術上表達了他「漢族系台灣人對原住民懷有原罪感」的人道關懷。從二·二八到白色恐怖，追尋戰後史的悲劇眞象，解讀政治陰影下扭曲迷惘的認同危機；更而探索歷史的鑑戒，對兩岸的問題有更爲深遠的洞察。

一九九六年，戴老師以十八噸的貨櫃攜帶他的藏書返回故鄉定居，出任總統府國家安全會議諮詢委員，一九九九年辭職。

兩代的情誼

當我初遇光直先生與戴老師的時候，兩位先生都已經在大學任教多年，不僅在各自的學術研究領域擁有一席之地，並且獨領風氣。

我雖有緣有幸受教於他們兩位，但是我離學術殿堂之門太遠，不敢以子弟自居。兩位先生的學術成就，留有等身的著作，不言自明。兩位先生交遊四海桃李滿門，追述先哲的行止也無庸我多言不及義。不過，我與他們兩位卻各有一段比較不尋常的兩代情誼。

光直先生尊翁張我軍先生與家父葉榮鐘曾經少年英雄惺惺相惜，並肩征戰二、三〇年代的台灣新舊文學論戰。原籍板橋的張我軍雖然長期旅居北京，不過淪陷的北京比之被殖民的故鄉，並沒有好多少，也在日本軍國主義的蹂躪之下。戰後，壯年的張我軍，在歡慶光復的熱情慇切氣氛中，攜眷回到了故鄉台灣，遂而與鄉親故舊一起經歷戰後初期的轉折，二・二八事件發生時，張我軍與夫人正在台中市訪問故舊好友，事件中家父捲入台中市的風起雲湧；張我軍與夫人一家則受到台中師範校長洪炎秋及台中友人的照顧。

劫後餘生的父執輩們，在其後旋踵而至的白色恐怖年代，如果說養家活口之餘，還有些許的慰藉，可能只是，還有少數幾個昔日志同道合的相扶相持。

張我軍先生的名字我自小就耳熟能詳，曾否見過英年早逝的他？卻不能記得了。光直先生很早就離開故鄉，我不曾見過出國以前的他；卻知道他少年時代因政治思想惹來的麻煩，以至於必須由楊肇嘉先生等台籍大老擔保，才得以出國留學。這些大約都是在家裡聽來的吧！小時候我們住著一棟日本式建築的房子，父執輩們在客廳談話，我在紙門紙窗邊常會聽到幾句話頭話尾。

早在六〇年代初期，就曾在父親的書桌上看過戴老師的論文，我相信他與家父相知是很早的。但是，他們的初次見面，卻要遲至一九六九年秋，長期名列黑名單的戴老師，首次得以安全返鄉訪問之時。父親當日的日記記載著，那是一見如故，相見恨晚的相遇。

一九七四年，父親與母親漫遊美加數月，秋天返台途中，特別在東京逗留近月。而有機會一睹吳濁流先生所嘆譽的「蓬萊第一峰」，流覽戴老師長年來獨力收藏的有關東亞、中國、台灣史研究的書籍，並與戴老師所主持的台灣近現代史研究會的成員交流。深深受到感動的父親，返回台灣之後竟然重振雄心，要爲保存及研究台灣史再有一番作爲，曾經請王詩琅與康寧祥兩位先生陪同去找吳三連先生，希望能借重吳先生來推動一個台灣史料及研究的機構。

充滿挑戰的戴老師

家父在一九七八年過世之後，又過了數年，我才有機會在北加州初會戴老師。年過半百的他，一臉童稚的挑戰，幾近俏皮地說：「我竟然不知道葉榮鐘還有個能拿筆的女兒！」那是一九八三年的春夏之交，他在加州大學柏克萊校區擔任客座教授一年；我爲籌辦《台灣與世界》月刊而到灣區拜訪作家邀稿。

既便是今日，想起自己給戴老師寫的第一封信，依然會背脊發涼，而冷汗三斗。就在信封上，他的大名戴國煇三個字，我竟寫錯了兩個字；不只一次，我被他修理得面紅耳赤。但是，我知道戴老師不是怪我不敬，這只是他行事認眞求學問追根究柢的個性。

一九八三年，戴老師即以「梅村仁」之筆名，在《台灣與世界》月刊上開闢專欄「二·二八史料舉隅」；同時，他也極力鼓勵我往口述歷史的方向發展。此爲日後我們在一九九二年出版《愛憎·二二八》之濫觴。

那些年月，我一邊辦雜誌，一邊尋覓二・二八事件的歷史見證人，不時還往來太平洋兩岸，進行口述歷史的採訪工作。另一方面，我也是一個四口之家的主婦，還有一份補貼家計的工作。因而心力交瘁，陷於低潮之時在所難免；這種時候，戴老師又是瞪著一對大眼睛，充滿挑戰地對我說：「葉總理，這麼一點挫折就氣餒，怎麼可以？」「葉總理」是他給我的戲稱，大約是因爲從雜誌到家務事，要我分心照顧的事情太多了。從來告誡我要遠離政治的戴老師，因緣際會接受李登輝的邀請，於一九九六年返台擔任官職，的確讓許多朋友不解。

希言不爭的光直先生

初識光直先生是在一九七四年，那時他方逾越不惑之年，已經是耶魯大學考古人類學系的資深教授。希言不爭的氣度，讓他更像是個沉潛的長者。他總是稱呼我「葉先生」，因爲他是在北京出生長大的，我只當那是北京人的習慣。但是，受尊稱爲「先生」，對一個從台灣來的年輕女孩而言，確是從未有過的經驗。

那時，光直先生很積極地推動兩岸的考古與人類學研究。我離開台灣才只有兩、三年，對大陸與台灣的三〇年代文學、日據下的台灣左翼政治社會運動、二・二八事件、國共內戰、延安時代與長征的中共、一九四九年以後的大陸、甚至於蔣介石的祕聞等等；只要在台灣是禁忌的，我都有強烈的好奇。耶魯大學的校園裡有壁壘分明的中國同學會和台灣同鄉會，又常有介紹新中國的電影與演講。對於這些熱鬧的學生活動，光直先生也會出席，但是他很少發言，私下也很少表示意見。

有一次，光直先生卻頗爲認眞地對我說，台灣人應該好好研究二·二八事件；又說耶魯大學的東亞圖書館就有不少資料，可以從當時的《新生報》著手。記得他還特別提到《新生報》的橋副刊；不過並不曾告訴我，橋刊上有他文學少年時期的文章。雖不能說是，光直先生這一番話，就讓我走上了二·二八研究之途，但我的確是從那時候慢慢出發的。

一九七七年，光直先生回到哈佛大學任教，一九七九年文典完成耶魯大學的學位，我們也跟著搬到南加州，見面的機會就少了。八〇年代，我主持的《台灣與世界》有一個訪問台灣人物的專欄，光直先生也欣然同意；我乃請當時在耶魯大學深造的陳弱水與周婉窈負責，採訪成稿〈舊垃圾堆中建立起來的學問〉（《台灣與世界》第二十六期，一九八五年十一月）

一九九七年春天，我和文典一起返台，特地到中央研究院去看光直先生。苦於帕金森氏症多年的他，剛動過一個胚胎移植的手術。雖然說話不很清楚，但是思路非常清楚，記憶力尤其驚人。那天他跟我提起兩件事，一是一九八八年十一月我們在北京他的哥哥光正家中見面，當天家母也在場，於是他問家母是否仍健在？並說就是那次到北京之前，才診斷出他的帕金森氏症。另外一件是，他想把早年因四·六學潮而入獄的事寫出來。那時，他拿筆寫字已經很困難了，直說可以用電腦打字寫作眞是太好了。

那也是我最後一次見到光直先生。

洗滌的靈魂

光直先生和戴老師的同一世代，有許多人之所以出國留學，是因爲當時的台灣，實在是待不下去了；這樣一種近乎逃亡的心理，在五〇年代的留學生當中，具有一定的代表性。被殖民的怨恨屈辱、戰爭的悲歡離合、光復的狂喜、二·二八事件的驚駭與白色恐怖的血腥，織成一席如影無形的髮網，難以解脫的「自我認同的困擾」之枷鎖。

遠離故土浪跡天涯的光直先生和戴老師，如何超越他們少年的夢魘？那至爲孤獨的跋涉，轉折煎熬的心路，我只能約略了解一二。光直先生和戴老師所體現予我的，乃是一種啓示，也是永恆的鼓舞：「歷史之昨日」的負面確能昇華，成爲百般堅韌而向上的動力與智慧。他們洗滌了自己的靈魂，而成爲心靈更爲健康、更爲自由的人。從而，他們尊嚴地接受，那纏繞著自身爲中國的台灣人的責任。

二〇〇一年三月九日於長島石溪

《傳記文學》二〇〇一年四月號

附錄二

悼蘇慶黎以及我們共同的時代

我跟慶黎的交往並不深，過去的二十多年中，在台灣、或在美國，我與她見面相聚沒有幾次。但是我總覺得，自己跟慶黎似乎有種特別的聯繫，那也許是因爲慶黎和我是同時代的人，我們身上都帶有些許那個時代的陰影。不同的是，她在局內，我在局外；她積極參與創造，而我消極旁觀。

慶黎出生在第二次世界大戰結束後的第二年，她因而有一個樂觀進取的名字，那是因爲她的父親當時相信，隨著日本敗戰而得以回歸祖國，是台灣的黎明。比她早一年，在戰爭結束之前幾個月來到這世界的我，則有一個相對比較消極，甚至有一點宿命，但又潛藏著無限期待的名字；源自老子《道德經》「夫物芸芸，各復歸其根」，這反映的也正是我的父親當時的心境。這是我們的上一輩承受台灣命運重大轉折之衝擊，而留在我們身上的烙印。

當然，慶黎的父親的樂觀是短暫的，而我的父親的期待也很快就落空了；黎明宛如天邊彩虹的不眞實，眞正蒞臨的是暗夜漫長的白色恐怖年代。一九四七年那一場官逼民反的二・二八事件，逼得慶黎的父親與舅舅亡命天涯，她的父親後來落腳北京，一家人分隔兩岸從生離直到死別，永遠再沒有團圓的日子。

比起慶黎我是極爲幸運的，父親雖然丟官失業並從此退出政治社會運動，但保全一命也逃過牢獄之災。然而，接下來長達三十八年的「戒嚴時期」，在我們的生命中就絕然不只是一個歷史名詞了。也不僅僅是馬路邊一根漆了黑柏油的電線桿上，張貼著「反共抗俄，消滅朱毛匪幫」或是「檢舉匪諜，人人有責」的標語。或是報紙上頻頻報導的匪諜與叛亂的案件，那些被判刑被槍斃或是自新的，我們或許一無所知，或許略知一二，但他們肯定是某一些人們的親人、朋友、鄰居、同事、老師或是學生。還有那十字路口來去忙碌的人潮中，常讓我觸目驚心的綠色製服。或是大醫院附近穿著藍色的睡服，操著各種不同口音的方言到處徘徊閒逛的，不知道是哪個戰場退下來的傷兵的身影。或是當我把父親書房裡一個上了鎖的書櫃裡的書借給同學時，家裡大人的不尋常反應。或是父執輩們聚在屋子裡，痛罵國民黨和蔣介石；或是不勝唏噓地懷念那些不在人世、失蹤、放逐他鄉或是遠在綠島的老朋友。

在我們的童年，「白色恐怖」這個抽象的名詞並不流行；但大人們總是難以用一種簡單具體的情節，讓小孩們理解故事的眞相。有時他們突然壓低了嗓門或是中斷、轉換話題，任由模糊與曖昧浮游在空氣中；有時他們心中似乎有一股難消的惡氣，讀了早報就足以令他們暴跳如雷；但是更多的時候他們是沉默鬱抑的。而我們就在這樣一種不確定的氣氛中長大。

長大了的慶黎，才能夠去了解自己的父親——那個此生永遠無法與她和母親團聚的父親。但是她已經清楚地知道自己是誰？她並且知道自己要做什麼了。她要在親美反共的國民黨政權下，在戒嚴的白色恐怖年代，辦一份社會主義觀點的進步刊物；她將左翼思想直追溯到三〇年代世界思潮下的台灣史與文學；她從支配與被支配的角度，將台灣的政治經濟結合到批判資本帝國主義的第三世界觀點；她將知識與理論落實到草根的現實社會和對弱勢族群的關懷。我不確知那需要何等的毅力？才能夠凝聚那般的勇氣與智慧？但我依然記得，一群朋友第一次分享閱讀《夏潮》時的興奮心情，以及此後我是如何地期待航空郵件《夏潮》的到來；那是一九七六年秋天，在美國東北角的一個校園裡。

長大的我，還來不及追問自己是誰？已經離家遠行。我披掛著一身反共親美與傳統封建教育下培養成的價值觀與思考模式，落腳到一個陌生的國度；等待我的當然絕不是夢想中的美麗新世界。在那跌跌撞撞、徬徨、恐懼、摸索的歲月，《夏潮》陪伴我走過否定與重建。無可置疑地，慶黎所主編的《夏潮》影響我以及許多同時代的人，勇敢地去追問一種更為開闊、寬容而有反省、批判的人生觀與世界觀。

一九七八年十一月初我返台奔父喪，又逗留數月初步整理父親的遺稿，我與慶黎的初次見面相識也是在這段時間。慶黎早在接掌《夏潮》之初，就曾偕李南衡拜訪父親（葉榮鐘）邀稿。父親先前曾經為黨外雜誌《台灣政論》撰稿，打算寫一系列日據下的抗日台灣人物群像；但當時的黨外刊物壽命都很短，《台灣政論》沒辦幾期就被查禁停刊了。到了《夏潮》出刊的時期，父親的健康已經大不如前，曾經答應李南衡，為他所編的《日據下台灣新文學》寫一篇台灣新文學之父——賴和的文章，也都沒有能夠完稿。父親生前終究沒有為《夏潮》寫過文章；他辭世後，

《夏潮》選了幾篇他三〇年代發表在《南音》的舊文，刊在一九七九年的元月號。不料，這竟是夏潮的最後一期。

一九七八年十二月十六日，卡特總統宣布與中共正式建交，失去美國在國際合法地位上的支持，台灣的政治局勢頓時變得緊張起來，一場熱鬧的中央民意代表選舉也驟然中途停辦。我跟慶黎約定見面那天的早晨，在北上的火車上，我從報紙上讀到黨外元老余登發被逮捕的消息，待來到夏潮雜誌社，我感覺到一股肅穆而不安的氣氛；兩三個年輕人安靜地在他們的座位上低頭工作，我在慶黎辦公室裡一把破舊的藤椅坐下來，她壓低了嗓門跟我說話。徐姐（徐慎恕）送來兩個便當，我跟慶黎邊吃邊聊，有一句沒一句的，兩人都有點心不在焉。時間似乎過得特別慢，慢得有點令我發慌，慶黎點起菸來，一根接著一根，空氣越來越沉悶了；我看到李南衡在門口出現，跟慶黎打個照面，兩人都沒有開口，李南衡默默地轉身走開。突然，慶黎桌上的電話大響起來，那一頭是陳鼓應從高雄橋頭打來的。掛上電話，蘇姐（慶黎）立即站到椅子上，興奮地大聲宣布：「我們做到了，我們終於做到了！戒嚴体制下第一次公開示威，我們在高雄橋頭走上街頭遊行，抗議國民黨非法逮捕余登發。」

黃昏的時刻，我懷著一股難按的興奮離開慶黎的辦公室；一部吉普車停在巷口，車裡面兩三張面孔還有一架照相機，都朝著夏潮的大門。幾天之後，我懷著不安的心情再度踏上旅途回到美國。不久我就從美國的華文報上得知，國民黨當局查禁《夏潮》勒令其停刊，情治人員並進入夏潮辦公室搶走雜誌。接下來的一年，黨外民主運動節節升高，到了年底終於爆發「美麗島事件」，國民黨當局全面鎮壓進行大逮捕。再一次，我從報上讀到慶黎被逮捕的消息，又有報導說她被連續審訊了六個晝夜；夏潮辦公室裡她那肩頭削瘦的背影，似乎就在我的眼前浮現。

一九八一年的夏天，我把兩個孩子寄託在朋友家，隻身出發到北京去；我在北京並沒有任何朋友或熟人，我只爲了去看一個老人家，慶黎的父親——蘇新。一九七九年的夏天我們遷居到南加州聖地牙哥，和慶黎的同學李黎成了鄰居；那年秋天李黎到大陸旅行，回來告訴我她在北京見到蘇新，我乃興起採訪蘇新，請他口述日據下台灣共產黨運動史的想法。那時候日據下台灣史資料出土的非常少，特別是左翼運動方面，我是有一種搶救歷史的急迫感。但那時到大陸訪問的人還不多，尤其是從台灣出來的，特別我並非單純去旅遊，而是要採訪一個平反的台灣共產黨員；雖不是困難重重，卻也是得來不易的一趟旅行。而今回顧更是慶幸當年能毅然成行，因爲僅僅三個月之後，我接到一封內容如下的電報：蘇新同志痛於十一月十三日去世。

我耐心地在盛夏的北京逗留將近一個月，天氣很悶熱，而蘇新的健康很差。他不僅瘦弱又有嚴重的肺氣腫，說不上幾句話就需要休息，我只能隔一天或兩天跟他談一個早上。他早年就有胃潰瘍，手術切除了大半的胃，每餐只能吃個小饅頭、豆腐、魚、喝點粥。他的眼睛也不好，因爲青光眼一邊眼睛已經失明。但是他的精神很好，沉靜、堅定而且開朗。他一生坎坷沒有過舒適的日子，日據時代坐牢，國民黨時代逃亡，共產黨時代下放勞改，但是他沒有一點怨氣或酸氣；先前我曾託朋友送去一個電鍋，被他斷然謝絕，理由是國家資源困難，他不需要使用電鍋浪費電源。他思緒敏捷依然銳不可當，他說，妳想要了解台共的歷史，我們就專注地談歷史吧，北京還有一些台灣人妳也就不用見了，台灣人的政治太複雜了。

於是，他就說著他的時代的人和事、說他自己的故事；說著說著，他就要我也說，說故鄉的事和人，說他離開以後的事，說他的老朋友們——我認識的、不認識的。而他最想要我說的，其實是慶黎和她的母親，但是我什麼也沒能告訴他。當我滿懷歉意地告訴他，我其實從未見過慶黎的母親——蕭不纏女士，甚至於慶黎也只見過一次，而且她並不知道我有北京之行。他神情平靜地清了一清喉嚨，慢慢地說起他和蕭不纏女士的舊事，從結婚說到慶黎的出生，說到二·二八事件之後一起逃亡，藏匿上海兩個月後不得不分手，慶黎和母親回到台灣，而他轉到香港，那是一九四七年的夏天。最後他說到，分離之後輾轉到了北京，因爲幾次病倒動手術住院無人照料，而在慶黎的舅舅蕭來福極力促成之下再婚。他的聲音變得微微地抖動，我默默地聽著，不知道該如何接腔？這一幕歷史的悲劇，將如何落幕？又由誰來負責呢？

離開北京的時候，蘇新交給我一批手稿，要我將來交給慶黎；其中有一疊厚厚的是《閩南語研究》，他說過去在台灣日本人的監牢裡就有滿腦子台灣話的問題了，到大陸後因長期工作上的需要，又重新拾起研究，而在退休之後寫成的。這些手稿與蘇新口述的錄音帶我保存多年，一直到一九八六年慶黎和我在美國重逢時，才交給她。難能可貴的是，經過藍博洲以及許多朋友的努力搜尋，慶黎終於能夠將她父親的文稿結集成《憤怒的台灣》、《未歸的台共鬥魂——蘇新自傳與文集》、《永遠的望鄉——蘇新文集補遺》，而在解嚴之後的台灣出版。而我根據蘇新的口述寫成的〈蘇新與日據的下台灣共產主義運動〉、〈二·二八前後的蘇新〉以及〈蘇新回憶錄〉等文也收入在《未歸的台共鬥魂——蘇新自傳與文集》一書中。

最後一次與慶黎見面，是在她花園新城的公寓，記得是二〇〇三年的二月。知道她生病已經多年了，看到她瘦得像根火柴，寬鬆的褲腰要用一條帶子紮起來，心裡有說不出的難過。但是她依然熱情積極樂觀，好像是要我寬心，她總是談到別人對她的關心與照顧，興致勃勃地問各式各樣的問題，信心十足地談著她手邊進行中的幾個寫作計畫。

二十多年來，這是我和慶黎僅有的一次長談。我們談當年辦雜誌的甘苦經驗，她在島內，我在海外。我們也談到父親，那個因爲有一個繼承自己志業的女兒而驕傲的父親，我有幸見到而她卻無法團圓的——她的父親。那個自認一生壯志全盤盡輸，而只剩下「家」這個最後的堡壘，卻又把長大的孩子們送出國放生的——我的父親。以及，我們那一種再沒有機會與父親對話的遺憾。

我們在午後溫暖的冬陽裡，慢慢地走在下坡的山路；我坐上進城的公車，看著車後慶黎的身影越來越小。

後記

這篇文章完稿之後不久，我意外地去了一趟北京；慶黎的弟弟蘇宏陪我到八寶山去祭慶黎，那天正好是台灣光復節的六十周年，慶黎的逝世周年剛剛過了六天。這是我第二次來到八寶山，上一次是來祭拜蘇新的，也是蘇宏還有妹妹明芳陪著我來，兩次相距整整二十年。

一九八一年的冬天，蘇新去世之後不久，慶黎託朋友帶來一封信，要我轉寄給她在北京的異母弟弟和妹妹。這封簡短的信，道盡他們一家兩代以及海峽兩岸的時代悲劇，錄在此作爲歷史的見證；更希望我們的下一代不再經歷這樣的悲劇。

親愛的弟、妹：

謝謝你們的關心。父親的去世對於我和母親（尤其是母親）誠然是很大的打擊，但是我們都會堅強地生活下去，請弟、妹勿掛念！倒是令堂的身體令我們擔心，請她多多保重，也請弟、妹多加照顧。

這一幕歷史的悲劇終究是要落幕的，我們一定有團圓的機會。元月一日我們將在家舉行七七逝世祭（這是台灣風俗，在逝世的第四十九日）。關於父親的去世，我們所能做的便暫告一段落。父親的骨灰一定可以送回台灣的，我期待那一天儘快來臨。

雖然父親已經離開人間，但是正如許多人所讚譽的——「典型長存」，他是台灣的好兒女、中華的好兒女，也是我們最親近的好榜樣。

請保重身體，努力學習！

大姐上

二〇〇五年九月十五日初稿

二〇〇五年十一月七日修訂

《歷史月刊》二〇〇五年十二月號

附錄三

似眞半假

肯定並不是一場夢。

卻也不是幻想的編織。

疑問並不在於記憶是否有選擇性或是塑造性？而是，那被選擇的記憶果眞是我的？抑或是大人們的話尾巴，不經意地，種植在孩時記憶的田園裡？

也許，我跟我的記憶，只是偶然的邂逅。然而，不也說境由心生嗎？這偶然的邂逅顯然也不一定是絕對的偶然？

那一夜的影像，蘊藏了半個世紀之後，竟而變得逐漸清晰起來。但是，在變得清晰的同時，又伴隨著一種極端不確定的感覺。

我彷彿依然可以感覺到，自己半睡半醒的，暖烘烘的小身子蜷曲在外婆的懷抱裡。媽媽、姊姊還有哥哥，安靜地圍坐在火爐的另一邊。哥哥不時挪動一下他的身體，更換交疊在地板上的雙腳。姊姊一動也不動，兩臂交叉抱在胸前，一雙大眼睛直盯著火爐。母親臉上，也沒有記憶中最爲熟悉的那一股溫柔的風情；緊緊地閉起來的嘴唇，卻在線條柔和的臉上，添了一道蓄備著力量的曲線。

一盞暗澹的燈，低低懸在房間的中央。一只青花瓷的火爐，火爐裡有個三隻腳的圓形鐵架，三隻腳半埋在肚白色的木炭灰裡，一隻造型樸拙的黑色水壺四平八穩地端坐其上，短短的壺嘴不時冒出霧樣的水氣。火爐裡的炭火，偶爾爆出一顆瞬間迅逝的小火星來；除了鐵壺裡翻滾的水，含糊的沉沉響聲，就只有一股肅穆低低來回蕩漾。

尋找一間祕室，是我孤單的童年的祕密，一個沒有任何人曾經與我分享和守護的祕密。亞熱帶濕潤的仲夏夜晚，躺在幾乎占據了整個臥房的大蚊帳裡面，幻想著自己的探險，想像家中有一間祕室，等待被我發現。祕室的入口，會是在哪一個房間的某一席榻榻米的地板下呢？有可能是面向左側院子的走道上那扇木板門後嗎？或者是正對著玄關的那一面牆後？

童年的祕密，竟彷彿是我今日的鄉愁；似乎並不帶有太多對尚未來臨的期待，而更像是對明知不會發生的一種緬懷。

說到祕密，我曾經確信媽媽的祕密比較起我的要來得簡單而眞實多了。因爲對於童年的我而言，媽媽的祕密就裝在那只小小的紅色皮箱裡面，只要用一把小小的白鐵的鎖，就可以打開來看得一目了然。一部上下集《辭海》那樣大小體積的箱子，裡面分成上下兩層，內面襯著柔軟的紅色絨布；上面一層收留的是幾張陳舊發黃的照片，我只記得有一張是外公。這是我看過的僅有一張外公的照片，三十二歲就因肺疾辭世的外公，唇上有兩撇鬍子倒捲起來，看起來要比三十二歲更老。箱底下有一個寸寬的小白玉環，當戒指太大，當手鐲又太小；媽媽說是古人用來繫衣帶的，那顯然是鈕扣發明以前的事了。二十四枚龍圓，是伯祖父給媽媽送嫁的禮物。還有父親的兩個掛錶和一把紙扇；我曾在發黃的舊照片上看到過，穿著燕尾服的年輕的父親，左手插在有白色細條紋的黑褲口袋裡，上身西裝背心的小口袋露出掛錶的鏈子。

最是引我好奇的是放在底層的那把紙扇，但是我卻要等到父親辭世之後才有機會一睹紙扇的廬山眞貌。父親去世後不久，我們決定在父親周年忌日出版他的詩集《少奇吟草》，分贈親友以爲紀念；當我著手整理父親的詩稿時，媽媽打開了紅色的小皮箱，把紙扇交給了我；我仔細讀了紙扇上整齊秀麗的小楷字，才知道那寫的竟是父親的一首詩：

〈悔書應纖君拂暑〉

蓬萊本是傷心地　生作男兒鑄更差
既倒狂瀾誰可挽　忍收哀淚暫爲家
三十無成老可知　雄心未死欲何爲
不應深怪郎多事　日向粧台伺畫眉
白眼人間二十年　囊中不貯隔宵錢
告郎一事須牢記　未買東山萬頃田
少年哀艷肆輕狂　深悔花間夢一場

何必千金強買醉 雲英居處即仙鄉

這首詩是寫給母親（纖纖）的，題字的是霧峰林家的一位女士。我知道這是父親婚後不久的作品，大約是一九三一年！後來，父親將之更題爲〈閨中雜詠〉，收入《少奇吟草》。

我獨自把玩著紙扇，讀到「不應深怪郎多事 日向粧台伺畫眉」這兩句時，又想起父親另一首題爲〈題纖君柳蔭雙燕交舞刺繡圖〉的詩來，起首的兩句是「衝風冒雨更何愁 只願于飛到白頭」。

曾經有一次，胡鑫麟先生問我：「妳的父親有沒有娶姨太太？」胡老是五〇年代的政治犯，曾經在綠島度過十多年的牢獄生活。胡老這話題是從政治社會運動當中的男女關係延引出來的，還記得當時胡太太在一旁罵他：「沒有禮貌，怎麼隨便就問這種家內事來。」雖然那時我哈哈大笑地答說：「父親窮一輩子，大概是娶不起罷。」不過事後自己再思索一番，對於父親的那一代人而言，娶姨太太並不是什麼大不了的事，我知道的父執輩當中就有好幾位有姨太太的，父親是個多情的人，窮或不窮，想來也不一定就是娶不娶姨太太的絕對因素。

記得是讀初中的時候，有一次我跟父親敲竹槓說：「我的同學都說媽媽好漂亮，爸爸請客罷！」父親卻是笑哈哈地說：「最漂亮的時候，妳還沒有機會見到呢！」每當我問到關於父親參與政治運動中的事情，「我們那一輩的女人家，只管照顧家內的事，外面的事情，我們多半是不知道的……」母親總是這麼說。當然我也看到過母親獨自流淚的時候，但是我從未見到父母親提高嗓門對峙的局面，因此相信他們是恩愛夫妻，一輩子相敬如賓。

接著讀到「蓬萊本是傷心地」、「既倒狂瀾誰可挽」，我似乎能夠想像父親寫詩的心情？從而又想像了我跟父親之間可能會有的對話。而此時此刻，我最渴望父親能夠回答我的問題，卻是他寫這首詩的十六年之後的一九四七年，在我的記憶裡黑牆環繞的火爐旁那一夜無聲的影像中，他爲何缺席？他爲什麼沒有和我們生死與共地在一起呢？

媽媽還記得是舊曆年前後，天氣冷得很，還下著毛毛雨，所幸家裡有這只青花瓷火爐。那天一大早，文化城就到處風聲都說軍隊要進城來了。天黑了以後，父親把一家人都安頓在中間的臥房裡，又把爐火生了，準備了足夠添加的木炭，然後他才出門。媽媽說台北發生事件的消息傳來以後，他每天一早出門，三更半夜才回來，媽媽並不清楚父親每天出門都參與了那些事？她自己則有好幾天沒敢出門，也不知道街上發生了些什麼事？軍隊哪一夜進城來的？她也沒有聽到過槍聲，只有一次，看到幾個士兵走進大門裡來，持著步槍在院子裡前後牆角看了一下，雖說士兵沒有進屋來，媽媽和外婆兩個人卻早都嚇壞了。

根據哥哥的記憶，那一夜父親出門之前，特地把其他房間的榻榻米都搬過來，像圍牆一樣環立在臥房的四周，想是爲了防範不長眼睛的槍子彈吧？顯然，這就是我如夢的影像中的黑牆。戰爭結束後，我們一家從軍功寮鄉下搬到台中市，此後將近二十年，一直都住在這同一棟日本式房子，房子結構呈井字形，那間臥房在正中間，正前方是玄關和客廳、右前方是書房。左側一排前方是哥哥的臥房，接著是外婆的臥房、廚房、浴室，後側一排正中是飯廳，右邊是廁所和姊姊的臥房。右側是一道四、五尺寬的走廊，走廊是沒有上過漆的原木地板，每天早晚，媽媽或是姊姊都要把它擦得一塵不染，乾乾淨淨、亮亮麗麗的。走廊外側有幾扇木板門，風雨或是冷天可以拉起來，夏天打開來就是乘涼的好地方。廊外院子裡有蓮霧、芒果、龍眼和芭樂等幾棵果樹，靠著牆邊是一排亭直的油加利樹。

那一年哥哥九歲了，他雖然也記得那一漫漫長夜，卻不知道父親後來出門上哪兒去了？多年之後，一個十分偶然的機會，他才從一位長輩那裡得知，文化城的人們，在一九四七年的三月十二那一夜，曾經聽到父親的廣播，向市民報告二七部隊已經撤往埔里山區，由大陸調派來的軍隊已經登陸，可能不久就會進入文化城的消息；最後他語調悲憤地提醒市民不要慌張，更千萬不要冒險外出。

另外一位長輩則告訴我，事件過後，他曾經三番兩次勸告父親到鄉下避一避風頭，但父親沒有聽從。那段時期，父親的朋友當中，大清早被請去談話，或是夜半被軍警拖走的都不在少數，而跟父親親如兄弟的遂性伯，甚至於在獄中都爲自己寫好了輓聯。父親之所以不肯去避一避的原由，他也從未跟母親說起；但我猜想絕非他過分天眞，不理解事件的嚴重性。幾位事件中遇害、投獄、下落不明的父執輩，我不僅是對他們的名字耳熟能詳，甚至於他們的個性形象，我也能夠從父執輩的話語中得到啓發。但是有關事件過程中的種種，卻鮮少從父執輩的談話中聽到什麼蛛絲馬跡的；僅僅有一次，我聽到父親用一種年幼的我所無法領會的口氣，輕描淡寫地提及事件中最富傳奇性的女共產黨人——謝雪紅，腰間配帶短槍，副官隨行威風地招搖過市。我若有感受但是不能確知，是被出賣的傷痛抑或是挫敗的屈辱？使得記憶守口如瓶，沉封在密不通風的黑牆裡。

而那青花瓷火爐卻是風采依舊，安靜地占據著母親現在所住的公寓客廳的一個角落。到了冬天，它又是一家的中心，爐火上又端坐著沸滾的一壺水；只是那隻笨重的黑色生鐵水壺，不知何時已經退休了，取代它的是一隻壺嘴線條如流水的白鐵水壺。這歷盡滄桑的青花瓷火爐，曾經陪伴著父親和母親度過東京的寒冬，一九四一年隨著他們搭上一班從神戶開航的客輪，在海上遇到颱風，顛顛倒倒了三天；這是太平洋戰事之後，最後一班安全由日本航回基隆港的客輪，隨後的一班就被美國航空母艦的魚雷擊沉了。這青花瓷火爐好不容易上了岸，但是也還沒有能夠安定下來，不久又搭上火車又南下又北上地搬遷了兩趟，接下來又疏散到台中市近郊的軍功寮去躲避美軍的轟炸，最後才出現在一九四七年的三月十二日那一夜裡的我的似眞半假的記憶裡。

自那一夜來，青花瓷的火爐裡，又積累了半個多世紀的灰白白的炭灰。人間事，早已面目全非，我的記憶卻依然青澀。無論是媽媽的記憶，抑或是哥哥的，過程的原貌不復存在，也絕不可能重新呈現。別無選擇，我所能夠擁有的，僅僅是這麼一段似眞半假的記憶。說簡單很簡單，說複雜又很複雜，這就是我的二．二八經驗。

《歷史月刊》二〇〇三年四月號

附錄四

兩個偶然指派的命運和一個異鄉人

每一次，自以爲走過了一座橋，或跨出一道籓籬；之後不久總會發現，原來自己又越進了另外一道籓籬之內，不知道還有幾座橋？等待在前方。

一

「偶然」指派給我兩個無法抗違的命運，其一是出生之時間、地點以及民族的屬性，其二是性別。這是生命的原點。

我出生的地點在台北市的大龍峒。台北並不是父母親的故鄉，是他們流浪生涯中途的一站。台北也不是我的故鄉，而是流浪生涯的起點。父母親的故鄉是鹿港，那也是他們的祖先自大陸流浪到台灣的最後一站。我卻不曾在鹿港生活過，那一棟坐落在台中市西區的日式房院，曾經孕育生命中最早的二十年的家，才是我的故鄉。

出生於日本領台之後，前半生處於日本殖民統治下的父親，早已預見日本的戰敗，以及因而將有的台灣回歸祖國的可能性。湊巧在第二次世界大戰結束前幾個月來到這世界的我，遂而有了兩個富於歷史感的名字。父親不僅從老子《道德經》的「夫物芸芸，各復歸其根」找到一個吻合他當時心境的名字，又另給一個充滿期待的乳名「光復」。這出生當時之條件：時間、地點以及民族的屬性，決定了我將存在的歷史文化與社會的客觀環境；這絕不可能由自己選擇，也沒有能力改變的，我愼重地迎納，恰似對不可知的敬畏。這已經被決定的，是昨日之我，是歷史的我。從不停滯的時光，一分一秒由指縫間消逝，「昨日」卻不一定就隨之而過去。「昨日」極可能呈現在「今日」，乃至於延續到「明日」，以一種相似的或是不完全相似的面貌。

「偶然」拋擲給我的另一個命運是我的性別，既歸屬於女人的族類，便永遠不可能成爲男人。女兒、妻子和母親，這三個重疊的角色，乃是永恆的今日之我，是日復一日都不會改變的天職。作爲女兒的我，備受保護。但是，父親卻不能相信，他自己有能力能夠保護子女免於恐懼。父親一生歷經政治的殘酷與不義，早年目睹日本軍隊鎭壓台灣人民反抗之殘酷，年長積極參與反抗日本殖民統治的民族運動。回歸祖國的夢，在壯年之時生而復死，深埋心坎的只是：二・二八事件與五〇年代陰暗的政治經驗，那令他即便寫日記的欲望都要壓抑的記憶。

從小就知道，「長大」的定義其實是等同於離家遠行的。小學的時候，送姊姊出國留學日本；中學的時候，送哥哥出國留學美國。終於，父親將我也託付給一個可能替代他保護我的人，甚至於必須舉債，也要送我們雙雙離開島嶼的故鄉。父親總是戲謔這是「放生」，而他確信這是最好的抉擇。

三十年前離家時，我不曾明白的只是，此去將成異鄉人。異鄉人的距離感是獨特而充滿挑戰的。故鄉很遠又很近，只在記憶中的一個時間與一個地點。異鄉很近也很遠，生活在其中，又不在其中。我因而變得喜愛旅行？或是確信此生是地球村的居民？從一個陌生的城市小鄉到另一個陌生的城市小鄉，永遠攜帶著一顆好奇心，永遠保持著旁觀者的距離。有時也不免自問，何處是兒家？回到故鄉還能找回歸屬感嗎？被款待成客人並不奇怪，怪異的是自己也越來越習慣，甚且歡喜作客。鄉愁又是什麼？當故鄉與異鄉變成同樣的熟悉，又同樣的生疏。

直到有一天，理解到在美國的非洲人普遍有一種失根的憤怒而震驚不已；憤怒，不僅因為他們的祖先被白人擄掠為奴隸；憤怒，更是因為與自己的文化根源——非洲文化——的斷裂。

幡然明白，為什麼自己總是生活在兩個割裂的世界？

為什麼離開島嶼之後，就一直在尋找島嶼的歷史？卻有很長一段時期，以為導引我走上此路的，只是許多偶然的緣分。著魔似地尋找故鄉的歷史，好似回闖時光的隧道，成為「昨日」的俘虜，而與眞實的「今日」的生活全然割裂。這卻也是每一個今天的生活中，僅能擁有的一片自己的天地。現實中，寄居的北美洲，有另一種政治文化體系與歷史背景；現實中，謀生工作在另一個既非文學也非歷史的領域；現實中，有無法逃避的天職——女兒、妻子和母親。

無法停步，獨自遊走在兩個世界的邊緣，在故鄉與異鄉，在昨日與今日；在無法逃避的天職與尚未建立的自我之間。有時好像困在沒有出口的房間；更多時候，似乎是在靠不了岸的大洋中，不知道該奮力往前游去，還是隨波逐流？

二

身爲女性，意味的是挑戰。此生的最大挑戰莫過於抗拒母親一輩的命運。想要與母親不同的那個夢的到來，正是挑戰之端。那是我初爲人母，被父親放生，離開島的故鄉之後不久。突然之間，「自由」不再是捉摸不定的名詞，而是自己必須承擔的責任。

的確曾經有夢，一個要創造有異於母親之命運的夢，並且努力以赴。然而，與此之同時，卻也清楚地知道，將永遠無法成爲自己夢想要成爲的那個女人。因爲我背負著與母親相同的歷史，事實上，母親不正是我的歷史？我不知道如何能夠迴避「昨日」的呼喚，在每一個「今日」。

不只一次，母親告訴我，六歲喪父的她，此生最爲感激的乃是有了讀書的機會，那是大多數她的同輩所不曾有的。年輕的母親，不僅是喜愛書畫音樂的窈窕淑女，並且是雄心進取的；在一九二五那一年的夏天，她曾經與就讀彰化女中的十多位同學，成爲第一批登上新高山（玉山）的台灣女性。十八歲自彰化女中畢業，初任教職，已經是月薪四十元的職業婦女（當時一個二十人口之家，一日的菜錢大約一元足夠矣），可以獨力撫養寡母與幼弟。無論年輕時候的母親，是否也有過「男人與女人將會毫無異議地肯定他們之間的友誼」這樣高貴而大膽的憧憬？她確實曾經擁有過自己的一片天地。結婚之後，優雅而不露痕跡地，她讓自己成爲一個男人背後的女人。只有一次，母親告訴我，父親過世的那年，七十歲的她突然發現，自己對於家之外的世界一無所知，而那才是她一生最爲慌亂的時刻。母親是幸福的，不只是因爲她的愛情和婚姻美滿。也是因爲，她優雅而平靜地接受了——女兒、妻子和母親爲她唯有的天職。

母親的同輩出現過幾個異類，三○年代活躍於農民組合文化協會的社會運動女將——葉陶——是其中之一。朋友們稱她爲陶兄，她的文學家丈夫楊逵被稱爲貴嫂。當她出現在我童年的記憶裡時，正是貴嫂在火燒島的政治牢獄的歲月，她是一棵大樹，獨力承擔著一家生計的中年婦人。與母親的「永恆不變的女性氣質」全然相異，葉陶坦率而不拘小節；我總是從她那豪邁又帶著一點戲謔感的笑聲中，得到足夠的鼓勵，自由地去想像她昔日流氓婆的風采。沒有工作是低下的，賣花賣菸的葉陶和銀行董事長夫人永遠是一樣的尊嚴，大老闆和三輪車夫的買菸錢具有同樣的價值。但是，長期的操勞過度，還是過早地奪去她的生命。我常想像——那個結婚前夕與楊逵雙雙被日本警察逮捕的她，那個曾經相偕與楊逵在南台灣鄉村池塘裡裸泳的她；當那個試圖要改變世界的勇敢的夢，在生命旅途的最終以「模範母親」收場時，她那不肯認命只做女人的心，可是平靜無波？我好像又看到了，她嘴角那一抹帶著戲謔的微笑。也許，葉陶才是我的鄉愁，在身爲女性的原鄉。

另一位與母親同輩的，是當我在尋找二·二八事件的口述歷史時，所採訪的一位見證人。常讓我想起她的，不是有關事件的證言，而是她身爲女人的一段自述。說起年輕時候的自己，端莊的K女士毫不遮掩；因爲婚姻不美滿，而有很嚴重的自卑感。富裕的娘家，礙於體面，無論如何不肯答應讓她離婚。沒有想到，白色恐怖的五○年代，因爲國民黨的追捕，萬不得已而隨中共地下黨員的丈夫逃到大陸，卻改變了她的下半生。在翻天覆地的新中國，社會主義制度之下備受鍛鍊的她，逐漸建立起對自己的信心，成長獨立，並學有所用成爲大學的日文教授。終於，有勇氣提出離婚的要求，結束一段痛苦的婚姻。

三

的確，我也曾經懷有無限的憧憬，對那些在社會主義制度下撐起半邊天的婦女同胞們。然而，期待藉由制度的改變，而使得數千年封建與儒家思想之下的兩性問題，全盤獲得解決，畢竟是過分樂觀的。這個讓女人喪失自我的悠久文化，不也是女人與男人一起營造起來的？我又如何能逃避自己的一份責任？

無論是故鄉或異鄉，昨日或今日，誠然都不是女人的國度。在神聖母性或美麗愛情的名譽之下，自願地被剝削，自我迷失的陷阱從不匱乏。委曲或乖巧地作爲男人的背影，或是強悍地與之抗衡，還沒有一條康莊大道。

看著同輩們的努力、掙扎與徘徊，有時不免覺得我們正是那失落的一代，在世紀轉折的十字路口上。雖然無法保持永遠的樂觀，但是可以期待，眞正的蛻變將在很遠的未來現身，而我也不一定看得到。

前生與來世均不可知，今生則充滿了偶然；有限的生命只存在於一段特定的時間與空間，存在於一個特定的集體環境之中。別無他途，我只能從生命的原點出發，作爲一個人，因爲只作爲一個女人是不足夠的，去發現自己，去建立自我。必要一而再、再而三地，重新發現又重新建立。直到有一天，遇見一個我能夠心平氣和接受，並願意與之共生死的「自我」。

二〇〇一年五月一日於長島石溪

附錄五

黃榮燦版畫《收穫》

本期封面《收穫》取材自一九四六年九月號的《台灣評論》封面圖片。

《台灣評論》是一九四六年七月至十月間，在台北出刊的一份政論雜誌。發行人是林忠，總編輯是李純青（目前任職北京台盟），其他重要同仁有王白淵和蘇新，楊逵曾任該刊記者。《台灣評論》第一期因報導國共重慶談判，而被當局禁止出售，該刊前後一共出了四期，每期封面均爲黃榮燦的版畫作品。

黃榮燦是上海人。一九四五年以《掃蕩報》駐台特派員的身分到台灣，當時長官公署曾分派了一間台北市的日產房子給他住。根據楊逵的回憶，他當時年約三十歲，獨身。

戰後初期，曾有許多大陸籍文化界人士到台灣。其中畫家有荒煙、朱鳴剛、盧秋濤、麥非、黃榮燦、黃永玉等人，而以黃榮燦較爲活躍，和本地文化界的來往也較親密。

黃榮燦是做版畫和木刻的，根據《台灣文化》（一九四六年十一月號）的介紹，他「曾受魯迅的領導」。他曾在《台灣文化》（一九四六年至一九四七年十月間）上撰寫大量介紹木刻、版畫以及討論美術教育的文章。並曾幫助該刊籌編過一期「魯迅逝世十周年特輯」。他也曾提供許多蘇聯的版畫作品，給當時在《新生報》編藝文版的麥非。他的版畫創作，除了《台灣評論》的封面外，還有楊逵《送報伕》中日文對照版的封面（一九四七年由大華書局出版）。

一九四六年三月黃榮燦自己辦了一份綜合性藝術科學雜誌，叫做《新創造》。創刊號上有陶行知、茅盾、雷石榆、歐陽予倩、許壽裳和楊逵等人的文章，黃榮燦自己寫了一篇〈關於台灣美術運動之建立〉。這份雜誌日後的發展不詳。黃氏曾一度在台北市開了一家書店，二二八事變之後他到師範大學去教書。

楊逵回憶黃榮燦，說他是個不愛講話，也不愛表現的人，常常到台中楊逵的農場去找尋創作的題材，他曾為楊逵做了一副木刻雕像。一九四九年五月間，楊逵因發表〈和平宣言〉而被逮捕。不久，他在獄中聽說黃榮燦因涉嫌匪諜罪名，被當局槍決。

但是，後來（一九四八年）因漫畫作品（發表在李萬居的《公論報》）得罪當局，而逃離台灣的麥非回憶說：我想黃榮燦是比較進步的，但直覺上，我不相信他是共產黨員，國民黨總是寧可錯殺千百，也不肯放過一個無辜。

後記：

一九八三年九月在紐約出版的《台灣與世界》月刊以黃榮燦的版畫《收穫》爲封面。我用葉梗紅的筆名寫了上面這篇短文，放在封底做注釋，這一期還有一個「二二八史料舉隅」的專欄，用了黃榮燦另外一幅版畫《恐怖的檢查》。當時我對黃榮燦所知非常有限，這篇文章有許多明顯的錯誤。當時寫這篇短文的主要根據是：我在美國加州史丹佛大學圖書館發現一批戰後初期的台灣刊物，以及採訪蘇新、楊逵、麥非等幾位前輩所得。數月之後，月刊接到畫家秦松先生投來的兩篇稿子：〈黃榮燦不寂寞了〉和〈燦綠的黃原——追憶一位失蹤的畫家〉。

二十多年之後，我讀到日本民間學者橫地剛先生研究黃榮燦的著作《南天之虹：把二二八事件刻在版畫上的人》，並且遇見了來台灣尋找黃榮燦的足跡的黃儉女士。黃儉告訴我，她的大伯父黃榮燦在白色恐怖年代遇難的消息，在大陸的家人一點也不知情，數十年來，他們總是盼望著團圓的日子。

二〇〇六年一月二十五日補述

後記

收在這本集子裡的文章，可以說是我過去採集台灣史資料、採訪歷史親歷者做口述記錄的田野報告。過去的二十年間，大部分的文章，也曾在美國和台灣的報刊陸陸續續地發表了。多年來，我卻沒有要把這些文章結集出版的念頭，這麼一份單薄的成績單，如果不是藍博洲的催促以及施淑教授的鼓勵，自己是沒有勇氣面對的。

誠如〈兩個偶然指派的命運和一個異鄉人〉文中所交代的，我確是在離開島嶼故鄉之後，才自覺地想要了解台灣的歷史。對記錄日據下反抗運動史的工作抱負著「捨我其誰」壯志的父親，在經歷了二·二八事件以及白色恐怖的風暴，劫後餘生而百念俱灰地步入憂患中年之際，或許深嘆少年壯志全盤盡輸，餘生之安身立命，竟而只剩下一個最後的堡壘「家」！我於是在這樣一種備受父親保護的環境裡成長，想來自己思想上的貧乏與消極被動的性格，或許部分根源於此。

七〇年代初期，離家遠行來到虛構之夢的美國；等待著我的，正是六〇年代反越戰、黑人民權運動以及留學生保釣運動的餘波，還有那正隨著尼克森訪華而湧起的認識新中國的浪潮。而衝擊我最深且痛的，卻是關於美國的非洲人自我探討的「失根的憤怒」，那種因爲與自己的非洲文化根源的斷裂，遂而一代又一代的精神上流離失所。或許，一個失根的異鄉人，所不可迴避的問題正是——我究竟是誰？這樣的一個議題，曾經讓我徬徨失落憂鬱退縮，而最終引導我去尋找自己故土的歷史。

因爲國民政府再度逮捕出獄的綠島政治犯陳明忠等人，深受衝擊的我和老政治犯胡鑫麟醫師，不自量力而爲，竟在北美東岸的耶魯大學校園，發行一份叫做《動盪的台灣》的手抄刊物。其後多了兩位志同道合的朋友，而在一九七八年創辦了《台灣雜誌》。到了一九八三年，這份不定期發行的同仁刊物，遂發展成爲公開發行的《台灣與世界》月刊；並且在探討台灣的現代史和民主化運動的議題上具有特色，尤其是已故史學家戴國煇教授所主持的一個二·二八史料專欄。而我追尋台灣史資料的步伐，也就與雜誌的出版一直並肩而行。在美國幾家收藏豐富的大學東亞圖書館尋查資料而外，我也在北美、日本、台灣與大陸各地尋找歷史的親歷者，進行口述歷史採訪。

我的採訪工作並沒有具體計畫，因爲欠缺研究經費以及生活上的限制，多半隨著偶然的機緣發展。一九八一年的夏天展開了序篇，前往北京採訪原台灣共產黨領導人之一的蘇新先生，其後，還另有下述兩次比較重要的大陸採訪旅行。

一九八五年，採訪了在上海的林田烈，以及天津的曾明如（詹以昌），他們是當時健在的最後兩位日據下的台灣共產黨中央委員。此行，也採訪了日據下台灣文化協會發起人之一石煥長的哲嗣石光海醫師，戰後初期台灣體育界的先進林朝權，二·二八事件中追隨謝雪紅領導二七部隊的周明，以及事件前後活躍於學生運動與新聞工作的葉紀東、吳克泰、周青和蔡子民等。

一九八八年的秋天，我從北京出發，先到內蒙古的呼和浩特，而後上海、蘇州、杭州，再由福州南下泉州、石獅、漳州、廈門、鼓浪嶼。一個多月間，我採訪了五十多位台灣同鄉，他們當年各自有不同的緣由來到大陸，而在政權轉換的一九四九年間，正巧滯留在大陸的某一個城市或鄉鎮，這生命中無可逃避的偶然，導致他們從此有家歸不得，四十多年無法與故鄉親友互通音訊。他們長年備受思鄉之苦，更因爲年華正在逐漸老去，而焦慮傷感。台灣島上也有命運相似的一群人，他們來自大陸各省，大半是被國民政府軍隊拉伕抓壯丁騙綁到台灣。這些滯留大陸的台胞與滯留在台的老兵一樣，都是國共內戰最直接的受害者，這也是韓戰之後的全球冷戰體系所造成的：分裂國家人民的共同悲劇。

曾經期望能夠藉著本集的出版，而向所有接受過我採訪的前輩們致謝。感謝您們毫不吝嗇地與我分享的生命的故事。如今整理這本集子，才赫然驚覺生命的無常，您們當中有許多竟然已經等不及這本書的面世了。

大部分的採訪並沒有寫成個別文章，那多半是因爲不成熟的我，總是想要述說一個完整的故事。長久以來，我都弄不明白，並非所有的故事都會有一個清楚的開頭、過程與結尾，也不一定所有的詩歌都有韻律的，正因爲缺憾才是生命的常態，您們與我分享的每一個故事，都豐富了我的生命。

二〇〇六年一月十六日馬丁路德紀念日定稿於長島石溪

大事年表（一八九四～一九九一）

一八九四	中日甲午戰爭爆發。
一八九五	李鴻章與伊藤博文簽訂中日《馬關條約》，將台灣及澎湖割讓予日本。
一八九六	台胞武力抗日引發「士林芝山岩事件」。
一九一二	中華民國政府在南京正式宣布成立。
一九一四	奧匈帝國王儲斐迪南大公遇刺身亡，第一次世界大戰爆發。
一九一五	台胞武力抗日引發「西來庵事件」，又稱「噍吧哖事件」。 愛因斯坦發表廣義相對論。

一九一七	俄國布爾什維克黨策動十月革命，建立蘇維埃政府。
一九一八	德國爆發革命，德皇被迫退位，第一次世界大戰結束。 流行性感冒肆虐全球。
一九一九	朝鮮獨立運動。 「共產國際」(即第三國際)在莫斯科成立。 「五四運動」，中國爆發以學生爲主體的反帝國主義愛國運動。
一九二〇	台灣留學生在東京成立「新民會」，推動政治改革，發刊〈台灣青年〉雜誌，日後發展成《台灣民報》、《台灣新民報》，爲日據下台灣人唯一言論喉舌。 國際聯盟在倫敦召開首次會議。
一九二一	中國共產黨成立，第一次全國代表大會在上海舉行。 「台灣文化協會」成立。 台灣議會設置請願首次提出於日本帝國議會。
一九二二	「新台灣聯盟」成立，此乃政治結社之嚆矢。 蘇俄與烏克蘭等蘇維埃社會主義共和國聯合成立蘇維埃社會主義共和國聯盟〈簡稱蘇聯）。

一九二三	「台灣議會期成同盟會」在東京成立。 日本關東大地震。 「治警事件」，台灣議會期成同盟會成員遭逮捕。
一九二四	列寧逝世。 第一次國共合作。
一九二五	孫中山逝世。 上海發生「五卅慘案」，引發反帝國主義高潮。 「二林事件」，台灣蔗農反抗官資剝削，爆發嚴重警民衝突。
一九二六	電視機問世。 國民革命軍誓師北伐。 「六．一七事件」，台北無產青年反對始政紀念日。 「台灣農民組合」在鳳山成立。
一九二七	台灣文化協會分裂，左派取得領導權。右派先後組「台灣自治會」、「台灣同盟會」、「台灣民政革新會」、「台灣民黨」，後成立「台灣民眾黨」。 連溫卿、王敏川領導「台北機械工會」罷工。
一九二八	蔣渭水集二十九工會團體組成「台灣工友總聯盟」。

「三・一五事件」，日警大肆逮捕日共及其支持者，並強迫解散左翼團體。
台灣共產黨（日共台灣民族支部）在上海成立。
「上海讀書會事件」，台共發展受挫。
「濟南慘案」，引發中國大規模反日運動。
台灣黑色青年聯盟事件公判。

一九二九

「二・一二事件」，台灣總督府大規模搜捕農運參與者。
「四・一六大檢舉」，日警再次搜捕日本共產黨。
台灣共產黨指導「紅色工會組織運動」奪取台灣文化協會、台灣民眾黨、台灣工友總聯盟的工會領導權。
紐約股市暴跌，引發世界經濟大恐慌。

一九三〇

台灣民眾黨分裂，右派另組「台灣地方自治聯盟」。
台灣原住民抗日引發「霧社事件」。
「松山會議」，台共重整黨中央。

一九三一

「改革同盟」成立，台共陷入激烈的內部鬥爭。
台共大檢舉，共產黨員幾全數遭到逮捕。
「九・一八事變」，日軍入侵中國東北。

一九三二	「一・二八事變」，日軍突襲上海。 滿洲國於中國東北成立。
一九三四	持續一四年的台灣議會設置請願運動終止。 中共紅軍展開萬里長征。
一九三五	德國撕毀凡爾賽和約。 義大利入侵衣索比亞。
一九三六	西班牙左右派衝突，爆發內戰。 張學良兵諫，引發「西安事變」。
一九三七	「七・七事變」，中國展開全面抗日戰爭。 台灣地方自治聯盟解散，公開的政治結社消聲匿跡。 台灣軍司令宣布進入戰時體制。 日軍攻入南京大肆屠殺。
一九三八	德國占領奧地利。 日本公布國家總動員法。
一九三九	德國入侵波蘭，歐戰爆發。

一九四〇	德國入侵法國，占領巴黎。 美國總統羅斯福發表四大自由原則。
一九四一	皇民奉公會成立。 日本偷襲珍珠港，太平洋戰爭爆發。 中國正式對日宣戰，宣布中日之間一切條約、專約、協定、及契約均屬無效。
一九四三	義大利投降。 中、美、英三國發表《開羅宣言》，明訂「日本竊自中國之一切領土，例如滿洲、台灣、澎湖群島等應歸還中華民國。」
一九四四	日本對台灣實施徵兵制。
一九四五	聯合國正式成立。 德國、日本相繼宣布無條件投降，第二次世界大戰結束。 國共重慶談判，簽署〈雙十協定〉。 陳儀任台灣行政長官抵台，代表中華民國國民政府在台北市公會堂（中山堂）接受日本代表台灣總督安藤利吉的投降。
一九四六	第一部電算機誕生。 國共簽訂停戰協定，但隨即遭到破壞，中國內戰全面爆發。

一九四七	兜售私菸的市民與警察衝突，釀成「二·二八事件」。警備總部下令台灣戒嚴，清鄉運動開始。 左翼人士流亡香港成立「台灣民主自治同盟」。
一九四八	印度聖雄甘地遇刺身亡。 台灣公布實施〈動員戡亂時期臨時條款〉。 台灣再解放同盟廖文毅等向聯合國請願託管台灣。
一九四九	美國與西歐國家成立北大西洋公約組織。 「四·六事件」，學生違警事件引發員警大肆搜捕台大、師院學生，揭開台灣五〇年代白色恐怖時代的序幕。 台灣施行三七五減租。 台灣實施戒嚴。 中華人民共和國在北京正式宣告成立。
一九五〇	台灣實施地方自治。 中華民國政府頒布〈懲治叛亂條例〉，嚴格限制台灣民眾與大陸人民的交往聯繫。 韓戰爆發。
一九五一	大陸展開三反五反運動。

台灣實施耕者有其田、公地放領。

一九五三 史達林逝世。
韓戰結束。

一九五五 東歐集團國家成立華沙公約組織。
大陸反胡風文藝思想運動。

一九五七 大陸展開整風及反右傾運動。
蘇聯發射首枚人造衛星。

一九五八 「八·二三炮戰」，中共砲擊金門。
大陸展開大躍進計畫，全民動員大煉鋼。

一九五九 卡斯楚奪得古巴政權。
西藏達賴喇嘛出亡印度。

一九六〇 《自由中國》發行人雷震被捕，台灣民主運動受挫。
美國介入越戰。
大陸展開三面紅旗運動。

一九六一 東德築起柏林圍牆。

一九六二	古巴飛彈危機。
一九六三	美國總統甘迺迪遇刺身亡。
一九六六	毛澤東發動文化大革命。
一九六九	美國太空人成功登陸月球。
一九七一	中華民國退出聯合國，中華人民共和國成為中國席次代表。
一九七二	巴勒斯坦游擊隊潛入慕尼黑奧運選手村，十一名以色列選手遇害。 「台大哲學系事件」，自由派學者遭到整肅。
一九七五	蔣介石逝世。 越戰結束。
一九七六	毛澤東逝世。 四人幫被垮台，文化大革命結束。
一九七八	大陸改革開放。
一九七九	「美麗島事件」，多位黨外民主運動人士遭判刑。
一九八七	台灣解嚴，開放大陸探親。

一九八八	台灣報禁解除。 蔣經國逝世。 五二〇農民運動，抗議民眾與警方發生激烈衝突。
一九八九	日本天皇裕仁逝世。 六四天安門事件，中共以武力鎮壓示威運動。 東德開放柏林圍牆。
一九九〇	台灣學生抗議資深國代濫權，引發三月學運。 德國統一。
一九九一	台灣終止動員戡亂時期，廢止臨時條款。 蘇聯解體，冷戰結束。

INK PUBLISHING

印刻

深耕文學與生活

劃撥帳號： 19000691　成陽出版股份有限公司　掛號另加 20 元
本書目所列定價如與版權頁有異，以各書版權頁定價為準

文學叢書

1.	吹薩克斯風的革命者	楊　照著	260 元
2.	魔術時刻	蘇偉貞著	220 元
3.	尋找上海	王安憶著	220 元
4.	蟬	林懷民著	220 元
5.	鳥人一族	張國立著	200 元
6.	蘑菇七種	張　煒著	240 元
7.	鞍與筆的影子	張承志著	280 元
8.	悠悠家園	韓・黃晳暎著／陳寧寧譯	450 元
9.	想我眷村的兄弟們	朱天心著	220 元
10.	古都	朱天心著	240 元
11.	藤纏樹	藍博洲著	460 元
12.	龔鵬程四十自述	龔鵬程著	300 元
13.	魚和牠的自行車	陳丹燕著	220 元
14.	椿哥	平　路著	150 元
15.	何日君再來	平　路著	240 元
16.	唐諾推理小說導讀選 I	唐　諾著	240 元
17.	唐諾推理小說導讀選 II	唐　諾著	260 元
18.	我的 N 種生活	葛紅兵著	240 元
19.	普世戀歌	宋澤萊著	260 元
20.	紐約眼	劉大任著	260 元
21.	小說家的 13 堂課	王安憶著	280 元
22.	憂鬱的田園	曹文軒著	200 元
23.	王考	童偉格著	200 元
24.	藍眼睛	林文義著	280 元
25.	遠河遠山	張　煒著	200 元

26.	迷蝶	廖咸浩著	260元
27.	美麗新世紀	廖咸浩著	220元
28.	台灣原住民族漢語文學選集——詩歌卷	孫大川主編	220元
29.	台灣原住民族漢語文學選集——散文卷（上）	孫大川主編	200元
30.	台灣原住民族漢語文學選集——散文卷（下）	孫大川主編	200元
31.	台灣原住民族漢語文學選集——小說卷（上）	孫大川主編	300元
32.	台灣原住民族漢語文學選集——小說卷（下）	孫大川主編	300元
33.	台灣原住民族漢語文學選集——評論卷（上）	孫大川主編	300元
34.	台灣原住民族漢語文學選集——評論卷（下）	孫大川主編	300元
35.	長袍春秋——李敖的文字世界	曾遊娜、吳創合著	280元
36.	天機	履　彊著	220元
37.	究極無賴	成英姝著	200元
38.	遠方	駱以軍著	290元
39.	學飛的盟盟	朱天心著	240元
40.	加羅林魚木花開	沈花末著	200元
41.	最後文告	郭　箏著	180元
42.	好個翹課天	郭　箏著	200元
43.	空望	劉大任著	260元
44.	醜行或浪漫	張　煒著	300元
45.	出走	施逢雨著	400元
46.	夜夜夜麻一二	紀蔚然著	180元
47.	桃之夭夭	王安憶著	200元
48.	蒙面叢林	吳音寧、馬訶士著	280元
49.	甕中人	伊格言著	230元
50.	橋上的孩子	陳　雪著	200元
51.	獵人們	朱天心著	260元
52.	異議分子	龔鵬程著	380元
53.	布衣生活	劉靜娟著	230元
54.	玫瑰阿修羅	林俊穎著	200元
55.	一人漂流	阮慶岳著	220元
56.	彼岸	王孝廉著	230元
57.	一個青年小說家的誕生	藍博洲著	200元
58.	浮生閒情	韓良露著	220元
59.	可臨視堡的風鈴	夏　菁著	280元

60. 比我老的老頭	黃永玉著	280 元
61. 海風野火花	楊佳嫻著	230 元
62. 家住聖・安哈塔村	丘彥明著	240 元
63. 海神家族	陳玉慧著	320 元
64. 慢船去中國——范妮	陳丹燕著	300 元
65. 慢船去中國——簡妮	陳丹燕著	240 元
66. 江山有待	履　彊著	240 元
67. 海枯石	李　黎著	240 元
68. 我們	駱以軍著	280 元
69. 降生十二星座	駱以軍著	180 元
70. 嬉戲	紀蔚然著	200 元
71. 好久不見——家庭三部曲	紀蔚然著	280 元
72. 無傷時代	童偉格著	260 元
73. 冬之物語	劉大任著	240 元
74. 紅色客家庄	藍博洲著	220 元
75. 擦身而過	莫　非著	180 元
76. 蝴蝶	陳　雪著	200 元
77. 夢中情人	羅智成著	200 元
78. 稍縱即逝的印象	王聰威著	240 元
79. 時間歸零	林文義著	240 元
80. 香港的白流蘇	于　青著	200 元
81. 少年軍人的戀情	履　彊著	200 元
82. 閱讀的故事	唐　諾著	350 元
83. 不死的流亡者	鄭　義主編	450 元
84. 荒島遺事	鄭鴻生著	260 元
85. 陳春天	陳　雪著	280 元
86. 重逢——夢裡的人	李　喬著	280 元
87. 母系銀河	周芬伶著	220 元
88. 消失的台灣醫界良心	藍博洲著	280 元
89. 影癡謀殺	紀蔚然著	150 元
90. 當黃昏緩緩落下	黃榮村著	150 元
91. 威尼斯畫記	李　黎著	180 元
92. 善女人	林俊穎著	240 元
93. 荷蘭牧歌	丘彥明著	260 元

94.	上海探戈	程乃珊著	300 元
95.	中山北路行七擺	王聰威著	200 元
96.	日本四季	張燕淳著	350 元
97.	惡女書	陳　雪著	230 元
98.	亂	向　陽著	180 元
99.	流旅	林文義著	200 元
100.	月印萬川	劉大任著	260 元
101.	月蝕	施珮君著	240 元
102.	北溟行記	龔鵬程著	240 元
103.	像一盒巧克力——當代文學文化評論	范銘如著	220 元
104.	流浪報告——一個台灣旅人的法國行腳	阿　沐著	220 元
105.	之後	張耀仁著	240 元
106.	終於直起來	紀蔚然著	200 元
107.	無限的女人	孫瑋芒著	280 元
108.	1945 光復新聲——台灣光復詩文集	曾健民編著	280 元
109.	我未來次子關於我的回憶	駱以軍著	240 元
110.	辦公室	胡晴舫著	200 元
111.	凱撒不愛我	王健壯著	240 元
112.	吳宇森電影講座	卓伯棠主編	280 元
113.	明明不是天使	林　維著	280 元
114.	天使熱愛的生活	陳　雪著	220 元
115.	呂赫若小說全集（上）	呂赫若著／林至潔譯	350 元
116.	呂赫若小說全集（下）	呂赫若著／林至潔譯	350 元
117.	我愛羅	駱以軍著	270 元
118.	腳跡船痕	廖鴻基著	320 元
119.	莎姆雷特——狂笑版	李國修著	220 元
120.	CODE 人心弦——漫遊達文西密碼現場	伍臻祥著	240 元
121.	流離記意——無法寄達的家書	外台會策畫	260 元
122.	腿	陳志鴻著	180 元
123.	幸福在他方	林文義著	240 元
124.	餘生猶懷一寸心	葉芸芸著	360 元

INK PUBLISHING 文學叢書 124

餘生猶懷一寸心

作　　者　葉芸芸
總 編 輯　初安民
責任編輯　陳思妤
美術編輯　張薰芳
校　　對　吳美滿　陳思妤　葉芸芸

發 行 人　張書銘
出　　版　INK 印刻出版有限公司
台北縣中和市中正路 800 號 13 樓之 3
電話： 02-22281626
傳真： 02-22281598
e-mail:ink.book@msa.hinet.net
法律顧問　林春金律師

總 代 理　成陽出版股份有限公司
業務部／訂書電話： 02-22256562　訂書傳真： 02-22258783
訂書地址：台北縣中和市中正路 800 號 11 樓之 2
e-mail ： rspubl@sudu.cc
網址：舒讀網 http://www.sudu.cc
物流部／電話： 03-3589000　傳真： 03-3581688
退書地址：桃園市春日路 1490 號
郵政劃撥　19000691 成陽出版股份有限公司
門市地址　106 台北市新生南路三段 96-4 號 1 樓
門市電話　02-23631407
印　　刷　海王印刷事業股份有限公司

出版日期　2006 年 7 月 初版
ISBN 986-7108-47-7
定價　360 元

國家圖書館出版品預行編目資料

餘生猶懷一寸心 ／葉芸芸 著.－－初版,
－－臺北縣中和市：
INK 印刻, 2006〔民 95〕面； 公分
（文學叢書； 124）

ISBN 986-7108-47-7（平裝）

857.85　　95008667

K INK INK INK INK INK IN
INK INK INK INK INK INK I
K INK INK INK INK INK IN
INK INK INK INK INK INK I
K INK INK INK INK INK IN
INK INK INK INK INK INK I
K INK INK INK INK INK IN
INK INK INK INK INK INK I
K INK INK INK INK INK IN
INK INK INK INK INK INK I
K INK INK INK INK INK IN
INK INK INK INK INK INK I
K INK INK INK INK INK IN
INK INK INK INK INK INK I
K INK INK INK INK INK IN
INK INK INK INK INK INK I
K INK INK INK INK INK IN
INK INK INK INK INK INK I
K INK INK INK INK INK IN
INK INK INK INK INK INK I
K INK INK INK INK INK IN
INK INK INK INK INK INK I
K INK INK INK INK INK IN
INK INK INK INK INK INK I

K INK INK INK INK INK IN
INK INK INK INK INK INK
K INK INK INK INK INK IN
INK INK INK INK INK INK
K INK INK INK INK INK IN
INK INK INK INK INK INK
K INK INK INK INK INK IN
INK INK INK INK INK INK
K INK INK INK INK INK IN
INK INK INK INK INK INK
K INK INK INK INK INK IN
INK INK INK INK INK INK
K INK INK INK INK INK IN
INK INK INK INK INK INK
K INK INK INK INK INK IN
INK INK INK INK INK INK
K INK INK INK INK INK IN
INK INK INK INK INK INK
K INK INK INK INK INK IN
INK INK INK INK INK INK
K INK INK INK INK INK IN
INK INK INK INK INK INK
K INK INK INK INK INK IN
INK INK INK INK INK INK
K INK INK INK INK INK IN

INK INK INK INK INK INK
K INK INK INK INK INK IN
INK INK INK INK INK INK
K INK INK INK INK INK IN
INK INK INK INK INK INK
K INK INK INK INK INK IN
INK INK INK INK INK INK
K INK INK INK INK INK IN
INK INK INK INK INK INK
K INK INK INK INK INK IN
INK INK INK INK INK INK
K INK INK INK INK INK IN
INK INK INK INK INK INK
K INK INK INK INK INK IN
INK INK INK INK INK INK
K INK INK INK INK INK IN
INK INK INK INK INK INK
K INK INK INK INK INK IN
INK INK INK INK INK INK
K INK INK INK INK INK IN
INK INK INK INK INK INK
K INK INK INK INK INK IN
INK INK INK INK INK INK
K INK INK INK INK INK IN